AF378086

Mala espina

Xavier Velasco

Mala espina

El papel utilizado para la impresión de este libro ha sido fabricado a partir de madera
procedente de bosques y plantaciones gestionadas con los más altos estándares ambientales,
garantizando una explotación de los recursos sostenible con el medio ambiente y beneficiosa para las personas.

Mala espina

Primera edición: noviembre, 2025

D. R. © 2025, Xavier Velasco
c/o Schavelzon Graham Agencia Literaria
www.schavelzongraham.com

D. R. © 2025, derechos de edición mundiales en lengua castellana:
Penguin Random House Grupo Editorial, S. A. de C. V.
Blvd. Miguel de Cervantes Saavedra núm. 301, 1er piso,
colonia Granada, alcaldía Miguel Hidalgo, C. P. 11520,
Ciudad de México

penguinlibros.com

ISBN: 978-607-386-708-5

Impreso en México – *Printed in Mexico*

Índice

01. Siete pisos   15

02. 10 horas y 4 minutos antes…   18

03. El precio del presagio   23

04. Ja, ja, ja   29

05. "¡Hasta pronto, *Juanito*!"   37

06. Los rostros de la nada   39

07. "El suicida inverosímil"   48

08. La caja fuerte del alma   51

09. Ínfulas de faquir   60

10. Hija de tigre   73

11. Hermanos de ruleta   86

12. Tres metros bajo tierra   104

13. La visita relámpago   107

14. *Semper fidelis*   113

15. La escoba y la caldera   122

16. De *Ivanette* a *Ivanette*   134

17. "La Chamana Mayor" — 145

18. Perfume de carroña — 148

19. Capote mata fauno — 158

20. No se culpe a Nerón — 168

21. Vínculos insepultos — 177

22. Control de daños — 183

23. Senda de santidad — 190

24. El buen verdugo — 203

25. Conexión en Cuicuilco — 221

26. Madera de gurú — 227

27. La pandilla de Popotla — 238

28. Cita con el nahual — 254

29. "El tesoro enterrado" — 263

30. Puro pájaro nalgón — 266

31. *Papachi* — 273

32. La pipa de la paz — 285

33. Amantes en la sombra — 300

34. Parte de guerra — 307

35. Con tufo de revancha — 317

36. *Underdog* — 324

37. Lágrimas de tlacuache — 335

38. *Jail birds* — 349

39. *Altissimo vibrato*   354

40. "Las dudosas amistades"   372

41. Premeditación   375

42. Alevosía   383

43. Ventaja   397

44. Popocatzin   411

45. "¡Hasta siempre, Shakti Kali!"   421

46. "El huracán Iván"   423

47. Las cenizas intrusas   426

Nuestras primeras intuiciones son las verdaderas.

E. M. Cioran, *Del inconveniente de haber nacido*

*Soy miembro y predicador de aquella iglesia donde
los ciegos no ven y los cojos no caminan y lo que está
muerto así se queda.*

Flannery O'Connor, *Sangre sabia*

1. Siete pisos

Noviembre 8. Martes. 7:56 a.m.

Nadie lo vio caer. No hubo siquiera un grito, una alerta, un chillido, una cara de espanto que precediera al costalazo seco del infeliz al chocar de cabeza contra el pavimento, frente a las puertas de una escuela primaria.

Más sorpresivo aún —*milagroso*, dirán los testigos cercanos— fue que el cuerpo no le cayera encima a una de las tres niñas frente a quienes se quebraron los huesos y estallaron las vísceras del desconocido, si bien ninguna estuvo lo bastante a salvo para evitarse la experiencia precoz de ver morir a un hombre.

El berrido aterrado de veinte o treinta niñas al unísono puede hacer de una muerte solitaria el teatro de un horror apocalíptico. No es difícil temerse que haya unas cuantas de ellas malheridas, a juzgar por el caos estrepitoso que tomó por asalto la esquina de Sagredo y Barranca del Muerto, unos minutos antes de la hora de entrada en el colegio para niñas Reina Margarita. Unas señoras entran con sus hijas, otras huyen con ellas del lugar.

Es una hora difícil de por sí. Como cada mañana, el tráfico feroz de la Ciudad de México fluye en masa hacia el centro, de modo que hasta en Guadalupe Inn —una zona sureña más o menos pacífica durante el resto del día— se reproducen las escenas caóticas y el talante balcánico que las acompaña. Peor aún si hay un muerto involucrado.

Varios de quienes se hallan más cerca del cadáver miran hacia lo alto, buscando una ventana o ventanal abierto, y acaban por desviar la vista a la azotea. Parece preferible, en estas circunstancias, especular en torno a lo que pudo haberle sucedido que ceder al impulso de bajar la vista y contemplar lo que ha quedado de él.

Otro consuelo pronto es asumir que el hombre saltó en pos de su muerte, y descartar con ello la posibilidad de que alguien más lo echara y cerrara enseguida el ventanal. Varios de los curiosos no miran propiamente el edificio, sino el espantapájaros azul —veinte metros de hierro retorcido— que se alza al otro lado de la calle, a modo de escultura que pretende evocar la silueta de un águila con las alas abiertas. Hay quien ya se pregunta si resbaló de ahí el accidentado.

Crece un charco de sangre en derredor a la cabeza del recién caído, que yace de costado con las piernas y brazos en ángulo recto, como el perfil de un cuerpo que reza de rodillas. No escasean las versiones encontradas, ahora que se ha apagado la gritería y menudean los murmullos malsanos, a modo de zumbido disparejo del cual constantemente sobresale la palabra *suicidio*.

A falta de una autoridad a cargo, el hombre del momento responde al nombre de Albino Flores Cimarrón. Tendrá quizá treinta años y hace ya varios de ellos que trabaja como conserje del edificio. Tardó algunos segundos en salir a la calle y acercarse al cadáver sobre la banqueta, impulsado por la vaga noción de que aquella desgracia era su asunto.

Entre la gritería, los berridos y el pánico, mantuvo Albino la cabeza lo bastante fría para recuperar la cartera del muerto, despatarrada a un par de metros de él, reunir su contenido, revisarlo sin más y concluir que el origen del siniestro tenía que ser una de las ventanas del 702.

Entre dos policías auxiliares se las han arreglado para impedir el paso a los vehículos, aunque no a los curiosos, que son varias decenas y hacen aún más ardua la circulación (por alguna esperpéntica razón, los conductores suelen pasar despacio delante de los accidentados, antes por morbo que precaución). Mientras tanto, el conserje se luce despepitando cuanto cree saber sobre el hombre al que, dice, vio caer y morir.

De una casa vecina sale una mujer recia y avejentada. Lleva entre manos una sábana a medio deshilachar y no oculta su prisa por proteger al muerto de los mirones. "¿De qué departamento se aventó?", dice para sí misma y escucha tres respuestas diferentes. Una vez, sin embargo, que las extremidades inferiores del caído han quedado cubiertas por la sábana, nadie está en posición de sugerir que tal vez no cayera sin ayuda.

Los suicidas no se amarran los pies antes de dar el salto al precipicio.

2. 10 horas y 4 minutos antes…

La pantalla estrellada del maltrecho iPhone 3 marca 9:52 de la noche cuando Dunia Montoro apaga el motor y toma la llamada de un número sin identificar.

—¿Sí… quién es? —se escama, se indispone, se traba, se maldice la dueña del teléfono con la pantalla estrellada, nada más detectar el aliento y la voz de Iván Dupont: el ex marido al cual hace diez meses decidió nunca más dirigir la palabra.

—¿Dónde andabas, *Ratita*? —resopla el hombre al otro lado de la línea, entre alivio y sofoco. —¿Sabes qué, *Duniluni*? Estoy en un broncón, urge que me rescates.

¿O sea que no la busca porque haya recordado que ayer fue su cumpleaños, o quiera disculparse por la última estafa, sino para asestarle otro sablazo? A sus treinta y un años, Dunia Montoro Bertrán —ojos verde profundo, rasgos afilados, melena oscura y lacia de dos palmos de largo, palidez resistente al maquillaje— no se mira a sí misma como la mujer dura e implacable que en los últimos tiempos se esfuerza en parecer. Necesita probarlo, aunque no sea cierto, y en realidad por eso. Vista desde ese ángulo, esta afrenta es una oportunidad.

—¿Tú qué piensas, Iván? —dispara la mujer, con aspereza intencionada, todavía dudando entre explicarle que ya va a comenzar su turno de trabajo y está a punto de bajarse del coche o nada más apagar el teléfono. —¿Tengo cara de cajero automático?

—Dunia, mi amor, Ratita, no me falles —gimotea el de la voz, da un trago de saliva. —Te juro que ahora sí es de vida o muerte…

—¿Pero quién te crees que eres para ponerme apodos, infeliz? —corta Dunia la súplica, arrebatada por el repelús y resuelta a atacar con picahielos. —¿Sabes qué, sanguijuela, abusador, fantoche, fracasado, curandero de feria, crápula, merolico, bueno para nada…? Por mí, de una vez muérete —clic.

Apaga su teléfono al momento, lo mete en la guantera y suelta algunas lágrimas furibundas. Eso pasa por no tener carácter. Pero esta vez lo tuvo, ¿no es así? El carácter, le han dicho, se parece a una espada. No lo sacas sin motivo ni lo guardas sin honor. "Yo trabajo para la policía", se anima y se resigna de un tirón. "Se supone que soy toda una especialista en inteligencia, ¿cómo voy a aceptar que este gusarapo venga a seguirme hablando a lo pendejo?".

—Cumplo con mi deber, hago lo que me toca, no trato con viciosos —vocifera a la hora de bajar de su Peugeot 208 y azotar sin piedad la portezuela.

—¿Todo bien, señorita? —brota en la oscuridad el vozarrón de uno entre las decenas de marinos que cuidan el perímetro del Centro Nacional de Arraigos.

—Bien, gracias, buenas noches —se escurre a la carrera la dueña del Peugeot color morado, con la vista en las puertas del edificio del CNA: un viejo hotel de paso reforzado con muros, alambradas y planchas de metal para servir de antesala a la cárcel.

Por un fugaz instante considera Dunia la posibilidad de inventarse un dolor insoportable, pedir que la reemplacen y correr al rescate del caradura, pero se ha prometido ser fiel a sus principios y no piensa ceder ni a su propio chantaje. Afortunadamente están prohibidos los celulares dentro del edificio. Nadie podrá encontrarla de aquí a que salga el sol; ya se verá después hasta dónde le da la autolealtad.

Hay tres pisos de cuartos convertidos en celdas y unos cien arraigados, entre secuestradores, traficantes, sicarios y otros miembros eminentes del hampa. Gente que igual podría regresar a las calles o irse a pagar treinta años a un penal federal, y a quienes mientras tanto Dunia ha de vigilar desde un cuarto cuadrado que no tiene ventanas y se abre como bóveda bancaria: un calabozo a modo de capullo donde se está encerrado entre los encerrados.

A los lenones los visten de blanco, a los narcos de verde, a los matones de rojo y de amarillo a los blanqueadores de capital, como si se tratara de grupos musicales o equipos deportivos, aunque igual nada de eso aligera el ambiente ni le resta grisura al horizonte. Hay, además, racimos de guardianes —militares, locales, federales— en por lo menos seis uniformes distintos. Puede que sea por eso que los recién llegados tienen la sensación de que aquí dentro el aire se corta con cuchillo.

Pasarte ocho horas quieta delante de un mosaico de monitores repletos de maleantes no es la terapia ideal para sacarte los demonios del coco. Toca estar al pendiente de que los angelitos no se peleen o se suiciden o de alguna manera se signifiquen. "¿Y a la videosoplona quién la cuida?", rumia Dunia sólo de recordarse cuánto odia este trabajo. Le habían prometido que no serían más de dos semanas y ya está por cumplir los cinco meses. Maleantes van y vienen y ella sigue enclaustrada en la misma covacha, hasta que un día reviente y se largue sin más. Claro que para eso haría falta carácter. ¿Como el que va a escasearle cuando salga y no pueda con las ganas de prender el teléfono y leer la cadena de mensajes que para estos momentos ya le habrá enviado Iván?

—Te voy a dar un *tip* de lo más eficaz —sugiere Margarita Macías, compañera de turno sentada a su derecha, nada más enterarse de su malestar. —¿Quieres que el corajón le gane al corazón? Hazte una buena lista de sus cabronadas y léela toda cada vez que lo extrañes. Vas a ver que no vuelves a quebrarte.

Cuarto para las seis de la mañana. Tras una noche entera de alimentar rencores por escrito, Dunia comprueba que su enojo está vivo y crece a cada nuevo inciso de la lista. Van ciento quince agravios, por lo pronto. Cifra reveladora, tomando en cuenta que en tres horas y quince minutos más abrirán los comercios y ella dará una nueva muestra de firmeza, porque no está dispuesta a volver a hacer uso de ese teléfono sin haberlo llevado a cambiar de número. Bien visto, es un favor para los dos. Ningún bien le hace a Iván, cuantimenos a ella, semejante remedio inalámbrico de cordón umbilical: todo que los une, a estas alturas.

De vuelta en el Peugeot, con las primeras luces del jueves devolviendo a las calles su escasa fotogenia, la dueña del teléfono entreabre la guantera, echa un ojo y decide que no quiere saber más de ese aparato. Y no es por cobardía, es amor propio. ¿Cómo va una a brillar ante sí misma, ya no digamos ante los demás, con ese vejestorio que se carga en dos horas y se descarga en tres? De por sí le deprime esta monserga diaria de amanecer en la colonia Doctores, rodeada de talleres, comederos y comercios cerrados que serán aún más feos al abrir sus cortinas metálicas. Si no puede cambiarse de paisaje, podría cuando menos estrenar pantalla.

¿Será que se lo toman a cuenta por el nuevo? Esta última palabra le recarga el ánimo. Quiere una vida nueva, a partir de este día. Y por si quedan dudas al respecto, va a empezar por gastarse en esta emocionante adquisición el dinero que Iván le habría esquilmado. ¿Quién ha dicho que la justicia no se compra?

¿Que si va a arrepentirse? Da lo mismo, con tal de que sea tarde para meter reversa. No piensa irse a la cama porque toda su rabia no le alcanza para garantizar que va a seguir bullendo cuando despierte. Al berrinche hay que darle de comer, como bien dice su compañera de turno. El chiste es que el fulano ya no pueda ubicarla, ni verla, ni alcanzarla, como los arraigados del CNA.

"Lo que tú necesitas", opina Ronald Lamm, cabeza de su grupo operativo, "es probarte que sabes hacerte respetar". Trae Dunia desde entonces la herida a la intemperie. *Tengo que demostrarles que yo no soy la bruta que ellos creen*, se repite hasta hoy, y sobre todo hoy, porque en el fondo sabe que el respeto a sí misma comienza por borrar a Iván del horizonte. ¿Va a echarse para atrás después de haberle dicho su precio al vividor? ¿Se atrevería a tirar a la basura la autoestima que apenas anoche se ganó?

Se atreve, por lo pronto, a detener el coche, subirlo a una banqueta, encender la pantalla del teléfono y revisar de prisa la hilera de mensajes de su ex, saltándose palabras y renglones que *a grosso modo* encuentra predecibles o desechables. Los borra al fin, precipitadamente, respira con alivio relativo y mira al aparato con el asco que inspiran los soplones. Para colmo de males, la pantalla le informa que Donald Trump fue electo presidente. *El fin del mundo*, piensa, meneando la cabeza.

¿Y la lista de agravios? Mierda, ya no la trae. Y ni modo de regresar por ella, sólo falta que caiga en manos de un chismoso. ¿No será que el olvido, haciendo cuentas, le sale más barato que el rencor? Abre la portezuela, da unos pasos afuera y echa el teléfono a una alcantarilla, tras lo cual vuelve al coche con la satisfacción (burlona, impenitente, reparadora) de saberse la autora de un hecho consumado.

"Por mí, de una vez muérete…", vuelve a saborear Dunia su destemplado adiós y acelera, con el sol en la espalda y las luces del coche recién apagadas, invadida de un súbito ánimo turístico y por ahora inmune al panorama.

No es la avenida Baja California, con sus siete carriles saturados de coches, camiones y motocicletas en pie de guerra, el estímulo ideal para quien busca alguna paz de espíritu, sólo que a la mujer del Peugeot morado le basta con pensar que todos esos rostros desencajados van a la misma clase de lugar del que ella justamente acaba de salir. Luego gira a la izquierda en Insurgentes y enfila por instinto en dirección al sur (a donde pocos van, a horas como estas). Verse en contrasentido a la manada le da una sensación de mezquino descanso que la hace sentir dueña de sí misma.

"Jódanse todos, estoy enojada", refunfuña y se dice que le quedan tres horas por matar, mientras llega el momento de enterrar para siempre al caradura. Le brota una risilla juguetona cuyo precio no alcanza a imaginar, porque al cabo está lejos de figurarse que a Iván Mauricio Dupont Luna le queda poco menos de una hora de vida.

3. El precio del presagio

Noviembre 8. Martes. 12:14 p.m.

La mañana de hoy, la vidente Tamara Guedea se despertó en las garras de una migraña en tal medida atroz y desquiciante que encontró en ella visos de tragedia. Lo cual no hizo sino recrudecerla. Como si el mundo entero se le viniera abajo dentro del cráneo y una infinita sucesión de relámpagos se instalara en lugar de lo que hasta ayer fueron sus pensamientos.

No hay mañana ni ayer ni aquí ni allá para quien es objeto de semejante martilleo cósmico. Ya le brotaban lágrimas de dolor antes de abrir los párpados, cual si ni despertando consiguiera ahuyentar la pesadilla y así la vida entera fuese un sueño infernal. ¿Qué mejor prueba de esto que la irrupción chillona y destemplada del despertador?

Timbró aún cinco veces, antes de que sus dedos torpes y vacilantes rebuscaran en vano el botón adecuado del reloj luminoso y terminaran por arrancar el enchufe de la pared. Se revolcó en la cama, se golpeó la cabeza con los puños, se deslizó hasta el piso y llegó al baño a rastras, creyendo recordar que sus medicinas —Excedrín, Reyvow, Sumatriptán— estaban todavía en el cajón donde quizá las puso la última vez.

Se sentía incapaz de incorporarse, abrió los frascos más o menos a tientas y se tomó una a una las pastillas dando tragos del agua del escusado. Regresó de rodillas a la recámara y sacó del buró la pipa de agua, que afortunadamente estaba llena. Prendió un cerillo y dio tres bocanadas, con las ansias de quien recién emerge de las profundidades de un lago congelado, sólo que ya era tarde para remedios clínicos. En algo ayudarían, por supuesto, pero no alcanzarían para librarla del castigo feroz que habría de atormentarla durante los siguientes ¿quince, treinta, cuarenta minutos? De poco sirve la medida del tiempo ahí donde los minutos saben a horas y la única esperanza es desaparecer de una vez para siempre. ¿Y por qué iba Tamara a querer morirse, sino porque la parca vino a coquetearle?

Pasado el mediodía despierta una vez más, sin recordar cómo y en qué momento consiguió desmayarse. Le quedan todavía vestigios de dolor, pero más allá de eso está envuelta por el aturdimiento que acostumbra seguir a la migraña y la empuja a extrañarse de todo cuanto siente, ve y escucha, como si aterrizara en otro mundo que sus dedos no alcanzan a tocar. Lo único tangible, real, entero, es la premonición, y detrás de ella el miedo al regreso tenaz de las punzadas. "Algo pasó", rumia, farfulla, ulula, con el espanto impreso en el semblante, y tras unos minutos de respirar con fuerza se dice "son mis nervios".

Puesta a elegir entre ambas maldiciones, prefiere los ataques epilépticos, que al menos le regalan el don de la inconsciencia. Al paso de las horas, derrumbada en la cama, no hará otra cosa que limpiar, rellenar y volver a vaciarse el *bong* en los pulmones. En otras circunstancias la migraña se anuncia, a la manera de una ambulancia distante, y Tamara la frena con un par de pastillas, un masaje en las sienes y unas pocas fumadas de mariguana, pero durante el sueño la acomete a traición y ella suele tomarlo como un mal augurio. Es por eso que espera ya no tanto por el fin de los síntomas como por la noticia que les dará sentido, a su entender.

¿Qué tuvo que ocurrir, se pregunta pasadas las cinco de la tarde, para que debiera ella someterse a una prueba en tal modo lacerante? Resuelta a no enterarse, apagó el celular y descolgó el teléfono del departamento. Necesita quitarse esos temores antes de abrirse de regreso al mundo. *En una de estas no ha pasado nada*, intenta convencerse, con un ánimo idéntico al que de cuando en cuando le permite pensarse una persona como cualquier otra. ¿Puede una ser vidente al propio tiempo que persona normal? No, nunca en su experiencia. Hay voces que no pueden ignorarse. Lo cual no significa que entienda siempre lo que están diciendo, como quieren creer quienes la dan por bruja, sabia o adivina. Todo lo que ella sabe por ahora, con la certeza que tiene un herido de que el mínimo roce le hará aullar de dolor, es que si devolviera a su sitio el teléfono el timbre sonaría de inmediato.

Han dado ya las ocho de la noche cuando la comezón se le hace insoportable. ¿Quién le asegura, aparte, que hay fundamento para sus temores? No sería esta la primera vez que su don la engatusa con una falsa alarma. Tras unas cuantas siestas estropeadas y bajo los auspicios de la yerba, se ha ido difuminando la sombra amenazante de la neuralgia, de modo que Tamara se resigna a colocar de vuelta el auricular y esperar que no ocurra lo esperado.

El primer *ring* resuena, a sus oídos, como un balazo dentro de un monasterio. No porque la sorprenda, como porque evidencia su fragilidad. La maldición implícita en el don. Otra menos curiosa le quitaría el volumen al timbre del teléfono y volvería a envolverse en su capullo, aunque tal vez lo de ella no sea curiosidad sino certeza oscura.

—¿Ya sabes qué pasó, por eso no contestas? —por el tono de voz del primo hermano, nada de lo temido era cuestión de nervios. Se diría que trae un animal agonizando dentro del esófago.

—¿Quién es el muerto? —grazna la vidente, mientras se dice que una persona normal haría esta pregunta en son de broma.

—¿De veras no lo sabes? —pierde un poco el aliento Nivardo Ciriaco Gabriel, asimismo drenado de paciencia. —Hace rato que está en los noticieros.

—Yo no veo noticieros. Dime quién se murió.

—Tu Juanito. Se cayó de quién sabe cuántos pisos.

—¿Juanito… o sea Iván? —se desploma Tamara, cual si le arrebataran el esqueleto. —Dime que no, Nivardo. Dime que no entendí, que estoy loca, si quieres.

—En el radio dijeron su nombre y apellidos. Iván Mauricio Dupont Luna, ¿no? Lo peor es que no saben si se tiró solito o lo empujaron.

Sigue un silencio largo, a la manera de una nube negra en cuyo vientre caben todas las desventuras concebibles.

—¿Fuiste tú, primo? —musita la vidente, con la respiración entrecortada.

—No digas pendejadas —escupe el otro, sin vacilación.

—¿Me lo juras, Nivardo, por tu madre y la mía?

—No tengo que jurártelo, nomás eso faltaba. Ni tú eres policía ni yo soy asesino.

—Pero tenías motivos…

—¿Motivos para qué? Juan era mi discípulo, Tamara. Que se me puso al brinco, ya lo sabes, pero yo seguía siendo su maestro. Eso nunca se pierde. Lo mío es prender luces, no apagarlas.

—¿Quién fue, entonces? ¿A poco no lo sabes?

—¿Soy chamán o adivino, según tú? Tenía tiempo sin verlo, no sabía en qué andaba, ni con quién.

—¡Ah, mira nada más! —ironiza Tamara, con ira repentina. —¿No sabías que hasta hace una semana estaba aquí conmigo? ¿No hasta lo amenazaste para que me dejara?

—Estás equivocada, nunca lo amenacé. No sé qué te habrá dicho, yo sólo le pedí que no fuera a meterte en un problema, con todos los que ya se había buscado. En segundo lugar, fue todo por teléfono. Tenía rato sin verlo, ¿quieres que te lo escriba y te lo firme?

—Ya te dije, Nivardo —hace esfuerzos la prima por recomponerse. —Quiero que me lo jures por tu mamá y la mía, para que siquiera ellas estén en paz.

—Nuestras mamás no tienen nada que ver en esto. Déjalas donde están. Les prometí a las dos que iba a cuidarte, no que fuera a matar a todos tus amantes.

—¿Sigues celoso de él, aunque ya no esté vivo? —rompe en llanto Tamara, suelta el auricular y deja caer la frente sobre las rodillas.

—Nunca estuve celoso de ese pendejo, ¿sí? —revienta al fin el brujo. —Y aunque lo hubiera estado, esa no era razón para ir a hacerle daño. ¿Tú sabes cuánta gente pudo tener motivos en su contra? El Espíritu Santo tenía buenas razones para darle en la madre. Hasta tú, Tamarita. Tú sí estabas celosa de *tu Juanito*, y ni siquiera yo, que soy familia tuya, sé de qué tanto puedas ser capaz.

Ya no oye ni el zumbido de los gritos del primo. Se levantó de golpe, se escurrió hacia la sala y acabó sollozando recargada en un horripilante dios de piedra que parece burlarse de cuanto le rodea, como si *algo* supiera que le hace despreciar a los mortales. *¿Por qué yo? ¿Por qué a mí?* Lleva la vida entera preguntándoselo, y al hacerlo no deja de sentirse la heroína de un melodrama chafa, pero también le ayuda a convivir con sus zonas oscuras, desde donde sospecha que por algo será. *Nada es casualidad. Estamos conectados.* Queda siempre un consuelo en la certeza de que el difunto vino a despedirse antes de abandonar el mundo de los vivos.

"¿No encontraste otra forma de despertarme, Juanito?", casi bromea Tamara, sin dejar de llorar, y al menos por ahora bendice el don maldito que la orilla a enterarse de cantidad de cosas que habría preferido no saber. Lo cual no significa que adivine, o que lo sepa todo, como la gente insiste en asumir. Hasta el mismo Nivardo Ciriaco, y en realidad él en primer lugar, la apabulla a preguntas cuyas respuestas ni siquiera imagina, y sin embargo se atreve a inventarlas. Por eso no dirá que fue migraña, sino revelación, lo que le sucedió hoy en la mañana. *Las voces me dijeron bla, bla, bla.* Qué van a saber ellos de lo que en realidad pasa por su cabeza, si la tratan como atracción de feria. Pero esa es su ventaja, y finalmente nada es tan sencillo como hacerla valer entre la gente que es como toda la gente.

De vuelta en la recámara, a salvo de los ojos saltones e impertérritos del ídolo de piedra, reconecta el reloj-radio-despertador, enciende el celular y se topa con más de una docena de mensajes urgentes de su primo el chamán, el primero a las cinco de la tarde y el último ya cerca de las diez. 10:06, le informa la pantalla. Hasta donde recuerda, puso el despertador en punto de las ocho de la mañana, y según el octavo mensaje de Nivardo Juan debió de haber muerto pocos minutos antes. Inevitablemente lo imagina cayendo por el abismo negro que suele acompañar a las migrañas, como telón de fondo del purgatorio.

Nada quisiera tanto Tamara Guedea, en momentos como este, que dar a las señales deslumbrantes el confortable rango de casualidades, tal como hace el común de sus semejantes. Le gustaría poder burlarse de sí misma, igual que los antiguos amigos de Juanito se pitorreaban de ella —y seguirán haciéndolo, cada que la recuerden— y reducían el cosmos a pesos y centavos.

"Yo no pedí este don", le reclamó una vez a Nivardo Ciriaco, que fue quien la hizo parte del negocio, pocas semanas antes de cumplir los quince años. "Los dones no se piden, ni se tienen. Igual que los tesoros, se administran", replicaría el otro, con tono de santón y mueca de bandido.

Pensándolo de nuevo, es probable que el primo esté en lo cierto. Para ser propiamente un guía espiritual, Juan tenía demasiados enemigos. Y si Tamara fuera como toda la gente, hace ya tiempo que habría sido uno de ellos.

4. Ja, ja, ja

Noviembre 9. Miércoles. 6:47 a.m.

—¿Ya se siente mejor, licenciada Montoro? —inquiere amablemente el oficial Marcos Mireles Oliveros, tras arrimarle a la interrogada el vaso de papel que recién llenó de agua para ella.

—Estoy bien, muchas gracias —cierra los ojos Dunia, toma aire, sacude la cabeza, parpadea, exhala, como si hiciera falta respaldar sus palabras. De pronto cae en cuenta del vaso que está quieto en su mano derecha, se lo bebe de un trago y relaja la vista en un punto intermedio entre el suelo y el bote de basura.

Recién volvió del baño de mujeres, a medias recompuesta del mazazo en la nuca a modo de primicia que hará unos diez minutos recibió del inspector Rigoberto Rovira, un cincuentón sarcástico, regordete y altivo que la asumía al tanto del suceso y sigue sin tragarse su sorpresa.

"¿Lo empujó usted… o lo mandó empujar?", preguntó en el momento de plantarle delante la foto del cadáver de Iván a media calle. "¡No me diga que no sabía nada!", se disculpó enseguida, con falsa pesadumbre, mientras ella enterraba la cara entre las manos y soltaba una suerte de gruñido profundo, seguido de una fuga al tocador que Rovira observó con un gesto mordaz y casi orondo, como dando a entender que lleva demasiados años asistiendo a la misma pantomima.

Le había tocado a Mireles Oliveros —joven, formal, solícito, cicatriz en la frente, ojos de perro triste— esperarla a las puertas del Centro Nacional de Arraigos, con la súplica atenta de que lo acompañara a responderle unas cuantas preguntas a su jefe. Si no le incomodaba, la llevaría en el coche del inspector —un Ford Escort algo destartalado— y la traería de vuelta en cuanto terminaran con la diligencia. Ya allá en las oficinas le darían la información completa, por lo pronto sólo podía decirle que el asunto tenía relación con un señor de nombre Iván Dupont. Tres veces, de camino en el Escort, preguntó en vano Dunia si por casualidad Iván estaba preso ("… poco me extrañaría", añadió la tercera), pero no fue más lejos en la especulación para no hacerle guiños a la fatalidad. "Ese marido tuyo nos va a enterrar a todos", solía decir la madre, como quien habla de una infección pertinaz.

—A ver, pues —suelta un largo suspiro de fatiga el inspector Rovira, levanta el puño izquierdo y clava la mirada en su reloj: un Casio de carátula raspada que por ahora marca las 7:27. —¿Cuándo dice que fue la última vez que vio usted a su esposo?

—Iván no era mi esposo —aclara al tiro Dunia, da un trago de saliva y se corrige: —Estamos legalmente divorciados.

—No sé si me escuchó —se rasca la nariz, se restriega los párpados, carraspea Rigoberto Rovira. —Le pregunté cuándo se vieron por última vez el señor Dupont y usted.

—Lo oí perfectamente —alza las cejas ella, con fastidio indudable. —Lo que pasa es que de eso no me acuerdo.

—Tranquilícese, Dunia —aconseja Rovira, más imperioso que apaciguador. —Haga memoria. No le pedí la fecha, ni la hora. ¿Cuánto tiempo ha pasado, más o menos? ¿Un mes, una semana, un día y medio?

—Más de un año, yo creo.

—Déjeme adivinar… —especula, burlón, el inspector. —Se reconciliaron nomás por un ratito…

—No *nos reconciliamos*, ni más ni menos rato —gruñe, chasca la lengua, reprime un mohín mayor la interrogada. —Me buscó nada más. Necesitaba ayuda, como siempre.

—¿Cómo que *como siempre*? ¿Cada cuándo lo veía?

—Casi nunca, más bien. Lo habré visto unas cuatro o cinco veces desde que terminamos con el papeleo.

—¿Siempre o nunca? Decídase. ¿Se vieron cuatro veces o se vieron cinco? O va a decirme que tampoco se acuerda…

—No me gusta acordarme de esas cosas. Me parece que cinco. Tendría que pensarlo con más calma.

—Hay que pensarlo, claro. Es lo que recomiendan los buenos abogados, ¿verdad? ¿Y cómo era que usted ayudaba a Dupont?

—Le prestaba dinero.

—¿Con cuánto lo ayudaba, por ejemplo? Tengo entendido que era un hombre muy rico.

—Había sido rico, en otro tiempo. Cuando murió el papá, los dos hijos de su primera mujer se abalanzaron sobre la herencia. Dinero, propiedades, un club hípico, un yate, dos aviones. Estaba todo en Francia, Iván no tenía cómo reclamarlo. El señor no se había ni casado con la mamá, así que le tocaron las migajas. Propiedades en litigio, terrenos imposibles de fraccionar y una casa muy grande, que fue donde vivimos ya casados. También recibía dinero de un fideicomiso. Una pensión que luego le quitaron.

—¿Cuál fue la relación de usted con la familia?

—¿Con la de Iván? Ninguna, por supuesto. Cuando nos conocimos, la mamá se acababa de fugar con el que había sido su administrador. Iván quemó sus fotos, así que ni la cara llegué a verle. Lo avergonzaban sus parientes maternos, a ninguno me dejó conocer. Y con su familia francesa no tenía relación, nunca la tuvo.

—Como quien dice, estaba solo en el mundo. Pero pobre no era…

—Rico tampoco. Entre la casa y el fideicomiso le sostenían la fama de heredero. Tenía grandes planes, con sus terrenos chuecos. Después se vino abajo, sus socios lo estafaron, hipotecó la casa y acabó en la calle. Le quedaban los modos de millonario y los usaba para dar sablazos.

—No me ha dicho con cuánto le ayudaba usted…

—Nunca me pedía mucho. Lo que cuestan tres, cuatro tanques de gasolina. Tampoco me pagaba, pero por mí mejor, con tal de ya no verlo.

—¿Qué hacía él con lo que usted le proveía? —frota Rovira la yema del pulgar con la del índice, para hacer compañía a su sonrisa cuando habla de dinero, como dejando claro que en ese tema todos nos entendemos.

—Era para emergencias. Gente a la que ayudaba, según él.

—¿Y en qué se lo gastaba, según usted?

—No sé, yo le creía. Esperaba que me dejara en paz.

—¿No lo extrañaba, a veces?

—Puede que haya extrañado al Iván con el que me casé, pero no al curandero. Ese me caía mal, y se me hace que peor le caía yo.

—A ver… ¿Había dos Iván Dupont? ¿Por qué no nos lo explica? Aquí Mireles muere de la curiosidad.

—Me casé con un hombre de negocios. Malos, pero negocios. Un heredero torpe, si usted quiere, aunque ese era su encanto. Después se convirtió en otra persona.

—¿Qué tipo de persona?

—Un fantoche, señor. Un perdedor. Un cínico, también, con perdón —dice esto y se santigua, como un acto reflejo.

—O sea que el Iván de usted era, digamos, gente de dinero, y el otro no tenía en qué caerse muerto. ¿Fue ese todo el problema, que se quedó en la chilla el *bon vivant*?

—El dinero escaseaba desde antes de casarnos. Él no podía con eso, era hijo de magnate y se había hecho una fama de derrochador que al final sostenía con las puras tarjetas de crédito. Un día era el mejor amigo de los gorrones y otro el mejor cliente del Monte de Piedad, por decirlo de alguna manera. Sus amigos se le iban escondiendo, y los que se quedaban era para acabar de dejarlo en la calle. Con su invaluable ayuda, claro está.

—¿Nombres de esos amigos? ¿Direcciones? ¿Teléfonos?

—Waldo Farías, Samuel Baños, Manrique Quiroz. Sus datos no los tengo, como comprenderá. Si quiere sus retratos, busque entre las revistas de sociales.

—Dígame, ¿a usted le consta que esos amigos hayan saqueado al muertito? ¿No será que ellos dicen lo mismo de la viuda?

—No soy viuda, señor —respinga Dunia: la palabra *muertito* le ha parado los pelos de punta. —Soy di-vor-cia-da. Lo que le estoy diciendo es lo que sé de Iván, porque fui su pareja y lo vi empobrecerse por obra de esos tres y puede que otros más, pero no es que me conste, ni que tenga las pruebas, ni que me haya quedado con su dinero. Y lo que digan otros no es problema mío.

—No es, pero puede serlo. Como todo, ¿no es cierto? ¿Pero qué tanto le quitaron, en concreto, a su esposo? Quiero decir, a su *entonces* esposo, pa' que no se me esponje.

—Propiedades, acciones, joyas, esculturas, pinturas muy valiosas, cuentas bancarias, yo qué voy a saber —ignora los sarcasmos la interrogada para no interrumpir la remembranza.

—Cosas de las que hablaba normalmente y fueron esfumándose de la conversación, seguramente porque ya no existían o porque sí existían pero habían cambiado de dueño. Y ya le digo que él no lo aguantaba, sus mayores certezas en la vida se medían en millones de dólares y de repente zas, no había ni morralla. No debería estar hablando así, pero sigo pensando que Iván se hizo gurú con tal de no tener que verse en el espejo.

—¿Qué veía en el espejo?

—¿Qué veía? Yo qué sé. Pero él temía toparse a un pobre diablo, por eso se metió en la onda esotérica. Para poder darle la cara al mundo tenía que volver a sentirse especial.

—¿*Especial* cómo?

—Digamos… por encima de sus congéneres. Por ponerle un ejemplo, un tiempo fue costumbre familiar que Santa Claus llegara de visita a su casa en helicóptero. Cada Navidad el niño Iván tenía cita con *Santa*, que le daba *en persona* sus juguetes. Y claro, nunca quiso bajarse de esa nube. Iván Dupont tenía que ser rico y pobres los demás, aunque fuera en el plano espiritual.

—Y resulta que a usted esas riquezas no la satisfacen…

—No sabe de lo que habla, señor. Yo estaba enamorada del Iván al que había conocido, no del santón de quinta en que se transformó.

—Resumiendo: el señor se metió de chamán y usted fue a dar al Centro Nacional de Arraigos.

—Temporalmente. Provisionalmente.

—¿Cuáles son sus funciones en el CNA?

—En realidad soy analista de inteligencia, pero por estos días estoy monitoreando a los internos.

—¿La tienen castigada?

—Negativo, inspector. No he hecho nada para que me castiguen.

—¿Presentó sus exámenes, *antidoping* y todo? —salmodia el detective, con alegría impostada.

—Yo sí. ¿Por qué? —enfurece de golpe la acosada. —¿Usted no?

—A ver, pues, señorita analista inteligente… —deja escapar Rovira una risa indigesta. —Voy a creerle que antes de entrar aquí estaba usted en ascuas de la muerte de su querido Iván. Cuéntenos por qué fue a cambiar de teléfono media hora después de que lo mataron.

—El aparato ya estaba muy viejo, pero mi prioridad era cambiar de número.

—¿Y eso?

—No quería que mi ex marido me localizara. Le corté la llamada de la noche anterior, pero ya lo conozco —se atora, pierde el aire la interrogada. —Perdón. Lo conocía. Seguro iba a insistir.

—Y con esa intención escondió usted su teléfono viejo…

—No lo escondí, señor. Mi idea era cambiarlo por el nuevo, pero unos metros antes de llegar a la tienda se cayó dentro de una coladera.

—Muy convenientemente, por supuesto.

—¿Y en qué me convenía, por ejemplo?

—Le aviso que tenemos en nuestro poder el celular del difunto Dupont. Ahí están todos los mensajes de WhatsApp que usted no respondió. Pero sí los leyó, ¿no es cierto? Y luego los borró, puede que no por mucha conveniencia pero sí para ahorrarse inconveniencias.

—Los vi muy por encima, a la carrera. Era puro chantaje sentimental, hasta donde leí, y yo no iba a dejarme esquilmar otra vez. Por eso decidí que era todo mentira y los borré sin más.

—Pues nosotros los leímos con mucha atención, ¿verdad, Mireles? Y son mensajes fuertes. Un par de ellos dice muy claramente que el señor la buscaba a usted por un asunto de vida o muerte.

—La gente dice "es cosa de vida o muerte" y no por eso piensas que vayan a morirse. Yo no sabía dónde vivía Iván. Ni con quién, ni de qué. Y no quería saberlo, por mi salud mental. Tampoco voy a hablarle de corazonadas, porque son los dominios de mi ex marido y aunque esté muerto sigo sin creerle, aunque en el fondo siempre me temí que mis ayudas le hacían más mal que bien.

—Uno de los mensajes lo escribió pocos minutos antes de morir, no sé si lo habrá visto.

—Ya le digo que no les puse atención, ni sé a qué horas me los habrá mandado.

—La invito a revisarlo, a ver cómo lo ve —extiende el inspector la mano izquierda con el papel impreso y desliza una mueca socarrona.

—"Vete a la mierda, Dunia, tú nunca me importaste" —lee en voz alta la destinataria, con las facciones duras a propósito. Luego lanza el papel al escritorio, como quien se deshace de una inmundicia. —¿Por esto lo maté, según ustedes?

—¿No reportó el teléfono robado? —cambia el tema Rovira, al tiempo que un mensaje en su pantalla le hace fruncir el ceño y acto seguido menear la cabeza.

—Nadie me lo robó. Ya le dije que se cayó al drenaje.

—¿Pero por qué la urgencia de cambiarlo a esas horas? ¿No sabes que ese *modus operandi* es todo un clásico? Solita te delatas, aunque seas la más lista de las analistas. Nada más con lo que hay en la carpeta da para pedir la orden de aprehensión…

—¿Y por qué no la pide?

—¿Te confieso una cosa, lumbrera del análisis? —consulta su teléfono Rigoberto Rovira y alza las cejas ante la pantalla. —Me divierte esta chamba. Ver a la gente echarse de cabeza es un *show* que no quiere uno perderse.

Se interrumpe sin más el inspector. Contesta una llamada, cubre boca y bocina con la mano, cuchichea algunas frases ininteligibles, corta de golpe la comunicación y suelta un carraspeo con vocación de eructo.

—Me dicen que es usted muy influyente y me piden que ya la deje en paz. Por el momento, claro. Y sí, lo voy a hacer, pero primero cuénteme cuál es su relación con el *Mochomo*.

—No sé yo de quién me hable —miente con dignidad la interrogada.

—Ramón Perdomo, entonces. ¿De dónde lo conoce?

—El doctor nos dio un curso especial en técnicas forenses. Nos conocemos bien, pregúntele quién soy.

—Se equivoca dos veces, doña Dunia. Yo sé lo que pregunto y a quién se lo pregunto. Y sepa de una vez que un pinche medicucho carroñero no va a parar la acción de la justicia, por muy guapas que estén sus alumnitas. Puede irse, por ahora. Ya la requeriremos en su oportunidad.

—Permítame llevarla a su vehículo —se levanta Mireles tras de la interrogada, diríase con la cola entre las patas.

—Gracias, pero no, gracias —mascullen airadamente la dueña del Peugeot y sale disparada hacia la calle, dispuesta a cualquier cosa menos a dar la cara por un minuto más.

5. "¡Hasta pronto, *Juanito*!"

De: Dirección General
Para: Personal y alumnado del Centro de Sanación y Desarrollo Shakti Kali, A. C.
Miércoles 9 de noviembre de 2016

He tenido noticia de que el día de ayer, martes 8 del presente, por la mañana, falleció en circunstancias especialmente trágicas el muy querido Profesor Juan de la Luna. Como seguramente ustedes lo recuerdan, Juan se desempeñó como docente, oficiante y a últimas fechas Director General de esta institución.

El Profesor De la Luna dejó en el Shakti Kali una huella imborrable y toda una riqueza de conocimientos que en mucho han contribuido a nuestro desarrollo, tanto a nivel personal como de institución. Y es así como vamos a recordarlo, pues si bien cometió errores lamentables en el último tramo de su gestión, ello no debe ser una piedra en el camino de nuestra perdurable gratitud.

Como experta angelóloga, me siento autorizada para revelarles que el Profesor Juanito, como se le llamaba cariñosamente, ya ha sido perdonado, celebrado y bienvenido por las más altas jerarquías divinas. Su alma al fin está en paz, la mía también, y espero que lo mismo pase con quienes disfrutaron de su compañía.

He instruido al personal de este instituto para que contribuyan con su mejor esfuerzo a la realización de un Magno Ritual Mágico en homenaje al ahora eterno Juan de la Luna. Por mi parte trabajo intensamente, bajo la asesoría y conducción del Profesor Ciriaco, nuestro apreciado Director Operativo, en el diseño y la preparación de la ceremonia.

Encontrarán que en cada una de las aulas destaca la presencia de un gran moño blanco, a manera de símbolo del regocijo angélico que representa la asunción de Juanito a una nueva y resplandeciente dimensión. No hay luto entre nosotros, y tampoco lo habrá en el Ritual a celebrarse el próximo viernes, undécimo día del undécimo mes (se les suplica que vistan de blanco, para así enviarle nuestras mejores energías).

Como todos los viernes, habrá clases hasta las seis de la tarde. A partir de las siete estaremos citados para rendir tributo a nuestro Gran Maestro. La simbólica cuota de recuperación será de cuatrocientos pesos por persona, a pagar a la entrada del evento o aquí en las oficinas del Centro SK, con un descuento del 5%.

El Profesor Ciriaco y una servidora les agradeceremos encarecidamente su presencia. Que La Luz les acompañe.

Atentamente,
Casilda de los Ángeles Pérez de las Heras
Directora General

6. Los rostros de la nada

Noviembre 9. Miércoles. 7:20 p.m.

A Ariel Ramón Perdomo Gordoa, un gigantón trigueño de cabellera crespa y entrecana a quien desde muy joven apodan el Mochomo, le incomoda que le llamen *doctor*, porque como bien dice: en cuarenta y dos años de ejercer, nunca ha curado a nadie. Lo suyo son los muertos y él es un detective a su servicio. "Soy el último amigo que les queda", suele explicar a quienes se interesan en su oficio de médico forense. "¿Quién más los va a escuchar, que no sea yo?", pregunta luego, con las manos abiertas y los hombros alzados, como lo haría un pediatra para comunicar al pequeño paciente la importancia de una cierta inyección. Prefiere, en todo caso, que le digan *doc*: un apócope lo bastante amigable para empatar con el carácter campechano que suele desplegar incluso en los momentos más dramáticos. Y especialmente en esos, cuando más escasea la campechanía.

Hace pocos minutos que Dunia Montoro acompañó al amigo de los muertos hasta su oficina, luego del trago amargo de reconocer a quien años atrás fue su marido en el fiambre tumbado sobre una plancha larga de metal, con las vísceras dentro de una bolsa refundida en el hueco del abdomen a medio suturar. Fractura cerebral, vísceras estalladas, neumotórax, escoriaciones en ambos tobillos, presencia de cannabis y psilocibina. Debió de haber chocado contra el pavimento a 60 o 70 kilómetros por hora, según escuchó Dunia de labios de Perdomo. Le ha estallado la risa, para colmo, en lugar de berrear o desmayarse, que es lo que todo el mundo esperaría. Una suerte de tara que no sabe explicar, y menos todavía justificar.

—Qué pena, doc —habla Dunia sin quitarse las manos de la cara, acaso porque sabe que su semblante no es hoy muy distinto al de esos *arraigados* anteayer cuyas solas ojeras les imprimen la facha de maleante. —Va a pensar que estoy loca, o algo peor. En los momentos más horribles de mi vida me ha ganado la risa, en lugar de las lágrimas. ¿Me creería que hace treinta y seis horas que supe de la muerte de mi ex marido y todavía no logro llorar?

—No es un fenómeno tan raro, en realidad. ¡Joder! —pela los dientes, menea manos y cabeza el aludido. —¿Tú sabes las escenas que me ha tocado ver en todos estos años? Pero eso es lo de menos. Sólo dime que no te reíste así delante de los detectives.

—Risa histérica, risa patológica, risa neurasténica, risa demoniaca, llámele como quiera, no puedo controlarla.

—Psst. ¡Dunia! —truena los dedos Ramón Perdomo ante los ojos idos de la que fue su alumna un año atrás. —Te pregunto si también en el interrogatorio te ganó la risa. ¿Te vieron o te oyeron reírte los detectives?

—Sí, o sea no —sacude la cabeza la ensimismada. —Pienso que no, pero no estoy segura. Me fui corriendo al baño, gruñí, grité, no sé qué tanto hice para disimular. Solté las carcajadas ya cuando estaba sola. Después abrí la puerta y alcancé a ver a un tipo que salía del baño.

—¿Seguro que era el baño de mujeres?

—Segura, por supuesto. Fue lo primero que hice, asomarme para verificar que estaba donde me correspondía. Regresé a la oficina en la que me tenían y desde entonces como que me huelo que el que se asomó al baño era uno de ellos. El que llegó por mí al CNA para llevarme a ver a su superior. Mireles, creo que se apellida. Se parecían mucho sus zapatos, que en realidad es lo único que alcancé a ver.

—¿Y él no te dijo nada?

—Nada. Fue muy amable todo el tiempo. Puede que demasiado, pero no quise regresarme con él. Estaba vuelta loca con la noticia.

—¿Será que te vio cara de señora Mireles?

—Perdón, doc, pero no estoy para bromas.

—No te felicité, ni te he cerrado un ojo. Al contrario, te estoy notificando. Tú no quieres gustarle a un empistolado. Por otra parte, no es delito la risa, sólo eso nos faltaba. Lo que sí haría falta, yo supongo que en un momento dado, sería la constancia de un especialista sobre las risas esas de las que hablas. Patológicas, ¿cierto? No soy especialista, ya lo sabes, pero me queda claro que no lo controlas. Lo único que a esta gente realmente le interesa es que se cierre el caso, para pararse el cuello delante de los jefes. Entonces lo importante para ti es que no vaya a ser que, por las prisas, lo cierren con tus dedos en la puerta.

—¿Sabe qué es lo importante para mí, doc? Eso mismo que a usted le gustaba decirnos en su curso: hablar con el difunto. Lo que yo necesito por encima de cualquier otra cosa es que Iván nos explique cómo le hizo para…

No termina la frase Dunia Montoro cuando una carcajada intempestiva le brota a la manera de estornudo y se prolonga en forma de estertor. Una risa imposible, por los ojos de horror que la acompañan, fijos aún ahora y a saber hasta cuándo en el recuerdo fresco del cadáver hueco y recosido de quien hasta hace días fuera algo parecido, quizás equivalente, a lo que muchos llaman *el amor de mi vida*.

—¿Le pido un favorzote, Mary? —bisbisea Perdomo en el teléfono, con la mano envolviendo labios y bocina. —Hágame fuerte con un par de cafés. De esos levantamuertos, que le quedan tan ricos.

—Per. Don. Doc —al ataque de risa le sigue otro de tos, salpicado de sílabas entrecortadas. —No. Es. Toy. Lo. Ca. Le. Ju. Ro.

—Ya pasó, ya pasó —acompaña el forense sus palabras con una salva de palmadas en la espalda y enseguida alza un dedo a modo de advertencia: —Mira, Dunia, lo único que cuenta por ahora es que descanses todo lo que puedas, más todavía del coco que del cuerpo. Haz ejercicio, escucha algo de música, duerme mucho, si puedes. Yo sé lo que te digo: quítales todo el crédito a tus pensamientos. Te dieron con un marro en la cabeza, no puedes esperar que te funcione como si estuviera sana.

—O sea que sí piensa que estoy loca —se encoge de hombros Dunia, mirando a la pared.

—¿Puedes andar con una pierna fracturada? —puja Perdomo por ganar elocuencia. —Claro que no, tiene que reposar para que suelde el hueso, ¿verdad? Justamente para eso te ponen la escayola. Nada más que el cerebro no se puede enyesar, y si se lo permites va a hacerte todavía más daño del que te haría correr con una pata rota.

—Sólo una cosa, doc. Por favor no me trate como niña —suplica atentamente la aludida. —A lo mejor sí estoy muy afectada, porque además ya ve que arrastro este problema de no poder llorar cuando más falta me hace, y como de algún modo tengo que consolarme tiendo a pensar las cosas con muchísima calma. Que es lo que he estado haciendo desde que me enteré de lo de Iván. Necesito creer que hay una solución, porque yo no sé a usted pero a mí me desquicia no poder encontrarla, aunque sea en el fondo de mi cabeza, y una vez que la encuentro tampoco me estoy quieta si no la echo a andar.

—¿Y cuál sería entonces tu solución?

—Ya le dije que tengo que hablar con Iván. O como dice usted, tengo que oír al muertito. Si él me metió en este berenjenal, él sabrá cómo le hace para sacarme.

—¿Él *sabrá*? ¿En un futuro?

—No se lo tome literal, doc. Le estoy hablando de *mi* Iván Dupont, al que yo conocía y creo que entendía, antes de que le diera por rescatar espíritus, si es que es verdad que eso era lo que hacía. ¿No me tirará a loca si se lo explico?

—Para suerte de todos, en mi especialidad no caben los diagnósticos. Aunque tampoco hay que ser alienista para ver los estragos que una mala conciencia puede hacer en una buena cabeza.

—Mire, doc, yo no estoy tan desquiciada para culparme por la muerte de Iván. No era algo que quisiera, ni que me propusiera, ni que no hubiera yo querido prevenir. Lo lamento desde el fondo de mi alma y sé que ese dolor no va a dejarme nunca, aunque no sea el primero, puede que ni el más triste. Pero tampoco me hago la inocente, si hasta me di el gustazo de desampararlo. ¿Recuerda lo que dice el Evangelio sobre la gente a la que le negamos nuestra ayuda?

—"Porque tuve hambre y no me diste de comer, tuve sed y no me diste de beber…".

—Hacía más de cinco años que no sabía nada de Iván Dupont. Nada concreto, o sea. Nada que me constara que no fuera mentira. Según los detectives se hacía llamar Juan de la Luna, sólo que a mí ese nombre no acaba de sonarme. Hasta donde recuerdo, no le gustaba su segundo apellido. Que a todo esto era Luna, no *De la Luna*. Claro, él se transformó en otra persona, y a esa persona le negué yo mi ayuda. No me puedo quedar como si nada, aunque parezca que perdí la razón necesito ir detrás del tal Juan de la Luna.

—¿Vas a seguir los pasos de alguien que ya no puede caminar?

—Los pasos no. La huella. Su rastro por el mundo. Qué hizo mal, qué hizo bien, quién fui yo en esa historia. Si es que fui alguien, ¿verdad?, porque ni de eso puedo estar segura. Y ese es el tema aquí, por una vez voy a enfrentar las cosas que me pasan, para que ya no nada más *me pasen*, sino que sea yo quien las haga pasar o las impida. Necesito saber exactamente a quién abandoné a su triste suerte, si de verdad su suerte era tan triste, y si eso fue un acierto o un error. Y si fuera un error poder decir ok, y ya ni modo. Cosas de la estadística. Daño colateral. El mundo es para los vivos.

—*Dirty Dunia*. ¿Son mis nervios o tienes un futuro en el cine?

—No se me haga el gracioso, doc. Usted mismo me dice que a los policías les anda por cerrar este caso.

—Este y los otros casos, que son muchos. Están muy rebasados, no cuentan con los medios, y menos con el tiempo para hacer un trabajo decoroso. Pero eso no te pone en su lugar.

—¿Y quién dice que quiero estar en su lugar? Mi pregunta no es ya quién lo mató, sino qué pudo hacer él con su vida para caer, o en fin, para llegar adonde Iván llegó.

—¿Quieres saber qué tal le fue sin ti?

—No dudo que estoy mal y tampoco lo niego, pero igual que los perros yo sé cómo purgarme. Tengo una deuda vieja conmigo misma, de la que ya le he hablado alguna vez, aunque puede que no lo suficiente. El asunto es que Iván tuvo el maldito tino de darme justo ahí, digamos que en mi línea de flotación, y sé además que lo hizo con plena alevosía. No puedo asegurar que realmente supiera que se iba a morir pronto, pero él mismo me dijo que eso se temía. Me aventó al ruedo, ¿ya?, por si las moscas. "Ahí te dejo esa piedra en la conciencia, si es que no vuelvo vivo de la guerra".

—No acabo de entender. ¿Te dejó una tarea tu ex marido? ¿Una misión, un karma, una cruzada? ¿Cómo es que de la nada te competen los problemas de un señor del que ya no sabías ni su nombre, y que en términos prácticos era un desconocido?

—¿De la nada, perdón? ¿Sabe lo que es la nada, o por lo menos cómo la veo yo? La nada es esa bolsa de plástico donde ustedes metieron los órganos vitales de mi ex marido. La nada es el ruidajo espeluznante que suena cuando usted destapa un cráneo. La nada es el vacío del que acaba de llenarse mi vida, y no vaya a decirme que sueno a melodrama porque este es un problema de verdad, no una figuración, como piensan ustedes, y voy a resolverlo con o sin su ayuda.

—¿*Ustedes*, dices? ¿O sea tus enemigos? ¿Exactamente a quiénes te refieres?

—Disculpe, doc, no quise ser grosera. No hablaba yo de usted, pero igual me lastima verlo pasarse al lado de los detectives.

—¿No crees que eso sí es una figuración?

—Una exageración, en todo caso. Ya le pedí disculpas.

—¿Crees que sea exagerado de mi parte tratar de protegerte de ti misma, cuando es más evidente tu fragilidad?

—¿No que no daba diagnósticos?

—Muy bien, tú ganas, pues. Digamos que por obra del instinto eres más funcional, más lúcida y más rápida cuando te sientes acorralada. ¿Qué esperas tú que opinen los detectives si se enteran de que andas metiendo las narices en sus meros asuntos? Tú que ya te soplaste un interrogatorio, ¿sabes lo que es traerlos de remolque?

—Pero si no hacen nada de cualquier manera, ¿cómo van a enterarse de lo que hago o no hago?

—Te tienen en la mira, no les sería difícil. ¿Cómo dijiste que se llama el jefe?

—Rigoberto Rovira, un flaco cadavérico que tiene la piel verde y se prende un cigarro con el otro.

—Uno de ojos chiquitos y sonrisa asquerosa, más delgado que yo, ¿no es cierto? —pregunta y se responde Perdomo. —Ya sé quién es, no te lo recomiendo. Yo lo hacía jubilado, a estas alturas.

—Y yo pensé que iba a tratarme bien porque trabajo con quienes trabajo, pero creo que pasó lo contrario.

—Pues claro, ¿qué esperabas? Es gente que vivía acostumbrada a hacer las cosas a la trompa talega, y ahora resulta que unos escolares vienen a darles clases de inteligencia. No es que lo piense yo, es que así lo ven ellos. Tampoco es que te agredan, sino que se defienden. Tú no eres su colega ni su compa, tú vienes a tumbarles el negocio. En el fondo, y tampoco te creas que *muy* en el fondo, ellos y los maleantes son manadas afines, cuando no la misma. Se conocen, se huelen, se entienden, se adivinan. Y si tú les estorbas, o hasta si les caes mal, van a aplastarte como la hormiga que eres. Aparte, eres mujer.

—¿Y qué que sea mujer?

—Muchos de ellos son gente acomplejada, sobre todo los viejos. Frustrados, mal pagados, educados en la bragueta de un gendarme. Yo también vengo de la edad de piedra, pero soy hijo de madre soltera y me tocó vivir del lado feo del río. Un policía de mi generación, o uno de la anterior, o uno de la siguiente, nunca va a obedecer a una mujer. Puede ser que su esposa lo mande y lo mancuerne, y sus hijas le tomen la medida, y su señora madre lo traiga todavía a cachetadas, pero en la chamba le toca ser Rambo. Si no por él, por lo que él representa. Y por el qué dirán. ¿Tú sabes de qué vale un policía al que nadie respeta? Y si tomas en cuenta que la gran mayoría sufre de toda clase de carencias materiales, morales, afectivas, sociales, yo qué sé, comprenderás que baste con que les planten una mala cara para que ya se sientan disminuidos.

—¿Y yo qué mala cara les planté?

—Cara de especialista en inteligencia. Dudo mucho que un tipo tan silvestre como Rigo Rovira no se sienta insultado por tu linda cara. ¿Sigue trayendo las uñas crecidas?

—Larguísimas y puercas. Nada me extrañaría verlo parado en la rama de un árbol.

—Es parte de su *look*, para él miedo y respeto son la misma cosa. Hay gente que prefiere intimidar a cada sospechoso para ahorrarse el trabajo de investigación. Si ves que un policía es poco escrupuloso con la higiene, piensas que será igual en sus demás asuntos. O sea que ni dormido va a jugarte limpio, así seas Sherlock Holmes. ¿Vas a decirme que lo quieres de enemigo?

—Pero es que usted no sabe lo que yo voy a hacer.

—Y tú tampoco, tengo la impresión. No pensarás ir a pararte en el sepelio, ¿verdad?

—¿Y qué si me presento? Fui la esposa de Iván. Tiene todo el sentido que yo vaya.

—Sobre todo para Rigo Rovira. ¿Ayer te deslindaste de tu ex y mañana vas a estar en su entierro? Ya lo veo frotándose las manos.

—Todavía no sé si voy a ir, ni si va a haber entierro o cremación. Supongo que habrá misas y rosarios, y que no en todos estará Rovira. Yo sé cuidarme, aparte. Aunque sea mujer, y puede que por eso. Me siento protegida por su menosprecio.

—¿Me hablas a mí? ¿Yo te menosprecié?

—Usted no, el mundo entero. Pero yo sé mi cuento y voy a hacer lo que me toca hacer hasta ganarme un poco de ese respeto del que usted habla. Porque ahí donde me ve yo trabajo también para la policía, y pasa que me siento una persona poco respetable, y no puedo seguir viviendo así.

Recién se ha presentado la asistente —lleva *pants* rojinegros con dragones bordados en las mangas— balanceando las tazas de café. Nada más las coloca sobre el escritorio se escurre de regreso tras la puerta, no sin antes echar una mirada inquisitiva sobre la visitante.

—Pues mira, yo soy parte de ese mundo entero, así que espero que no menosprecies el cafecito que nos hizo favor de prepararnos aquí la licenciada Suárez Gavilán. ¿Cuántas quieres de azúcar?

—Ninguna, gracias, doc —estira Dunia el brazo y captura la taza. —El azúcar soy yo, aunque esté tan amarga.

—Nada de amarga, Dunia, eres una valiente. Perdón que te dé lata, pero aunque no lo creas tienes mi respeto —capitula Perdomo y le tiende la mano a su ex discípula: —¿Amigos?

—Amigos, doc —estira el brazo la recién exhortada y hace un fallido amago de sonrisa. —Eso ya sabe que ni se pregunta.

7. "El suicida inverosímil"

La Picota, por Julio César Alamilla
Jueves 10 de noviembre de 2016

Algo hiede a podrido en las altas esferas de nuestra sociedad. Prevalece, en efecto, un penoso tufillo a podredumbre desde que, en la mañana del martes pasado, Iván Dupont Luna —vástago y heredero universal del difunto magnate Maurice Dupont— cayó de siete pisos, presuntamente a causa de un suicidio (que según nos informan las lenguas indiscretas, tiene toda la pinta de asesinato con las tres agravantes).

Especulador inmobiliario recientemente venido a menos, además de golfista, *socialité*, calavera y afecto a las sustancias perniciosas, amaneció Dupont descoyuntado frente a las puertas de un colegio particular al sur de la Ciudad de México, precisamente a la hora de entrada. Imaginen ustedes, amables lectores, el golpe psicológico que debieron de sufrir madres, alumnas, padres de familia al momento en que el cuerpo chocó contra el asfalto, en sus meras narices. Parece que el *suicida* fue a caer apenas a unos cuantos centímetros de una niña pequeña, cuya vida podemos asumir que nunca más podrá volver a ser la misma.

Decíamos que el caso apesta a descompuesto porque la extraña muerte del heredero ha comenzado por sacar a flote toda una colección de turbiedades. Resulta que Dupont fue socio y testaferro de Waldo G. Farías y Manrique Quiroz, ambos reconocidos tiburones del medio inmobiliario, quienes habrían hecho sus fortunas en los primeros años de este siglo, con la complicidad del hoy occiso y convenientemente a espaldas de la ley. Y por si hubiera dudas, invitamos a los curiosos lectores a rastrear ambos nombres en internet, donde hay una veintena de demandas civiles y penales pendientes, algunas levantadas hace más de una década, que por alguna causa misteriosa siguen hasta la fecha sin desahogarse.

Buscamos a los dos unas horas después del *accidente*. Dio la casualidad de que ni uno ni otro tuvieron la atención, el interés, o quizá las agallas de tomar la llamada.

De más está decir que tanto el malogrado Iván Dupont como sus recelosos asociados tejieron anchas redes de complicidad, incluyendo contactos al más alto nivel, para así apoderarse de un gran botín de casas y terrenos, mismos que ahora amenazan con destapar la cloaca subyacente, donde seguramente el Ministerio Público tendrá que hurgar con la nariz tapada.

Y por si esto no fuera suficiente, la necropsia revela que el defenestrado había consumido previamente un muy nutrido coctel de enervantes, en su modalidad de alucinógenos. Se hallaron asimismo en el cadáver generosos residuos de cocaína, lo cual probablemente nos ayude a entender el brote paranoico de sus contlapaches (una reacción digamos que *normal* al sentido de culpa que comúnmente activa el nefasto alcaloide en sus consumidores consuetudinarios).

Pese a todo, no suele ser en la página roja, sino en la prestigiada sección de Sociales, donde Quiroz, Farías y sus innumerables contactos y amistades son huéspedes frecuentes, entre otros personajes con fama de intocables. Claro que entre *intocable* e *intachable* media todo un océano de indicios y evidencias que obligarían a sus protectores (gente muy poderosa, según hemos sabido) a pintar una raya y dar la media vuelta.

Las tres preguntas de hoy, perspicaces lectores, parecerían hablarnos de una bomba de tiempo:

¿Habrá algún juez, un Ministerio Público, un funcionario con los arrestos suficientes para ordenar ya mismo una auditoría a las empresas de Farías, Quiroz y demás elusivos copartícipes?

¿Es factible que la desaparición física de Dupont Luna fuera beneficiosa para su ex pandilla?

¿Tendrá que ir *La Picota* hasta el hoyo 18 de cierto club de golf al sur de la ciudad para cruzar palabra con estos caballeros?

El lunes de la próxima semana, no dejen de pasar por *La Picota*.

8. La caja fuerte del alma

Noviembre 10. Jueves. 4:00 p.m.

Entre el Panteón Francés de La Piedad y el Francés de San Joaquín se interponen casi nueve kilómetros de tráfico pesado. Hasta hace una hora y media, Dunia Montoro creía que ambos eran el mismo, pero no bien cruzó las puertas de uno supo que había *otro* Panteón Francés; tras algunas preguntas atropelladas, cayó al fin en la cuenta de que se había equivocado de cementerio.

Las cuatro de la tarde. Hay un tropel de autos amontonados en torno a las capillas ardientes del segundo panteón, de manera que Dunia deja el Peugeot un par de callejones más allá, donde criptas, estatuas, lápidas y floreros sirven de camuflaje a su presencia. Bajo la protección de unas gafas de mosca y una mantilla negra que le cubre la cara y la cabeza como a una abuela pía, se ha propuesto encontrar a la persona exacta que podría encarrilarla tras la pista de Juan de la Luna.

No ha olvidado su nombre y apellidos: Ludmila Zamora Reyna. Puede ser que en cinco años haya cambiado mucho —tendrá cara de adulta, cuando menos— pero igual Dunia cree poder reconocerla *entre medio millón de moscas muertas*. Sabe que su rencor ha pasado de moda, en especial porque hoy la necesita, pero asimismo en nombre de una discordia que en los días recientes se ha ido transformando en identidad.

"Nosotras, las *Ivanettes*", se repite, se burla, se encoge de hombros al bajar del Peugeot, casi condescendiente con lo inevitable. Demasiado ocupada en aguzar la vista en busca de Ludmila, con la esperanza de alcanzar a verla sin tener que pasearse entre el gentío que invade las capillas del velatorio, no advierte la celosa vigilante que está siendo celosamente vigilada.

—Montoro Bertrán, Dunia —dispara a voz en cuello la desconocida y asoma la cabeza entre dos mausoleos, como lo haría un duende chocarrero. Luce un vestido negro y entallado que la hace más o menos irreconocible para quien la haya visto con sus *pants* de kung-fu. Es menuda, morena, curvilínea y se le asoma un par de dientes conejiles que le imprimen un rictus de sarcasmo más o menos afín a su carácter: —Se te hizo un poco tarde, ¿no?

—Perdón… ¿Nos conocemos? —salta la demorada, da dos pasos atrás, no sin algún sonrojo se quita la mantilla (pero no las gafas) e intenta hacer pasar por extrañeza el susto.

—Tú no, pero yo sí —alza las cejas y se cruza de brazos la mujer, a la manera de una profesora estricta. —Trabajo en la oficina de Ramón Perdomo y cuando estoy de buenas preparo cafecito para las visitas —ahora extiende la mano y deja que se escape una media sonrisa: —María Auxiliadora Suárez Gavilán, me dicen la *Hata Mari*.

—Ah, sí. Hola, qué gusto… —traga saliva Dunia, otea a los costados, parpadea, intenta una sonrisa que no pasa de mueca y evita preguntar sobre el apodo. —¿Vienes de parte del doctor Perdomo?

—Pues, yo más bien diría que vengo a su pesar —arruga la nariz y chasquea la lengua la aparecida, como quien se resigna al heroísmo. —Si se entera Ramón de que estuve hoy aquí, para mañana ya no tengo trabajo. No me pediste nada, ya lo sé, pero igual aquí estoy. ¿Cómo ves, cuento con tu discreción?

Han pasado siete horas desde que María Suárez llegó al Panteón Francés de San Joaquín. Se había impuesto la tarea concreta de tomar sin ser vista cuantas fotos pudiera del sepelio de Iván, y eventualmente contener a Dunia, si es que se aparecía por ahí. "Vengo para ayudarte, ahí como cosa mía…", pensó en decirle cuando la abordara, pero ahora que se han ido todos los que llegaron —*todas*, en realidad: había pocos hombres, en momentos ninguno, y cero familiares— no hace falta convencerla de nada.

En vez de eso ha encendido su teléfono y ya le muestra las primeras fotos de las varias decenas que tomó, entre asistentes y placas de coche. ¿Qué mejor prueba quiere de que está de su lado, y todavía mejor, de que le es necesaria como el aire?

No se lo dice así porque las fotos hablan y una de ellas acaba de dejarla tiesa.

—Perdona —le arrebata el teléfono sin más, se lo acerca a los ojos y hace *zoom* con los dedos sobre la pantalla, parpadea con violencia, le tiembla la barbilla, respira con trabajos Dunia Montoro. —¿En qué capilla está toda esta gente?

—Ya se fueron, pero aquí están las fotos. Tomé también unos cuantos videos. Lo mejor es que a ti nadie te vio.

—No puede ser… —alcanza a chillar Dunia con un hilo de voz y el rictus descompuesto. —¿Cómo que ya se fueron? ¿Y el entierro?

Lo que sigue es la clase de llanto destemplado que ni en un camposanto pasa inadvertido. Más que gemir, la del Peugeot se entrega al vivo desconsuelo como a un amante esquivo que quisiera apresar y apergollar. Se ha ido acuclillando lentamente, hasta quedar sentada sobre una tumba de granito cuyo jarrón derecho le sirve de respaldo, como si ya supiera que va a seguir llorando y la comodidad no estuviese de más. Ha dejado caer sin advertirlo el teléfono de la Hata Mari, quien ya lo recupera de entre el pasto y la tierra, para treparse luego al cofre del Peugeot y distraídamente mirar hacia otra parte. No es poca su experiencia en estas situaciones, pero a la fecha sigue sin saber cómo tendría que actuar alguien como ella delante de un extraño cuando llora. *Ya parará*, se dice, como si se tratase de un aguacero.

Nadie sabe qué cara plantar ante la muerte. La mayoría se escuda en la solemnidad, quizá porque además de ser estúpida, hipócrita y hermética, guarda algún parecido con la tristeza, pero ni los más firmes sofocan por completo la desazón orgánica de acompañar a un muerto y en el primer descuido verse en su frío pellejo. Algo termina por transparentarse, si a la paciencia del observador se suma la malicia del morboso. A juzgar por las más de treinta horas que se tardó en abrir las compuertas del llanto, seguramente Dunia preferiría llorar hasta desfallecer, pero más ha podido la comezón de escudriñar las fotos del entierro. Es como si la ausencia del difunto le diera ahora derecho a hurgar en sus cajones y revisar sus cartas y rastrear sus secretos sin pizca de pudor, con la complicidad de una desconocida que logró capturar la primera y la última reunión de las novias de Iván.

Podrían ir un rato a la cafetería, pero quién adivina si quedan por ahí presencias indiscretas. ¿Verdad que es preferible meterse de una vez las dos en el Peugeot, estacionarse un poquito más lejos y gozar de la paz de los sepulcros, como sugiere la segunda de Perdomo? No es que no le haga falta un café *express*, pero tampoco ayuda que las vean juntas. Una vez a resguardo de los mortales, la copiloto reclina su asiento como precaución extra y entrega su teléfono con el botín de fotos.

—¡Mira a la mosca muerta! —escupe con desprecio la dueña del Peugeot, alargando cada una de las consonantes mientras agranda y achica la imagen. —De blanco, para no llamar mucho la atención, ¿verdad? Vino a hacer su primera comunión, por lo visto.

—¿A quién conoces ahí?

—A nadie, sólo a esta, la del vestido blanco —apunta a la pantalla sin tocarla, como evitando el riesgo de contagio. —Y a este también, era un *caddy* del Club que le conseguía cosas a Iván.

—¿Le conseguía *cosas*?

—Sustancias, me imagino. Tenía un nombre chistoso, algo como de nieve. No sé si sea su hermana la que se ve aquí atrás, porque a esa yo también como que la ubicaba. Y tampoco me consta que fueran hermanos. Iván tenía muchos amigos greñuditos que le decían hermano a todo el mundo, y así le decía él a... —se interrumpe, da un golpe en el volante. —¡Nivardo! El de la foto se llama Nivardo.

—¿Nivardo qué?

—Nivardo Yo Qué Sé. Me acuerdo que tenía varios nombres, o varios apellidos que sonaban a nombre. Un día Iván me pidió que ya no le dijera Nivardo, que según esto había vuelto a nacer y tenías que llamarlo por su segundo nombre, pero ya no me acuerdo de cuál era porque unos días después me fui de la casa y no tuve que usarlo ni una vez. Haz de cuenta Maestro, Profesor, Doctor Yo Qué Sé, un titulito que te daba risa si sabías que era un *dealer* disfrazado de *caddy*. A veces se me ocurre que quien me quitó a Iván no fue tanto Ludmila como Nivardo.

—En el póker de la vida, cónyuge no mata *dealer*.

—Era mucho más que eso. O bueno, llegó a ser, porque al principio sólo era marchante, pero luego te digo que metió a Iván en el rollo esotérico. Hongos, copal, peyote, incienso, limpias…

—¿Crees que lo haya embrujado?

—No hacía falta embrujarlo. Iván venía de fábrica con el alma hueca, la iba llenando con lo que se encontraba. Me acuerdo que al principio le hacía ascos a Nivardo, igual que sus amigos del Club. Decía que era útil y desechable. Hasta que esos amigos lo desecharon a él, y mira tú el milagro.

—Se apareció el gurú detrás del *dealer*.

—"Nivardo es mi maestro", decía, todo serio, y yo nomás pensaba: *No me jodas, mi marido es el fan número uno del primer merolico que se le atraviesa.* Pero como una vez le dije a mi abogado, Iván no era discípulo sino enano mental del Nivardo ese. ¿Sabes lo que aprendí, después de muchos topes en la pared? No puedes razonar con un pendejo que es muy feliz de que otro piense por él.

Rompehielos, llama la Hata Mari a la mezcla de crema de tequila almendrado Orendain y Gatorade sabor lima-limón. Ha llenado dos termos de un litro cada uno y ya es hora de hacerlos trabajar. No sabe mucho a alcohol, en un descuido pasa por jarabe, de modo que es difícil asociarlo al efecto de euforia que provoca. Sin hacer gestos, ascos ni preguntas, Dunia le da tres tragos apurados, seguidos de un jadeo más o menos perruno que a su modo se dice satisfecho. Y si bien allá afuera cala el frío, crece en el interior del peugeotcito una suerte de calidez vibrante a la que el Rompehielos no es ajeno.

—¿Dices que esta es la hermana de Nivardo? —barrunta la inventora del Rompehielos. —¿No se llama Tamara, por casualidad?

—¿Cómo sabes? —se engarrota, se asombra, se deja asustar Dunia por el súbito acierto.

—Ya te digo que por casualidad —tuerce los labios Suárez Gavilán y le extiende la mano con un volante de papel. —Mira lo que me dio nuestra brujita.

—"Tamara G. Vidente y rabdomante" —lee con mordacidad la del Peugeot. —No me la creo. ¿La Tamara se puso a volantear? ¡Aprovechó un sepelio para promoverse!

—No aprovechó *un* sepelio, fueron varios. Anduvo repartiéndolos de capilla en capilla, hasta que le llamaron la atención. Nosotras, por lo menos, tendríamos que estarle agradecidas.

—Ahora que la recuerdo creo que no era hermana, aunque pariente sí. Tamara era la prima que veía visiones y le daban ataques epilépticos, parece que una cosa le causaba la otra. Decía Iván que era una mártir de su don. Se enojaba muchísimo si me oía criticar a la pirada esa, que además era buena de putita. Pero dime una cosa: ¿segura que no vienes de parte de Rovira o de esa gente?

—¿Le ves cara a Rovira de trabajar de gratis, como yo?

—¿Es neta… haces todo esto sin ningún interés?

—Vine para ayudar, no para hacer negocios.

—¿Y eso de qué o por qué?

—No sé. Por equis causa. Escuché la otra noche lo que dijiste que querías hacer, o que quieres hacer. No porque sea chismosa, pero es que en la oficina se oye todo. Ramón jura que no vas a poder, que ni sabes en qué te estás metiendo, y yo opino lo mismo, *exactamente*. A menos, por supuesto, que tengas a una como yo en tu equipo. Ya sé que para ti no soy más que la pinche chalana del médico legista, pero yo sé que puedo sorprenderte.

—No he dicho que seas poco para mí, ni diré que no estoy apantallada. Y agradecida, claro, pero tampoco entiendo por qué tendrías que hacerlo.

—Como dijo el vaquero, hago esto porque un día estuve como tú y no había nadie que echara la mano.

—¿Tendría que creer que me escuchaste bien, lo pensaste con calma y dijiste "esta tiene razón"?

—Tanto como eso, no. Mi jefecito rara vez se equivoca. Te digo, si te metes en esto por tu cuenta, va a salir todo mal, pero igual con mi apoyo la cosa cambiaría. Como quien dice, una tiene la razón cuando tiene los medios para defenderla.

—Discúlpame, no acabo de entender qué me estás ofreciendo.

—Soy cinta negra de tae-kwon-do, hace dos meses llegué a quinto *dan*. Estuve un par de veces en el Preolímpico y saqué una medalla de plata en los Panamericanos. Trabajé en tres corporaciones policiacas y sobreviví a un número indeterminado de emboscadas en inferioridad de circunstancias. He hecho Aikido, Shotokán, Kendo y Okinawa. Manejo además chacos, *shurikens*, *katanas*, nueve milímetros, subametralladoras y rifles de asalto, por si llega a hacer falta. Sé interceptar teléfonos, pescar contraseñas, instalar cámaras, micrófonos y caballos de Troya, todo lo que se ofrezca para hacer una buena inteligencia, tú que entiendes más de eso.

—No sé ni qué decir —suelta un largo bufido la analista, sacude la cabeza y se rasca la sien. —¿Sí sabes que me tienes agarrada ya con las puras fotos del teléfono?

—Son tuyas, no te claves —se exaspera María y vuelve al grano: —Estábamos hablando de Tamara.

Lo que la charla gane en desparpajo, lo irá también perdiendo en precisión. Hablan las dos mujeres arrastrando de pronto las consonantes, con ánimo chispeante y un cierto humor festivo que le arrebata peso a las palabras y seriedad al duelo. Que todo esto coincida con las tácticas de la Hata Mari es prueba de su funcionalidad. Si a menudo las citas de negocios requieren de bebidas relajantes para aceitar la firma del contrato, en la experiencia de María Auxiliadora los enervantes son la contraseña que abre la caja fuerte del espíritu.

—¿Qué más quieres que diga de Tamara? —sonríe Dunia al fin, con alguna malicia en la mirada.

—¿Tú crees que te recuerden, ella y el primo?

—El primo sí, seguro. Ella no sé. Yo diría que no, pero si como creo tenía algo que ver con Iván, digamos que cualquiera en su lugar se habría entretenido en echarme un buen ojo.

—Un mal de ojo, más bien.

—Si pudo, me lo echó —aventura Dunia, mientras sorbe los últimos vestigios de Rompehielos. —Esa gente es capaz de sacar a los muertos de sus tumbas para hacer que los vivos se le cuadren.

—¿Hacían palo mayombe? —se atora el Rompehielos en la garganta de la taekwondoin. —¿Le hicieron eso a Iván? ¿Se te ocurre o lo viste?

—¿Qué es un palo mayombe?

—Ritual de muertos, tipo magia negra. Menos mal que no sabes porque son otras ligas y ahí no quieres jugar.

—¿Quieres decir vudú? ¿Tú crees en esas cosas?

—Lo que yo crea da igual. ¿Tú te molestarías en cortarle el pescuezo a una gallina con tal de hacerle daño a quien te estorba? No digo que el embrujo vaya a funcionar, pero mientras son gallos o gallinas ya le perdiste el respeto a la sangre. Como quien dice, ya te gustó matar. No es el caso del *caddy* y la vidente, ¿verdad?

—Ok, exageré. No me consta que me odien, tan siquiera —admite la analista de inteligencia, tras succionar los últimos vestigios de Rompehielos. —Pero a mí sí me cagan, por razones obvias, y porque ni falta hace investigar para saber que Iván estaría vivo si no hubiera ido a dar con esa pandillita de trastornados.

—Iván no estaría muerto si no hubiera nacido —corta la Hata Mari la ficción por lo sano. —Suena bobo, pareja, pero es todo lo que hay por el momento. Para averiguar más hay que hacer la tarea. Destripar el misterio, como dice Ramón.

—¿Te dicen Mata Hari por misteriosa?

—Hata Mari, me dicen. Igual, pero al revés.

—¿O sea Mari por María? —finge mal el candor Dunia Montoro.

—Me dicen Hata Mari por torcida, por traidora y por disléxica —dispara sin sonreír la dueña del epíteto, como si recitara cifras de memoria.

—Pero no es cierto, ¿o sí?

—Depende, como todo. Puede que sea torcida, y a ratos hasta chueca. Y también se me enredan las letras y los números, pero lo de traidora no es verdad —concede, reflexiona, negocia su postura la del apodo exótico. —Puede pasar que juegue en dos equipos, o en dos ligas distintas, eso hasta en los deportes sucede a cada rato. Tú dirás que me paso de pendeja con el alto mando, pero es que yo defiendo sus enseñanzas. Lo mismo haría Ramón, si fuera yo. Él no puede ponerse de tu lado porque es un cacagrande en el organigrama, pero la Hata Mari es una cucaracha y esa gran desventaja tiene sus ventajitas.

A la ingestión profusa de Rompehielos suele seguir una jaqueca infame, pero esa es una ganga si conseguiste cerrar el negocio. Y hoy por hoy el negocio de la Hata Mari consiste en inspirar confianza a cualquier precio (lo cual se dice fácil cuando el precio es dos litros de humilde Rompehielos).

—¿Eres la *Spider Woman* de las cucarachas? —susurra Dunia, casi para sí misma.

—Soy *La Cucarachica*, para servirte —alza las cejas la del apodo alrevesado.

—¿Cómo voy a llamarte delante de la gente? —ronronea la otra, entre bostezos.

—Delante de la gente yo a usted no la conozco. Y si le hice un café, ya no me acuerdo —agita el dedo índice como un florete la Hata Mari, para que no haya duda de los fines didácticos de su respuesta, pero Dunia ha dejado de escucharla.

Ese es otro problema con el Rompehielos. Se te pasa la mano y funciona como anestesia general.

9. Ínfulas de faquir

Noviembre 10. Jueves. 7:25 p.m.

Si por él fuera, Rigoberto Rovira no volvería a pararse en Coyoacán. Esa combinación de pueblo viejo y barrio acomodado le revuelve el estómago, según ha hecho saber cuando menos tres veces a su subordinado, el oficial Mireles, desde que atravesaron Río Churubusco.

—Unos se creen muy cultos, otros muy exquisitos y otros toman sus clases de levitación —se burla el inspector, al bajarse del coche. —¿Cómo dices que se llama la Meca de los Poderes Sobrenaturales?

—Centro de Sanación y Desarrollo Shakti Kali —verifica Mireles, leyendo del teléfono, y echa un vistazo al otro lado de la calle. —Es esa casa tipo colonial, donde están los portones de madera.

—¿El muerto fue maestro o director?

—Las dos cosas. Más o menos igual que el que vamos a ver, aunque con mayor rango.

—¿Cómo se llama el vivo?

—Nivardo Ciriaco Gabriel.

Hace casi hora y media que el *profesor Ciriaco* empezó con su clase de Cábala radiestésica, según informa la recepcionista. "Le faltarán unos veinte minutos, si quieren esperarlo". Pero ya bastante hace el inspector Rovira con venir a meterse a Coyoacán para encima tener que sentarse a esperar en una sala estilo colonial mexicano con aires europeo-guatemaltecos. Hay, además, enfrente una pizarra donde se anuncian cursos como Péndulo, Quiromancia, Angelología y Lectura del Tarot.

—Vámonos, oficial, aquí apesta a pachuli —espeta el inspector y hace un guiño discreto al susodicho: —Es hora de poner a asar el pollo.

No hacen falta poderes sobrenaturales para adivinar que quienes ahora llegan al salón 7-B del Shakti Kali son policías vestidos de paisano. "Buenas noches", murmura el segundo en entrar, pronunciando las puras consonantes, y va detrás del jefe, que ya se ha apoltronado en uno de los pupitres traseros e invita al profesor a seguir con su clase, al estilo del agente de tránsito que apremia a los peatones a cruzar la avenida. Basta esa leve muestra de autoridad para que los presentes —cuatro estudiantes, dos amas de casa, tres señoras de pashmina y turbante, varios oficinistas y un puñado de místicos en ciernes— se vuelvan de inmediato hacia adelante y pretendan que aquí no pasa nada.

Tras una ristra de tartamudeos, el hombre que está al frente del salón se esmera en recobrar aplomo y desenfado, en un esfuerzo acaso demasiado notorio por ignorar la sonrisa burlona del que da las órdenes.

Cuando mira de frente a sus pupilos, el profesor Ciriaco no suele parpadear, ni desviar un instante la vista hacia otra parte. Se diría que nada le perturba, ni escapa a su atención, ni le provoca el menor sobresalto, pero la sola mueca del inspector Rovira —fija allá atrás, como careta chusca— le ha arrebatado el aire de asceta diligente que suele desplegar en horas de trabajo.

Se tropieza al hablar, salta de un tema al otro sin concierto aparente, confunde karma y dharma, zen y tao, revelaciones y revoluciones, si bien lo más probable es que ya nadie siga sus palabras, a excepción del sardónico Rovira y el impecable joven Mireles, cuya quietud hierática tampoco ayuda mucho a la distensión. Pero de eso se trata, según había insistido el inspector antes de abrir la puerta del salón. "Ni modo de comernos el pinche pollo crudo".

Terminada la clase, el oficial Mireles ha cerrado la puerta del salón, tras la salida del último alumno, mientras el inspector se trepa a la tarima, se apoltrona detrás del escritorio y le indica al maestro en qué pupitre le toca sentarse.

—A ver, vamos por partes —frunce el ceño Rovira, con la vista en el techo. —¿Se llama usted Nivardo, Ciriaco o Gabriel?

—Gabriel es mi apellido paterno, señor.

—Hombre, qué interesante. ¿Y el materno, si no es indiscreción?

—Sarabia, comandante. ¿En qué puedo servirles?

—Inspector Rigoberto Rovira.

—Perdóneme, inspector.

—Y él es el oficial Marcos Mireles.

—Mucho gusto, señor oficial.

—A ver, dígame pues, Señor de los Tres Nombres, ¿es usted profesor, profesante o profeta? Digo, para saber a qué tirarle.

—Soy nada más un hombre que se hace preguntas —responde el aludido con la mano en el pecho y esboza una sonrisa a su modo beatífica. —Un perpetuo aprendiz, en realidad.

—Qué bonito, qué humilde. ¿Pero por qué esas ínfulas de Kalimán?

—No le entiendo, inspector —se esfuerza el ofendido en conservar ya no la dignidad, sino la calma.

—¡Qué ojotes tiene usted, mi estimado profeta! No sé si consignarlo o darle un beso.

—Mi vida está a la vista, no hay nada que ocultar.

—Quién te viera, cabrón… De narcotraficante a sumo sacerdote. ¿Ya saben tus pupilos de qué pata cojeas o creen que les caíste del puto Más Allá?

—Gabriel Sarabia, Nivardo Ciriaco —lee en voz alta Mireles, teléfono en mano. —Dos ingresos al Consejo Tutelar para Menores Infractores por suministro de sustancias prohibidas, un año y medio en el Reclusorio Sur por delitos contra la salud en su modalidad de compraventa, dos empleos perdidos por las mismas razones…

—Me cuenta el oficial que eras recogebolas en un club de tenis —interrumpe Rovira, canturreando el final de la frase.

—Fui varios años *caddy*, en un club de golf.

—Caramba, qué elegante. ¿Fue como te agenciaste a Iván Dupont?

—Iván, Waldo, Manrique, Sergio, Alfredo, Samuel, don Álvaro… Con todos trabajé.

—¿Te pagaban muy bien?

—La tarifa nomás. Mantenía yo entonces a mis seis hermanos.

—Cuando no estabas en la cárcel, claro.

—Eso fue en otro tiempo. Para entonces ya había yo cambiado.

—Ándale, pues. Ya habías visto La Luz…

—Ya había renunciado a las tinieblas.

—Me han dicho que te hiciste buen amigo de Iván.

—Me llevaba con todos, mientras jugaban golf. Después me hacían a un lado, pero yo lo entendía. Sirve uno nada más para lo que sirve. Pero Iván fue cambiando, ya al final. Me llamaba sin más, para pedir consejo. A veces me invitaba a comer en su casa.

—Por consentir al *dealer*, yo supongo.

—Mire usted, inspector —puja por serenarse el asediado. —No le voy a negar que hice lo que hice, ni voy a defenderme con que era joven y andaba perdido, pero no sé si sepa cómo trata el vicioso a su proveedor. Primero llama, pide, ruega, ofrece, pero apenas tiene la mercancía se hace para atrasito y lo trata como a un endemoniado.

—*Císcale, císcale, diablo panzón…*

—Así eran ellos, claro. Hablaban de sus cosas, mientras jugaban golf, y se les olvidaba que uno estaba detrás y oía todo. Más bien creo que les daba lo mismo.

—Como quien dice, sabes demasiado.

—No sé si sepa mucho, pero sé cómo son y se lo dije a Iván, porque él sí me trataba como persona.

—¿Qué es lo que le dijiste?

—Que no eran sus amigos.

—¿Y ya, eso fue todo?

—También le dije que se reían de él, a sus espaldas. Que hablaban mal de la que era su esposa. Que lo iban a estafar, nomás pudieran.

—¿Y él no los defendió?

—No. Se quedó callado. Aunque igual nos hicimos más cercanos.

—¿Qué? ¿Les salió lo putos?

—Empezó a interesarse en cosas esotéricas, que es de lo que yo sé.

—Tú lo iniciaste, entonces.

—Lo rescaté, más bien. O lo intenté.

—¿De sus malos amigos?

—Lo más difícil era salvarlo de sí mismo. Parece que eso sí no se logró.

—¿Y qué tal la mujer? Dunia… ¿verdad, Mireles? ¿De esa sí lo salvaste?

—No sé. Nunca cruzamos más de cuatro palabras. Me miraba con asco, pero yo la entendía. Niña buena, traumada, venida a menos. Tendría sus motivos para desconfiar.

—Te gustaba, ¿verdad?

—Le gustaba el dinero y yo no lo tenía. Era obvio que iba a dejar a Iván cuando se le acabara.

—Y así fue, por lo visto. Pero tú sí lograste salir de la pobreza. Tal parece que vives en una gran mansión. ¿Recibiste una herencia, despojaste a una viuda o qué pasó?

—No se crea, inspector. Iván cedió un terreno para construir un centro de meditación y lo puso a mi nombre, pero mío no es.

—¡Ah, chingá! ¿Y cómo es eso?

—Soy el depositario, no el propietario. Es mi misión.

—Una misión sagrada, me imagino.

—Espiritual, pero no se equivoca. Para mí es cosa seria, la más seria de todas. Sagrada, superior, como quiera llamarla.

—Mil ochocientos metros cuadrados de terreno —puntualiza Mireles, en tono burocrático. —Setecientos noventa de construcción, más la alberca con bar y el foro al aire libre con lugar para ciento cincuenta personas.

—¡Carajo, Kalimán, qué misión tan chingona! ¿Ahí pernoctas, mi rey?

—Sí, señor. Es un templo y un centro de reunión. Ahí me hospedo, por ahora.

Por algunos instantes, Rovira se limita a hurgar en las facciones del interrogado. Arruga la nariz, se relame los labios y suelta una estruendosa risotada, al tiempo que aporrea el escritorio con la palma de la mano derecha.

—Damas y caballeros, aquí tenemos a un franciscano —anuncia, entre tosidos, el de las preguntas.

—Escúcheme, inspector…

—Mis huevotes te van a escuchar, cabroncito —se pitorrea Rigo, amenazante. —Por lo pronto nos tienes que explicar quién construyó esa casa, con qué dinero y cómo hiciste para salir de prángana. Y si no, de una vez nos acompañas. Escribes un mensaje para tus alumnitos y les avisas que en treinta años regresas a seguir con el curso.

—Voy donde usted me diga, señor inspector —extiende los dos brazos el interpelado, como Cristo al dejar Getsemaní. —Le invito a que investigue quién soy, de dónde vengo. Yo nunca he sido rico, ni es esa mi intención. Con lo que gano aquí no pago ni el impuesto predial de aquella propiedad. No me quejo, es un apostolado y así tiene que ser.

—Te construiste una casa, un pinche palacete según tengo entendido. ¿Con ayuda de Shiva, a lo mejor?

—Había un fideicomiso, lo administraba Iván. De ahí salió para la construcción. No hubo nada ilegal. Tengo los documentos, las actas notariales. Está todo a la vista de quien lo quiera ver.

—Amén —murmura Marcos, inexpresivo.

—Ya te salió un acólito, cabrón —vuelve a soltar la risa el inspector. —¿Gustas un cigarrito, o tu fe te lo impide?

—Lo impide el reglamento, pero sí se lo acepto —se relaja Nivardo, luego baja la voz. —A como están las cosas…

—¿No te importa que sean de los baratos? —saca Rigo la cajetilla de Alas, sin esperar ni recibir respuesta. Prende su encendedor, mientras el gurú extrae uno de los cigarros, se para de puntillas y estira ya el pescuezo para alcanzar el fuego. No bien enciende el suyo, el inspector se carga los bronquios de tabaco y juguetea lanzando volutas al aire. —Dime una cosa: ¿ustedes los profetas leen también los periódicos, o de plano es que no lo necesitan?

—No soy ningún profeta, señor.

—Te la pongo más fácil, Kalimán, para que veas que somos generosos. Cuéntame de estos tipos, los amigos de Iván. ¿Ya viste que salieron hoy en el periódico?

—De eso no sé, inspector. Iván era mi amigo, mi discípulo, mi compañero. Le tenía mucho afecto, y lo seguí queriendo cuando se distanció de nosotros.

—¿Y quiénes son "nosotros", en este caso?

—El Shakti Kali es una comunidad. La misión es conjunta, pero cada uno tiene su encomienda. Estamos preparando un ritual especial para celebrar la presencia perenne de Juan de la Luna, porque aunque se haya ido él sigue entre nosotros. Éramos sus hermanos, como toda la gente que tuvo el privilegio de su amistad.

—Y los otros cabrones, los golfistas, ¿también eran hermanos del muertito?

—En un sentido amplio sí lo eran. El hermano extraviado sigue siendo un hermano, aunque a veces cometa demasiados errores.

—Suenas a fariseo, chingado Kalimán. Eres como esos curas que presumen de castos para poder cogerse a las beatitas. O a los beatitos, que tampoco faltan.

—¿No le parece raro que no me ofenda todo lo que me dice?

—Escupe pues, cabrón. ¿Qué onda con los golfistas? Según dice el periódico, a ellos sí que los tienta la marmaja. Incluso algunos son vecinos tuyos. ¿Te peleaste con ellos?

—Yo no peleo con nadie. Toda la gente tiene su historia y sus problemas. Les he hecho un par de limpias, porque me lo pidieron.

—¿Aunque te traten mal?

—La luz es para todos.

—Sí, pero bien que fuiste de chismoso con el difuntito.

—Me tocaba tratar de protegerlo, tanto como él tenía que perdonarlos. No sé si esté bien claro lo que digo.

—¿Sabes qué veo claro? Que eres un intrigante, cabroncito. Un soplón disfrazado de mensajero del más allá, y hasta donde yo sé esos disfraces sirven para tapar las peores chingaderas. Robos, asesinatos, estupros, narcotráfico, para todo eso están las tapaderas de los pinches santones como tú.

—¿Me está usted acusando?

—Acusar, acusar… No sé. Puede que sí, puede que no. Tú eres el chismosito de esta historia, profeta. Si ya acusaste a tus clientes golfistas con tu amiguito Iván, ahora vas a acusarlos con nosotros. ¿Quién de ellos lo mató, según tus cálculos? En el remoto caso de que no fueras tú…

—Perdóneme, inspector, pero a mí no me salen esos cálculos, y tampoco es que tenga la bola de cristal.

Asiente el inspector tres, cuatro veces, se levanta con cierta parsimonia y da un paseo lento y circular, como sumido en una reflexión. Baja de la tarima, se acerca lentamente al interrogado, da una fumada larga a su cigarro y se sienta a su lado.

—¿A quién le hablas así, brujito de cagada? —pesca Rigo a Nivardo del antebrazo izquierdo, lo sujeta con fuerza repentina y le frota la brasa del cigarro en el dorso de la mano, hasta apagarlo.

Nivardo aprieta párpados y mandíbulas, pero no abre la boca para quejarse, cual si el dolor le viniera de adentro y fuese indispensable dominarlo. Mireles, mientras tanto, abre la puerta y se asoma al pasillo.

—¡Míralo, aguanta vara! —se asombra el del cigarro. —Yo que pensé que hablaba con un profeta, y resulta que es un pinche faquir.

—Ya le dije, inspector. No hay nada que ocultar —repara el afectado, sin destrabar los dientes, y enseguida procede a apagar su cigarro justo donde Rovira acaba de quemarlo, mirando al pizarrón sin parpadear. Resopla levemente, le tiembla la otra mano, pero más allá de eso continúa impasible.

—¿Estás midiendo fuerzas, Kalimán? —arruga las facciones Rigoberto, en un gesto de repulsión atónita.

—No, señor. Estoy a sus órdenes —bufa solemnemente, con la cara de piedra, el de la mano vuelta a chamuscar.

—¿Cómo lo ves, Mireles? Te consta que él solito se tatemó, por si se le ocurriera ir a rajarse —se cubre el inspector, tras algunos segundos de indecisión.

Asiente el oficial, con la vista en el techo.

—¿No vas a hablar entonces, Kalimán? —puja Rigo por recobrar la voz cantante.

—¿Qué quiere que le diga? —responde con atenta firmeza el aludido, cual si las quemaduras sucesivas reforzaran su determinación a hacerse respetar.

—¿Quién te parece que tendría razones para echar a Dupont por la ventana?

—Para una cosa así no existen las razones, pero él tenía enemigos. Debía mucho dinero, según dicen, y no tenía para cuándo pagar.

—¿Quiénes dicen? ¿Cuánto dinero era? ¿A quién se lo debía?

—Es un mundo pequeño, el de la magia. Se entera uno de todo, aunque no quiera. Imagínense yo, que soy el director de este lugar, de lo que no me he llegado a enterar. Pero de ahí a saber las cosas en detalle, pues no, no es mi función, ni me vería bien metiéndome en la vida privada de la gente.

—Está bien, te la cambio —concede el inspector, mirando de reojo la mano quemada, que sigue quieta encima del pupitre. —Me dices que el difunto tenía enemigos, seguramente tú eras uno de ellos, aunque el tipo te hubiera puesto casa. ¿Quiénes eran los otros?

—Perdón, creo que usé la palabra equivocada. No es que ninguno fuera su enemigo, y mucho menos yo, ya se lo dije, pero él decepcionó a muchas personas. Traicionó la confianza de la gente que había creído en él. Por eso me hice a un lado, pero nunca pensé hacerle la guerra.

—¿Quiénes sí lo pensaron? No me has respondido eso.

—Iván llegó a moverse en círculos muy altos. Hacía rituales para gente pudiente, poderosa. Gente que necesita pagar caras las cosas para creer en ellas, y que no acepta que le queden mal.

—¿Gente como los narcos o como los viciosos?

—De eso no tengo idea, eran asuntos suyos.

—No me chorees, pendejo. Dame nombres.

—Los nombres no los sé, ni quisiera saberlos. Ustedes, como nadie, saben cuál es el precio de estar al tanto de ciertos asuntos. Yo no llego a esos pisos, inspector, y no tengo el dinero ni el poder para meterme donde no me llaman. Prefiere uno que lo menosprecien, que le digan *brujito* y *Kalimán*, con tal de conservar una buena distancia de las tinieblas.

—Eres bueno pa'l rollo, Kalimán. ¿Cómo lo oyes, Mireles? ¡No me digas que ya te hipnotizó!

—No, señor —responde al tiro Marcos, firme junto a la puerta. —Lo que pasa es que dicen que la elocuencia es la última salida de los desesperados.

—Así como lo ves, Kalimancito, el oficial Mireles es filósofo. En un descuido él te hipnotiza a ti. Pero a ver, seamos serios. ¿Qué nos puedes decir de los golfistas? Según dice el periódico lograron su objetivo de bajarle la lana al hoy cadáver.

—Según contaba Iván —pugna por serenarse el interrogado, —revendieron los mismos terrenos y él tuvo que entregar los que quedaban, sin llevarse ni un peso. Tienen muchos contactos, son amigos de jueces. Iván los demandó, pero se la voltearon. De milagro no lo metieron preso. Luego le dio por desconfiar de mí, y entonces yo le dije: "¿Sabes qué, mi Juanito? Tú y yo hasta aquí llegamos".

—¿Cómo que *tu Juanito*?

—Juan, Iván, es lo mismo. Ya ve, yo era Nivardo y ahora soy Ciriaco, pero igual son mis nombres.

—O sea, como la carne de prisión. Usas los alias para hacerte humo.

—Son formas de acercarnos a la gente, para que nos recuerde y nos tenga presentes. Somos médicos de almas, nos debemos a ellos.

—¿Has tratado este asunto con los golfistas, ahora que son vecinos?

—Le he hecho unas cuantas limpias a Manrique Quiroz. De los otros no sé, no los frecuento.

—Hace rato dijiste "un par de limpias", ahora dices que fueron unas cuantas…

—No sé bien cuántas fueron, esa es la verdad. Por mí no lo hubiera hecho, pero él me lo pidió y no pude negarme. Un asunto de mística, la antipatía no cuenta.

—¿Y qué tanto te cuenta el caballero?

—Nada. Ni una palabra. Solamente la limpia, el pago y hasta luego.

—Perdone la pregunta —se interesa Mireles. —¿Cuánto le pagan por un servicio de esos?

—Varía mucho, según el paciente. A Quiroz, por ejemplo, le cobré tres mil pesos. Algunos pagan más, la mayoría menos.

—O sea, según el sapo es el conjuro… —provoca una vez más Rovira al profesor.

—Según las posibilidades y la fe que se tenga.

—¿Cuándo fue la última vez que viste a Iván Dupont?

—Hace un mes, poco menos.

—¿Dónde se vieron?

—En el departamento de mi prima Tamara.

—¿Y eso?

—Eran amigos.

—¿Amigos con derechos?

—Ese no era mi asunto, yo no sé.

—¿Y él qué te dijo?

—Nada. No nos hablábamos.

—¿Y tú prima qué tal? ¿Está buena, siquiera?

—No sé, señor.

—Te retuerces de celos, Kalimán. ¿A qué se dedica ella?

—Es vidente. Hacía sesiones con Iván.

—¡Órale con la vidente! Se la andaría cogiendo, no me digas que no.

—No entiendo de qué me habla, señor.

—O sea que sí, era su colchoncito la primita. Y claro, te gustaba desde niño y ese cabrón de mierda se la vino a chingar. Pa' matarlo, ¿verdad? ¿Dónde andabas el martes pasado en la mañana?

—Fui a traer unas yerbas de Tenango del Valle. Regresé al mediodía y ya entrada la tarde supe del accidente.

—"El accidente", dices, pero no fue accidente. ¿No habrás ido a otro lado? ¿Tienes algún testigo?

—Está bien, fui a San Pedro Tlanixco. Tenía un ritual mágico para la noche.

—¿Y qué fuiste a traer de Tlanixquito?

—Hongos alucinógenos —interviene Mireles, sonriendo a medias. —Es pasando Tenango, ya muy cerca de Ixtapan de la Sal.

—Fui a ver a doña Eustolia, que también es chamana —baja la voz al tiro el interrogado. —A ella le consta que estuve yo ahí.

—Truco viejo, profeta —arruga la nariz el inspector, meneando la cabeza en señal de lamento. —Te echas la culpa de una pa' zafarte de la otra. ¿Tú sí le crees, Mireles?

—La visita a Tlanixco pudo ser días antes… —cavila ya en voz alta el oficial. —El cuerpo de Dupont tenía restos de psilocibina. Estaba a medio viaje cuando lo aventaron.

—¡Anda, pues, Kalimán! —alza las cejas Rigo, complacido. —Ya te fuiste de hocico, ni las manos metiste. ¿Tú le suministraste los hongos al muertito?

—No, señor —asegura Nivardo, sin perder la calma. —Ya le dije que estábamos un poco distanciados.

—¿Y qué dijiste tú? ¿"De una vez lo termino de distanciar"?

—Tengo las manos limpias, inspector —adelanta ambas palmas el hostigado. —Pero estoy a sus órdenes, voy adonde me digan.

—Querrás decir adonde te llevemos, cuando tengamos lista la orden de aprehensión —se levanta Rovira del escritorio, consulta su reloj, suelta una bocanada de resignación. —Vámonos ya, Mireles, no vaya a ser que se nos queme el pollo.

—No le entendí, inspector —murmura, titubea, tartamudea Nivardo Ciriaco.

—Ni entenderás, cabrón, por muy brujo que seas —bosteza Rigo, se da un largo estirón y un instante después, de súbito impaciente, ya le truena los dedos al perplejo aludido: —Lárgate de una vez, faquircito de feria, antes de que me prenda otro cigarro.

Recargado en el marco de la puerta, Mireles se hace a un lado para dejar pasar al maestro y director del Shakti Kali y lo mira esfumarse como un ratón de un hierro al rojo vivo. Valga decir, como cualquier mortal.

10. Hija de tigre

Noviembre 11. Viernes. 12:10 p.m.

De las múltiples piedras que lastran la conciencia, hay dos que sobresalen por su peso específico: la obra y la omisión. Dar la espalda al deber, o hacer lo que no debes, supone contraer un crédito moral en términos totalmente desconocidos. Puede ser que lo pagues en un tris o que ni con tu muerte acabes de saldarlo.

Casi todos respondemos que sí cuando se nos pregunta si somos gente buena —o decente, o confiable— pero a veces tememos que no sea verdad, si es que estamos en deuda con la culpa: esa usurera untuosa que sabe siempre cuándo y dónde encontrarte, con su cara de mustia por delante. ¿Pero no son acaso los villanos quienes se pitorrean de las culpas? ¿Y no es por evitarse la vergüenza de pasar lista entre esa patulea que Dunia trabaja hoy donde trabaja?

Y sin embargo es ya el segundo día que no va a trabajar, ni llama, ni se digna responder al par de *emails* urgentes de Ronald Lamm que siguen esperando a ser leídos. Algo tienen las deudas recentísimas que nos hacen conscientes de las más antiguas, como si de ese modo nos recordaran que somos desde siempre moralmente insolventes. Parece que unas y otras compiten entre sí, pero en el fondo son el mismo *gang*, entre más numeroso más unido. Tal como uno decide qué deudas ameritan ser amortizadas, también ha de elegir sobre cuál de sus culpas echar los reflectores, y con frecuencia ganan las más viejas. Pues aun si las nuevas mucho te mortifican, no hacen sino poner de manifiesto que al cabo de los años no mejoras, y quizá sigas siendo la misma porquería. Si la obligaran a especificar las razones precisas de su ausencia en el Centro Nacional de Arraigos, diría Dunia que la mala conciencia le pesa como un piano, cuyas notas siniestras lleva diecisiete años escuchando.

—¿Sabe por qué le digo que no son buenas? —agita la cabeza, lamenta en un suspiro el hombre del monóculo encimado en las gafas. —Fíjese bien, a todas sus monedas les falta el gorro frigio. ¿Ya lo vio en el catálogo? Pues ninguna lo trae, chéquelas usted misma.

—Eran de mi mamá —se desinfla con todo e ilusiones la mujer pequeñita y encorvada que trajo su tesoro a rematar. —¿No valen nada, entonces?

—Pues valen lo que valen, no lo que uno quisiera.

—¿Y eso cuánto es, señor?

—Yo le doy lo que pesen sus monedas, y que conste que no me gano nada porque todo esto se va a fundición y yo le estoy pagando precio de mercado.

La Numismática Montoro no ocupa más de seis metros cuadrados y tiene una apariencia de provisional que poco ayuda a hacerla respetable. Enclavado debajo de una escalinata, veinte metros pasillo adentro de un edificio en ruinas en la calle de Palma, entre Cuba y Donceles, es uno de esos negocios-covacha que parecen ocultos a propósito, y por si fuera poco carece de un horario fijo de atención. Dunia no se acongoja tanto de saber que, en efecto, el de su padre es menos changarro que escondite, como de estar presente en estas pujas, pues le consta que Renato Montoro no pagaría un centavo por esas monedas si no valieran diez, veinte o cien veces su peso. Peor desde que trabaja para la policía. Es como si escuchar lo que ahora escucha le salpicara de una cierta inmundicia insoportablemente familiar.

Sería fácil decir que no lo perdona, si ello no supusiera recordarse que tampoco se perdona a sí misma. ¿Y quién dijo que tienes que ser culpable de algo para que igual la culpa venga tras de ti? *Tenía quince años*, se explica, se lamenta, se excusa, se desprecia, se atraganta de razones inútiles porque sabe que al fin hizo lo que hizo y nunca va a terminar de pagarlo. *Por estúpida*, gruñe hasta la fecha. De pronto se pregunta por qué será más fácil perdonarse una enorme canallada que una equivocación, si es que esta fue causante de una enorme desgracia.

Escuece reconstruir en la memoria la cadena de actos y omisiones que llevó a un desenlace terrible y evitable. Pude haberlo impedido, piensa uno, y lejos de impedirlo contribuí a que ocurriera, no he sido el instrumento del destino sino, ay, su motor. Yo traje la desgracia, aunque no lo quisiera, ni menos lo planeara, ni tuviera la opción de figurármelo. Pero pude, ¿verdad? Pude estar a la altura y no me dio la gana y el mundo se cayó por mi maldita culpa.

—¿Cómo te sientes, hija? —se despoja Renato del monóculo y analiza la mirada de Dunia como si se tratara de otra moneda. —¿No fuiste a trabajar?

—¿Quién te dijo que no fui a trabajar? —retoba la faltista, retadora.

—¿Y yo qué sé? Pasa de mediodía y andas en la calle. A mi mamá le dieron una semana de dispensa, cuando enviudó.

—Yo no enviudé, papá.

—Pues no, pero tampoco fuiste hoy a trabajar. Y con razón, caramba, ni que fueras de palo. Esas cosas estrujan, desconciertan, desarman a cualquiera. Necesita uno tiempo para digerirlas. Y para superarlas, ¿verdad, hija? Ya ves a mí todo lo que me hicieron y mírame: aquí estoy, librando la batalla del artista contra la incomprensión.

En otra situación ya estarían discutiendo, pero hoy le faltan fuerzas para contradecirlo. Pensar que ha sido ella quien trajo la desgracia de Iván Dupont, sin quererlo pero sin evitarlo, tal como una vez trajo la de su familia, y muy especialmente la del padre, la pone en desventaja ante sí misma, y entonces la devuelve a la tarde en que vio llegar a su papá a la casa escoltado por sendos policías. El pasmo de la madre, segura de que aquello tenía que ser una equivocación (a diferencia de ella, que de sobra sabía no solamente lo que estaba pasando, sino lo que iban a encontrar los policías al entrar al estudio de Renato).

Nunca nadie se queja de la abundancia. La gente da por hecho que todo va muy bien, si es que la situación le beneficia, pues al fin las sospechas nacen de la escasez y no es a la bonanza, sino a la mala suerte que la gente le pide explicaciones. Debió de ser por eso que Olimpia Bertrán nunca se preguntó qué había en el estudio de su marido, resguardado por chapas, cerrojos y contraseñas que nadie fuera de él manipulaba. ¿Para qué desgastarse con preguntas ociosas, si aquel secreto era también la causa de que tuvieran todo lo necesario y hasta vivieran más holgadamente que la gran mayoría de sus vecinos? Cada vez que parientes o amistades hacían preguntas sobre el *modus vivendi* de Renato, cuyas respuestas ella desconocía, no enmascaraba Olimpia cierto cándido orgullo al recalcar que nunca les había faltado nada. Aunque fuera mentira.

Tenía Dunia meses de nacida cuando Renato se quedó sin trabajo. Había sido dibujante publicitario, pero la mala paga y los muchos desdenes lo radicalizaron en la certidumbre de que era un gran artista desperdiciado, hasta que en un desplante se hizo despedir. Un par de años sostuvo a la familia rotulando sobres e invitaciones con caligrafías preciosas, mientras echaba a andar una imprenta casera que según él los sacaría de pobres y buscaba fortuna como acuarelista, pero como el dinero no llegara se dijo que era hora de ir a lo seguro. Si de verdad quería vivir del arte, debía emplear su talento de manera que nadie lo menospreciara. Que la gente peleara por poseer sus obras, y hasta el más ignorante las codiciara. Que el éxito estuviera asegurado desde el primer instante. En concreto, que todos fueran clientes.

—Por cierto… —hace tronar los dedos el numismático, mientras estira el índice para hacer hincapié. —Vino a verme un muchacho muy correcto, dice que es policía, pero yo le vi cara como de licenciado. ¿Marco, Marcelo, Marcos? Ya no me acuerdo cómo se apellidaba.

—¡Ay, no! —tarda en chillar la investigada, súbitamente lívida y trepidante. —¿Qué le dijiste?

—¿Qué le dije de qué? —alza una ceja el viejo, como oliendo una sangre que no le gustaría ver correr.

—No sé. De ti, de mí, de mi pobre mamá, que en paz descanse —tartamudea Dunia, sin poder refrenar el temblor de mandíbula que una vez más delata su descontrol en el momento más comprometido. —¿Venía solo? ¿Qué te preguntó? ¿Y qué tiene además que andarte preguntando? Dime que venía solo, por favor.

—¡Tranquila, Dunia! —se exaspera Renato, y en realidad se asusta. —Venía solo el tipo, fue eso lo que te dije, y se portó muy bien, muy educado. ¿Qué es lo que te preocupa? ¿Andas en algo chueco, estás en un problema, cuál es la fregadera? ¿No quieres que se enteren de que soy tu papá? ¿Es eso, que peligra tu prestigio?

No se atreve a decirle que sí, por más que piense que la duda ofende, pero igual se compensa dejando que su vista se pierda en la distancia, mientras guarda un silencio lo bastante alargado para ser elocuente. ¿O es que hay que ser experto en lo que sea para asumir que en un trabajo como el suyo, y en una situación como la actual, nada ayuda ser hija de un conocido falsificador? Dejarlo así en suspenso, antes de responder lo que le toca en vez de lo que cree, es su manera de no perdonarlo. O de no terminar de perdonarlo.

—Papá, soy analista de inteligencia y traigo a dos agentes de homicidios soplándome en la nuca porque resulta que alguien mató al hombre con quien pasé cinco años de mi vida. Anteayer vi su cuerpo tasajeado y unas horas más tarde andaba yo en su entierro. Además me estuvieron interrogando, me trataron como a una criminal, y encima tú insinúas que me meto en chuecuras y me avientas tus culpas en la cara. ¿No tendrías que estar dándome el pésame, en lugar de gritarme que me tranquilice?

—¿Culpas, dices? ¿Qué culpas? —trastabilla Renato, sacude la cabeza y abraza a su hija intempestivamente. —Perdóname, muñeca, no quise hacerte daño. Tú no sabes lo que es vivir en mi pellejo. Se siente uno acosado, perseguido, como si a cada paso hubiera que pedirle permiso a todo el mundo; y perdón, además, porque este circo nunca se termina. Hay que pedir perdón por estar vivo, por gozar de la vida, por apreciar el arte y practicarlo.

—Volvimos al tema uno —rumia Dunia entre dientes, imperceptiblemente, y regresa al ataque: —¿Vas a contarme o no qué le dijiste a Marcos Mireles?

—¿Yo qué le dije? Nada, por supuesto. Respondí a sus preguntas solamente. Quería saber cosas de tu marido.

—Mi ex marido.

—Le dije lo que sabes, nunca me cayó bien, y menos cuando echó su herencia a la basura.

—¿*Nunca* te cayó bien? Hasta donde recuerdo, decías que era un príncipe.

—Tampoco he dicho que me cayera mal. Claro, se vestía fino, traía un muy buen coche, sabía conducirse como lo que era, un príncipe. O como un diplomático, porque ya ves que siempre estaba de acuerdo con todos. Ahorita que lo pienso, tendría que haberle dicho al detective que nunca supe yo quién era ese fulano, en realidad. No se dejaba ver, detrás de esos moditos tan condescendientes, así que yo creía lo que me acomodaba, siendo tu padre, claro. Y lo trataba bien, siempre que lo veía.

—Siempre que *íbamos* a verte a la cárcel. No se veían solos, él y tú.

—De eso no preguntó, ni yo le dije nada. Si tan bruto no soy, aunque me subestimes.

—Papá: nunca he pensado que seas bruto. Al contrario, más bien. Ese ha sido el problema.

Sueltan dos risotadas al unísono, a manera de tregua humanitaria. Nunca ha sabido Dunia cuándo ni hasta dónde creer en las palabras de Renato, cuyo callo de pícaro le permite voltearlas, trocarlas o endulzarlas según la preferencia del cliente.

"Tuerto o derecho, tu padre siempre cumple con sus compromisos", sentenció un día Olimpia frente a Dunia, que ya se preguntaba si el papá volvería para Nochebuena. Y justo al día siguiente les tocaría verlo abandonar la casa con las muñecas esposadas a la espalda, gritando que ese arresto era un atropello, y que estaban metiéndose con un gran artista, y que nunca le había hecho daño a nadie, y que él no merecía un trato así. La primicia llegó a toda la cuadra.

Recién había cumplido los quince años cuando se enteró Dunia de que todo lo suyo no era en realidad suyo, ni bien habido. Llevaba ya tres años de registrar la ropa de Renato, en busca de las llaves y las claves que empleaba para abrir su estudio-bóveda. Visitó varias veces al cerrajero y se parapetó incontables noches sobre una orilla de la tina del baño —donde alcanzaba a verlo sin ser vista— para llevar la cuenta de cuanto hiciera el padre al momento de ingresar en su búnker. Una de tantas veces que Renato salió de viaje de negocios, se le ocurrió aplicar en el orden inverso las tres combinaciones que le había encontrado en la cartera y el sésamo se abrió al primer intento.

Hoy se dice la hija (y así lo ha repetido desde entonces) que esa noche debió hacer lo correcto, que era bramar de rabia por el engaño y correr a acusar al padre con la madre. ¿Pero a quién que se tope con todos esos montes de billetes le queda alguna idea de qué es lo correcto? En todo caso, si algo le molestó fue preguntarse cómo, con todo aquel dinero, no vivían en una señora residencia, ni tenían dos choferes y una casa en la playa, por qué a ella no le habían comprado ya un coche, por qué la excusa era siempre el dinero cuando tenían una fábrica en casa.

Alteros de billetes de quinientos pesos, algunos todavía a medio imprimir y otros organizados en cajas y cajones con números y fechas en las fajillas, la mayoría dentro de un armario donde asimismo había varios botes de tinta y pliegos de papeles enrollados. Vio también maquinaria y planchas de impresión, pero no perdió el tiempo en tecnicismos y confiscó sin más un fajo de billetes que de sólo mirarlo le hacía cosquillas.

Eran pocos, no más de quince o veinte. En cuestión de seis días ya había terminado de dilapidarlos, con todo y el dinero destinado a las colegiaturas de octubre y noviembre. Tenía ropa nueva, cara y lucidora, pero también tenía que esconderla. Y se había hecho de varias amigas de ocasión que le duraron tanto como los billetes. Cuando el padre volvió a salir de viaje, Dunia dio un nuevo golpe a la bóveda oculta y alcanzó por los pelos a liquidar las deudas escolares antes de que las cosas pasaran a mayores, amén de hacer cuantiosas compras navideñas y volver a rodearse de amistades, merced a la amplitud del segundo botín. "¡Qué bonitos billetes!", exclamó la cajera del colegio, al momento de recibir el pago. "Es que tenemos fábrica en mi casa", alcanzó a bromear Dunia con puntería fatal, apenas nueve días antes de que Renato fuera a dar a la cárcel.

No hay criminal que no se sienta un poco redimido por haber cuando menos respetado sus límites. Robé, pero no herí. Herí, aunque no maté. Maté, pero no a niños. Desde el primer momento en que se decidió a fabricar su propio papel moneda, Renato Montoro se impuso dos fronteras no nada más morales sino asimismo tácticas, y por tanto sagradas:

1. Nunca recurrir a esto para enriquecerse.
2. Nunca dar un billete falso a la familia.

Si pasaba por alto el primer mandamiento, corría el riesgo de hacerse demasiado visible. Era un negocio hormiga, artesanal, meticuloso, exacto, donde el riesgo mayor estaba en distribuir todos esos billetes, cada vez en ciudades diferentes, y volver a la casa con dinero limpio. Y si él jamás gastó uno en la ciudad de México, donde su rastro estaba tan cercano, menos debían hacerlo su hija o su mujer. De ahí la gravedad del segundo precepto, cuya rotura trajo la desgracia.

¿Cómo canjeaba Renato el dinero? Según contaría luego, con ese desparpajo que distingue al convicto del acusado, compró y vendió por toda la República infinidad de cosas, desde uvas y naranjas hasta muebles y máquinas, para hacer circular el falso capital. De ahí que con frecuencia se dejara el bigote, la barba o la melena, alternativamente, y empleara toda clase de gorras, gafas y pelucas en el afán de nunca parecerse a sí mismo.

Zaragoza, le llamaron los presos y la prensa, por la imagen del general Ignacio Zaragoza que aparecía en cada una de sus obras, con una perfección que le mantuvo impune, aunque también inquieto, a lo largo de la docena de años que duraron sus éxitos como artista.

—¿Te contó el tal Mireles que ya me interrogaron? —se esfuerza Dunia en parecer casual.

—Dijo que platicaron un rato contigo, y que te había visto muy afectada.

—¿Sólo eso, sin detalles?

—¿Sabes qué idea me dio? Como que tú le gustas, o algo así.

—Ay, papá. Tú abres los ojos y ves yernos con tranchete. ¿Tanto miedo te da que te haga abuelo?

—Mira, yo sé que estoy fuera de tiempo y de lugar con estos comentarios, pero es que veo que tú eres como yo. No sabes imponerte, caes en las redes de cualquier mamarracho, y yo no quiero un yerno policía.

—¿Sabes qué es lo que quieren Marquitos y su jefe? Que me pudra en la cárcel. Nomás porque trabajo en un área que los mata de celos, o de resentimiento, o de pavor, porque en el fondo saben que nosotros y ellos, como dice mi jefe, no metemos los goles para el mismo equipo. Figúrate el gustazo que les daría que alguno de los nuestros fuera a caer en el bote por homicidio. Y que ellos lo arrestaran, para colmo. O me arrestaran, pues, porque eso buscan. Y si encima me dices que le gusto a ese tipo, voy a soñarme presa y aparte violada. Porque eso pasaría, ¿estás de acuerdo? Entonces por favor tampoco salgas con que no sé imponerme y soy una ingenuota y la fregada, porque esos son exactamente los defectos que quien está en mi puesto no puede darse el lujo de tener. ¿Qué me quieres decir? ¿Que soy insuficiente, limitada, inútil?

—No dije eso, muñeca —resta importancia Renato al reclamo, como un buda risueño frente a un niño. —Eso lo dices tú, porque tienes tus dudas. A los padres nos toca señalar las cojeras de los hijos, acicatearlos en sus lados flacos para que se defiendan, que reaccionen. Es un papel odioso, pero si no te di el mejor ejemplo lo menos que me queda es decir la verdad, para que hagas con ella lo que más te convenga. ¿Te sientes resarcida si ignoras lo que digo, o si me lo reclamas? Pues ahí está, muñeca, de algo ya te sirvió el consejo paterno. ¿Quieres mandarme al diablo? Ándale, pues. Yo aquí estaré esperando a que un día de estos cambies de parecer y te dignes volver a escuchar a tu padre.

—Papá, pero si el diablo eres tú mismo. ¿Qué ganamos con que el señor Montoro se vaya a visitar al señor Montoro?

—¡Shhh! No me balconees —teatraliza Renato, mirando hacia ambos lados, y hace una mueca cómplice con la lengua de fuera.

Dunia sabe en el fondo lo que Renato teme por su parte, y esto es que la visita de Mireles no pasará de largo sin consecuencias. Después de cuatro meses de presentar exámenes, dejarse investigar hasta la intimidad y enfrentarse a burócratas y polígrafos, sin una sola vez tener que responder por los ocho años que el padre pasó preso, venir a tropezarse con la muerte de Iván parece poco menos que una broma macabra: la venganza de Juan de la Luna.

A veces el problema de los crímenes no es tanto el daño que hacen, como el agua podrida que remueven. Levantas el cadáver de un rico empobrecido y salta un suegro falsificador, y resulta que la hija trabaja en un *task force* cuya misión es hacerle la guerra nada menos que al crimen organizado. Si esto llega a los medios, ya se mira en la cárcel, igual que su papá hace diecisiete años.

¿Y no es verdad que nada habría pasado si no hubiera sido ella una ladrona, aparte de una ingrata y una entrometida? ¿Con qué cara va a reclamarle al pícaro por la debacle que ella aceleró, arrastrada por esos malos instintos que hasta la fecha le pasan factura, y por los que ahora mismo pide disculpas mudas?

—¿Te dijo algo el agente de que Iván me buscó, poquitas horas antes de que lo mataran? —suelta al fin Dunia la pregunta que tenía atorada.

—¿Te buscó? ¿Y tú qué hiciste? —se remueve Renato, casi alarmado, y acto seguido miente sin talento: —No dijo nada de eso, yo qué voy a saber.

—Me llamó y le colgué. No supe qué quería, supuse que dinero, pero como me había dicho mi amigo, el doctor Perdomo, quien está dentro de la institución no puede cultivar relaciones como esas. Por eso le colgué y no me arrepiento —miente Dunia a su vez, porque no está dispuesta a abrir ese frente.

—No te imaginas cuánto me tranquilizas, y perdón que no quiera darte el pésame, pero es que yo no creo que hayas perdido nada. Ganaste, la verdad.

—¿Qué quieres? ¿Que celebre?

—No la agarres conmigo, muñequita. ¿Tú crees que no me duele lo que te pasa? Pero tengo un papel, ya te lo dije. Me toca ser el fuerte, aunque no lo sea tanto. ¿Sabes cuál es mi fuerza? El desencanto. Tú todavía vas, yo vengo de regreso. El poder que me queda es el escepticismo. Pocas cosas me gustan, y no compro ninguna. Ya sé que soy un pobre viejo amargo, pero prefiero eso a ser el ruco bembo que se traga todo lo que le cuentan. También sé que te choca que te digan que tienes corazón de pollo, así que esta vez no te lo voy a decir porque te veo las ganas de curarte.

—No me lo dices, pero me lo dices —repara Dunia, con la vista en el techo.

—¿Cómo te va, *Corroncho*? ¿Qué me traes? —se vuelve el numismático hacia un recién llegado de copete grasoso y aires patibularios.

—Si quiere luego vengo —da un par de pasos en reversa el Corroncho cuando ve que el marchante no está solo.

—Mira, hija —improvisa Renato sobre la marcha: —Este señor es un coleccionista muy reconocido…

—¿Reconocido dónde, en la Interpol? —explota sin más Dunia, da media vuelta y enfila hacia la calle.

—Ándale, haz tu berrinche —hace el gesto Renato de desahuciarla y regresa a lo suyo, no por casualidad elevando el volumen: —Perdóname, Corroncho, ya sabes, la familia. ¿Qué me cuentas, magíster, qué obra maestra vienes a ofrecerme?

Odia venir a verlo a la numismática, pero ni modo de ir a buscarlo a su casa. Si Olimpia lo dejó "por trinquetero" y él fue a casarse con otra presidiaria a la que conoció por correspondencia, no será ella quien venga a confirmar la validez de esa monstruosidad. Se siente salpicada, siempre que lo visita. Como si en vez de hablar con Renato Montoro tuviera que lidiar con Zaragoza, el que no solamente no está arrepentido de joderle la vida a su familia, sino encima se ufana de ser un gran artista y no encuentra delito en fabricar dinero. "Yo a nadie le hice daño, a nadie le quité", decía desde entonces y va a seguir diciendo mientras viva, porque según su código moral, falsificar billetes no está mal. ¿Cómo, pues, si no hay víctimas? ¿La nación? ¿Y eso qué es? Otra cosa habría sido, por supuesto (siempre hay un *por supuesto* entre sus argumentos), imprimir más billetes de los necesarios para vivir como gente decente.

—Pero a ver, si eso es cierto, ¿por qué entonces mi madre terminó por morirse? —va Dunia rezongando de banqueta en banqueta, camino del Peugeot. —¿No fue ella la primera víctima de sus transas? ¿Alguna vez se ha molestado en calcular el peso de toda la vergüenza que a mi pobre mamá le cayó encima? ¿Quién más la condenó a esa vida sórdida? ¿Quién la mató de pena, para el caso?

Quiso ser abogada y estudió periodismo por la misma razón. Más que sed de justicia, la movía el prurito de pasar lista entre *los justos*. O de no pasar lista en aquel bando del que por tantos años formó parte, sin levantar un dedo ni imaginar siquiera que su casa, su cama, sus juguetes, su mochila, sus calcetas y hasta sus caramelos eran inobjetablemente malhabidos.

Pero mira quién habla… ¿No es por casualidad la raterilla que hizo trizas el cuento de la familia próspera y honorable, dos atributos idos para siempre? Es una culpa idiota, se ha dicho muchas veces, aunque de ahí a mandar sobre sus reconcomios media un trecho tan grande como el remordimiento por dejar a su ex colgado de la brocha. *Tuve hambre y no me diste de comer, tuve sed y no me diste de beber.*

Y a todo esto, ¿qué hace Renato Montoro, es decir Zaragoza, pasando lista entre los impecables? ¿Con qué cara habla mal de quien fuera su yerno, que está muerto y no puede defenderse, cuando él hace negocios con el Corroncho ese, que sin la menor duda colecciona órdenes de aprehensión? ¿Cómo es que nunca pierde la oportunidad de embadurnarle sus malandrinajes? ¿Será que no soporta verla limpia en su astrosa presencia? ¿Y al fin qué se creyeron su padre y su ex marido para volverla cómplice de sus enjuagues? Suena un poquito ruin, por el momento, pero peor le parece condenarse a cargar con tanto peso muerto, valga la metáfora.

La una de la tarde. ¿Qué tal si se presenta en el CNA, antes de que comience el turno vespertino? ¿Y si mejor va a ver a Ronald Lamm y trata de explicarle lo que le pasa? ¿Qué le pasa? No sabe y no es momento de inventárselo. Por otra parte, el ruido en torno al padre no tardará en llegar al jefe de analistas. Estará preocupado, quién sabe si furioso, y con toda certeza arrepentido. Tanto trabajo para armar un *task force* con gente fresca, libre de antecedentes, mañas, malas influencias, para que ahora se sepa que contrató a la hija de Zaragoza. ¿Qué tal si ni siquiera la recibe, o de una vez la manda por su liquidación? Prefiere, para el caso, despedirse a sí misma, y puede que sea eso lo que intenta. Y prefiere también, si le preguntan, no volver a pararse en el CNA, donde seguramente la estaría pasando mucho peor, aguantando además la suspicacia generalizada. Lo dicho, pues: se siente criminal. Rehúye las miradas, se teme perseguida, desconfía de su sombra, le asustan los espejos. ¿Qué diablos iría a hacer en el CNA, con semejante pinta de arraigada?

11. Hermanos de ruleta

Noviembre 11. Viernes. 1:15 p.m.

Una de las ventajas de la Ciudad de México es la de ir y venir, hacer y deshacer, torcer y retorcer con la impunidad propia del fantasma. Nadie sabe quién eres, ni le importa. Hay demasiados mundos a la mano para probar y rebasar tus límites sin dejar una huella que te incrimine. Los choferes se insultan y amenazan a gritos, seguros de que nunca volverán a encontrarse. Las calles son la selva y hay que andar a las vivas para no ser la presa de uno entre demasiados cazadores furtivos.

Todo lo cual conduce a otra prerrogativa, que es la costumbre vieja de los lugareños de vivir a su antojo, indiferentes a los reglamentos que a diario pisotean, sin que ello sea noticia ni merezca la menor atención. Circunstancia, esta última, que invita a presagiar un próximo suicidio colectivo, que milagrosamente no ha ocurrido, ni parece que vaya a ocurrir pronto porque esta es la ciudad de los sobrevivientes. Existe un equilibrio en el desequilibrio, donde cada mortal se rasca con sus uñas y las cosas funcionan a pesar de sí mismas, para pasmo y desvelo de la gente ordenada.

Ante veinte millones de habitantes, el gran lujo consiste en tenerlos bien lejos. Cosa muy complicada ahí donde las colonias residenciales suelen estar a tiro de piedra de los barrios bajos. Y como no es posible fundar un principado a la medida de sus pretensiones, la riqueza se aleja paso a paso de la meseta céntrica y ruidosa para ir a refugiarse entre el sur y el poniente, cerro arriba, donde ya no hay vestigios del caos imperante y se da por sentada la civilización.

Tlalpanáhuac, no obstante, es un pueblucho triste, arcaico y precario. No hay una iglesia ni un consultorio médico. Varias entre sus calles (sinuosas, disparejas, algunas de no más de metro y medio de ancho) no conocen aún el pavimento, si bien al otro lado de la carretera se alza un fraccionamiento moderno y opulento, rodeado de murallas electrificadas de más de cuatro metros de altura, que lleva el nombre de Ladera Sur y es formalmente parte del pueblo olvidado, aunque al fin uno y otro jamás se ven las caras.

El dueño de la casa cuya entrada recién ha traspasado Rigoberto Rovira —Galilea 104, al límite poniente de Ladera Sur— responde al nombre de Waldo Farías Tinajero. Los amigos de infancia le dicen aún el *Gummi* por su segundo nombre: Gumersindo. Contra lo que sugiere su erudición ruidosa sobre la dinastía de los Habsburgo, no hay en su sangre huellas de la Casa de Austria, ni aparece entre sus antepasados uno solo de ascendencia teutona. Aun así, a las puertas de su hogar —una mansión de aires medievales, rodeada por un dique circular con su correspondiente puente levadizo— resplandece la efigie de un leoncito rampante color rojo sobre fondo amarillo: el escudo de armas que asimismo, no muy lejos de Zúrich, cuelga a la entrada del castillo de Habsburgo. Nada fuera de tono en un lugar como Ladera Sur, donde los inquilinos acostumbran tener ideas disímbolas sobre el estilo y la época de su mansión, de modo que las calles sugieren el paisaje de algún parque temático sembrado de atracciones variopintas.

—¿Y los cocodrilitos no andarán por aquí? —se hace el gracioso el inspector Rovira frente a la empleada de uniforme negro y delantal blanquísimo que cruza el dique por delante de él.

—No querían trabajar, los hicimos botines —pesca al vuelo la broma el dueño de la casa, a medias escondido detrás de unas almenas y armado de una risa natural que se quiere ligera y contagiosa. —Pásele con confianza, mi estimado inspector. Está usted en su humilde fortaleza, ¿qué le voy a servir?

Hasta sus enemigos reconocen que el activo más valioso del Gummi, y en un descuido su mejor camuflaje, es esa risa fácil que suele precederlo, al modo de un maestro de ceremonias. Aunque no menos fácil sería preguntarse, como seguramente lo hace ya Rovira, de dónde saca el tipo tanta cordialidad y qué esqueletos se ha propuesto esconder. Algo que justifique el Johnny Walker Blue que ha servido hasta el tope de un vaso ancho y pesado de cristal de Murano.

—¿Es nueva la casita? —desliza en tono irónico el recién llegado, tras dejarse caer sobre una de las veinticuatro sillas del comedor y darle el primer trago al brebaje exquisito.

—Pues… es del medioevo —payasea Farías y enseguida recula: —No se crea, inspector, la construí hace cuatro años, con muchos sacrificios.

—¿Suyos los sacrificios, señor Farías, o de su amigo Iván, que en paz descanse?

—*Sorry*, no lo capté, mi estimado inspector —sacude la cabeza el aludido, frunce el ceño y arruga la nariz sin perder la sonrisa, cual si hubiera escuchado una pregunta amable en perfecto suahili. —Me está usted preguntando por Iván Dupont, que era como mi hermano, ¿cierto?

—Una historia muy triste, la del señor Dupont. No se imagina cuánto me apena molestarlo con estas formalidades, yo sé que sigue usted muy confundido. O como también dicen, consternado, ¿verdad? —se consterna a su vez el policía. —No lo vi en el entierro de su hermano, por cierto.

—¿Cuál hermano, inspector? —parpadea con fuerza el de la casa.

—Quiero decir su amigo, el finado que era como su hermano, según me dice usted.

—Ah, sí, perdón, mi hermano Iván Mauricio —rectifica, solemne, el amigo Farías, y enseguida se le quiebra la voz. —¿Qué le voy a contar, a usted que ha visto tantas cosas de estas? No me atreví, no pude. Ni me diga, qué pena. Pero luego pensé: *¡Caray! Yo sé que el Morris habría preferido que no lo recordara metido en un cajón*. También por eso decidí no ir. Es que como usted dice, está uno destrozado y no sabe lo que hace.

—Yo dije consternado, no *destrozado*.

—¿Ya ve lo que le digo, mi estimado inspector? —lamenta el consternado original, da un trago de saliva y mira hacia la nada, cabizbajo. —No logro concentrarme, desde que esto pasó. Me da pena que venga a perder su tiempo, pero soy la persona equivocada. ¿Se imagina que pueda yo dormir en las noches? Mire nomás las ojeras que traigo.

—Pues no, mi buen amigo. Ni me equivoco ni pierdo mi tiempo, pero a usted sí que puedo hacérselo perder —otea en derredor el visitante, con la admiración propia de un inspector de Hacienda. —Y sería una tristeza, fíjese, porque ya me doy cuenta de que sus minutitos se cotizan más alto que mis horas.

—De ninguna manera, mi apreciado inspector —ríe de buena gana el siempre jovial Gummi y en un tris se transforma en don Waldo Farías: —Dígame usted en qué puedo ayudar y yo me esforzaré hasta donde pueda por estar a la altura de mis obligaciones ciudadanas.

—Me dicen por ahí que el señor Dupont había tenido un pleito reciente con usted.

—Ni pleito ni reciente, Dios nos libre. Pero teníamos nuestro tiempo sin vernos. Tres, cuatro años, de menos.

—¿Y por qué se pelearon? ¿Asuntos de dinero?

—Mire, don Rigoberto, la última vez que me peleé con Iván Dupont fue a golpes y patadas, no recuerdo muy bien por qué razón ni si íbamos en cuarto o quinto de primaria. Yo le aseguro que a quien le pregunte va a decirle que nunca nos vio de pleito. Si dejamos de vernos fue porque él se metió con brujos y videntes y charlatanes de esos y dejó de confiar en sus amigos.

—Y ya que habla de brujos, ¿al amigo Nivardo tampoco lo frecuenta?

—Nivardo… ¿Cuál Nivardo?

—¿A poco va a decirme que conoce a muchos? Le voy a hacer un paro: este que nos concierne se apellida Gabriel, trabajaba de *caddy* en el club al que van usted y sus amigos y me cuentan que todavía hoy vende *el mejor periquito de México*. Le recuerdo, por cierto, que la frase es de usted y sus amigos se la celebraban. ¿Voy bien o me tropiezo…?

—Mire, inspector Rivera, yo no puedo…

—Rigoberto Rovira, para servirle.

—¡Rovira, por supuesto! Ni hablar, hoy no es mi día. Le decía, mi estimado inspector… Rovira, ¿verdad? Le decía que no voy a negar que me he portado mal, en otros tiempos. Eso que usted me cuenta sucedió cuando todos nosotros, Iván, yo, nuestro grupo de amistades, estábamos en la preparatoria. Teníamos más pelo y menos sesos, éramos poco más que unos chamacos. Y a que no sabe usted quién le quitó esa chamba a Nivardo…

—¿La de *caddy* o la de *dealer*?

—Mi papá, que era entonces presidente honorario del Club, recomendó al Consejo de Asociados que echaran a la calle al Nivardo y a otro, no recuerdo su nombre. Parece que los dos andaban en lo mismo.

—¿Parece? ¿Andaban? ¿Y cómo andaba usted de desconsolado? Fue un golpe a su alegría, me imagino.

—Yo ya la había dejado, Iván también, y a Samuel nunca lo hizo muy feliz. Éramos borrachitos, eso sí, y ya ve que una cosa llama a la otra.

—¿Y cuál fue la razón por la que despidieron a Nivardo?

—Ninguna, oficialmente. Ni mi papá me dijo por qué fue, pero un sigilo así de exagerado, en un club deportivo, y más uno de golf, dice a gritos que hay drogas involucradas. Yo estaba por casarme y a mi esposa tampoco le interesaba el tema. Usted me entiende, ¿no? Delante de la madre de sus hijos le toca a uno espantarse de esas cosas.

—¿Me va a decir que su señora esposa nunca…? —hace la pantomima el inspector de inhalar un cocazo sobre el dorso de la mano derecha.

—Mi esposa es alemana, su bisabuelo era general prusiano y sobrino segundo de nada menos que Otto von Bismarck —extrema el Gummi el tono de confidencia, su voz es poco más que un zumbido de mosco acorralado. —Y por si fuera poco, *cree que me la merezco.* No quiero imaginarme la decepción de Angelika si llegara a enterarse de que un amigo mío, ya no digamos yo, supo una vez a qué sabe la coca. Haga de cuenta que la estoy escuchando: "*¿Perro porrr khé no hizisthe la dhenunzia? ¿The drrrogaz thú thambién?*".

—¿Y qué le dijo, ahora que lo mataron?

—No se ha enterado, creo.

—¿Que no lee los periódicos?

—Pues sí, el *Deutsche Welt*, por internet. Afortunadamente, con todas las calumnias que publican aquí…

—¿Calumnias? ¿Como cuáles, oiga?

—¡Ay, inspector Rovira! ¿Va a decirme que no ha leído las infamias que ya se han publicado sobre nosotros?

—No sé, señor. Depende. ¿Quiénes serían *nosotros*, por ejemplo?

—Samuel Baños, Manrique Quiroz, yo… Nos difamó primero César Augusto Alamilla, luego vinieron los demás zopilotes.

—¿No me diga que salió en *La Picota*? —se hace el desentendido Rigoberto. —El nombre es Julio César Alamilla. Un perro ese cabrón, muerde y no suelta.

—No lo dudo, inspector. Pero lo de nosotros son calumnias, y podemos probarlo. Yo por lo pronto ya le eché a mi abogado. Vamos a ver si como ladra muerde.

—Me complace que esté usted tan tranquilo, pero de todas formas me sigue haciendo ruido que no toque este asunto delante de su esposa.

—¿Para qué iba a tocarlo, si ya…?

—Si ya es usted muy rico, claro.

—La rica es mi señora. Y aquí el que paga manda, igual que en todas partes. Perdón, pero fue Iván el que eligió perder.

—¿Cómo se enteró usted, y cuándo, en qué momento, de que su amigo se había vuelto chamán? ¿Le molestó saberlo? ¿Le afligió, lo irritó?

—No me sorprendió mucho, en realidad. Iván traía una racha de muy mala suerte, también por eso yo me le hacía a un ladito. Ya ve que eso se pega, se proyecta, no sé, y al rato ya no es uno sino dos los salados. Dejó de jugar golf y al poco rato apareció su nombre en la selecta lista de los socios morosos. Recuerdo que pagué varias mensualidades para que por lo menos lo quitaran de ahí, donde estaba quemándonos a todos, pero él ya no volvió, ni siquiera a vaciar su casillero. Supe que era chamán porque el chisme corrió por todo el Club. Como quien dice, me enteré de su nueva ocupación por la mismita vía que supe que Cat Stevens se había cambiado el nombre. ¿Cómo se llama ahora? ¿Yusuf Abdul?

—¿Pero él nunca le dijo que ahora ya lo llamaban Juan de la Luna? ¿No que muy *brothers*, oiga?

—Mi padre tiene hermanos de los que no ha sabido en cuarenta años, y no por eso dejan de ser hijos de la misma pareja. Hubo un tiempo en que ser amigo del Morris lo convertía a uno en celebridad. Éramos el imán de todas las envidias y él sabía manejarlo como nadie.

—Como buen heredero, querrá usted decir.

—Deje eso, como un duque. Le daba mucha risa que las frutas más ricas del planeta le cayeran peladas y en la boca. Novias, carrazos, *suites*, paseos en yate, drogas, con el perdón de la sociedad, nunca escaseaba nada con el Morris. Hasta que se metió el primer plato de hongos alucinógenos y le dio por plantarnos cara de fuchi.

—Pudo haber sido que la Virgen le hablara. ¿Pero cómo nos consta que no fueron ustedes los que alucinaron?

—Fácil: porque nosotros nunca comimos hongos. Eso de los rituales con humos y fueguitos nos parecía mucha decoración, y como dice usted: perdedera de tiempo. ¿Qué éramos, Hare-Krishnas, jipis, gitanos, penitentes, hechiceros? Permítame que cite a mi querido amigo Manrique Quiroz, otra vez con perdón de la sociedad: "La gente no se droga para portarse bien".

—Nunca comieron hongos… ¿Pero qué tal peyote, ayahuasca, sapito…?

—Se lo firmo, inspector, lo sostengo delante de quien usted me diga. *Aber nein!* Yo a nada de eso le hice, ni le haré. Iván me lo propuso un par de veces, me llamó expresamente para invitarme a no sé qué rituales fármaco-esotéricos. Se esforzaba en sonar despreocupado, pero no se reía de mis chistes. Haga de cuenta un jipi de ochenta años con tres valiums adentro. Esperaba, además, que convenciera a Angelika para que fuera *parte de la experiencia*. Ni modo de decirle "no, gracias, ya crecí".

—¿Y usted se lo propuso a su señora?

—Usted no la conoce, mi estimado inspector. Antes le habría vendido diez toneladas de napalm a Gandhi.

—Me dice, entonces, que no ha visto a Nivardo, ni ha sido su cliente, ni su socio, en los últimos… ¿cuatro, cinco, seis años? Le voy a agradecer que haga memoria, no nos conviene que se equivoque en esto.

—No volví a saber de él desde que lo botaron de su chamba en el Club. Supongo que han pasado cuando menos cinco años, pero si le interesa podría preguntar, tengo buenos amigos en la nueva administración del Club.

—Me interesa escuchar la verdad, amiguito —toma del hombro Rovira a Farías, como entrando en confianza y conchabanza. —Porque es que las mentiras quitan tiempo, y eso a mí me encabrona porque a mi edad el tiempo se te va como un pedo entre las manos. ¿Estarías dispuesto, por ejemplo, a citarte conmigo y con Nivardo para hablar un ratito de los buenos tiempos? Al cabo vive aquí a tres, cuatro cuadras. ¿O qué, no te has topado a tu vecino?

A Waldo Gumersindo se le congela el gesto con todo y párpados. Se diría que tampoco respira ni acusa la menor señal de vida, excepto por los dedos de la mano izquierda, que no han parado de tamborilear sobre el descansabrazos. Suelta al fin el aliento, cierra y abre los ojos, se remoja ambos labios con la lengua el gran admirador de la Casa de Austria y anuncia la inminencia del duelo por venir:

—¿Le importa si invitamos a mi abogado?

—Ese es su privilegio, señor Farías —se envara el inspector, solemnemente. —Sería cuestión de ver el día y la hora.

—Es aquí mismo, ahorita, mi estimado inspector —suelta la risa el Gummi a modo de disculpa y exhibe pantalla del teléfono. —Hace rato que le mandé un mensaje y me dice que ya viene llegando. Es un tipo estupendo, le va a caer muy bien. Sólo sería cosa de invitarlo a pasar, ya que usted me confirma que estoy en mi derecho.

—¡Ah, perfecto, señor! —alza los brazos Rigoberto Rovira, teatralmente contento. —Sirve que de una vez le llamo a mi segundo para que entre con él y nos quite unas cuantas dudas estorbosillas. ¿Sería tan gentil de instruir a sus esclavos para que inviten a pasar al mío?

Álvaro Albarrán Aparicio —el *Triple A*, le llaman, no únicamente por sus iniciales— es uno de esos seres cuya mera presencia exuda autoridad. De ahí que su sonrisa de secuaz divertido funcione a modo de salvoconducto. Es un hombre mayor, de cabeza cuadrada, hombros muy anchos, algo menos de 1.90 de estatura y una mirada honda de color esmeralda que parece bucear entre tus pensamientos, a saber con qué clase de intenciones. No se puede decir que no sea jovial, tampoco que escatime las deferencias, de modo que es más fácil seguirle la corriente, y llegado el momento obedecerle, antes que ventilar un desacuerdo que bien podría estropearle el don de gentes. Acaso por instinto, cautela o timidez —distraído, de paso, por la espectacular vista de la ciudad— el oficial Marcos Mireles Oliveros camina varios pasos detrás de él, que ya ha cruzado el puente sobre el dique redondo y formalmente sigue sin percatarse de su presencia.

—¡Ya estoy aquí, señores! ¿A quién hay que matar? —guasea el recién llegado y se acerca a palmear el hombro de Rovira, antes de recibir el abrazo afectuoso del señor de la casa.

—¿Qué pasó, padrinito? —festeja la humorada el de la risa pronta, claramente aliviado por el arribo de su valedor. —¿Quieres que nos arreste el señor policía?

—Perdóneme la broma, soy Álvaro Albarrán —extiende el visitante una mano lo bastante opresiva para poner en claro su jerarquía. —¿Tengo el gusto de hablar con el oficial…?

—Inspector Rigoberto Rovira Mendoza, a sus órdenes —se endereza de golpe el inquisidor, cual si en la voz del otro pudiera percibir la tensión repentina de una remota cadena de mando.

—El inspector Rovira está por detener a los facinerosos que asesinaron a mi hermanito, el Morris —informa el Gummi, con uno de esos rictus de horror y repugnancia que te elevan dos pisos en la escala social. —¿*Whisky* o *gin*, Alvarito?

—Tanto como eso no, mi distinguido. Vamos a detenerlos, de eso no cabe duda, pero el caso está abierto, ya lo ve —endulza el trato Rigo, vista la situación, y apunta con la mano a su subordinado: —Este es el oficial Marcos Mireles, que está conmigo a cargo de la investigación.

—Buenas tardes —murmura el presentado, sin esperar ni recibir respuesta.

Lo que sigue equivale a un partido amistoso entre profesionales y *amateurs*. Vale más ir con tiento, debe de calcular Rigo Rovira, tras ser objeto de un bombardeo de nombres y apellidos retumbantes que invitan a cuadrarse o enrocarse. Tal vez no sea accidente que Albarrán se distraiga dos minutos en hablar de sus años como *quarterback* en el equipo de la preparatoria, y acto seguido vuelva con renovados bríos al *name dropping*. Exhibir el nivel de sus amistades —industriales, políticos, periodistas, militares, cada uno *compadre*, *hermano* o *admirado maestro*— ante dos evidentes subalternos es como arrebatarle la pelota a un niño.

—No me diga, señor, que su idea de justicia admite y favorece que un ciudadano honesto, productivo, trabajador, que pasó por el *shock* emocional de sufrir una infamia terrible y escabrosa en la persona de su mejor amigo, sea forzado a entrar en contacto con criminales de la peor calaña. ¿Dónde está la empatía, inspector Rovirosa?

—Nosotros no forzamos ninguna situación en específico —una vez reducido a la defensa, al punto de aceptar la incorrecta mención de su apellido, Rovira se limita a recitar las líneas que le tocan: —Toda cooperación en estos casos es absolutamente voluntaria y está sujeta a un protocolo estricto que en todos los momentos salvaguarda la integridad y la seguridad del ciudadano.

"No se imagina usted cuánto me tranquiliza oírlo hablar así", aconseja el librito decir en estos casos, y el Triple A se luce en ese rol. Nadie le gana al *bullshit*, ni a cualquier otro juego porque ocurre que al ingeniero Albarrán no le gusta perder. "No me enseñaron", dice, con ameno cinismo, "y ni modo que aprenda, a estas alturas del cortejo fúnebre". Es probable que el inspector

Rovira haya visto esa cara en algún lado, puede que en las noticias o en el periódico, y sin duda le suena el apellido, pero apesta como fisonomista. No le cuesta trabajo, por lo pronto, reconocer el tono imperativo del sujeto y entiende que esos modos no se estudian. Estará acostumbrado a pendejear a todo un batallón de huelepedos. ¿Y cómo no temerse que de aquí a un par de tragos ya lo trate de *m'hijo* y se empeñe en polvearle la nariz? No sería mala idea, en todo caso, sólo que no viniendo de quien viene.

"A estos cabrones les ofreces la mano y te agarran el culo", le había confiado Rigo, todavía de camino, al oficial Mireles Oliveros. Y dicho y hecho. Albarrán Aparicio ya quiere darle órdenes, sólo porque su jeta sale en los periódicos (¿o la televisión?) y trata de *compadre* a los jefazos. Una cosa está clara, por lo pronto, y los ojos zorrunos de Rovira delatan que no teme equivocarse: desde lejos se ve que este viejo mamón no ha hecho en toda su vida un peso por las buenas.

Antes de que su jefe consiga recobrar el hilo de la plática, el oficial Mireles ya ha extendido una hilera de papeles sobre la mesa: volantes de colores con fotos y dibujos de hongos, budas y corazones, no necesariamente afines entre sí pero seguramente complementarios.

—¿Qué le parece la publicidad de su mejor amigo? —vuelve al ataque Rigoberto Rovira, a lomos de un orgullo acorralado que aún guarda varios ases en la manga. —¿Nunca le compartió uno de estos papelitos, aunque fuera por WhatsApp?

—¡Pero claro que no! —descarta con la mano Waldo Gumersindo, cual si agitara una bandera a cuadros. —Se moría de vergüenza. Íbamos a burlarnos, *but of course!* Iván podía engañar a los desubicados con sus cuentos del alma y la energía y la mano del muerto, pero todos sabíamos que hacía eso por falta de dinero. Él, mejor que nosotros, tenía que calcular cuál iba a ser el precio de convertirse en otro muerto de hambre. ¿Quiere que yo le diga cuál era el preferido de sus insultos? *Pobre*, así nada más. "¡Cállate, pinche pobre!". "¿Tú qué sabes, hambreado?". "¡Avísale a tu papi que lleva dos semanas sin bolear mis zapatos!". Y como dicen, pues, el que se ríe se lleva.

—¿Hablaba así de niño… o más recientemente? —se interesa Rovira, diríase que muy en su papel.

—De niño, sí. Y borracho, ya de grande. No era un rico arrogante, cuando andaba en sus cinco. Yo diría que al revés. Quería que la gente lo quisiera, pero tenía momentos de caradura que lo hacían muy simpático. He de reconocer que sabía reírse de sí mismo. Le daba mucho orgullo no saber hacer nada. Le gustaba embarrarnos en la cara que trabajar nunca iba a ser lo suyo, y de todas maneras iba a seguir gozando de las recompensas con que la gente sueña toda su vida.

—Suena a una maldición, en realidad —lamenta el Triple A, sofocando el suspiro.

—Pues sí, pero qué ganas de estar maldito, ¿no? A esa edad, sobre todo —se justifica el Gummi desde el puerto seguro de la madurez.

—Lo que nos dice usted es que nunca vio uno de estos volantes, o algo que quizá se les pareciera… —se hace escuchar el oficial Mireles.

—¡Nunca, joven! —descarta, paternal, el Triple A. —Es más, si no hubiera pasado todo lo que pasó nos estaríamos revolcando de risa. Oigan nomás: "Ritual de niños santos y tempestad de estrellas". Suena como a película de horror.

—Mi papá está muy grande para enterarse de esto, pero ya quiero ver la cara que pondría si supiera que mi amiguito el Morris se hizo brujo —enriquece la plática Waldo Gumersindo. —Porque es un pinche fraude, estamos de acuerdo. No puede ser que de un día para otro el amigo en el que uno invirtió media vida se le convierta a un credo apendejado, tanto que ni siquiera nos lo mencionaba. Sabía que había perdido y estaba haciendo trampa. Y desde antes sabía que sabíamos, por eso luego se nos escondió. Buen cuidado tuvo que haber tenido el Morris para que esos volantes no fueran a caer en nuestras manitas.

—¿La esposa no ayudaba? —inquiere el oficial, cándidamente.

—¿Le importa si me río? —satiriza el de casa. —¿Cómo le explico? Iván tenía complejo de caballero andante. Le movían el tapete las mujeres sufridas, disminuidas, arruinadas, hambrientas. No sé qué signifique esa actitud en términos psiquiátricos, pero yo lo veía como otra muestra de inseguridad. Y Dunia, *selbstverständlich!*, sacó provecho de eso. Tenía al padre en la cárcel desde hacía quién sabe cuántos años, por falsificación de billetes. No es que sea prejuicioso, pero imagínese lo que le habrá enseñado. Cero escrúpulos, cero sinceridad, cero moral. Gente con la que no hay manera de entenderse, como no sea dándoles dinero. Dunia dice que no, pero yo sé que fue ella quien lo metió en las ondas esotéricas, y quien lo convenció de defraudarnos, luego de haber sembrado la desconfianza entre Iván y nosotros. ¿Qué quiere que le diga de esa maldita bruja?

—Es usted duro, Waldo, parece policía —apunta el inspector, no sin sarcasmo, y vuelve la mirada hacia el padrino. —Quién lo viera, ¿verdad?

—No es que sea yo nada, mi estimado inspector —persiste en sugerir el hombre de la casa, —pero si me pregunta cuándo empezó el declive de mi amigo, le aseguro que fue poco después de conocer a Dunia. Prefirió ser su pinche redentor que nuestro hermano. Haga de cuenta que Iván rescató de la calle a un gatito salvaje, que a partir de ese día se dedicó a atacar a las visitas. No es su culpa, tal vez, pobre animal, pero tampoco encaja entre la gente.

—¿*La gente* son ustedes, los amigos de Iván?

—La gente es mucha gente y Dunia siempre fue una resentida. Se le notaba a leguas, por eso nadie aquí la soportaba. Y a Iván no lo quería, así que lo botó en cuanto le acabó de quedar claro que se había casado con un atorrante. Con un perfecto idiota, debería decir.

—Habla usted con desprecio del difunto —se muestra preocupado el inspector. —¿Le quedó a deber algo el señor Dupont Luna, su *querido hermanito*?

—Deber, deber, no sé —sopesa el ex amigo. —O sí, mucho dinero, ya le dije, pero eso es lo de menos. El dinero va y viene. Lo que pasa es que estoy todavía un poquito sentido con Iván.

Teníamos el mundo a nuestros pies, sólo un perfecto idiota habría apostado en contra del proyecto. Íbamos a ser dueños de Acapulco, y en una de estas del país entero.

—Eso es muy cierto —aprueba el Triple A, con un gesto de suficiencia jurídica. —Los muchachos tenían todo para triunfar, hubo gente importante que los apoyó *sólo porque Dupont estaba de por medio*. Yo, que los ayudé a salir del hoyo, le digo que hizo falta soltar mucho dinero en multas, abogados, indemnizaciones, además de regalos muy costosos para los funcionarios que afortunadamente nos favorecieron. Nada de eso salió de los bolsillos de Iván Dupont. Fue gracias a la generosidad de Samuel Baños, Waldo Farías y el resto de las víctimas del fraude que nunca levantamos la demanda en su contra. ¿Sabe usted que Dupont vendió dos y tres veces las mismas propiedades? Fueron estos muchachos quienes dieron la cara por su chiste. ¿Qué íbamos a ganar con meterlo en la cárcel? ¿Cómo iba a resarcirnos, por ejemplo? ¿Un viaje a otro planeta para cada quien? ¿Diez paquetes de limpias a perpetuidad?

—Aguántame, padrino, antes de que lo piense y me arrepienta —arrastra las palabras el de la casa, sobreactuando tal vez el efecto del *whisky*, con los oídos atentos al ruido de pisadas en la escalera. —Mire, inspector, yo creo en el honor. La palabra, ¿me entiende?, el compromiso que a uno lo representa, el prestigio de ser quien uno es. Con eso no se juega, y menos si la gente que te quiere te entregó su confianza y te sacó del hoyo siempre que les llamaste. ¿Se imagina qué tanto dirán nuestros vecinos, cuando me ven entrar o salir de mi casa, o lo que pensarán cada vez que llegamos a la misa de una del domingo, aquí en la capillita de Ladera Sur, después de lo que han dicho los periódicos? Yo tampoco, por suerte, porque no tengo nada de qué avergonzarme, pero me hago una idea por sus puras miradas. O por sus no-miradas, ya me entiende. Ahora imagínese a mi pobre mujer, que es recta entre las rectas y tiene la conciencia mucho más limpia que usted y que yo, toreando los desdenes de gente que nos ve como a unos delincuentes, sólo porque un amigo de la remota infancia fue a meterse con no sé qué granujas. Afortunadamente, ya le digo, ella no sabe nada, ni se explica el porqué de tanta grosería.

—¿Todo bien? ¡Buenas tardes! —se asoma, pasa lista la anfitriona. Le calcula Mireles unos treinta y dos años, bastante bien llevados, y encuentra su sonrisa lo bastante coqueta para poner en duda sus hipotéticos aires de puritana.

—*Alles gut, Mausi!* —exclama el Gummi a tan alto volumen que opaca los cumplidos de los otros.

—Permítanme saber si se les ofrece algo —guiña Angelika un ojo y tuerce el gesto a modo de sonrisa, antes de darse vuelta y desaparecer.

—Se oye usted enojado, más que compungido —ataja el inspector, olfateando sutilmente la sangre. —Cualquiera en mi lugar pensaría que el difunto lo dejó en la calle. ¿Qué cantidad debía Iván Dupont, que no podía pagar Juan de la Luna?

—Crecimos los tres juntos. El Morris, *Sammy*, yo. Teníamos un pacto, que fuimos reafirmando con los años, y era que en la ruleta de la vida compartíamos pérdidas y ganancias. Como quien dice, si a uno le iba bien, remolcaba a los otros para arriba. Pero en vez de eso Iván pateó el pesebre. Y fue una gran traición, cómo que no.

—Me llama la atención —observa abruptamente el oficial Mireles —que Iván Dupont no tuviera de menos una pequeña casa, después de haberlos desfalcado a ustedes, que sin embargo tienen sus residencias en los terrenos que él había heredado. ¿Cómo se explica que un presunto estafador viva prácticamente en la miseria, mientras los estafados son tan prósperos?

—Exactamente —apuntala Rovira. —¿Dónde está ese dinero malhabido, cuando el fulano ni casa tenía?

—Hay que considerar un par de cosas —entrecruza los dedos el Gummi, con gesto comedido y sonrisa paciente. —Si nosotros logramos salir del agujero fue porque nuestro crédito era bueno, y hasta la fecha lo es. La gente nos conoce, somos personas serias. Buena parte de lo que ustedes ven aquí se ha sostenido en préstamos e hipotecas. Y en segundo lugar, si Iván dilapidó nuestro patrimonio en menos tiempo del que tardó en quitárnoslo, habría que ver qué tanto se le fue en comprar drogas. Le gustaba lo bueno, en ese aspecto.

—¿Sabe que a mí tampoco me salen las cuentas? —se frota la mollera el inspector. —No sé si estén ustedes al tanto de que el señor Dupont vivía a costillas de sus concubinas. Nadie le vio el dinero que ustedes mencionan, ni figura en un solo registro bancario. ¿Sabe qué me molesta de los ricos? Que sean tan chillones y tan quejiches. "¡Ay, me robaron esto!". "¡Huy, no tengo dinero!". "¡Es que ando muy gastado!". ¿Ya vio usted dónde duerme, mi amigo? ¡Esta casa es la envidia de Riqui Ricón!

—Todos nos esforzamos por vivir mejor. Ya le digo, con muchos sacrificios. No le voy a inventar que me ha ido mal, aunque falta saber cómo nos va con este escandalito. Tengo hasta periodistas persiguiéndome, yo que nunca en la vida he probado una droga.

—¿Nunca en la vida qué, señor Farías?

—Perdóneme, inspector. Quise decir que yo jamás probé un alucinógeno. Porque de eso es de lo que me preguntan desde que apareció la maldita columna de Alamilla.

—¿Y quién se lo pregunta, si no es indiscreción?

—Los periodistas, claro. ¿Quién va a ser? El martes uno de ellos se me fue a aparecer a la oficina. ¿Sabe qué hice? Mandé a mi secretaria por una lata de champiñones Herdez y salí a regalársela al cagatintas. Estos son los honguitos que yo conozco y se los recomiendo, le dije, muy sonriente, para no darle el gusto de verme encabronado. Yo no he hecho nada, o sea. No sé ni de qué me hablan. ¿Qué culpa tengo yo de que a mi amigo el Morris se le haya aparecido el alma de Cat Stevens?

—Iván, Samuel y Waldo no nada más eran buenos amigos —ilustra puntualmente el Triple A. —Eran una idea. Una fuerza, un concepto, un equipo de estrellas. Como ya le contaba, hubo gente importante que apostó por su éxito. Gente que se sentía privilegiada de asociarse con alguien como Iván Dupont. Pero seamos honestos: Iván Dupont valía por su nombre mucho más que por su situación económica. Y ya no hablemos de sus capacidades. Haga de cuenta que era una buena franquicia… manejada por un orangután. Llevaba años gastándose la herencia de su padre en negocios que no tardaban en quebrar, y como el señorito se jactaba de no saber hacerse ni la cama, menos iba a ocuparse de hacer cuentas, o siquiera pedirlas. Mientras tanto, quienes daban la cara por él eran mi ahijado Waldo y Samuel, mi sobrino. Familias de respeto, usted me entiende. No tengo que explicarle el desprestigio injusto que el asunto Dupont les va a acarrear. Y desgraciadamente nuestra sociedad es todavía muy rígida. ¿Cuántos años cree usted que tengan que pasar para que estos dos hombres, cuya única falta ha sido ser amigos de un hijo de familia que después, por su gusto, se volvió malviviente, puedan limpiar su imagen ante la sociedad? Porque ahora los señalan con el dedo, y eso yo no lo pienso permitir.

—Perdón, tengo una duda, licenciado Farías —interviene la voz atemperada del oficial Mireles Oliveros: —¿Usted siempre fue rico?

—Yo nunca he sido rico, pero sí chambeador —se defiende al instante el aludido, con los ojos apuntando a Rovira. —Y eso es lo que me duele, o si prefiere usted, lo que me enoja. Trabajé muchos años para salvar el nombre y la fortuna del Morris, y sobre todo para hacerla crecer, y él tiró mi trabajo a la basura. Teníamos a mucha gente conocida, poderosa, influyente, comiendo muy contentos de nuestras manitas. ¿Sí o no, padrino? ¿Y sabe qué hizo Iván? Dejó todo colgando, se robó lo que pudo y se fue de gurú. Con contratos firmados y gente trabajando en los proyectos.

—¿Qué clase de proyectos? —planta Rigo una mueca socarrona.

—Bienes raíces, turismo, ideas ambiciosas. Iván tenía terrenos aquí y en Acapulco, que el gobierno expropió cuando murió el papá, sin pagarle ni un quinto. Gracias a mí, y a Samuel Baños, y a Manrique Quiroz, que nos echó la mano con la cosa legal, Iván recuperó una muy buena parte de esos terrenos, a condición de usarlos para desarrollar infraestructura urbana, con apoyo oficial y la urbanización garantizada.

—¿Qué fue lo que falló?

—Ahí le va, en dos palabras: Iván Dupont.

—Con permiso, inspector —se levanta de golpe el Triple A y mueve la cabeza en dirección a Waldo para que lo secunde. —Creo que aquí mi ahijado ya ha resistido mucha artillería. ¿Cómo ve si seguimos en mis oficinas, para que yo le ayude a resolver sus dudas sin revictimizar a los deudos?

Incapaz de frenar la marea que de golpe lo empuja hacia la calle, el inspector Rovira deja que el Triple A le propine un abrazo corpulento, le machaque la mano por segunda ocasión y deposite en ella tres tarjetas: una que lo acredita como ingeniero civil, con maestría en Administración y doctorado en Ciencias Económicas, otra en la que aparece como director general de una inmobiliaria y otra muy refinada donde se lee nada más que su nombre, realzado sobre una cartulina de alto gramaje.

—Cuando tenga una bronca, ya sea a nivel local o federal —le explica el Triple A, todavía pescado de su brazo izquierdo, —saque esa tarjetita y ya verá que todo se compone.

—¿La blanca…? —titubea Rovira, intimidado.

—Esa mera, mi amigo —confirma el Triple A, todo sonrisas. —Porque somos amigos. ¿O me equivoco?

—Lo somos, mi señor —se vence al fin Rovira y hace una caravana lacayuna que en las próximas horas le hará sentir incómodo, ridículo y pequeño.

—Otra cosa, inspector, antes de que se vaya… —congela el Triple A a Rigo Rovira, lo toma por los hombros y le hace receptor de su mirada láser. —Yo no quería ser guapo, me obligaron.

12. Tres metros bajo tierra

Noviembre 11. Viernes. 4:26 p.m.

La gente se acostumbra a todo,
menos a estar muerta.
Richard Stark, *Backflash*

Dirás que me ganaste, ¿no, Ivancito? Yo, la que se burlaba de tus chakras podridos y tus karmas guajiros, metida en un panteón y hablando con un muerto, que pa' colmo eres tú. No-más no te entusiasmes, se supone que estoy en estado de *shock*. Ya van a ser tres días que supe de tu muerte y todavía no sé si me toca llorarte, torturarme o mentarte la madre. ¿Creerías que hasta ahorita sigo tiesa, pasmada, idiota, estupefacta, catatónica, hueca?

Ojalá que todo eso facilite las cosas para entendernos, aunque tú ya no existas. No esperes, eso sí, que te traiga tus flores o me compre una ouija. No pretendo entenderme con el señor que vi tirado y recosido en esa plancha inmunda, ni con su espíritu. Hablo con el Iván que está dentro de mí, pero como no logro imaginármelo vengo a verte hasta acá, para que al menos hagas acto de presencia.

Comprenderás que siga yo enojada, después del numerito que me armaste con esos policías que ahora traigo detrás. Dice el doctor Perdomo —mi profesor, ya sabes, el que me llevó a verte allá en la morgue— que te importó muy poco mezclarme en tus problemas, y que seguramente, si te hubiera ayudado, para ahorita estaría igual de fría que tú. Me conviene creerle, cómo no, pero tú te encargaste de complicármelo. Tengo que darte el beneficio de la duda, para no ser injusta con mis buenos recuerdos, que en efecto son muchos, aunque nunca te lo reconociera porque tampoco te lo merecías.

Me mandaste a la mierda, Iván Dupont. Me ignoraste, me volviste la espalda. Y encima lo negabas, me tirabas a loca con tal de no tener que darme la cara. A mí, que era tu esposa y estaba de tu lado. ¿Tú crees que se me olvida? ¿Y cuántas veces me buscaste luego, por el puro dinero? Tenías que utilizarme hasta el último día de tu vida, ¿no? ¿Cómo ibas a morirte sin joderme la mía?

Y ni modo, ya está. Pasó lo que pasó. Bien o mal, conseguiste que me hiciera yo cargo de tu posteridad, aunque no le haga gracia al doc Perdomo. Tengo remordimientos por tu culpa. Me siento una canalla, una insensible, una rata desleal, aunque en el fondo sepa que nada de eso es cierto y me estás chantajeando desde el más allá. ¿Te dejé morir solo? No, chiquito, te saqué de mi vida. Y para el caso no soy adivina. ¿Cómo iba yo a saber que tenías amigos asesinos? ¿Y qué supones tú que habría hecho, si lo hubiera sabido? De una vez te lo digo: salvarme. Huir de ti, sacarte de mi vida, denunciarte, con todo mi dolor.

¿Por qué los fracasados esperan que los sigas hasta la última zanja del despeñadero? ¿Qué les hace pensar que el cariño que pueda una tenerles la obliga a traicionarse por quedar bien con ellos? ¿Ya me entiendes por qué vengo a buscarte? Podrás estar tres metros bajo tierra, pero yo, mi vidita, no pienso traicionarme. Necesito saber quién eras tú. Escarbar en tu mundo, a como dé lugar, hasta que se te quite lo intrincado. Y como en realidad sigo dudando mucho que ustedes los difuntos puedan manifestarse entre nosotros, me suena complicado que vayas a evitarlo. ¿Ya ves? Tanto misterio para nada.

Pensarás que me paso de optimista. ¿Te fijas que a los vivos se nos suelta la lengua cuando nos toca hablar con los difuntos? ¿Qué crees que irá a decirme tu querida Ludmila, por ejemplo, si le pregunto cosas sobre ti que te habrían matado de susto, o de vergüenza, ahora que ya estás muerto de cualquier manera? ¿Verdad que da miedito pensar en lo que harán con nuestras cosas cuando ya no podamos impedirlo? ¿Me imaginas vaciando tus cajones, robándome tus fotos, echando a la basura cosas que atesoraste porque simbolizaban algo muy especial que para mí tal vez no vale nada? Y sin embargo soy tu último *shot*. Perdón que te entretenga un momentito en tu viaje a la nada.

Discúlpame ahora sí, no quise decir eso. Ya sabes cómo soy cuando me enojo. Según Perdomo estoy en negación, por eso me es más fácil regañarte que aceptar que estás muerto. Ya te digo que apenas te he llorado. Cuánto te he de querer, cabrón ingrato, para haber encendido todos mis mecanismos de defensa. Como que no lograba renunciar a la esperanza boba de que algún día volvieras en ti. O sea conmigo, claro. Sobre el cadáver de mi dignidad.

Habría estado feliz de perdonarte, aunque de todos modos nunca me lo pediste, así que el chisme queda entre tú y yo. Pero a ver, pues, Iván, ¿qué iba yo a perdonarte? ¿Lo que ya sé que hiciste o lo que me ocultaste hasta la muerte? ¿Captas la idea, Morris? Te hablo como si fueras entrañable y eres un triste extraño para mí. ¿Iván, Johnny, Mauricio, Morris, gurú Juan? ¿Con quién hablo, perdón? Hace un montón de tiempo que dejé de saber quién eras y qué hacías y con quién te juntabas y de qué vivías, y eso es lo que nos toca averiguar. Porque vas a ayudarme, aunque no quieras.

¿Será cierto que los difuntos hablan? ¿Tendré que venir mucho para que se me haga? No hay prisa, para el caso. Me toca interrogarte, Iván Mauricio, aunque sea en tu tumba y con el trauma encima. De todos modos, ya no te va a doler. No tienes que esconderte, ni sacarme la vuelta, ni inventar mentiritas. Tómalo como tu segunda autopsia.

13. La visita relámpago

Noviembre 12. Sábado. 1:06 p.m.

¿Detectan los videntes las mentiras? La Hata Mari lleva tres días preguntándoselo, como quien se dispone a consumar un asalto bancario y duda entre la máscara y el pasamontañas. Está segura de ir bien camuflada, y de hecho muy bien caracterizada, a su cita de hoy con Tamara G. Trae un vestido absurdamente largo (cabe creer que se lo pisotea), unos zapatos negros sin tacón, una gabardina abrochada en el cuello a manera de capa y el pelo recogido en dos trenzas lo bastante mal hechas para que nadie ose creerla frívola. Luce, además, un par de moretones pintados con forénsica destreza sobre sendos pómulos.

No es la primera vez que cobra vida su personaje de la *Beata Ingrata*. Mudarse de pellejo es el recurso estrella de la Hata Mari para recolectar la información que otros extraen con una placa por delante. "Debí haber sido actriz", se recrimina en vano porque lo que le gusta de esto no es tanto el histrionismo como la impostura. Probarse que es capaz de engañar plenamente a los conocedores, sean estos fiscales, policías o adivinos, la premia con la clase de satisfacción que distingue al merecimiento de la trampa. Un regodeo casi voluptuoso que sabe a impunidad y cuentas cobradas, si es que las cosas salen como Dios no manda.

Bruja o no, sopesó la Hata Mari, la supuesta vidente y rabdomante no puede ser inmune a las pasiones, y una de ellas tendría que ser la tirria que a cualquiera le inspiran sus competidores. Hablar pestes de curas y sacristías es la especialidad de la Beata Ingrata, cuyos pesares son lo bastante notorios para apenas tener que describirlos.

"He vivido en pecado…", ha dicho, nada más cruzar la puerta, y luego matizado en voz más baja: "… con un sacerdote".

Como si profiriera alguna contraseña que por fuerza le abriese las puertas de otro cielo. Y si tan mal le ha ido con la Iglesia católica, ¿no es una verdadera bendición que obedeciera al grito de sus ángeles y viniera a tratarse con Tamara G?

Tamara G mira a la Beata Ingrata sin parpadear, cual si se propusiera descubrir ahí detrás a María Auxiliadora. Se complica, sin duda, venirle con mentiras a quien te observa con esa fijeza, aunque es al fin un juego de poder y gana quien mejor se mete en su papel. O al menos eso cree la visitante, que encuentra a la vidente tal vez más atractiva que bonita. Ojos grandes, labios concupiscentes, cara un poco redonda, nariz casi aguileña, larga melena espesa y una piel entre oscura y aceitosa que evoca a las deidades del hinduismo.

Tarda en abrir la boca la rabdomante, cuando ya la paciente se pregunta si no son esas mañas de policía. Primero los oprimes con tu silencio; luego, para cuando hablas, reciben tus palabras como maná del cielo. Necesitan creerte, más todavía después de estar mirándote minuto tras minuto con las pupilas quietas y la boca sellada. Y así, entre más te tardes en responder, mayor será el consuelo que ofrezcan tus palabras.

—No te dejan en paz tus malquerientes —enuncia la vidente, alargando las sílabas, con los ojos clavados en un punto que la Hata Mari estima medio palmo por encima de sus cejas. —Ahora mismo aquí están, entre nosotras. Son dos hombres que visten ropa negra. Uno de ellos canoso, el otro me parece que más joven. Están muy enojados, algo quieren de ti.

—¿El canoso usa lentes, por casualidad? —da un trago de saliva la Beata Ingrata.

—Les tienes mucho miedo y eso no me permite verlos con claridad, pero hay uno vestido de sotana. Me parece que es el que da las órdenes. El otro no es muy alto, o será que camina jorobado…

—Ay, Dios —hunde la Beata Ingrata el rostro entre las manos. —Así como lo cuentas, son el padre Valerio y Uriel, el sacristán.

—Y fueron ellos dos los que te pegaron, ¿verdad?

—Verdad, sí. O bueno, no —se deja avergonzar la Beata Ingrata. —Uriel no me pegó, fue solamente el padre, pero los dos se ayudan, tú me entiendes.

—Dime una cosa, ¿esperas un hijo de ese hombre?

—¡Lagarto, cómo crees! —saltan los modos de la Hata Mari, para desasosiego de la Beata Ingrata. —O sea no, que yo sepa.

—Como te digo, está muy enojado. Es un hombre con mucha fuerza espiritual. Es un ser de penumbra, eso se ve.

—*Madre Puesto*, que estás en los cielos… —se le enredan las letras a la paciente, cuando más falta le hace proyectar su fervor.

—¡Shhh! —levanta una mano la oficiante. —No los llames. No les des por su lado. Que no te vean el miedo, déjalos que se vayan. Tú solamente di, fíjate bien: "Mi Dios es todo luz, la luz está conmigo". Agárrame las manos: "Mi Dios es todo luz, la luz está conmigo", repítelo sin miedo para que te oigan los que buscan tu mal, para que en tu certeza esté su miedo.

—MiDiosestodoluzlaluzestáconmigo —hace énfasis la Beata en su tono de súplica, cual si esto fuese un acto de contrición.

—Mi Dios es todo luz, la luz está conmigo, mi Dios es todo luz, la luz está conmigo —va elevando la vidente el volumen, el vibrato, la velocidad.

Flota un tufo de inciensos y copal quemado en el departamento 605 bis, Torre 4, Ala Norte del conjunto habitacional Los Agapandos, que es donde la vidente atiende sus asuntos de trabajo. Un solo cuarto virtualmente vacío, cuyo único mueble está formado por dos cajas de cartón, una encima de la otra, a manera de mesa sobre la cual descansa la foto de un santón —¿hinduista, budista, brahmán, krishna?— con la cara pintada de colores y una de esas sonrisas ecuménicas cuya sabiduría no está a discusión.

Hay también una colchoneta recargada en la pared, y a mitad de la estancia un tapete de seda rojo intenso con bordados naranjas y amarillos que desentona entre tanto ascetismo. Sobre él están la bruja y su paciente, amén de varios platos y vasijas y un pelotón de vírgenes, arcángeles y santos en estampas de distintos tamaños, esparcidas a modo de guardia pretoriana en derredor a ellas.

¿Y esto que más parece bodega que capilla es el santuario de una cartomanciana?, se pitorrea en silencio la Hata Mari, mientras su personaje gruñe, grita y berrea para estar a la altura de la situación. Pero la Beata Ingrata tiene un gran defecto, y este es que hasta la fecha su creadora no ha sabido encontrarle el botón de apagado. Para decirlo en términos heroicos: una vez que la Beata se mete en la armadura, no descansa hasta ver correr la sangre.

¿Cómo es que la vidente no la mira? ¿Será que no le cree o toca suponer que ya entró en trance? ¿Adónde da la puerta que está al fondo y por qué está la luz de allá adentro encendida? ¿Y si fuera este el cuarto de servicio y la puerta del fondo diera al departamento? Mal se lleva esta clase de cavilaciones con el *performance* de la Beata Ingrata, demasiado ocupada en fingirse posesa para advertir las dudas de la oficiante, que ya ha abierto los ojos y la mira con franca hostilidad.

—¿Quién eres? ¿A qué vienes? —se incorpora Tamara y levanta la voz, cual si se propusiera amenazar a la impostora descargando sobre ella toda la ira de Shiva. —Ya te vi: tú no crees. Y veo que viniste por otros motivos. Sabes que a mí no puedes engañarme, por eso no me miras a los ojos.

—¿Ya me viste, brujita de halloween? ¡Huy, qué miedo! ¿Quién soy? ¿Cómo me llamo? ¡Cuéntame, ándale! —se levanta a su vez la Hata Mari, poco menos que ciega de coraje a cuenta de la beata desenmascarada. Pero ni falta le hace devolver la mirada para apuntar al bulto su Taser X2 y disparar dos dardos a quemarropa, seguidos por un flujo de corriente que transforma a Tamara la Vidente en un costal de huesos trepidantes que escupe gritos sordos, abanica ambos brazos y se sacude encima del tapete.

Antes que preocuparse por el espectáculo, y a reserva de hacer lo que le toque para salir inmune, la Hata Mari entiende que no tendrá una nueva oportunidad para saber qué diablos hay detrás de la puerta del fondo, pero no ha dado ni tres pasos hacia allá cuando la mira abrirse y hace el amago de retroceder.

—No se asuste, señora, soy la portera —irrumpe una mujer voluminosa, quien por lo visto sabe cómo actuar en estas circunstancias, y se abalanza sobre la convulsa. —Permiso, yo me encargo.

—No sé qué le pasó, estábamos rezando y empezó a sacudirse —gime la Hata Mari, ubicada de vuelta en su rol de paciente.

Sobre el tapete rojo la mujer forcejea con Tamara, que se defiende a golpes y mordidas, gruñe como una fiera endemoniada y profiere exabruptos ininteligibles. *Demasiada reacción*, tendría que juzgar la proveedora del electrochoque, si le quedara tiempo para mejor cosa que escurrirse por la puerta del fondo y esculcar lo que pueda mientras sigan sonando alaridos y golpes en el cuarto de al lado. No sabe qué buscar y menos dónde, pero ya le parece revelador el lujo aparatoso en el que por lo visto vive la vidente. Hay cuernos de marfil, mesas y cómodas de marquetería, porcelanas sin fin, tapetes de Kashmir y la figura de una deidad prehispánica —sardónica, dentuda, de ojos desorbitados— tallada en piedra cuan espantosa es (cuesta creer que esté ahí para hacer algún bien), que a su manera preside la sala.

Una de las recámaras tiene balcón, *jacuzzi* y una cama redonda donde cabe creer que duerme Tamara, a juzgar por las fotos enmarcadas que se aglomeran en sendos burós y donde la vidente figura sin falta, unas veces al lado de presuntos gurús y otras en actitud de cita romántica. Es en dos de estas últimas donde aparece, para gran regocijo de la Hata Mari, un amante de sonrisa obsequiosa que sólo puede ser Iván Dupont. Las va fotografiando una por una, y cuando ha terminado se entretiene en sacar de sus marcos ambos retratos de Iván y Tamara. El reverso del primero está en blanco; en el otro se leen ocho palabras escritas a mano.

Para Juan con amor,
por nuestro Mani Padme.

Abre y cierra cajones la entrometida, desafiando la calma que
ha ido creciendo en el cuarto contiguo desde que devolvió las
fotos a sus marcos. De regreso en la sala le llegan los retazos de
una conversación. ¿Qué se supone que haga una demente como
la Beata Ingrata en una situación como la actual? Sin dudarlo un
instante, la dueña de la Taser X2 —le queda un tiro más, por si
hace falta— entra corriendo al baño y tras unos instantes sale
de él con una gran pelota de papel higiénico, misma que esconde
bajo las cortinas que dan al balcón. Ya se escuchan los pasos en
el cuarto de al lado cuando la Hata Mari saca un encendedor,
prende fuego a la bola de papel y pega la carrera hacia puerta,
pasillo y escaleras. Con un poco de suerte —estima, ya en la calle— no pasará la cosa de unas cortinas feas chamuscadas.

14. *Semper fidelis*

Noviembre 12. Sábado. 9:52 p.m.

Ronald Lamm es un mexicano inverosímil. Nació en Guadalajara, al igual que su padre y sus dos hermanas, y ya hablaba español como los jaliscienses cuando enviudó la madre y se llevó a los tres a San Antonio, aunque igual sus maneras y su acento corresponden a un perfecto texano. Su acta de nacimiento mexicana da fe de un tal Rolando Berumen Lamm, mientras que su licencia de conducir del estado de Texas lo acredita como Ronald B. Lamm. Comunicólogo, asesor de seguridad, experto en terrorismo y profesor universitario, Lamm cumplió ya una década de trabajar en México y todavía se le barren las erres. Por lo demás, su pulcritud intacta, sus maneras gentiles-de-lejitos y cierta refulgencia en su sonrisa, perfectamente afín a sus ojos color azul metálico, dicen a gritos la palabra *gringo*.

Para llegar a la oficina del jefe del *task force*, Dunia toma el camino hacia la madriguera donde pasó sus primeras semanas como miembro del grupo de inteligencia. Reforma, Insurgentes, Buenavista, Nonoalco, hasta topar con un cascarón viejo que bien podría estar vacío o desahuciado. *Sicher Heights*, está escrito en el directorio, sin logo ni mayor explicación, entre despachos de abogados, contadores y dentistas, y como es natural no sirve el interfón. El cuarto piso entero está ocupado por ese simulacro de empresa fantasma cuyos quizás empleados entran y salen sin dar ni devolver los buenos días. *Sorry, no Spanish*, murmura Ronald Lamm si algún desconocido se le acerca, y varios de los suyos le han copiado ya el truco. Este lugar no existe, les repite, si los mafiosos llegan a enterarse de nuestras coordenadas, van a venir volando a *venadearnos* (lo pronuncia acentuando la d y comiéndose la erre, sabe que causa gracia, y en un descuido eso aligera el susto de temerse en la mira del enemigo).

La madriguera apenas ha cambiado, si bien ya hay unas pocas computadoras nuevas, un refrigerador con refrescos y sándwiches y algunas cuantas mesas a modo de escritorios. Una moderación que sin embargo ha desaparecido del privado de Ronald y la sala de juntas contigua, donde es claro que reina la modernidad. Cuando al fin la recibe, tras dos horas de espera que le aflojan los ánimos y la cargan de rabia, no puede evitar Dunia acreditar el lujo circundante sin hacer una mueca de disgusto, porque tampoco evita las comparaciones. ¿Conocerá siquiera su superior el Centro Nacional de Arraigos? ¿Cuántas horas aguantaría adentro? ¿Está tan ocupado, en sábado a estas horas? ¿Y esa cara de purga es culpa de ella?

—*Semper fidelis* —masculla Ronald Lamm y la invita a sentarse con un ademán seco.

—Oye… ¿Estás enojado o son mis nervios?

—Yo no puedo enojarme, ya lo sabes —puntualiza, hierático, el interpelado. —El enojo es otro de los derechos a los que se renuncia en este cargo. *Semper fidelis*, Dunia. Se es leal o se es desleal. No hay plan B, te lo he dicho.

—Ronald, vengo a pedirte que me ayudes. Necesito tu apoyo, me estoy volviendo loca. Tengo a unos detectives persiguiéndome sólo porque soy una de los tuyos, ¿y encima de eso tú me llamas desleal?

—*This is not about you!* —alza la voz ligeramente Lamm, al tiempo que endurece el tono y la mirada. —¿Recuerdas lo que dije cuando te contratamos? "Aquí no te equivoques ni por error". Te pareció chistoso y yo te puse en claro que es un asunto serio, porque si te equivocas en un puesto como este van a venir por ti y a revisar con lupa la historia de tu vida. Y nadie es impecable, todos tenemos nuestra *filthy zone*. Cualquier buen policía cuenta con eso. Tus lados malolientes son las minas donde ellos buscan piedras preciosas, y no sé si temerme que ya las encontraron.

—¿Y según tú qué fue lo que yo hice, en qué me equivoqué?

—No es cosa mía, Dunia. Te diría que tienes un problema, pero es *nuestro* el problema, y es más mío que tuyo porque yo tengo encima a los de arriba y tú hace varios días andas prófuga.

—¿Prófuga?

—No vas a trabajar, no llamas, no respondes mis *mails*, ¿qué esperas tú que pase, mientras tanto? ¿Sabes que estás caliente, y yo contigo?

—Perdón, no te entendí —se ofusca, se confunde la regañada, como si más que no entender lo que oye ya no reconociera en quien lo dice al profesor magnético y mundano que cuatro años atrás le diera clases.

"Política, medios y opinión pública" es la materia que hasta hoy imparte *Ron*, como suelen llamarlo sus alumnos, y señaladamente sus alumnas. Nunca, que ella recuerde, se perdió Dunia alguna de las clases de aquel maestro de sonrisa fácil, agudeza de juicio y palabra chispeante que miraba hacia el mundo desde un piso lo bastante elevado para que nada le quedara oculto. Era como si Ron viniera de regreso de un lugar al que el resto —alumnos, profesores, académicos puros— seguramente nunca llegaría, pero al final no fue ya su sapiencia, como el gran espectáculo de su falso candor, lo que más incidió en su fascinación por el profesor Lamm, que era capaz de describir con pelos y señales un descuartizamiento, y un minuto después reírse como un niño tras soltar una frase de doble sentido, con ese acento tan inusitado como su misma acta de nacimiento. Ingenioso, sabihondo, temerario: tal era, en la cabeza de la que pronto fue su alumna más notable, la descripción relámpago de Ronald Lamm, que igual podría haber sido la de James Bond.

—¿Quieres que te lo explique? —sacude la cabeza el hombre de la sonrisa impertérrita. —Gracias a tu concepto *amplio* de la lealtad estamos más calientes que un jodido comando de talibanes en los jardines de la Casa Blanca. Tú y yo y la institución. Nomás.

—Perdóname, sigo sin entender.

—Número uno: tú no puedes solamente *tirar* un teléfono móvil al drenaje.

—Pero era *mi* teléfono —recalca, enfurruñada, la ex alumna empeñosa. —*Mi* celular privado. Yo lo pago y lo tiro cuando…

—Cuando yo dé la orden, *say no more*. ¿Cómo te hago entender que la vida privada es otro de esos derechos sagrados que dejas de tener cuando llegas aquí? —a medida que crece la severidad, el acento extranjero va imponiéndose. —Ahora, con tu permiso, continúo. Dos: tú sabías muy bien que tu ex marido se relacionaba con criminales. Eso, en este trabajo, es ni-tro-gli-ce-ri-na. Tres: tú fuiste a una reunión hace menos de un año, y te emborrachaste, y estuviste con él, y le diste tu número y quién sabe qué más. Cuatro, cinco, seis, siete, *right?* Y ocho: me lo negaste, cuando te pregunté. "Para nada", decías. "Tengo años ya sin verlo, ni saber nada de él". Y yo tengo las pruebas de lo contrario. ¿Quieres que te imprimamos una copia de tus chats cariñosos con el señor Dupont, para adornar tu *scrapbook*?

"Cariñosos", ha dicho el jefe Lamm, con un desdén rayano en el sarcasmo, mientras echaba sobre el escritorio seis hojas de papel tamaño carta con las pruebas fehacientes de su debilidad. ¿Pero no fue por débil, justamente, que aceptó postularse para este trabajo? "*We're building this task force in Mexico City*", le confió cierta noche el maestro apuesto, al final de una cena misteriosa que ella creyó romántica porque tenía dos años de haber dejado a Iván y se había enamorado como una colegiala del profesor texano-tapatío. ¿Quería ser analista de inteligencia? Él podía ofrecerle las facilidades para hacer los exámenes y tomar los cursos. Pudo decir "no, gracias" y retirarse a lomos de su orgullo. Pero le faltó fuerza. Amor propio. Dureza. Desapego. Sobra decir que al cabo aceptó la propuesta por razones en buena parte ajenas a la naturaleza del empleo. Salvo por un detalle: estaría del lado de los justos. No imaginaba Dunia cuán íntima podía resultar aquella cena para un hombre que apenas tenía vida personal, y cuya intimidad no era sino un apéndice de su trabajo.

—¿Me estás espiando, Ron? —se quiebra la analista, un poco más dolida que espantada.

—Tú insistes en pensar que es cosa mía, *right?* ¿Crees que a mí no me espían, y mucho más que a ti? ¿Cuántas veces te dije que aquí todo se sabe? Somos inteligencia, nos miden con la vara que medimos. ¿Te imaginas qué no darían los mafiosos por tener a un oreja entre nosotros?

—Y tú piensas que yo soy esa oreja…

—A ver, Dunia, resuélveme esta duda: ¿vienes buscando apoyo o más problemas?

—Yo no hice nada malo, Ronald —repta la subalterna del reclamo a la súplica. —¿Me vas a castigar por no haber hecho exactamente todo lo que esperabas?

—No es cosa mía, te digo, y tampoco se trata de *mis* expectativas. Allá arriba querían que te despidiera, pero les hice ver que estaría afectando a la institución. Hay demasiado ruido, no puedo defenderme sin defenderte, ni puedo defender a la institución sin limpiar nuestros nombres de sospechas. Por eso van a darte una oportunidad.

—Necesito tu apoyo, no una oportunidad.

—Necesitas limpiarte, *first things first*. Te quedaste sin credibilidad, y yo detrás de ti. Tienes que darnos armas, herramientas, apoyarnos para que te apoyemos.

—¿Y eso cómo sería?

—Vas a hacer un esfuerzo de memoria, ¿sí? Tienes que recordar y revivir todo lo que hayas hecho con el señor Dupont, o por él, o para él, sin dejar nada fuera.

—¿Quieres que haga un examen de conciencia para que me confieses?

—No es confesión, es una prueba de lealtad, y no la pido yo sino la institución. Lo que yo hice fue conseguirte algún tiempo de gracia para que no tuvieras que enfrentar por sorpresa al polígrafo. Eso querían ellos y no lo permití.

—¿Me van a interrogar con el polígrafo, como a una delincuente?

—Es por ti, no en tu contra. Igual que cuando entraste, ¿ya no te acuerdas? Tenías el mismo miedo y todo salió bien. Es cosa de rutina. *Paperwork*. Sólo di la verdad.

—¿La verdad de mi vida, eso voy a decirles? —se engalla la acosada. —¿Quieren que les platique todos mis amoríos, sin excepción?

—No van a preguntarte más que de Iván Dupont. Yo te lo garantizo.

—¿Y eso cómo lo sabes?

—Conozco los procesos. Negocié que te dieran ciertas facilidades para que puedas ordenar tu memoria. Yo te aconsejaría que trazaras un *timeline* y fueras ubicando todo lo que recuerdes, no vaya a ser que caigas en contradicciones.

—¿Y mi papá?

—¿Qué tiene tu papá?

—Fue a buscarlo uno de los detectives. No sé si sepan ya de sus antecedentes

—*No worries*. Eso está bajo control. Nadie se va a meter con tu familia.

—Pero ya se metieron. ¿Qué les voy a decir, si siguen escarbando? ¿Que entré aquí con mentiras y en realidad soy hija de un falsificador? ¿Que tú y yo hicimos trampas con mi solicitud? ¿A ellos también los tienes controlados?

—*Wait a second!* —alza una mano Ronald, con gran autoridad. —No sé a qué te refieras, aquí no caben trampas ni mentiras. ¿Tienes pruebas de eso que estás diciendo?

—Lo que yo digo es…

—No midas fuerzas, Dunia, ni amenaces. Lo que está por probarse es *tu* lealtad, porque la mía está perfectamente dentro del radar. ¿Querías tener mi apoyo? Te lo estoy ofreciendo *here and now*. ¿Prefieres desafiarme? Muy bien, vamos a ver adónde llegas. *I mean*, adónde acabas.

—¿Y eso no es amenaza?

—Precisamente, Dunia. Eso me corresponde, por jerarquía. Yo estoy en posición de *conminar*, por los medios que juzgue necesarios, tú en la de *obedecer*. Yo soy la institución, en lo que a ti respecta porque soy tu inmediato superior, y yo mismo te advierto, *una vez más*, que tienes un espacio equivalente a cero para la deslealtad. No dudo que allá afuera pueda haber una escala infinita de grises, pero no aquí, Dunia. Eres leal o desleal, no hay matiz que te salve. *You just gotta be square, if you want to hang out with the good ones.*

—¿Me van a correr, Ronnie? —se le quiebra la voz a la analista. —¿Vas a echarme a la calle por contestarle un par de mensajes a Iván, que en paz descanse, o porque mi papá estuvo en la cárcel?

—Nadie dijo eso, Dunia. Me parece que no me he hecho entender. Lo único que te piden, y yo te lo suplico, es que nos des tu apoyo, ¿sí? Déjanos ayudarte. No seas una amenaza para ti misma, porque de eso no puedo protegerte. Tú no tienes la culpa, por supuesto, de lo que hizo tu padre en otros tiempos, ni de lo que haya hecho tu ex marido para que lo mataran, pero eventos como estos prenden muchas alertas. Se encienden reflectores y el resplandor nos toca a los de al lado. Aquí no es como en China, donde los familiares son corresponsables de los crímenes que uno cometa, y sin embargo sales salpicada porque atraes la atención del ojo público. ¿Cómo dicen aquí?

—La opinión pública.

—Exactamente, gracias, la opinión de la gente, que va a juzgar las cosas por lo poco que sepa, *right?* —ha vuelto el profesor, y con él la amplitud de la sonrisa. —Si mañana se ahorca mi vecino y la calle se llena de policías, cámaras y micrófonos, y resulta que yo ando en algo turbio, o anduve, o *parece* que anduve, aunque no sea verdad, me va a caer encima el reflector. Van a venir a hacerme cantidad de preguntas, algunas muy estúpidas, otras muy indiscretas y muchas totalmente fuera de lugar, pero voy a tener que responderlas, si no quiero que piensen, o que sigan pensando mal de mí. Ahora imagínate cómo será la cosa si trabajo en inteligencia criminal, donde la gente desquita su sueldo pensando mal de todo el género humano. Yo puedo ser tu aliado, tu amigo, tu padre, tu marido, pero si además de eso pasa que soy tu jefe en esta oficina, me toca pensar mal también de ti. *I mean*, es por tu bien. Nuestro primer deber es ser impecables, y demostrarlo cada vez que se ofrezca. Más allá del asunto de las indisciplinas, que yo puedo entender y hasta justificar por el *shock* del evento criminal, necesitas blindarte contra las sospechas que nos ocasionaron tus descuidos. Estás casada con la institución, no puede caber duda de tu fidelidad. Ayúdanos con eso y estamos todos del lado seguro.

—Mira, Ron, yo no tengo nada que esconder. ¿Quieren interrogarme? Ándenle, pues. ¿Van a confiar en mí, si me dejo humillar? Ok, ok, no hay queja. Metí la pata, no lo voy a negar.

Supongamos que en todo les doy gusto… ¿Me devuelven mi chamba, por la que yo entré aquí, o me mandan de vuelta al CNA?

—¿Tuviste algún problema en el CNA?

—¿Sabes lo que es pasarse ocho horas diarias vigilando gente desesperada? ¿Gente que se pregunta a toda hora si a la noche siguiente va a dormir en la cárcel? ¿Gente que está solita con sus pensamientos, a la hora exacta en que los pensamientos se hacen sus enemigos? Y yo estoy también sola con mis pensamientos, que al paso de unas horas no son así que digas mejores que los de ellos.

—¿No estás exagerando?

—La desesperación es pegajosa, Ron. Se contagia más fácil que un bostezo, eso es lo que he aprendido en el CNA. Lo peor es que una sabe qué es lo que esperan ellos, ¿pero qué espero yo? No tengo idea. Por mí no va a venir un abogado, voy a seguir allí cuando toda esa gente salga del arraigo. Y entonces me pregunto qué pensaría la gente que cree que me conoce si supieran de qué se trata mi trabajo. ¿Tantos cursos y tanta faramalla para acabar de pinche celadora?

—Buenas noticias, pues —corta Ronald de tajo la inspiración de Dunia. —Por lo pronto, dejas el CNA. Van a darte dos meses de descanso para que te repongas de todo esto y te plantees qué quieres en la vida, y de paso qué esperas de la institución. No me mires así, es con goce de sueldo y prestaciones.

—Como quien dice, me van a arraigar.

—¿*Arraigar*?

—Laboralmente hablando, digamos. Voy a estar a la espera de un veredicto para saber si sigo trabajando, si me voy a la calle o hasta si me voy presa, ¿no?

—*Not really*. Es un permiso como cualquier otro. Se te conceden ocho semanas de licencia médica. Tampoco hay *veredictos*, solamente ciertas formalidades que son rutina para la institución. Ellos querían tomar medidas punitivas, yo negocié que fueran preventivas, así que por ahora nadie va a despedirte, y tampoco a encerrarte. Somos un organismo, estamos conectados. *Semper fidelis*, Dunia.

—¿Y cómo sé que no van a encerrarme?

—Te lo voy a explicar por una vez, pero si me preguntan yo nunca lo dije —susurra el jefe, al tiempo que se acerca y se cubre la boca con la palma derecha. —Si te vas presa tú, nos vamos todos. Y eso no va a pasar, *you can take my word for it*.

Ron tendría que saber cuán poco vale el *show* de su elocuencia frente a las pruebas de su desapego, pero esas reflexiones no acostumbran estar en el menú de los profesionales de la supervivencia. Si una encomienda tiene su visto bueno, esta consiste en barnizarlo todo de una cordialidad a prueba de escozores.

—Espérame, no tardo —se levanta sin más el mandamás y ensancha su sonrisa hasta la carantoña. —¿Gustas un cafecito, *my dear Doonia*?

No pasa mucho tiempo sin que doña Rebeca, asistente-alcahuete de Lamm, se apersone con una taza de café entre manos, y le informe que el jefe está muy apenado, pero es que le llamaron de emergencia y tuvo que salir y e-t-c. Con una pena algo menos postiza, Dunia se abstiene de tocar la taza y da la media vuelta rumbo al elevador, presa de un amasijo de efectos discordantes que pueden resumirse en alivio y despecho. No es que esté enamorada ya de nadie, ni que una carantoña pudiera restañar lo irreparable, ni que esperara más de un hombre al que conoce mucho mejor de lo que habría querido. Más que por el maestro de su vida, se siente traicionada por sí misma. De todos sus tropiezos laborales, Dunia lamenta uno en especial: haberse ido a la cama con Ronald Lamm.

15. La escoba y la caldera

Noviembre 13. Domingo. 11:43 a.m.

Gracias al buen olfato de Marcos Mireles, que vio el nombre *Tamara* en el reporte y le pasó revista en ese instante, Rigoberto Rovira se enteró anoche mismo del conato de incendio en el conjunto Los Agapandos. Una noticia insulsa, en realidad, de no haber ocurrido en el departamento de otro de los presuntos amores del occiso Dupont.

Esquiva, reticente, en momentos hostil, la vidente y rabdomante Tamara Evangelina Guedea Sarabia negó hasta donde pudo el incidente, delante de vecinos, policías y bomberos, pero hoy no se ha atrevido a estamparles la puerta en las narices al inspector Rovira y el oficial Mireles, acaso porque el nombre de Iván Dupont la hizo pelar los ojos y perder el aliento.

Ojos, por cierto, oblicuos e inquietantes. Magnéticos, también, sólo que a la manera de los precipicios. Aunque quizá no sea tal el motivo por el que Rigoberto Rovira se limita a mirar hacia el hospitalario abismo del escote, mientras lanza sus redes para amedrentarla. A su lado, Mireles se deja fascinar por el entorno exótico y abigarrado, donde regularmente se tutean Isis, Ganesh, Quetzalcóatl y Gianni Versace. Si no fuera tan guapa, pensaría Mireles que tiene muy mal gusto.

—¿Qué era suyo Dupont? —entra al tiro en confianza el inspector, arrellanado a veinte centímetros del piso sobre el gran sofá turco que preside la sala. —¿Inquilino, amiguito, compañero, colega, concubino… todas las anteriores?

—No sé, señor. Un poquito de todo, como dice usted, sólo que yo lo veo de otra manera. ¿Le digo la verdad? Era mi alma gemela. Todas las otras cosas son consecuencia de eso.

—Había una *comunión* entre los dos —asiente Rigo, con cara de circunstancia.

—Así es, señor.

—¿Le digo algo, Tamara? —la mira con codicia el inspector. —Está usted muy bonita para bruja. No veo su caldera ni su escoba. ¿Las escondió, para que no las viéramos?

—Soy vidente, señor, pero tiene razón. Para la gente siempre soy La Bruja.

—Ahí tiene la prueba, mire. Ya embrujó usted al oficial Mireles.

El oficial atina a sonreír, niega con la cabeza y reasume su usual circunspección.

—Dígame, pues, Tamara. ¿Cohabitaba usted con su alma gemela?

—Vivió algunas semanas aquí.

—¿A poco se pelearon?

—Nunca, señor. Él tenía sus asuntos. Gente que le debía mucho dinero y otros que lo buscaban para cobrarle.

—Vivía preocupado…

—Era muy paranoico y me lo contagiaba. "Mira, Tamara, tú eres mi única estrella", me decía, "necesito cuidarte de mis diablos". Se suponía que iba a regresar pronto.

—¡Su única estrella! —alza las cejas el inspector y pasa nueva revista a Tamara. —No lo culpo, yo mismo me siento deslumbrado.

—Es la verdad, señor. Él nunca me contaba de sus asuntos.

—Pero usted es vidente y lo sabía todo. ¿Sí o no?

—Sabía que andaba mal. Había muchas señales, pero él me lo negaba todo el tiempo. Necesitaba ayuda, por eso lo dejé que se quedara aquí.

—¿Lo dejó *a su pesar*? ¿No que eran concubinos?

—No era el mejor amante, si se refiere a eso. Yo lo quería mucho, pero me oscurecía su presencia.

—¿Y eso cómo es, Tamara?

—Me robaba la paz, me llevaba a sus miedos. Y yo no soy así, necesito mi calma, mi estabilidad. Me dolió que se fuera, pero sí me sentí un poco más tranquila.

—Supongo que lo mismo le pasó con la gente que vino ayer a quemarle la casa. Desconocidos, ¿no?

—No me enteré de nada. Perdí el conocimiento apenas me di cuenta de que la persona traía malas intenciones.

—Según dice el reporte de policía y bomberos, no recuerda usted ni las facciones de su agresora. Qué raro, ¿no, Mireles?

—Tengo una condición, señor —niega con la cabeza la vidente. —Soy epiléptica, se me borran las cosas luego de los ataques. Cuando pude pararme y revisé la sala, alcancé a ver dos cortinas quemadas. Pero si usted se fija tengo aquí veladoras, cerillos, alcohol. No me quito la idea de que la señora esa se asustó, salió corriendo y sin querer tiró una veladora.

—¿Venía con más gente, por casualidad?

—No sabría decirle, yo no vi a nadie más.

—Los vecinos sostienen que fue una humareda muy grande. Por eso recurrieron a los bomberos.

—Eso dicen, señor, pero es que yo de nada me enteré.

—No se enteró, Tamara, pero igual lo ocultó.

—¿Para qué quiero la publicidad? Puede una ser vidente, cartomanciana, nigromante, chamana, de todos modos van a llamarle bruja. Y ya ve que a la gente no le gustan las brujas. Desde niños nos asustan con ellas. Por eso yo no quise más problemas. Así como ya estaba, tenía solamente dos cortinas quemadas.

—¿Dónde están las cortinas?

—Las quité y las eché en el basurero.

—¿Y no se siente rara de pensar que alguien la anda buscando para hacerle daño? No me diga que no tiene sospechas. Con ese don divino, tendría que saber más que nosotros.

—Así no es, señor. Es verdad que es un don, y a veces nos ayuda a ver venir las cosas, o a mirarlas con mayor claridad, pero no es una máquina donde pueda apretar botones y palancas.

—No dé vueltas, Tamara. ¿De quién sospecha usted? ¿Quién siente que querría hacerle daño? Familiares, clientes, vecinos… ¿Una mujer celosa, a lo mejor? O un hombre rechazado, por ejemplo. Me imagino que le llueven los *fans*.

—No soy una persona desconfiada. Trato de concentrarme en lo positivo, por mi profesión. Esa es toda mi fuerza, por eso veo más lejos que otra gente. Si me fuera al submundo, si me dejara atraer por la penumbra, estaría faltando a todas mis creencias.

—¿Sabe en qué sí no creo? En las casualidades. Las habrá, no lo dudo, pero no me parecen dignas de confianza. Hasta cuando suceden de verdad, son las fieles aliadas de los mentirosos. Y ahí está la cuestión, ciertas casualidades son demasiado grandes para pasar de noche.

—¿Y qué le hace pensar que le digo mentiras?

—Esto de que en cinco días se nos muera un señor y se incendie el departamento de su novia, ni una ni otra cosa por accidente, es como demasiada coincidencia. Si no se lo parece, mi querida Tamara, me va a dar por pensar que está usted en el ajo. Porque otra en su lugar estaría asustada…

—Pues sí, estoy asustada, pero sé controlarme.

—¡Puro control mental, cómo que no, chingao! —se mofa Rigoberto de la vidente. —Yo quisiera ayudarte a salir de esta, porque estás muy bonita y muy cachonda, pero tú dime qué hago si no me echas la mano.

—Yo estoy dispuesta a cooperar en todo, pero no puedo hablar de lo que no sé.

—Figúrate la clase de publicidad que te darían los medios. ¿Te imaginas tu foto en el periódico? "La bruja endemoniada". "Cómplice y hechicera". "Asesina y pirómana". ¿Quieres eso, preciosa?

—Yo no soy nada de eso, señor. Tampoco doy motivos para que lo piensen.

—¿Y no será que Iván se fue con otra novia? La anterior, por ejemplo, seguro la conoces. A ver, ¿cómo se llama tu predecesora?

—Acabó mal con ella, me parece, pero no tuve yo nada que ver —enfatiza Tamara, encogiéndose de hombros.

—No me has dicho su nombre.

—Casilda, así se llama. Una mujer mayor, todavía atractiva. O bueno, millonaria.

—¿Y él la dejó por irse contigo?

—Fue ella quien se cansó, o se decepcionó o lo que haya sido. Lo acusó de robarle. Primero lo corrió de su trabajo y después de su casa.

—¿En dónde exactamente está esa casa? —interrumpe Mireles, avispado.

—No sé la dirección, nunca fui requerida. Es en el Pedregal.

—¿Y no sospechas de ella, tú tan perspicaz? —retoma Rigo el hilo de la suspicacia.

—Pues… No me la imagino metida en algo así. Tampoco la defiendo, no tendría por qué, pero nunca le di motivos para odiarme.

—Pues si yo fuera ella, te aborrecería. ¿Qué edad tiene? ¿Sesenta?

—No creo que sea tan vieja. Cincuenta, puede ser, o hasta cuarenta y cinco.

—Entonces se conocen, ella y tú.

—La vi unas cuantas veces, en su escuela. No sé si ella se habrá fijado en mí. En todo caso nunca cruzamos palabra.

—¿Ves que sí te detesta? Joven, bonita, bien formada, ¿cómo no iba a fijarse, siendo también mujer? ¿Pero qué hacías tú en el Shakti Kali?

—Fui a unas cuantas sesiones, con un primo que da clases ahí.

—No me digas que tienes un primo brujo…

—Es chamán y conchero, nada más. Y bueno, profesor.

—¿Quién es, cómo se llama tu pariente? ¿De veras es tu primo o es otro galancito?

—Es hijo de una hermana de mi mamá. Se apellida Sarabia, como yo. Sus pacientes le dicen profesor Ciriaco.

—Déjame ver si algo se me ha pegado de tu don —cierra los párpados el inspector y se oprime las sienes con los dedos. —¿Tu primito se llama Nivardo Ciriaco Gabriel Sarabia y traía sus broncas con Dupont? ¿Por tu culpa, quizá?

—Al contrario, señor. Mi primo era su maestro. Él fue quien lo inició.

—¿Y a ti no te… inició?

—Yo era una niña rara. Hasta en mi casa me tenían miedo. Él descubrió mi don. Ya me querían meter a un manicomio, pero vino Ciriaco y me salvó. Por favor no me pida que le hable yo mal de él.

—No te equivoques, reina. Lo que habla mal de tu primo querido es que vive del tráfico de narcóticos.

—Son plantitas sagradas, señor inspector. Productos naturales, nacidos de la tierra.

—Explícale, Mireles.

—Artículo 193 del Código Penal —recita el aludido de memoria. —Se consideran narcóticos los estupefacientes, psicotrópicos y demás sustancias o vegetales que determina la Ley General de Salud.

—¿Escuchaste, Tamara?

—Pero es que no se trata de un negocio, señor. La misión del chamán no está en hacerse rico, ni se gana un centavo con las medicinas. Se trata solamente de iluminar las vidas de la gente que sufre.

—Su-mi-nis-tro, se llama. Ilumíname a la dama, amigo Mireles.

—Sigo con el artículo 193. Al que indebidamente suministre o prescriba un narcótico para su uso personal e inmediato, se le impondrán de dos a seis años de prisión y de cuarenta a ciento veinte días de multa. Si la víctima fuera menor de edad, la pena se incrementa hasta en un cincuenta por ciento.

—Qué bárbaro, oficial, ahora sí te luciste. ¿Cómo la ves, Tamara? Y eso sin que se cuenten ilícitos conexos y derivados. Asociación delictuosa, por ejemplo, que son dos años más de reclusión. Complicidad, de paso, porque igual lo ayudabas en esos menesteres. Lástima que no existan los reclusorios mixtos. Luego tú tan bonita, ¿qué tal te iría en el bote?

—Yo no soy delincuente, señor.

—Es un punto de vista, pero la ley tiene otro diferente. ¿Cuál crees que pese más en un juzgado? ¿Vas a ir a dar al tanque por tapar a tu primo? ¿Quieres que nuestro amigo el oficial Mireles te diga cuántos años son por encubrimiento?

—Yo sólo sé, señor, que Ciriaco y Juanito eran buenos amigos —gimotea la psíquica, con las manos temblonas. —Discutían, a veces, por cosas muy pequeñas, pero yo nunca vi que se enojaran.

—¿Y él no te lo confiaba, en medio de un palito o un pasón? Sería lo más normal, ¿no?

—No sé yo de qué me habla, señor.

—¿Sabes qué es lo primero que le contagia un hombre a su mujer? Déjame que te explique. No es el catarro ni la gonorrea. Son los vicios, mi amor. Se pegan como piojos. Por mí, puedes tener todos los que tú quieras, pero nos vas a hablar con la verdad. ¿Quihubo con tus cortinas? ¿Quién fue el felón que las achichinó?

—Les juro por mi madre que no sé, y tengo mucho miedo. Nunca en mi vida le he hecho daño a nadie. No recuerdo la cara de la mujer que vino, yo nomás sé que no la conocía. No me veía a los ojos, además.

—¿Rubia, gorda, chaparra, cacariza? De algo te acordarás…

—Traía no sé cuántos trapos encima. Decía que un sacerdote había abusado de ella y que por eso había perdido la fe.

—Descríbela, no te hagas.

—Creo que era bajita, no sé si gorda o flaca pero tenía bonitas facciones. Tampoco estoy segura de esto que les digo, por más que hago el esfuerzo la veo muy borrosa. Qué más querría que poder describírselas, yo que soy la afectada.

—Tal como veo las cosas, mamacita, esto que te pasó me hace pensar que tú te quedaste con algo que ellos quieren.

—¿Ellos quiénes, señor?

—Acabas de contarnos que el difunto tenía deudas pendientes de pagar. Luego entonces, nos toca deducir que alguien quiere cobrártelas. ¿Qué tienes tú que el muerto no les quiso entregar?

—Vivo de mi trabajo nada más, señor, a pesar de que es malo para mi salud. Todo lo que ve aquí me lo he ganado sola.

—¿Lees el café, las runas, el tarot?

—Nada de eso, señor. Leo cosas ocultas para los demás. Señales, advertencias. La gente viene en busca de sosiego, y si lo encuentran vuelven a venir.

—¿Sabes lo que tu primo nos contó de ti? ¿Has hablado con él, en estos días?

—Sólo me llamó el día del accidente, para que me enterara.

—No fue accidente, reina. Si nos ves por aquí es porque investigamos un homicidio perpetrado con premeditación, alevosía y ventaja, *de treinta a sesenta años de prisión*, donde tú y tu primito están en la honorable lista de sospechosos.

—No lo dudo, señor. No me sorprende. Es el siglo veintiuno y la gente sigue quemando brujas. Aunque no seamos brujas.

—¿Sabes qué, gitanita? Te voy a alivianar, nomás por ser tan chula. Olvídate del primo. ¿Qué nos puedes decir de Jorge Mario Feller? Fue tu galán también, ¿o me equivoco?

—Es mi amigo, señor, pero lo veo muy poco.

—¿Tienes muchos amigos ex presidiarios?

—De eso no sé. Lo conocí por Juan. Me mandaba pacientes, de cuando en cuando.

—¿Y ya no?

—Hace tiempo que no. La mayoría era gente de dinero.

—Y les cobrabas caro, me imagino. ¿Le dabas comisión a Jorge Mario?

—Nunca me pidió nada. Lo hacía por ayudarme. Por eso pienso que es un buen amigo.

—Un buen amigo que trafica cocaína. Otro producto de la Madre Tierra.

—Soy psíquica, señor, pero yo no adivino lo que hacen los demás.

—Además de bonita eres suertuda. Otro menos paciente que tu servidor ya te habría reventado esa boquita. Qué desperdicio, digo. Por eso yo prefiero ser tu amigo, Tamara, y tú debes saber que a los amigos no se les dicen mentiras. A ver, ¿qué se llevaron de aquí los incendiarios?

—Nada, señor. Todo está en su lugar. Tenía yo dinero encima de esa mesa, y ahí seguía cuando me levanté.

—Pudo no ser dinero en efectivo. Fotografías, papeles, objetos, documentos, ¿nada de eso te falta? Cosas que el difuntito haya olvidado aquí…

—Tenía aquí su ropa, nada más. Pantalones, zapatos, camisetas, objetos personales. Lo metí todo en una caja de cartón. Se las puedo prestar, pero me la devuelven, por favor.

—No hace falta, muñeca. Lo que tú necesitas es hacer memoria. ¿No había nadie contigo ayer a mediodía?

—Nadie, señor. Nada más la portera, que me ayuda los sábados con el quehacer.

—¿Estás segura de lo que me dices? Hay un par de vecinos que aseguran que estabas con un hombre.

—¡Claro! Seguramente lo desaparecí. Soy la maldita bruja, ¿no? Nunca les he caído bien a mis vecinos. No les gusta que trabaje yo aquí. Ya me habrían echado a la calle, si pudieran.

—El asunto es que tienes que ayudar. Entre más nos cooperen tú y tus coleguitas, más rápido los vamos a dejar en paz. Querías mucho al difunto, por lo visto.

—Era buena persona, yo sé por qué lo digo. Andaba algo perdido, para ser sanador, aunque me consta que ayudó a mucha gente. No faltará quien le diga otra cosa, pero yo tuve tiempo para conocerlo y nunca lo vi hacerle un mal a nadie.

—¿Y quién cree usted que nos hable mal de él? —se inmiscuye sin más el oficial Mireles.

—Yo no sé. Sus antiguos amigos, la señora Casilda, alguna otra mujer que le guarde rencor.

—¿Sus *antiguos* amigos? —alza las cejas el inspector Rovira.

—Con los que se peleó, podría ser. Manrique, el Gummi, el Sammy. Nunca los conocí, pero una vez Juanito me habló de ellos. Decía que le habían volteado la tortilla.

—Ah, caray, qué dolor. ¿Cómo le hicieron?

—Sólo una vez hablamos del asunto. No le gustaba que le preguntaran. Decía que ese karma no era suyo, y que gracias a ellos había comprendido cuál era su misión. ¿Conoce usted las Cuatro Nobles Verdades?

—¡Ah, chingá! No, no sé.

—Es una idea budista. Un proceso interior que enseña a hacer las paces con las pérdidas. Se apega una a las cosas y a la gente, hasta que un día las pierde y tiene que aprender una nueva lección. Lo que Juan entendió fue que él no había nacido para rico, por eso nunca les guardó rencor. Ellos lo liberaron, sin querer.

—Cada quien su opinión, eso es irrefutable. Yo, por ejemplo, opino que es usted una reina y se merece todo lo mejor, aunque no estoy seguro de que nos lo confirme el Ministerio Público.

—¿Van a encerrarme, entonces?

—Yo no soy el vidente, preciosura. Tú tendrías que saberlo, más todavía si resultas responsable. ¿Sabes leer la mano, cuando menos?

—No la mía, señor. Podría leerla como cualquier otra, pero igual no sabría interpretarla.

—¿Y qué tal la del oficial Mireles? Para que de una vez nos vayamos contentos.

—Eso sí puedo hacerlo, señor.

—¿Ahora mismo lo harías, sin cargo extra?

Asiente la vidente, con sonrisa de niña perdonada.

—Órale, pues, Mireles. No le saques, cabrón, aprovecha la oferta, sirve que averiguamos si como ronca duerme aquí nuestra hechicera. La derecha, ¿verdad?

Mireles y Tamara se miran de soslayo, mientras aquel se acerca y le arrima la palma, no del todo resuelto a dejarse escrutar presente y porvenir. La mujer se la toma con suavidad extrema, cierra los párpados, susurra algunas frases ininteligibles y respira profundo, súbitamente dueña del momento. Pasa luego los dedos repetidamente sobre las líneas que se dispone a leer, al tiempo que hace foco en los ojos del oficial Mireles y esboza una sonrisa entre pacífica, intuitiva y coqueta. "Sé quién eres", parecería decir, y en alguna medida celebrarlo.

—No tengas miedo, nadie va a venir —ronronea la vidente, acompasando manos y palabras.

—¡Ah, qué pinche Mireles tan sacatón! —se pitorrea Rovira a bote pronto.

—Perdón, así no puedo —se detiene Tamara, claramente ofuscada.

—Está bien, ya, me callo —recula el inspector, todavía burlón. —No sea que en una de estas me convierta en batracio…

—Hay un par de mujeres —sigue adelante la del profundo escote, tras un silencio largo durante cuyo transcurso continuó masajeando la palma de Mireles. —Ninguna de las dos es muy cercana a ti, y por lo menos una quiere tu mal, o lo quiso una vez y desde entonces no duermes muy bien.

Más tieso todavía que de costumbre, Marcos Mireles la escucha impertérrito, si bien sus parpadeos sucesivos delatan un gradual desasosiego que Rovira —tumbado en el sillón, ocupado en sacarse pelos de la nariz— no alcanza a percibir. ¿Cómo negar, no obstante, que las manos amables de Tamara indemnizan con creces su inquietud?

—Nada de esto es lo tuyo ni te gusta. Haces muchos esfuerzos por adaptarte, pero libre no eres. Si pudieras, saldrías huyendo de la vida que llevas, sólo que no sabrías adónde ir. Tienes una gran deuda, me da idea de que no puedes pagarla y eso te trae un poco obsesionado. O muy obsesionado, la verdad, pero todo está bien. No va a pasarte nada. Eres mucho más fuerte de lo que tú crees, vas a poder probártelo cuando menos lo esperes.

—¿Ya estuvo el sortilegio… o pido pizzas? —interrumpe Rovira, un poco impacientado y otro tanto celoso de la suerte del oficial Mireles. —Que se me hace que están echando novio.

—¡Vámonos, inspector! —salta el subordinado del sofá y retira la mano intempestivamente, como un niño travieso atrapado en flagrancia. —Perdón, pero me estaba quedando dormido.

—Ahí dentro está la cama, por si se les ofrece —apunta con el dedo el inspector a la puerta cerrada de la recámara.

Una vez que se ha puesto de pie y recobrado la serenidad, el oficial Mireles se escurre hacia la puerta del departamento, sin volverse a mirar a la vidente, al tiempo que Rovira echa un largo vistazo alrededor y menea la cabeza, divertido.

—¿Qué dijiste, Tamara? "Yo ya la vi de gorra", ¿no? Lo dudo mucho, guapa —da Rovira un pellizco querendón en la mejilla de la rabdomante, antes de abandonar el departamento. —Como decía mi abuelo: "No por mucho que te empines, más te la van a meter".

16. De *Ivanette* a *Ivanette*

Noviembre 13. Domingo. 5:44 p.m.

Quienes se odian también hacen pareja. Suelen estar dispuestos a sufrir, o cuando menos a amargarse la vida procurando la ruina de su antagonista. Duelen menos, por eso, desaires y calumnias del rival que su pura presencia en el planeta. Lastima su existencia, y basta ese dolor para clamar venganza, sin que meta la mano ni aun abra la boca.

Pasó Dunia cinco años creyendo que sabría exactamente qué palabras emplear si un día se topaba con su antípoda, y hoy que la tiene enfrente le invade un sentimiento de piedad por sí misma que le quita el aplomo a su ojeriza y la empuja a domar impulsos tan ridículos como el de abandonarse a un gran abrazo nada menos que con Ludmila Zamora: la segunda Ivanette. "Buenas tardes", le ha dicho, nada más verla abrir la puerta de la calle, "yo soy Dunia Montoro". Como si hiciera falta presentarse.

"Ya verás que la encuentras bien mansita", había pronosticado la Hata Mari, tras conseguir sus datos generales y amedrentarla un rato en el teléfono, haciéndose pasar por detective. Cuestión de usar ciertas palabras mágicas —*aprehensión, reclusorio, encubrimiento*— para aceitar los rieles de la paranoia y aflojarle las tuercas a la sobresaltada. "Por más que las dos se odien con el alma, le va a hacer mucho bien verte llegar".

Se ha preguntado Dunia en estos días si los métodos de la Hata Mari no causan más problemas de los que resuelven, pero tampoco tiene otras opciones. La deslumbra, eso sí, su eficacia implacable, más un cierto desdén por los escrúpulos que envidia a su pesar. Por ahora se conforma con evitar ser vista cerca de ella.

—Pasa, Dunia —retrocede, sonríe, parpadea, relaja la mirada, endereza la espalda Ludmila Zamora, como quien se debate entre uno y otro duelo. —¿No gustas un café, un refresco… un tequila?

—No, gracias, de verdad —intenta acorazarse la visitante, en ruta hacia la sala, pero pronto responde a la bandera blanca: —O bueno, sí, un tequila. Si no es mucha molestia.

Es probable que Dunia imaginara una casa menos convencional. Valga decir, de paso, menos *acomodada*. ¿Y no decía Iván que eran *gente sencilla*? En todo caso no parece haber huella del tal Juan de la Luna. ¿Dónde están los inciensos, el pachuli, la foto del santón, las almohadas de seda *made-in-Jaipur*? Ha perdido, en efecto, la carita de niña (o en fin, de mosca muerta), además de unos cuantos kilogramos. Tiene la cara larga y angulosa, si bien no exenta de una rara ternura sepulcral, por efecto quizá de las noches gastadas en llorar al difunto. Se diría que el dolor le sienta bien, incluso le confiere alguna majestad inmarcesible. ¿Cara de viuda joven, podría ser?

Se empujan los tequilas de un tirón, sin hablar ni brindar ni mirarse a los ojos, como si ya las dos estuvieran de acuerdo en la necesidad de anestesiarse antes de proceder a desollarse. Vuelve a llenar los vasos la segunda Ivanette, con la resolución de una enfermera. ¿Qué esperan del tequila en esta situación? Puede que no lo sepan, pero apenas levantan el tercero no resisten las ganas de hacer chocar los vidrios en memoria del muerto que las une, por más que ni en el nombre estén de acuerdo. "Por Iván", dice una. "Por Juanito", la otra.

—Sabes que yo también quería su bien, ¿sí? —rompe el hielo la que sirve los tragos.

—Escúchame, Ludmila —clama la visitante, en son de tregua: —No esperes que te odie, porque ni te conozco. Seguramente sabes mucho más tú de mí, aunque dudo que sea todo verdad. Porque al que sí conozco, o conocía, o si tú quieres creí conocer, es a nuestro querido Iván Dupont. Que en paz descanse, claro, y que era un mentiroso de campeonato. O sea, estás de acuerdo…

Se hace un silencio raro, como si la mención de ese defecto trajera de regreso jaquecas que una y otra querrían sepultadas.

—¿Estás de acuerdo, digo? —provoca Dunia, ansiosa de confirmación.

—Pobre Juanito, no sabía mentir —reacciona lerdamente la anfitriona, tras un largo paréntesis contemplativo, con la vista enfocada en ningún lado. —Nunca habría ganado un campeonato.

—No por falta de práctica, ¿verdad?

—¿Tú no le echabas ganas para creerle?

—Muchísimas, a veces. Y a veces al contrario.

—¿Sigues sin perdonarlo?

—No me perdono yo. Él ya está donde está.

—Juan sigue con nosotras, aunque no me lo creas. No va a irse si no lo perdonamos.

—¿Tú le cambiaste el nombre de Iván a *Juan*?

—Yo no. Fue el profesor el que le dio la idea.

—¿El profesor?

—El profesor Ciriaco.

—¡Ciriaco, pero claro! —se pega Dunia con el puño en la frente y acto seguido arruga la nariz. —Hablamos de Nivardo, ¿verdad?

—Ese era su otro nombre, ya casi no lo usa.

—Él puede que lo esconda —se relame los labios la ex esposa del muerto —pero la policía no tarda en darle uso.

—¿Tú cómo sabes eso? —salta, traga saliva, se desencaja Ludmila Zamora.

—No es que sepa —se encoge de hombros la otra y procede a mentir: —Me preguntaron si lo conocía. Se me hace que están cerca de agarrarlo.

—¿O sea la policía? ¡Me estás diciendo que te interrogaron!

—Un buen rato, o en fin, un muy mal rato. La semana pasada. Por eso vengo a verte. ¿A ti no te han buscado?

—Me llamó una señora, según esto del Ministerio Público, y también preguntó por el profe Ciriaco. Que diga, por Nivardo.

—¿Y tú qué le dijiste?

—Pues nada, que no sé de quién me habla.

—Pero sí sabes… ¿O lo estás protegiendo?

—¿Puedo confiar en ti?

—Yo supongo que sí, por el momento —mira Dunia hacia el techo y fuerza una sonrisa complaciente. —Aunque tampoco mucho, para serte sincera.

—El profesor Ciriaco me da más miedo que la policía.

—¿Qué? ¿Nos va a hacer vudú?

—Nos haría mucho daño, si se lo propusiera. Tiene poder, dinero, conexiones, para qué iba a querer el vudú.

—Espérame tantito, que ya no sé si hablamos de la misma persona. ¿Nivardo, el que era *caddy* del club de golf?

—Fue ya hace mucho tiempo, pero ahí conoció gente.

—Iván y sus amigos, por ejemplo.

—Y políticos, jueces, señoras millonarias, guaruras, comandantes.

—Cocainómanos todos, me imagino.

—Discípulos, pacientes sobre todo. Eso que dices pudo ser al principio, luego lo que buscaban era su consejo.

—¿Consejos de Nivardo, el narcomenudista?

—Orientación del profesor Ciriaco. Tampoco los católicos preguntan cuáles son los pecados del cura que los va a confesar. Además, se supone que el profesor es un iluminado.

—¿Se supone?

—Pues… a mí no me consta, pero a quién va a importarle mi opinión.

—A mí puede que no, ¿pero qué tal al Ministerio Público?

—¿Por casualidad dijiste algo de mí?

—No, ni me preguntaron. Como ya te expliqué, no sé nada de ti. ¿Qué les iba a decir?

—¿Que te quité al marido? —baja la vista al piso la anfitriona.

—No me quitaste nada —da un manotazo al aire la divorciada. —Él solo se fue yendo, y luego me fui yo sin despedirme. Más me quitó Nivardo, para el caso. ¿Qué edad tenías tú, que Iván nunca me lo quiso decir?

—¿Cuando lo conocí? Diecinueve años. Veinte cuando te fuiste. ¿Te parece que son muchos o pocos para una *mosca muerta*?

—¿Quieres pelear conmigo? Porque yo también puedo y ganas no me faltan.

—Perdón. No era contigo. Soy mi peor enemiga, de repente. Yo tampoco he acabado de perdonarme.

—Perdóname tú a mí, por lo de mosca muerta. Pero me entiendes, quiero suponer. ¿Qué más te contó Iván de las cosas que dije cuando estaba furiosa?

—No me las contó a mí, pero igual me enteré y me dio coraje, porque sabía en el fondo que tenías razón y de todas maneras me propuse rescatarlo de…

—De mis cochinas garras, ¿no?

—Yo lo veía muy triste, me hacía bien pensar que era tu culpa. Lo mío era cruzada, no interés. Pero luego te fuiste y siguió igual, por no decir que peor.

—Lo tuyo era coartada, como la que yo tuve cuando volví con él —siembra Dunia la duda envenenada. —Fuimos las moscas muertas de nosotras mismas.

—¿Volviste… tú con Juan? —repiensa y se estremece la segunda Ivanette. —¿Cuándo pasó eso? ¿Cómo?

—Otro día te cuento —administra el suspenso, recobra territorios la antecesora, habla en un alevoso tono maternal. —Hoy nos dolería mucho, yo sé por qué lo digo.

"Nos dolería", ha dicho, y también "otro día". Ludmila alza las cejas, aún renuente a quedarse con la curiosidad, pero ante semejantes signos de distensión haría falta ser torpe para seguir rascando en heridas que todavía supuran. Sonríe, pues, y asiente varias veces, mientras cierra los ojos y entrecruza los dedos, como si así aceptara que es tiempo de enterrar hachas y flechas.

—¿Sabes qué me pasó con tu Juanito? —quiebra Dunia el silencio que recién provocó, tras un chasquido y un amago de risa. —Que dejé de pensar en mi conveniencia, y por eso hice y dije tantas tonterías. Yo ya no me importaba. No buscaba mi bien. No me creía digna de que alguien me quisiera. Y si me lo decían despertaban a un monstruo que ni yo conocía.

—Claro que lo conoces. Es tu peor enemigo, igual que el mío. Nadie sabe quién soy cuando dejo salir mis malas energías.

O mi monstruo escondido, si prefieres. ¿Tú qué crees que pensaban mis papás, que tenían a Juan de abonado en su casa? ¿A poco de eso nunca te enteraste?

—Algo supe. Primero me dio risa, por venganza. Pobre *loser*, decía, hice bien en librarme de ese vividor. Después me dio coraje imaginarme el *show* que seguro les hizo a tus papás. "Mírenme, soy el pobre príncipe destronado". ¿Y ellos qué te decían?

—Mi papá era ingeniero en electrónica, mi mamá química fármaco-bióloga. Si a mí no me cabía en la cabeza que fueran a morirse en tan poquito tiempo, a ellos tampoco les cuadraba mucho tener que soportar a un brujo cuarentón que hacía limpias en la sala de su casa y traía a su nena de huaraches. ¡Un brujo, hazme el favor! Pero como tú dices, un tiempo le creyeron y hasta se encariñaron. Después echaban pestes, pero no decían mucho, según yo para no alejarme de ellos. Querían que se fuera, nada más que sin mí.

—Supe del accidente de tus papás. Aunque no me lo creas lo sentí.

—¿Por qué no iba a creerte?

—¿Y por qué sí?

—Juanito nunca se quejó de ti. Yo diría que todo lo contrario. Sólo decía que hablaban idiomas diferentes.

—¡Pero si eso se lo decía yo! Me lo negaba, claro. "No, cómo crees, flaquita! ¡Tú y yo somos un alma!".

—¿*Flaquita*, te llamaba?

—¿Por qué me lo preguntas?

—¿Por qué crees? Me decía igual a mí. Y también lo del alma.

—No es cierto, no me jodas… —resiente Dunia el golpe y se lleva dos dedos al entrecejo. —Dime que no escuché lo que escuché.

—Lo dijiste primero, tampoco me hizo gracia. No lo quiero creer, pero es que él era así.

—Ya sé. "Dile a la gente lo que le gusta oír". ¿Eso te aconsejaba a ti también?

—No me lo aconsejaba, solamente lo hacía. Nunca lo vi llevarle la contraria a nadie.

—¿Ya ves? Él sí sabía lo que le convenía.

—Si lo hubiera sabido estaría vivo, ¿no?

—Vivo y muy rico, claro. ¿Tú eres de las que creen que lo quería yo por su dinero?

—Él nunca pensó eso y yo tampoco. Sólo que tú eras de antes, y eso le incomodaba.

—¿De antes? ¿Antes de qué?

—*Antes*, o sea el pasado. Sus amigos, el golf, los caballos, las fiestas. Según él no extrañaba nada de eso, pero se ponía triste si se lo recordabas. "Eso es de antes", decía, y te cambiaba el tema.

—*Antes*, cuando tenía en qué caerse muerto. Cuando usaba zapatos y se bañaba con agua caliente.

—¿Quieres decir cuando era todavía persona? En mi casa siempre hubo agua caliente.

—Perdóname, Ludmila. No era contigo. Me dio rabia lo de *antes*. ¿Dices que fue Nivardo el que lo bautizó?

—No es que lo bautizara, pero si ya estudiaba para curar almas, no le quedaba el nombre que tenía. Y *Mauricio* tampoco le gustaba.

—Sus amiguitos *de antes* le decían Morris.

—Nunca los conocí. Parece que ya no lo saludaban.

—¿Y para qué, si ya tenían su herencia? Eso sí alcancé a verlo y fue muy triste. Era como si él mismo los ayudara a dejarlo en la calle. Le estorbaba el dinero, o eso quería él aparentar. Tendrías que haberlo visto brindando con champaña cuando perdió su coche en el hipódromo.

—No logro imaginármelo. Es como si me hablaras de alguien más.

—Es que *era* alguien más. Yo lo vi transformarse, desde que se enteró de que era pobre.

—De eso nunca me habló. Era tema tabú, como todo lo de *antes*.

—El papá había dejado un fideicomiso y él de ahí recibía una pensión mensual. Nunca supe cuánto era, debió de ser bastante porque lo vi llorar toda una tarde cuando supo que ya no la iba a recibir.

—¿Cómo fue eso?

—Le llegó un sobre de un banco extranjero. Lo abrió muy convencido de que iban a subirle la pensión. Luego se quedó mudo, tieso. Carita de mapache lampareado. Varias veces le pregunté "¿qué tienes?" y como si le hablara a la pared. Se fue solo al jardín, se tiró sobre el pasto y se abrazó de un árbol. Eran como las cuatro de la tarde, no paró de llorar hasta que oscureció.

—¿Y tú qué hacías mientras?

—¿Qué iba a hacer? Afligirme. Mirarlo desde adentro de la casa. Aguantarme las ganas de correr a abrazarlo. Leer cincuenta veces la carta que venía dentro del sobre. Preguntarme si no iba a suicidarse. Esconderle los valiums, por lo pronto.

—¿Por qué no lo abrazaste?

—Obvio, no me quería cerca de él. Además, se ponía furibundo cuando trataba una de consolarlo, y peor si era por falta de dinero. ¿Cómo, si era el mejor amigo de los gorrones, el bienhechor de la comunidad, la American Express más rápida de México?

—¿Tú le colgaste todos esos títulos?

—El último se lo decían en el Club, y a él por supuesto le encantaba escucharlo. Como que no podía imaginarse la riqueza sin excentricidad.

—Yo creo que era su forma de pedir perdón.

—¿Perdón por qué?

—Pues por ser rico, ¿no?

—¿Ves lo que te decía? "Dile a la gente lo que quiere oír".

—Quería que lo quisieran, igual que todo el mundo. Sólo que él no sabía cómo pedirlo. ¿Y luego qué pasó?

—¿Luego qué? Luego nada —tuerce la boca, se encoge de hombros Dunia. —Se fue haciendo chiquito, cómo te explico. Inseguro, sombrío, desconfiado, enojón, huraño, ensimismado, un fulano al que yo no conocía.. Me evitaba, además, como a una cobradora, y se hacía el loco si le reclamaba. "Ay, cómo crees, flaquita", decía, y al momento se me perdía de vista. Le dio por comprar libros esotéricos, llegué a dudar si era para leerlos o para sacudirse mi presencia. Tanto que se burlaba de esas cosas, ¿cuándo iba a imaginarme que con la bancarrota le iba a dar por la mística?

—¿Nunca se te ocurrió que podía hacerle bien?

—Tal vez lo habría pensado, si él mismo no me hubiera dejado afuera.

—Le daría vergüenza, ¿no se te hace? Se habrá temido que ibas a reírte.

—Y me reí, en efecto. Tenía que ser broma, Iván no era la clase de galán que te salía con que "volví a nacer". No se tomaba en serio, y menos *tan* en serio. Envejeció quince años abrazado de ese árbol. ¿Sabes qué fue lo que perdió primero? Encanto, chispa, gracia. Sentido del humor. Yo no me había casado con ese viejo amargo, ni había dejado la universidad para volverme su jodida acólita. Perdón, pero no creo en esas cosas.

—Él tampoco creía, pero quería creer.

—Para llenarse de algo, como siempre.

—No te entiendo.

—No me hagas mucho caso. Como lo ves, sigo muy enojada. Me sacaba de onda que estuviera tan hueco. Todas sus opiniones eran de otros. También sus intereses, sus ilusiones, sus creencias cambiaban según la gente con la que estuviera. Ay, no, *Mister Lagarto*.

—Eso es verdad. Con mis papás era uno, conmigo otro completamente diferente, y cuando hacía las limpias cambiaba hasta de voz. Aunque si le creías te impresionaba.

—¿Sigues impresionada?

—No hablaría contigo, si eso fuera. Yo tampoco quería ser su acólita, para eso había mejores candidatas. Creo que siempre supe que iba a acabar por irse, porque estaba vacío y yo no lo llenaba.

—Pero tú ibas con él *a cargar energía* en las pirámides, ¿o no? Se vestían de blanco para el equinoccio.

—Solsticio de verano, el 22 de junio. Íbamos casi todos los del Shakti Kali. Me gustaba, al principio, porque mínimo en eso Juan se comprometía. Después llegó más gente y ya no fue lo mismo.

—¿Llegó más gente hombre o más gente mujer?

—Pues sí, llegó mi karma, si eso te satisface.

—No lo dije por ti, yo conozco a mi gente.

—Una era viuda y tenía mucho dinero. La otra era vidente.

—¿No sería Tamara, la prima de Nivardo?

—Esa misma. Y la viuda. Juan me decía que eran seres de luz, que yo tenía mucho que aprenderles, que sentir celos de ellas era como tenérselos a su mamá.

—¿Nunca dijo que tú eras como su hija?

—¿Su hija? Claro que no, sólo eso nos faltaba. Ya bastante tenía con que esas dos señoras me trataran como menor de edad.

—Pues eso me decía. Que la luz, que los chakras, que iba yo a ser un monstruo si osaba sospechar de una persona buena que era como su hija. O sea tú.

—De ti decía que eras su hermanita. Que ya hacía años eran nada más *roomies*, y de lo demás nada.

—¿Y tú se lo creías?

—Yo sólo le creía que me necesitaba. No lo decía, claro, pero ya ves que te lo hacía sentir.

—¿Y te dejó por cuál de las dos almas puras?

—Anduvo con las dos, a escondidas de mí. Siempre que había un retiro y no me llevaba, era porque hacía plan con una de ellas. La viuda, sobre todo. Tenía una casita en Valle de Bravo y allá *se retiraban* muy contentos.

—¿Lo sabías tú, entonces?

—Más o menos, pero no podía hablar. Estábamos en casa de mis papás, comíamos y cenábamos los cuatro, había que cubrir las apariencias. Además, ellos eran felices cuando yo me quedaba y Juan se iba. Hasta que un día ya no regresó.

—Se lo llevó la viuda…

—¿Sabes que ni siquiera fue a recoger sus cosas? Bueno, ni a despedirse de mis papás.

—Ya ves. Los renacidos no tienen memoria.

—Cuando lo volví a ver, iba vestido como príncipe hindú. Y Casilda con sari, hazme el favor.

—¿Casilda, se llamaba?

—Casilda Pérez de las Heras —rumia, resopla, trina, se remuerde los labios, paladea hieles rancias Ludmila Zamora. —La señora que luego compró el Shakti Kali, con todo y el maestro Juan de la Luna.

—Pues esa tal Casilda te hizo el mismo favor que tú a mí —concede la agraviada, alza su vaso y bebe de un tirón. —Yo ya no tengo nada que reclamarte.

Dicen que muerto el perro se acabó la rabia, pero la rabia humana es como la energía: no muere, se transforma. Muda de dirección y de objetivo, y con tal de alcanzarlo es capaz de hermanarse con quien abominaba.

—No es que lo odie —dirá más tarde Dunia —sino que él me hizo odiarme, y no se lo perdono.

—Yo tampoco… —se dejará vencer la segunda Ivanette justo antes de romper en un llanto de súbito contagioso.

¿Y cómo no abrazar a quien llora contigo, diría la canción, por los mismos dolores?

17. "La Chamana Mayor"

La Picota, por Julio César Alamilla
Lunes 14 de noviembre de 2016

Empieza a disiparse la niebla que cubría (¿o encubría?) el reciente homicidio del famoso heredero Iván Mauricio Dupont Luna, conocido asimismo con el alias del *Morris*. No está bien, lo sabemos, hablar mal de quien ya no puede defenderse, pero por lo que hemos averiguado, tal parece que el difunto heredero era lo que se dice un pájaro de cuenta.

Según afirman varios entre sus allegados, el inefable Morris se aplicó personalmente a malgastar entera la herencia familiar en estupefacientes, prostitutas, lujos exóticos y excesos innombrables. Una vez arruinado, intentó resarcirse saqueando a sus amigos de toda la vida. Es probable que hubiera tenido éxito, de no haberse enredado con la mafia. De manera que al cabo de unos meses, los nuevos asociados del señor Dupont ganaron, a su costa, cien años de perdón.

Y ya que hablamos de sus allegados, hace unos días llegó al buzón de *La Picota* una atenta misiva firmada por los señores Waldo Gumersindo Farías, Manrique Quiroz Bahena y Samuel Baños Legarreta, asociados otrora con Dupont Luna, quienes injustamente, por lo visto, quedaron salpicados por el lodo que en casos como el que nos ocupa arrojan las primeras investigaciones. He aquí un puntual extracto del comunicado:

"En defensa de nuestra honorabilidad, los que aquí suscribimos manifestamos nuestra airada sorpresa porque, sin prueba alguna, su columna del jueves próximo pasado nos señala de haber cometido 'en pandilla' una serie de ilícitos y malos manejos, totalmente atribuibles al difunto Iván Mauricio Dupont Luna, de los que reiteradamente fuimos víctimas. (…) Apelamos, por tanto, a su buen juicio y profesionalismo, así como a su brújula moral, para que rectifique su información y proceda a la brevedad a deslindarnos de este malentendido pernicioso para quienes sólo hemos sido responsables de dar, día tras día, lo mejor de nosotros, trabajando arduamente para el bien de nuestras familias y el progreso de nuestra amada patria."

Todo indica que el pájaro de cuenta hizo nido desde hace varios años con una palomita de apellido Montoro, quien habría estado al tanto de todos sus enjuagues y hasta hoy recibe sueldo nada menos que en un cuerpo de élite de inteligencia policiaca. Un detalle inquietante para quienes creemos en las corazonadas y aún hoy recordamos el caso de Renato Montoro: el tristemente célebre falsificador a quien hace más de quince años bautizara el ingenio popular como Zaragoza, no porque compartiera las virtudes del gran héroe del Cinco de Mayo, sino porque su mera especialidad solían ser los antiguos billetes de 500 pesos que llevaban impresa la imagen del prócer. Imaginen los pródigos lectores cuál fue nuestra sorpresa cuando encontramos que la viuda de Dupont es nada menos que hija de aquel señor dos veces sentenciado por falsificación de papel moneda.

A juzgar por el hermetismo con el que las autoridades policiacas han manejado el tema de la hija del falsificador, cabe inferir que cuenta con protección de arriba o muy arriba, aunque ello no es obstáculo bastante para que *La Picota* siga adelante con sus propias pesquisas. Sabemos que la viuda de Dupont estuvo siempre al tanto de sus negocios, los limpios y los otros, y que fue también ella quien lo introdujo en el negocio del esoterismo, tanto así que sus clientes le aplicaron el mote (todavía vigente, nos aseguran) de *Chamana Mayor*.

Según nos han confiado las autoridades policiales que han tomado las riendas de este caso, la Chamana Mayor ha cometido errores que podrían llegar a comprometerla, incluso penalmente. Mientras eso sucede, *La Picota* propone tres preguntas insomnes:

¿Hay relación entre los ritos de santeros y chamanes y el bárbaro suplicio que precedió a la muerte de Dupont?

¿Cómo es que un cuerpo de élite admite entre sus miembros a una bruja con pésimos antecedentes?

¿Dónde está el gerifalte que le da protección e impunidad a quien bien pudo ser el avieso cerebro femenino detrás del heredero perdulario?

Este jueves, nos vemos en *La Picota*.

18. Perfume de carroña

Noviembre 14. Lunes. 8:10 a.m.

—Ahí tienes que llega un fulano a un café, así como este, llama al mesero y le pide un helado de vainilla, *pero sin mermelada de chabacano* —cuenta Ramón Perdomo, con la sonrisa de un niño travieso. —Diez minutos después, viene el mesero y le pide disculpas: "Perdóneme, señor, pero voy a tener que traerle su helado de vainilla *sin mermelada de fresa*, porque se nos acabó la de chabacano".

La Hata Mari se traba un instante, parpadea, echa uno ojo a las mesas cercanas y vacías, esboza la mitad de una sonrisa y de súbito suelta la carcajada. Es como si, en lugar de contarle cualquier chiste, eligiera el Mochomo los más descabellados para medir su agilidad mental. O en su caso, también, los más brutales, cuya virtud está en aislar la fibra emocional de quienes, como ellos, pasan el día y la noche destazando cadáveres en nombre de la ley. No es su misión, ni su función social, sino la pura risa lo que en ciertos momentos les reconcilia con el resto de los vivos (que en cuanto tales son indignos de confianza).

Tal vez el gran misterio del Café Macao —enclavado entre dos edificios añosos, sobre la calle de Doctor Lavista— sea su inexplicable supervivencia. De las catorce mesas que hay adentro, rara vez más de cuatro se hallan ocupadas. Cuelgan de las paredes gobelinos astrosos, calendarios caducos y carteles taurinos de mediados del siglo anterior. Hay también, en la cumbre del anacronismo, un par de escupideras de metal que los clientes usan esporádicamente. Ningún tema notable, vigente o importante parecería digno de tratarse en semejante clima de abandono, tal es la garantía que ha hecho a Perdomo asiduo del Macao, un lugar cuya personalidad estriba en la apariencia pringosa y anodina que lo segrega del resto del mundo.

—¿Nadie te vio salir de casa de la bruja? —reasume su papel el cuentachistes y centra su atención en la pantalla del teléfono de la Hata Mari.

—Nunca sabrían quién soy, aunque me hubieran visto. Jamás estuve ahí, como la mermelada de chabacano.

—No te mides, Marichu. ¿Y no podías tomar las puras fotos, sin tener que incendiar el departamento?

—¿Cuál *inciendo*, jefazo? —se asoma la dislexia, delatando los nervios de la que habla. —Cada quien mata pulgas a su modo. Lo que tocaba era sembrar terror, poner al enemigo paranoico para que empiece a cometer errores. Les dejas una leve fogatita y echas a volar su imaginación. Para empezar, se pierden la confianza unos a otros. ¿Quién lo hizo? ¿Para qué? ¿Quién lo planeó? No hay razón, no hay motivo. Pero tiene que haberlos, *nimosquinó*, así que cada uno se hace su película.

—¿Y de quiénes hablamos?

—No sé, ese es el problema que falta resolver. Por eso digo, agarras una escopeta, tiras a los arbustos y ves qué bichos brincan entre la confusión.

—¿No te parece mucha medicina?

—Yo no tengo uniforme. Ni placa, ni patrulla. Mi única ventaja es que no existo. Juego pero no juego, soy una mano negra en el tablero.

—De algún modo te entiendo, es cosa de la edad —se rinde, divertido, el médico forense. —Lo que sí no me cuadra es qué hago yo metido a estas alturas en tus pinches entuertos bizantinos. Una cosa es hacer hablar a los muertitos para que te echen una buena mano, otra manipular a los implicados en las meras espaldas de la Fiscalía.

—Yo diría que a espaldas del universo entero, ¿no? Esa es la gran ventaja de nuestra situación. ¿Cuándo se ha visto el nombre de un forense adornando la lista de sospechosos?

—¿Sabes que eso es lo que más ruido me hace? No sabemos con quién nos estamos metiendo. Hay gente de dinero, de poder. Gente de brazo largo, tú me entiendes. ¿Y yo qué soy, al fin?

—¿Un buen servidor público? ¿Un experto que ha entregado la vida por la justicia… por la ciencia?

—Pues ahí está: soy un pobre infeliz. Un ave de rapiña. Un goloso de todo lo que apesta. Puede que sea por eso que te ayudo en tus imbecilidades, con todo respeto. Me haces sentir capaz de trascender mi triste condición.

—No me digas, jefazo —ironiza María Auxiliadora. —¡Y yo creyendo que era por el billete!

—¿Cuántas veces nos hemos quedado bailando, nada más en este año? Y algo me dice que esta es de esas veces. No sé por qué me huelo que nos va a salir cola con este negocito.

—Ni nos hemos movido y tú ya estás echándome la sal.

—¿Y la quemazón qué?

—Puro trabajo fino. Nada que se nos pueda comprobar.

—¿Qué me cuentas de tu colega la bruja?

—Yo creo que es cacachica, pero está cerca de los cacagrandes. Averigüé que dizque es epiléptica. Pa' mí que es puro teatro. Desde que abrió la puerta la sentí vigilándome, como si fuera yo la profesora y ella una alumna que me quiere hacer trampa. O como si viviera preguntándose si le van a creer que es quien dice que es.

—¿Te sabes ese chiste del mexicano que le vende al gringo la calavera de Pancho Villa?

—Exactamente, jefe —frustra al tiro el relato la Hata Mari. —Si sales a la calle a tratar de vender la calavera de Pancho Villa, lo que más te interesa es que te crean, porque mejor que nadie sabes que no es auténtica. Puede que me equivoque, pero aquí encuentro un patrón de conducta. No sé si la mujer sea psíquica, vidente o epiléptica, lo que yo puedo ver es una embaucadora. Alguien que vive en falta, y que obviamente puede darte todo menos salud mental o paz de espíritu. De seguro se siente a gusto entre los hombres, que todo se lo creen si te ven cachondona, tanto como detesta a las demás mujeres. Esas cosas se sienten, yo sé por qué lo digo.

—¿No le habrás agarrado mala voluntad, por ponérsete al brinco?

—Puede que sea una víctima, porque tiene esa jeta como de sufridora —niega con la cabeza la Hata Mari. —Me da un poco de lástima, para serte sincera.

—Por eso le quemaste las cortinas.

—Algún mensaje había que dejarle, si quería alborotar el gallinero.

—¿Y dónde se supone que andabas tú, mientras eso pasaba?

—Pues con mi jefe, ¿no? Camellándole duro.

—¿Te costaría mucho pedirme estos favores antes y no después de necesitarlos?

—Regáñame, suspéndeme, despídeme si quieres, jefecito, nomás no me condenes a la burocracia. Yo no soy adivina, ni bruja, ni chamana, pero tengo mis ratos de pura inspiración, y si no corro detrás del instinto, se me va a la chingada y ya no vuelve. ¿Viste bien las fotitos? Muebles caros, tapetes orientales, buena ropa. Mucha prosperidad para una pinche bruja chocolata que te hace limpias por setecientos pesos. Yo no sé si algún día llegue a saberse quién se chingó a Dupont, pero ni tú ni yo nos vamos a quedar sin saber de qué río sale ese pinche arroyo.

—"De la misma fuente del amor a Dios, brota el arroyo del amor al prójimo" —cita Ramón de memoria, mientras alza una mano con el pulgar y el índice doblados, simbolizando un fajo de billetes.

—Amén, jefazo. De esa iglesia sí soy.

—¿Qué más tienes, chamaca? ¿Has vuelto a ver a nuestra amiga Dunia?

—De lejitos, nomás. Fue a ver a su papá, el viernes pasado. Le llamé ya en la noche y no me dijo nada. Algo debo de estar haciendo mal.

—¿Supo de tus fueguitos en el departamento de Tamara?

—Desde que se lo dije se enconchó. Me ve con desconfianza, como si tuviera algo que reprocharme.

—Déjala, está nerviosa. Vas a ver que ella sola se te va a ir encuerando, en cuanto empiece a sentir el calor.

—¿Cuál calor?

—No se me haga la occisa, licenciada. Usted es la pirómana, a ver si no sospechan que fue cosa de Dunia.

—¿Quiénes sospecharían? ¿La brujita y su primo?

—Para empezar, digamos. ¿Del primo qué me cuentas?

—No se deja, ese güey. Pasé tres horas en las computadoras y no encontré ni rastro de sus últimos años. Cuando andaba de *caddy* se metió en dos tres broncas, después de eso está desaparecido.

—¿No sabes nada de él, Marichu? No te creo.

—Vive en Ladera Sur, pero no puedo entrar a ese fraccionamiento sin la autorización de algún colono.

—Pues ya se te hizo tarde —se extraña el superior. —¿Desde cuándo acostumbras a pedir permiso?

—Mejor que no me vean, por ahora. Pero tampoco estoy de brazos cruzados. Logré armar un conecte con la recamarera de la casa de junto. Dice que el tal Nivardo vive solo, pero que mete viejas por la noche. Habría que ver las listas de visitas.

—¿Y eso dónde? ¿Te vas a ir a asomar a la caseta de vigilancia?

—Todo bajo control. Un amiguito *hacker* puede entrar al sistema de la empresa que les da el servicio. Ya lo está trabajando, pero es muy cuidadoso. Mejor trabajo fino que al chilazo, yo digo. Lo que sí es que hace falta lubricante, para que no se nos atore la info.

—¿Cuánto quiere tu amigo?

—Cuatro mil, por lo pronto. Más los cinco mil de la recamarera. Va a meterse a la casa del gurú y a tomar unas fotos con su teléfono.

—¿Hay que entregárselos o nos van a dar crédito?

—Dando y dando, es el trato.

—¿Y yo qué soy? ¿El pinche Banco de México?

—Tienes más cara de Nacional Financiera. Lo tuyo es la inversión para el desarrollo.

—Te los paso mañana a mediodía. Los anoto en tu cuenta, por lo pronto. ¿No se te pegó nada, ya que fuiste a asaltar a la vidente?

—Había unos dolaritos adentro del buró. Mil y tantos, puede que hasta dos mil. Me los habría traído, más que nada a manera de compensación, pero se echaba a perder el mensaje. ¿Te imaginas en todo lo que habrá pensado cuando vio que el dinero no me lo llevé? Yo habría sentido pelos en la cola.

—¿Estás segura? ¿No agarraste ni un dólar?

—No me chingues, jefazo. ¿Qué pasó? Ratera puedo ser, pero no ratonera. ¿Ya viste bien las fotos? Huele fuerte a marmaja, ¿no se te hace? Si así está la guarida de Tamara, imagínate la mansión del primo. Y las de los amigos, que viven ahí cerquita. ¿Qué no dará cualquiera de esos padrinitos por salir del boquete en el que están metidos?

—Todos tienen su cola, según me contó Dunia cuando era mi alumnita. Yo no sé si se acuerda de todo lo que dijo, ya te tocará oírla cuando termines de ganarte su confianza. La pobre se casó con un heredero y acabó divorciada de un pordiosero. Dónde quedó esa lana, me preguntaba yo. Y sigo preguntándome, ya te toca sacarnos de la duda. Como tú dices, hay que seguir el rastro del arroyo hasta el río. Cada trámite chueco, de todos los que hicieron esos ojetes, es una pepa de oro regada en el camino. Quien primero las halle se va a forrar. Y esos somos tú y yo, mi licenciada.

—Ya te estás animando, jefecito. ¿No que era tan riesgoso?

—Lo que pasa es que el riesgo es directamente proporcional al rendimiento de nuestra inversión. Si esta nos sale bien, nos vamos a mudar de clase social.

—¿No estás exagerando, jefazo?

—Dunia tiene en sus manos todos los elementos necesarios para recuperar las propiedades que sus amigos le quitaron al muerto, lo que pasa es que no lo quiere ver. ¿Sabes cuál es la ceguera del pobre? Se llama *dignidad*.

—Y es el hazmerreír de los acaudalados.

—Dunia vive empeñada en demostrar que la lana de Iván le importaba muy poco, lo cual para empezar es un malentendido. Hay personas que nunca van a arrojarse encima del billete, pero en el fondo cuentan con él, y eso es más que bastante para quedar delante de la gente como ratas hambreadas y trepadoras. No importa qué tan buena salga su explicación, el dinero tiene otra más interesante.

—La dignidad es como la virginidad —suspira largamente la Hata Mari. —La vida empieza cuando la perdemos, pero la niña Dunia no lo quiere entender. Se cree derecha, pura, de nobles sentimientos, y está metida dentro de un cagadero. El papá, el ex marido, la mujer del papá, su jefe guapo y gringo, todos cojean de una u otra pata y ella quiere vivir como una virgencita inmaculada.

—¿Y qué piensas hacer?

—No sé, mover las aguas. Salpicarla un poquito. Dejarla que haga tierra. Forzarla a negociar con sus partes podridas, que las tiene y son grandes. Jura que se avergüenza de lo que hizo el papá, ya hace más de quince años, pero lo que le jode de verdad es que se haya quedado la familia en la calle. Si un día se topara con un tambache lleno de los billetes que imprimía el papá, haría cualquier cosa menos entregarlos. Nadie va a convencerla de que toda esa lana no le tocaba a ella. Y como no la tiene, no para de quejarse. ¿Por dignidad, tú crees?

—Yo supondría que sí —aventura Ramón, benevolente.

—Es su herencia moral. La justificación de que no está donde tendría que estar, de acuerdo con sus méritos. Claro que sufrimiento no es igual a mérito, pero los despojados lo ven de otra manera. ¿Fuiste al Registro Público de la Propiedad?

—Me metí en el sistema. Ayer, desde mi casa. Por lo menos catorce de los predios vendidos en Ladera Sur están hasta la madre de irregularidades. Entre ellos, por supuesto, los de los amiguitos de Dupont. Tuvo que haber alguna autoridad de mucho peso para dejar pasar tanto chanchullo.

—Y el muerto lo sabría, desde luego.

—Una cosa es saber y otra poder. Esta gente logró, con sus puras palancas, conseguir el permiso para fraccionar en terrenos vetados por el Instituto Nacional de Antropología. ¿Qué iba a pensar Dupont, con una ayuda así? "¡Ya chingué!". ¿A poco no?

—O sea que primero se brincaron la ley para ayudarlo, después para joderlo y ya, tan-tan. Volvió Dunia a ser pobre.

—Qué mala pata, jefe. Según ella, se casó con Iván cuando él ya no tenía ni un centavo, pero los documentos indican otra cosa.

—Eso es lo que la gente hace por dignidad. No quiero ni pensar en lo que haría yo si me importara tanto esa idiota palabra, con tres hijos estudiando en Estados Unidos, dos ex esposas, tres casas, cuatro colegiaturas —hace cuentas Perdomo y suelta un resoplido fatigado. —¿Y entonces qué, mi lic? ¿Para cuándo las fotos de la casa del primo? ¿Papeles, documentos, identificación de las visitas? La policía está sobres, no sea que nos madruguen…

—Pierde cuidado, jefe. Esos güeyes no saben ni dónde están parados. La última vez que supe de Rigo y su almorrana, seguían dándole vueltas a mi fogatita. Vamos a pegar duro esta semana, para que se hagan todavía más bolas.

Ramón Perdomo es uno de esos hombres que encuentran equilibrio en la rutina. Nada más liquidar la cuenta de cafés y donitas, sumar una propina por el treinta por ciento del consumo y despedir de beso a la mesera, el médico legista vuelve a la calle, compra un par de periódicos y encuentra su lugar en una banca gris, a escasos quince metros de una réplica de la diosa Coatlicue, que acaso por jugarle una broma pesada a la ciudadanía preside aún la entrada del antiguo Servicio Médico Forense (donde el mismo Perdomo trabajó muchos años antes de la mudanza, dos calles más allá). Pasar lista delante de su vieja oficina es parte del ritual de llegar al trabajo, tras haber sido objeto de los ojos piadosos de quienes le han creído un triste desempleado en una triste banca cuyo horizonte ha sido secuestrado por la diosa espantosa.

Cabe decir que todo el personal de la oficina lo ha visto ahí, al pasar, pero es también sabido que no le gusta ser abordado en la calle. "No sé por qué", se explica, entre risas de espanto, "pero los veo acercarse y pienso que me vienen a pelar". Lo cual sería pueril si no llevara oculta en el costado una escuadra SIG

Sauer de nueve milímetros a la que tiernamente llama *Mi Nanita*. ¿Quién querría indisponer a dama tan solícita? O como bien pregunta Ramón a quien llega a tildarle de paranoide: "¿Tú sabes a qué tantos he metido a la cárcel, nada más en los últimos treinta años? ¿Tú te imaginas cuántos de esos angelitos ya están de vuelta aplanando las calles? Pues yo tampoco, eso es lo peor del caso".

Como todos los días, Perdomo arriba con todo y periódicos por ahí de las diez de la mañana, pregunta por la carga pendiente de trabajo —esto es, los muertos frescos— y da los buenos días a María Auxiliadora, quien llegó a trabajar poco antes de las nueve y está por prepararse su tercer café, más el que ha de beberse el superior, a quien trata de usted indefectiblemente, desde el día en que se le apareció en el patio del Reclusorio Femenil de Tepepan, de donde en unos meses consiguió liberarla para ofrecerle chamba de asistente. Nunca, desde ese entonces —hará ya unos cuatro años muy bien aprovechados— se ha atrevido María Auxiliadora a dar un paso hacia la ilegalidad sin antes consultarlo con Ramón Perdomo.

"Nomás que no se vaya a enterar mi jefe", suele condicionar la Hata Mari las discretas valonas para sus compañeros, si bien apenas tarda en pasarle el reporte al susodicho. No escasean los chismorreos maliciosos que les vinculan sentimentalmente, pero Perdomo opina a ese respecto, siempre que algún amigo o conocido le sugiere la posibilidad, que "donde se come no se caga". "Le hablo de usted", abunda, por hallar empatía y hacerse verosímil, "porque está muy buenota para tutearla sin hacerse ilusiones". En todo caso, si algo de eso ha ocurrido o todavía ocurre entre los dos, a nadie más parecería constarle. Y si de todos modos van a murmurar, es preferible que los crean amantes a que los sepan cómplices de otros asuntos menos decorosos, como sería el coyotaje inmobiliario.

Para la Hata Mari, toda esta operación de reformarse ha consistido en sólo formarse en otra fila, donde se juntan las personas de bien y especialmente quienes no lo son. "Lo cual no significa que no hagamos el bien", le hizo saber Ramón al contratarla, "sino que recurrimos a todas las instancias razonables para cumplir con nuestros objetivos. La extorsión, por ejemplo, puede no ser legal, pero sí razonable o productiva en ciertas circunstancias. Es cuestión de criterio, no de moral. Ahora, si se hace bien, la moral se va a dar por satisfecha. Como dicen los gringos, *a win-win situation*, pero con discreción. No todo el mundo entiende que las leyes están para interpretarse, y a ratos hay que hacerlo así, en caliente". Situación evidentemente confortable para quien, como la interesada, nunca le prometió a su nuevo jefe que iba a dejarse crecer las alitas, y aún años después de abandonar las rejas se repite día y noche, a manera de mantra protector:

"Reformarse es saber en cuál fila formarse".

19. Capote mata fauno

Noviembre 14. Lunes. 5:00 p.m.

La fe ciega amalgama a los contrarios. Dos personas que aceptan creerse lo improbable no pueden sino darse la razón, por más que medio mundo se las regatee. ¿Creerá este profesor en las cosas que enseña, o es nomás su trabajo y se burla en privado de todos esos cuentos?, divaga Dunia en mitad de la clase, no sabe si en venganza contra Iván, en defensa de un sano escepticismo o en protesta porque ya se aburrió, pero asume que hay gente que la mira y al menos mientras tanto le tocaría fingir un profundo interés en la materia. Necesita que crean que cree en lo que no cree, si pretende ganarse la confianza de cuando menos uno entre sus fugaces condiscípulos. *Tendría que empezar*, se aconseja en silencio, *por dejar de mirarlos de arriba para abajo*.

"Primera clase gratis", prometen los volantes del Shakti Kali. De todos los prospectos que la toman, apenas unos cuantos se inscribirán al curso, inmersos en un clima de alborozo redentor que a la analista le da repelús. La información sin duda le interesa, pero se siente ñoña ahí sentada, cual si temiera por el qué dirán.

O será que le pudre la idea de ser vista por alguno de los conocidos de Iván, de los que en otro tiempo se burló. "¿No qué no?", se reirían, si la vieran tomando la primera lección del curso de Cultura Extrasensorial que hasta hace pocas lunas corría a cargo de su ex marido. ¿Pero no sería esa su mejor coartada, el repentino brote de espiritualidad nacido de una muerte intempestiva? ¿Y no le haría bien ser un poquito humilde, vista la situación?

"La inteligencia no es una facultad, sino una actividad", le gusta repetir a Ronald Lamm. Y hacer inteligencia en estas condiciones, pretendiendo que crees lo que nunca creerías, exige un cierto esmero en pasar por estúpida. *Porque sólo una estúpida se sacude a un brujito sin futuro para ir a dar con otros sin presente*, sigue refunfuñando Dunia Montoro, nada más escuchar a lo lejos, en un aula vecina, las mismas cantaletas misticoides que llegó a padecer a domicilio. Es decir que las mismas razones que necesitaría para hacer estallar su tirria palpitante las tiene para hacerse la inocente y tomar sus apuntes como buena Ivanette.

—¡Hola, amiga! —susurra a sus espaldas una voz no por fuerza bienvenida. —¿Eres nueva?

Por el gesto del tipo —titubeante, solícito, sonrisa defensiva y ojos samaritanos— no descarta la intrusa que sea un piradito servicial, si bien lo más posible es que ande en plan de ligue, en cuyo caso querrá hacerse útil.

—¡No entiendo nada! —gesticulan los labios de la aludida y esbozan la sonrisa de una niña extraviada a medio bosque. Luego vuelve la vista al pizarrón, apunta en su libreta las palabras *conexión*, *expansión* y *conciencia* y las une con flechas respectivas. Discretamente, en tanto, envía un WhatsApp a María Auxiliadora. "Listo, ya picó uno".

Según averiguó la Hata Mari, los tres cursos estrella del Shakti Kali son Kundalini Yoga, Medicina Originaria y este cuya primera clase ya termina, ahora que el profesor insiste por enésima ocasión en promover los otros cursos disponibles. "Cada uno, a su manera, resulta indispensable", le ha respondido a Dunia cuando ella alzó la mano para preguntar cuál le recomendaba a una principiante. ¿Y si, en efecto, esos conocimientos son indispensables en esta vida, cómo es que los promueven como merolicos? ¿De otro modo no sale para la renta?

—No te apures, amiga, tú solamente deja que fluya la energía y vas a ver que el mundo va cambiando de forma —se le empareja el buen samaritano, terminada la clase, tan pronto da ella un paso afuera del salón, con esa agilidad desenfadada que distingue a los faunos en funciones. Luego entorna los párpados, se cubre media boca con la diestra y resuella en su oído: —Yo te puedo ayudar con las tareas.

Lo dicho: el pez picó. Ya sólo falta sacarlo del agua. Dos cuadras más allá del Shakti Kali hay un negocio lo bastante mundano e incoloro para pasar de noche ante el alumnado. El Café Señorial es un sitio anodino desde el nombre, que claramente no lo representa. Escaso de clientela, más semejante a una oficina pública que a un café a la mitad de Coyoacán, reúne sin embargo todos los requisitos para hacer una buena inteligencia. Que lo diga, si no, la Hata Mari, quien lleva ya dos horas de aplicar periscopio en el ambiente y ahora se deleita en percatarse de que sus vigilados han pescado una mesa a numerosos metros de su premeditada indiferencia. Tiene sobre la suya un periódico abierto en la columna de Julio César Alamilla que Dunia todavía no ha leído.

—Me llamo Sebastián —se presenta por fin el buen samaritano, mientras posa una palma fugazmente sobre el dorso de la mano de Dunia, encima del mantel a cuadros rojiblancos. —Hace unos pocos meses que empecé, pero le he estado echando muchas ganas.

—Ya sabes mucho, entonces… —sonríe Dunia, casi coqueteando.

—En estas ondas nadie sabe mucho —sentencia Sebastián, con humildad cortada a la medida. —Por eso nunca falto.

—¿Y sí es cierto que dejan mucha tarea? —pone cara de boba la debutante.

—¡Ojalá! —ríe, tartamudea, mira a oriente y poniente el buen samaritano, y es como si de pronto le brotaran los cuernos y exhalara un vapor amarillo de azufre. Por eso al cabo añade, con ojos de secuaz: —El problema es el material didáctico…

—¿Cómo? —pregunta Dunia, toda candor.

—Ay, amiga, ¿de verdad no me entiendes?

—Me llamo Magdalena.

—Magdalena, perdóname. ¿Nunca habías venido al Shakti Kali?

—Nunca. ¿Por qué?

—¿No sabes nada, entonces? ¿Viniste por Casilda? ¿La conoces?

—No sé nada, te digo. ¿Quién es Casilda?

La grabadora de la Hata Mari cuenta con accesorios imprevistos, como cierto micrófono con *zoom*, muy capaz de pescar conversaciones que se creen discretas, a distancias que lucen insalvables. Por otra parte, el buen samaritano parece decidido a comprobar una de las hipótesis de Dunia: ha venido a ligar y con tal de lograrlo despepitará todo cuanto conoce del Shakti Kali y su presunta dueña.

Cuando salió del luto, según cuentan, Casilda Pérez de las Heras y Fernández del Valle encontró que eran muchos sus presuntos apellidos para aspirar al éxito en la angeloterapia. Casilda de los Ángeles, se autonombró. No es que supiera mucho del asunto: conocía algunos libros en inglés y asistió a algunos cuantos cursos y retiros, pero si eso bastó para sacarla del agujero negro de la viudez, ¿quién le decía que no estaba lista para compartir sus conocimientos y jurarse compinche de los ángeles?

Empezó por cambiar de guardarropa. Necesitaba urgentemente proyectar la sencillez que nunca antes había practicado, de manera que al ver su sonrisa beatífica nadie osara pensar en la señora frívola que hasta entonces creían conocer, si de hecho buena parte de su clientela se formaba de antiguas amistades. Gente que no esperaba demasiado del rito y al cabo ponía tanto de su parte que sólo había que darles un poco por su lado para contar con su fidelidad. Pero como sucede en estos casos, todo cambió a partir del primer milagro.

Sólo que no sería la angeloterapeuta, cuantimenos un ángel ni un arcángel, quien lograra prodigios ultraterrenos, sino la intervención de un tal Juan de la Luna, maestro del Shakti Kali y promotor de clínicas, talleres y retiros dedicados a la expansión de la conciencia. Una vez que asistió a la primera ceremonia mágica, ya nunca más Casilda fue la misma. Pues si antes se preciaba de interpretar los tenues mensajes de los ángeles, cuando menos pensó ya estaba departiendo con tres de ellos. Varias horas más tarde, pasados los efectos de los hongos que el gurú le ofreciera —*derrumbes*, los más grandes y potentes— Casilda de los Ángeles tuvo que dar por cierto que había una vía rápida hacia la comprensión de lo esencial. Poco tardó en emplear la misma medicina —"en dualidad con Juan de la Luna", rezaban los volantes promocionales— y menos aún tardaron sus pacientes en recibir visitas sobrenaturales.

A decir de los viejos *habitués*, la clientela entusiasta de Casilda creció al parejo del prestigio de Juan, especialmente en círculos sociales donde los milagros se pagan con billetes grandes y cuantiosos. Ella una millonaria todavía muy guapa y él un jipi roñoso con maneras de duque, tal parece que ambos se rescataron a fuerza de mezclar negocios y placer. Se rumoraba, allá en el Shakti Kali, que muy pronto el chamán de los derrumbes encontró alojo en la mansión de Casilda, y en cuestión de semanas se le veía llegar y despegar en un Porsche Cayman difícilmente afín a su indumentaria. Varios meses más tarde, la pareja se hizo con el Centro de Sanación y Desarrollo Shakti Kali, A. C., y el gurú del carrazo ascendió a director general.

—¿Y desde cuándo dices que vienes? —inquiere Dunia, un poco menos por curiosidad que para contener el enojo escondido.

—Me inscribí hace unos meses en el taller de Medicina Originaria, que también daba el maestro Juan de la Luna —declara Sebastián, con aplomo de niño explorador. —Desde entonces no fallo.

—¿Qué tan bien lo conoces? —titubea la otra, mientras ve a los extraños pasar por la banqueta y se figura qué hacer o decir en el caso de que entre un conocido y se le ocurra darle el pésame de mierda.

—Ya se murió —revela el informante, resoplando. —Hace poco, por cierto. O bueno, lo mataron, según dijo el periódico.

—¡Ay, qué espanto! —se revuelve en su silla la falsa Magdalena. —De eso sí no me cuentes, por favor.

—No era mala persona —suspira él, meneando la cabeza con el pesar que inspira una triste efeméride. —Buen guía, según esto. Pero yo apenas si lo conocí, porque en el primer mes del nuevo curso Casilda lo corrió del Shakti Kali.

—¿Y antes de eso te dio a probar los hongos…?

—Me había yo inscrito a uno de sus retiros, iba a darnos un ritual de peyote. Una tarde Casilda cayó por el salón y nos dijo que Juan ya no iba a regresar. Y también que el retiro tenía que posponerse.

—¿No era esa la *tarea*, por casualidad?

—Una de las tareas. Por eso tantos quieren inscribirse en los cursos de Cultura Extrasensorial y Medicina Originaria. Como que exigen mucha experimentación.

—¿Y tú creíste que yo venía por eso?

—Por supuesto que tú vienes por eso, aunque igual todavía no lo sepas.

—¿Tú qué sabes qué sé yo o qué no sé? —respinga Dunia, súbitamente airada por el *déjà vu*. —¿Por qué todos ustedes se emperran en pensar que saben más de una que una misma?

—¿Cómo *todos ustedes*?

—Ustedes los creyentes, los gurús, lo que sean. Me asustan esas cosas, empezando por hongos y peyote y siguiendo por muertos enigmáticos.

—Y si no crees en esto ni te gusta viajar, ¿a qué viniste? ¿No serás policía?

Hace ya un chico rato que la Hata Mari ha desviado la vista hacia la calle, como si no supiera si seguir espiando o salir disparada del Café Señorial. El ataque de risa de Dunia, sin embargo, le devuelve la calma suficiente para tamborilear sobre la mesa y mover la patita por lo bajo, como si fuera presa de algún ritmo contagioso y rotundo.

—¿A poco tengo pinta de espía? —ironiza, aún risueña, la sospechosa. —¿Te lo dijo tu bola de cristal?

—¡Si te contara todo lo que me ha dicho…! ¿Cómo ves que tú y yo nos vamos a casar? —se quita la careta el buen samaritano, para risa espasmódica de la Hata Mari.

—¿Y qué dirías tú si yo te platicara que ya estuve casada con tu ex maestro Juan de la Luna? —tira los dados Dunia sin motivo aparente.

—Que no te creo nada —alza los hombros el de la bola de cristal, con la sonrisa de un galán sabihondo.

—Y yo tampoco a ti, pero no me caes mal —sonríe ella de vuelta, tras morderse los labios y arrugar la nariz, sin perder la sonrisa. —Mejor cuéntame más del Shakti Kali.

No hay creyente más fiel que el de su propio ego. Se diría que el buen samaritano poco tiene de místico y mucho de vicioso y calenturiento, pero justo por eso resulta un informante inmejorable, según juzga de lejos la Hata Mari. Podría saltar solo a un precipicio, si acaso lo preceden unas nalgas. Y ahí está una vez más, chivándose de todo lo que sabe sobre Casilda Pérez de las Heras y el hombre que valiérase de su Porsche Cayman para pasear a otras creyentes hechizadas "que bien podrían haber sido sus hijas". Claro que él no lo vio, "pero igual lo contaba medio Shakti".

Y todavía lo cuentan, por lo visto, observa a la distancia la Hata Mari. Más ahora, que se ha puesto de moda. Fue una temeridad meterse en esa clase, y sería una idiotez que volviera a acercarse al Shakti Kali. ¿Cuántos no la habrán visto y sabido que era ella? ¿Y qué dirá después Sebastián Boquiflojo, si le cuentan el chisme y descubre que estuvo tratando de ligarse nada menos que a la ex del hoy occiso? Tendrá treinta y cinco años, treinta y siete. No se le ve lo místico por ningún lado, ni convendría apostar por su autosuficiencia alimentaria. Probablemente viva con su familia y lo tengan por caso perdido. Juraría, eso sí, que fuma mariguana desde niño.

A todo esto, Casilda no ha vuelto a tener novio. Ella personalmente dirige el Shakti Kali, desde que recobró la autoestima, la libertad y el Porsche. Además de quitarle a Juan de la Luna todo lo que le dio, desde la ropa que trajeron de Katmandú hasta el último cliente de la terapia. Farsante, delincuente, charlatán, depravado, trepador, abusivo, sátiro, cocainómano: esos y otros motivos fue esgrimiendo la dueña entre sus conocidos para hacerle la peor fama posible. La versión oficial, impresa en una "atenta comunicación" que duró dos semanas clavada en el periódico mural, hablaba de "un asunto relativo a la ética", por cuya gravedad se hacía indispensable "prescindir de manera absoluta y definitiva de los servicios del señor Dupont Luna".

Lo primero que hizo la nueva directora fue deshacerse del Porsche Cayman. Luego contrató a un par de sustitutos en los cursos que impartía el proscrito (uno de ellos les dio la clase de hoy). Llegó también el profesor Ciriaco a encargarse de clínicas y retiros. Según Casilda, fue maestro de Juan de la Luna, y puede que sea cierto porque se sabe cantidad de historias, algunas de las cuales también contaba Juan, aunque nunca con tantos detalles.

—¿Dupont, se apellidaba? —finge extrañeza Dunia, se le escapa un bufido de sarcasmo. —No suena así que digas muy originario.

—Te digo que tenía modos de gente fina. Supongo que por eso impresionó a Casilda, y por eso también le brotaban las novias de los árboles. No es que fuera simpático, pero te caía bien. Sabía decir las cosas, era hasta generoso.

—¿Generoso por qué? —repara sin pensar la preguntona. —¿O sea en qué sentido?

—Nunca fui a sus rituales, pero una tarde me regaló un gallito.

—¿Un gallito? ¿De bádminton?

—No fumas mota, ¿o sí?

—Claro que no.

—Pues él sí la fumaba, y te la convidaba, aunque no se supiera ni tu nombre. Yo digo que era un tipo generoso.

—¿Y qué más convidaba ese señor tan bueno?

—Ácidos, según dicen. Tachas, sapo, no sé, a mí no me tocó. Ahora que lo mataron se supo mucho de eso. Calculo que me toca hacerme el espantado, pero después de un tiempo de viajar con Ciriaco dudo que el Dupont ese te llevara siquiera la mitad de lejos.

—¿Lejos como hasta dónde?

—Hasta otra dimensión. En donde no hay materia y eres pura energía, puro espíritu.

—¿Me estás hablando en serio?

—Pues… te hablo tan en serio como tú me preguntas. Porque a ti te interesa, no lo vas a negar.

—Supongamos que sí, me interesa un montón. ¿Cómo me quito la curiosidad?

—¿No piensas inscribirte en el curso?

—No sé, lo dudo mucho. ¿Tendría que ir a clases, por ejemplo, para poder cambiar de dimensión?

—Tener, tener, tampoco. Pero ayuda.

—¿Y le sigues creyendo a la Casilda, con todas las movidas que le sabes?

—Casilda nomás da Angeloterapia. Si te fijas, siempre anda hasta la madre. Dicen que se quedó en un viaje de hongos.

—Imagínate. Si así está la directora, cómo andará el *centro de sanación*.

—Casilda no dirige ni sus pasos, para eso tiene al profesor Ciriaco.

—¿No que no tenía novio?

—No es su novio, es su guía. También su vengador, porque el profe Ciriaco era amigo de Juan. Él se lo presentó, no sé si te lo dije. Pero dudo que sean otra cosa que aliados. Yo diría que el profe la ve con menosprecio.

—¿Cómo es ese Ciriaco?

—Raro. Misteriosillo. De muy pocas palabras. Mira fijo a los ojos, casi no parpadea. Cuentan que es mesmerista, pero a mí no me consta.

—¿Qué hacen los mesmeristas?

—Según me han dicho, es algo emparentado con el magnetismo de los animales. Antes se les llamaba *magnetistas*.

—Suena como a una logia ultrasecreta.

—Es un secreto a voces, por lo menos. Él nunca toca el tema, te digo que es muy serio. Puede ser cariñoso y hasta paternal, pero jamás se ríe, ni hace bromas, ni uno le haría preguntas personales.

—¿Y al De la Luna sí se las hacían?

—Tampoco creas que mucho, menos a la mitad de una ceremonia. Los guías son los guías, no tus amigos ni tus compañeros. Están entretenidos en regular el flujo de energía, en vigilar que nadie se salga de su centro, en cosas que nomás ellos controlan.

Y lo que uno controla es la respiración, no queda mucho tiempo para chorcha.

—¿Siempre es así, como si fuera misa?

—No sabes de lo que hablas. Es una travesía, no un rosario. Te lo tomas en serio porque de ti depende que llegues a un lugar maravilloso o caigas a un abismo terrorífico. De eso se encarga el guía, es su trabajo espantar los demonios.

—¿Cuáles demonios?

—Los que uno trae adentro. No todo son los ángeles, como piensa Casilda. También están los seres de penumbra que uno mismo alimenta. Y hay que lidiar con ellos, con o sin rituales.

—¿Tú crees en esas cosas… de verdad?

—Yo creo lo que veo, igual que todo el mundo. Lo que pasa es que he visto cantidad de rarezas, desde que estoy en esto. No era yo el mismo de hoy, tenía muchas dudas, muchos miedos. Hazte de cuenta que cambié de piel.

¿Se tragaría una auténtica analista ese cuento barato de que el *dealer* Nivardo se hizo carne de altar? ¿Qué clase de humildad haría falta para creer a ciegas en lo que bien le consta que es pura pantomima? ¿Y de verdad se cree que es suya la razón, desde ese promontorio mojigato de autoridad moral auto asumida? ¿Acaso no tiene ella sus demonios, y no es también por ellos que está aquí? Un cruce de miradas con la Hata Mari le indica que es muy tarde para cavilaciones.

—Voy al baño —se excusa la impostora, da la vuelta al pasillo y se escurre a la calle sin ser vista.

Sentada a medio metro del rincón, la Hata Mari se deleita esperando a atestiguar el chasco que va a pegarse el buen samaritano cuando advierta que se le fue la ninfa. No le gustan los faunos, y este menos.

20. No se culpe a Nerón

Noviembre 14. Lunes. 7:15 p.m.

Se llama Jorge Mario Feller Espín, pero se le conoce como *Gino Feelgood*. Día o noche, lleva unas gafas Ray Ban de policía que no le ayudan mucho a parecerlo, acaso por la barba negra de candado y la melena rubia ensortijada que proyecta una sombra de escafandra o penacho, según le dé la luz. O tal vez por las botas puntiagudas y azules sobre cuyos empeines emergen sendas cabecitas de cobra. Tampoco ayudan mucho sus camisas Versace resplandecientes a pasar por persona respetable, aunque en las canchas donde se mueve Gino el respeto y el miedo son la misma cosa.

Hará unos diez minutos que Gino Feelgood recibió la visita de un viejo conocido cuya sola presencia —confianzuda, sardónica, grosera— le trajo a la memoria los años en que no podía soñar con vivir en Polanco, poseer un coche antiguo de colección o siquiera pararse en una esquina. ¿Cómo es que ni mudando de clase social ha logrado poner cierta distancia entre él y sus recuerdos de la cárcel?

—¿Sabes que si te encierro te echan veinticinco años, *Tlacuachito*? —arrastra las palabras Rigoberto Rovira, mientras se prende un cigarro sin filtro con un encendedor que escupe cuatro flamas de butano azul, a modo de soplete. —Ahí nomás, por mis huevos, y en una de esas me ando ganando un ascenso.

—Afuera le convengo más, mi jefe —agacha la cabeza el anfitrión forzado, al tiempo que le entrega al inspector un vaso de Buchanan's en las rocas. —Ya sabe que soy leal hasta la muerte.

—Yo sabré dónde y cuándo me sirves o me estorbas, cabrón bueno pa' nada —alardea Rovira, probablemente en broma, al tiempo que se mece en un sillón-columpio que cuelga desde el techo, como un péndulo negro envuelto en aluminio, las manos ocupadas en cigarro y *whisky*. —Mientras tanto ya ves, no puedes escondérteme, aunque te hagas pasar por gente de la *high*.

Al lado de la sala, en una de las sillas del comedor, el oficial Marcos Mireles Oliveros da un sorbo al vaso de agua mineral, mientras pasa revista al lujo extravagante del *penthouse* en la calle de Molière, presa de cierta grima recelosa. Las cortinas de seda y terciopelo, el *jacuzzi* empotrado en el balcón, las bocinas gigantes con pinta de escultura futurista, el enorme vitral ovalado en el techo, la alfombra blanca y gorda donde se hunden los pies al caminar. Nada que te remita a un dueño tan sumiso y complaciente como el también llamado Tlacuache.

—Ya le digo, mi *chief*, ayer apenas llegué de Cancún, no sé yo de qué me habla.

—¿Qué, pues, Mireles? ¿Fuiste tú quien le preguntó a este güey adónde fue a pasar sus vacaciones?

—Se lo juro, mi jefe. Yo no…

—A ver, Tlacuache, mírame a los ojos. ¿Cuándo dije que tú hubieras hecho algo? Te pregunté bien claro, y aquí Marcos Mireles es testigo, qué sabes del asalto a domicilio que le tocó a tu socia. El sábado, por ahí del mediodía.

—Tamara no es mi socia, jefecito. Me hizo una limpia, ya hace varios años. Luego yo le vendí unas artesanías que traje de Bombay, pero de ahí a ser socios, pues no.

—¿Y qué, no te pagó la mercancía? ¿Por eso contrataste a una chalana para que le quemara el departamento?

—Le juro, jefecito, que no sé de qué me habla.

—¿Vas a decirme que no te enteraste de lo que le pasó a Iván Dupont?

—¿Quién es Iván Dupont?

—¿No le sonará más Juan de la Luna? —interviene a media voz el oficial Mireles.

—A ese sí lo conozco. O sea, sí lo ubico, pero mi amigo no era. Supe por el periódico que lo mataron. Me parece que un tiempo anduvo con Tamara.

—Ándale pues, Tlacuache. ¿Y no crees que es muy raro que cuatro días después de la muerte del señor De la Luna llegue una enviada tuya a incendiarle su covacha a Tamara? Ya sabemos quién es —miente tanteando Rigo. —Ayer la consignamos y nos dijo tu nombre. ¿Si no a qué te imaginas que venimos? ¿A chapotear en tu pinche balcón?

—Ahora sí no sé nada del asunto, jefe. Hace años, no lo niego, estaba yo embarrado. Pero hoy soy inocente, por mi madre.

—Hace menos de un mes que te vieron tocar la puerta de Tamara, por ahí de las siete de la noche. ¿Es mentira, Tlacuache?

—Lo que pasa es que soy medio supersticioso y ya ve que es vidente, la Tamara. Con la suerte que tengo, no sobra una manita del más allá, ¿verdad?

—¿Cada cuándo la surtes de perico, cabrón?

—¿Qué pasó, jefecito? Eso ya lo dejamos por la paz.

—"Ya lo dejamos", mira nada más… A ver, ¿cuánto pagamos por esas bocinotas?

—Híjole, no me acuerdo. Cuatro o cinco mil pesos.

—¡Eso es saber comprar, chingao joder! —lanza un guiño fugaz el inspector a su subordinado y liquida el cigarro con una honda fumada. —¿Y cada cuándo ves al primo de Tamara?

—¿Cuál primo, *chief*?

—Nivardo, también brujo. Vivió un tiempo en tu casa. ¿O ya se te olvidó?

—¿Son primos esos dos?

—¿*Shonpimusheshushdús*? —se pitorrea Rovira, descomponiendo el gesto. —¿Sabes que como actor te andas muriendo de hambre, mequetrefe?

—Modelo Beolab 90, de Bang and Olufsen —interrumpe Mireles y planta la pantalla del celular ante los ojos de su superior. —Treinta y nueve mil dólares por bocina.

—¡Ah, qué pinche Mireles tan envidioso! —suelta una risotada triunfal el policía. —¿No que cinco mil pesos, Tlacuachito?

—Las mías son piratas, y de segunda mano —clama el interpelado a bote pronto.

—Sale a millón y medio de pesos el par, inspector —informa el oficial, como un niño aplicado.

Rigoberto Rovira suelta un silbido largo y un remedo de risa, seguidos de un silencio reflexivo y una mirada larga hacia ninguna parte.

—Qué bárbaro, Tlacuache, eres un *bon vivant*. ¿Sabes qué? Un día de estos voy a traer mi música, para que me presumas tus bocinas. ¿Qué tal que de una vez me las prestas diez años?

—No me arruine, mi jefe.

—¿Cómo? ¿No me las prestas? —juega a fingir asombro el policía y acto seguido se hace el indignado. —Piensas que me las voy a robar. ¿Me ves cara de rata o de menesteroso? ¿Cómo la ves, Mireles? Frente a las finas compras del Tlacuache somos un par de apaches con bombín.

—No, ¿pero cómo cree…? —fuerza una risa boba el de las bocinotas.

—Abusado, Tlacuache —pasea la vista Rovira por el departamento, cual si quisiera hacer un inventario. —¿No crees que sería triste que perdieras tus cosas tan bonitas, sobre todo tan caras, por echarle mentiras a la autoridad?

—Soy incapaz, mi jefe, ¿cómo cree?

—No me duermas, cabrón —da un manotazo al aire el inspector y se vuelve hacia un lado. —¿A quién le crees, pareja? ¿A una pirómana que no conoces… o a un *dealer* de tercera que ya sabes que es un mentiroso de quinta?

—Está bien, voy a ser muy sincero —recobra compostura el acosado, endereza la espalda, alza la frente. —Supe lo de Tamara porque ella me llamó y me lo contó. Y pues sí, la conozco de hace tiempo, pero tampoco es que durmamos juntos.

—¿Y con quién sí se acuesta la brujita, ya que no la calienta el proveedor?

—Le hablo al chile, mi *chief*. Usted sabe quién soy. Me destrampé un poquito, de más joven, pero hace rato que ando por la derecha. Pregúntele a quien quiera por Gino Feelgood, el publirrelacionista, va a ver lo que le dicen.

—¡Contéstame, chingao! ¿Quién se tira a la bruja?

—De eso sí no sé nada. Ya le digo que amigos no somos. Me parece que un tiempo anduvo con el muerto, por debajo del agua.

—Con Iván Dupont Luna. ¿Y a escondidas de quién?

—Primero de su primo, que era socio de Juan, y luego de las novias, que eran medio celosas.

—¿Tenía varias novias el señor *De la Luna*?

—Se las turnaba, creo, según se le ofrecía.

—¿Crees o sabes, Tlacuache? Porque según me han dicho te llevabas con él de piquete de culo.

—¡No, señor! —se sacude Jorge Feller y suelta una risilla vacilona. —¿Cómo se le ocurre eso, *chief*? Lo traté algunas veces, incluso estuve en dos de sus ceremonias, para que vea que no escondo nada.

—¿Ceremonias? —alza una ceja chusca el inspector Rovira. —¿Así como de honores a la bandera?

—Rituales mágicos. Ya sabe, con copal y santitos y acopio de energía espiritual.

—¿Y acopio de enervantes, por casualidad, o será que la magia se hacía sola?

—Todo natural, jefe. Honguitos curativos de la Madre Tierra.

—¡*Óilo*, Mireles! —se burla el inspector e intenta parodiar un trance místico, con las palmas abiertas y la vista en lo alto del vitral. —¿Cómo ves que el amigo Tlacuache vio La Luz… y nosotros jodiéndolo con nuestras pendejadas terrenales?

—A Dios lo que es de Dios —rubrica, circunspecto, el oficial. —Falta ver las facturas de esas bocinas.

—Hongos, sapo, peyote, ayahuasca… —cuenta Rovira con los dedos de la mano. —¿Qué otros alucinógenos le comprabas a San Juan de la Luna?

—Juanito no vendía, mi jefazo. Él nomás era guía espiritual.

—Ya está muerto, Tlacuache. No tienes que encubrirlo. Al contrario, incrimínalo. Échale tierra al fiambre. Aprovecha que estamos en oferta. No querrás ser el último en cantar.

—Claro que no, mi *chief*. ¿Qué quiere que le cuente?

—¿Dices que la brujita andaba con Dupont, a espaldas de sus viejas?

—Primero se ayudaban, según sé. Se rolaban pacientes, se apoyaban con la materia prima, armaban ceremonias *en pareja*. A veces ellos solos, a veces con apoyo de su primo.

—El primo… ¿O sea Nivardo?

—El profesor Ciriaco, sí.

—Pero tú dices que él lo sabía todo.

—Negativo, señor. Yo le dije que no sabía nada.

—Te estás contradiciendo, Tlacuachito. ¿No quedamos en que ibas a ponerte a la altura?

—¡Es la verdad, mi jefe, eso le dije! —hace y besa el Tlacuache la señal de la cruz.

—Este cabrón no entiende por las buenas —refunfuña Rovira y se pone de pie. —A ver, Mireles, préstame tus esposas.

—¿Me está carneando, *chief*? —traga saliva Gino y echa un ojo veloz a la puerta entreabierta del departamento, como si al propio tiempo dudara entre humillarse y pegar la carrera.

El oficial Mireles se levanta de un salto, camina hasta la puerta y la cierra de golpe, mientras clava Rovira la mirada en su presa, arruga las facciones y retuerce los labios, en un rictus quién sabe si chusco o displicente. Tras el silencio impuesto por el portazo, el mustio retintín de las esposas logra crispar los nervios del acorralado, quien de un momento a otro se ha soltado llorando. Cansado de hacer fuerzas con la mandíbula, a Rovira lo traiciona la risa.

—¡No le saques, putito! —espeta al fin, tosiendo, el inspector Rovira, con el semblante hinchado y enrojecido ya por las carcajadas. —¿Cuándo fue la última vez que escuchaste a un tlacuache chillar como marrano, parejita?

Todos tosen, al fin, no bien Mireles cede a la cosquilla y hace coro al jolgorio de su superior. La tos de Gino, en cambio, no está exenta de hipo, estornudos nerviosos y algunas cuantas lágrimas a destiempo.

—Me va a matar de un susto, *chief* —ríe nerviosamente el anfitrión y aspira el aire a grandes bocanadas.

—Ah, qué pinche Tlacuache tan llorón, ya me puso de buenas —se ajusta Rigoberto solapas y corbata. —A ver, Mireles, dale una apretadita al caballero, antes de que me vuelva a hacer encabronar.

—¡Momento! —salta Gino, presuroso y solícito. —El profesor Ciriaco, o sea Nivardo, no podía saber de la movida de Juan y Tamara por la misma razón que tenía ella para esconder sus onditas con él.

—Tsk, tsk, tsk —interrumpe el inspector. —O sea que nos salió golosa la brujita. ¿No estarás inventando, mi admirado Tlacuache?

—Tamara es epiléptica —niega con la cabeza el interpelado. —Se azota, se revuelca, ve visiones. Si me pregunta, es ella la que inventa, con el cuento de la clarividencia. Está un poco afectada de sus facultades. Yo no estaría seguro ni de que la asaltaron.

—¿Y qué si te digo que ella no nos llamó? —sugiere triunfalmente el del encendedor de cuatro flamas, enciende otro cigarro y aguarda unos segundos para mostrar sus cartas. —Fue un vecino quien reportó el incendio. La Tamara al principio lo negaba, con todo y la humareda por detrás.

—¿No se habrá hecho la víctima, por casualidad?

—O por necesidad, si casualmente tiene larga la cola. ¿Y sabrosa, también, en tu experiencia?

—Perdón, pero eso sí mi moral me lo impide —dispara sin pensar el anfitrión y de pronto se traba, arrepentido.

—¿Qué moral, Tlacuachito? —pesca Rovira en falta al aludido. —¿Tú no mezclas negocios y placer? ¿El cliente siempre pierde la razón?

—Para qué se lo niego, mi jefazo, si me conoce usted mejor que mi mamá. Ese era mi negocio, en otras épocas, y ya me puse a mano con la justicia.

—Saca el violín, Mireles, que este cabrón se nos está inspirando.

—El profesor Ciriaco tenía su prestigio, Tamara y Juan también. Curanderos los tres, de una u otra manera. La gente podía verlos consumiendo peyote o ayahuasca, pero otras cosas no.

—Y de esas otras cosas te encargabas tú.

—Es correcto, mi *chief*. En ese tiempo yo los proveía, y de repente hacíamos intercambio, pero me recibían por la puerta trasera.

—Sabías demasiado…

—No es que quiera igualarme, mi jefazo, pero a los policías y a los *dealers* se les trata con mucha desconfianza.

—Cuando no con desprecio, eso es verdad —filosofa Rovira, resoplando. —Somos las no-personas de la gente bien. ¿Siempre te mira feo tu clientela?

—Me miraban, le digo, en esa época. Ya ve usted que al vicioso le da vergüenza el vicio y todo lo que tenga que ver con él. Más todavía si es alguien, o se cree. Trata uno con el lado podrido del cliente, ni modo de esperar que lo invite a su cena de Navidad.

—Huy, Tlacuache, eres un sentimental. Como quien dice, quieres que Mireles y yo nos creamos el cuento de que no sabes nada de la incendiaria que nos dio tu nombre.

—Pues sí sé algo, mi jefe —elude Gino Feelgood el buscapiés. —Esa persona les está mintiendo.

—¿Sabes qué, *bon vivant*? Vamos a hacer un trato, acá entre amigos. El oficial y yo nos vamos de una vez, sin registrarte el pinche cuchitril. Te dejo intacta toda la mercancía que guardas entre el refri y el ropero y te sigo prestando mis bocinas de cinco mil pesotes, pero vas a tener que darme un regalito. Acuérdate que viene Navidad.

—Usted dirá, mi jefe.

—Vas a hacerme una lista con los nombres, teléfonos y direcciones de todos tus clientes, actuales y pasados.

—¿Cuáles clientes, jefe?

—¿Qué me das si te encuentro mercancía aquí en tu palomar? ¿Tus bocinitas nuevas, por ejemplo? Te las podría tomar a cuenta de tu libertad de mierda, pero harían falta algunas otras prendas. ¿Qué tal el relojito? ¿Es un Rolex auténtico o la pura pantalla?

—Es imitación, *chief*. Los venden en un tianguis aquí cerca.

—Regálamelo, pues, y ya no te molesto.

—Es que no es mío, jefe. Si no con mucho gusto…

—¿Ves cómo eres tramposo, pinche Tlacuache? Traes cuarenta mil dólares en la muñeca y nos sigues jurando que ya no eres *dealer*. ¿Para cuándo me tienes esa lista?

—La verdad, la verdad, se la tendría yo como tres horas antes de que vinieran a llenarme de plomo —se sobrecoge Feelgood, horripilado, da un trago de saliva y endereza la testa. —No soy rajón, jefazo. Valgo más por discreto que por canalla. Arréstenme, si quieren, regístrenme la casa, llévense lo que gusten, pero no puedo hacer ninguna lista.

El inspector Rovira se levanta, da unos pasos erráticos hacia el gran ventanal detrás de las cortinas, se asoma medio instante y da la media vuelta hacia el anfitrión, con la mano derecha metida en el bolsillo. Saca su encendedor, tras una ojeada larga y suspicaz, pero en vez de echar mano del tercer cigarro lo acerca a una cortina de terciopelo.

—¡No me arruine, mi *chief*! —alcanza a gemir Gino, con la sonrisa puesta por si otra vez se trata de una broma.

—Un día lo tienes todo en esta vida, al siguiente despiertas encuerado —sentencia el policía, con renovados aires filosóficos, y dispara las flamas contra la cortina, que en un tris ya comienza a chamuscarse. —Y al mundo le da igual, mi querido Tlacuache.

Dicho lo cual, Rovira hace una seña con el cráneo a Mireles y ambos se dan la vuelta camino de la calle, mientras el anfitrión corre hacia el fuego e intenta sofocarlo a cortinazos. Cuando al fin lo consigue, la humareda ha invadido todo el departamento.

—No me lo explico, se apagó de milagro —contará Gino Feelgood un par de horas más tarde, ya repuesto del susto y los estragos, a una vecina amiga y cartomanciana. Y asentirá después, como aldeano asustado, cuando ella le haga ver que a juzgar por el *modus operandi,* tuvo que ser el demonio en persona quien cayó de visita en su *penthouse*.

21. Vínculos insepultos

Noviembre 15. Martes. 4:20 p.m.

¿Tengo cara de arúspice, Ivancito? No me hagas mucho caso. Aprendí esa palabra con mi amigo Ramón, ya lo conoces. Los arúspices eran unos sacerdotes que estudiaban las vísceras de los cadáveres para ver el futuro, ya no me acuerdo si en Roma o en Grecia. Según Ramón Perdomo, entre las menudencias del cadáver se oculta el porvenir del asesino. O sea que en el fondo de esta fosa debe de haber guardados cuarenta años de cárcel, a saber para quién. Porque a mí, con la pena, me da igual. Y si preguntas por *mi* porvenir, pienso que está atorado. Y va a seguir así, mientras no tenga claro quién carajo eras tú.

Me había prometido no volver a venir, pero tú me enseñaste que las promesas son como cheques de hule. Además, no me tienes tan contenta. Fui injusta con Ludmila, ¿sabes? Pero claro que sabes, rata cobarde. ¡Cómo te fastidiaba que hablara yo mal de ella! Aunque tampoco fuiste para morderte un huevo y aceptar que la única mosca muerta eras tú. Yo que te imaginaba vendiendo pulseritas de alambre retorcido, quién te viera tan guapo de gurú farolón, padroteándole el Porsche a la Casilda esa. ¿Nunca te dio vergüenza ser como eras?

Y pues no, no me canso de repelar. Cada día que pasa siento que te conozco un poco menos, ya no sé si tendría que tratarte de usted. Nada más oigo hablar del tal Juan de la Luna, se me hace un agujero en el estómago porque voy a enterarme de otra fregadera. No falla, últimamente. Y has de saber que yo sí me avergüenzo, por boba y por ingenua. ¿Cómo la ves que ayer salí en el periódico? Me llaman *La Chamana*, para que te rías.

No es que te esté juzgando, pero tampoco creas que ya se me olvidaron los rollos santurrones con los que te curabas en salud, mientras andabas traficando coca. Que si la Madre

Tierra, que si el rito sagrado, que si la magia cósmica. Lo que fuera con tal de no llamar al diablo por su nombre. Porque el Nivardo bien que la vendía y ahora resulta que es otro misionero. Ave María Purísima, los Santos Delincuentes. Y antes de que me llames cuadrada o persignada, déjame recordarte que soy policía.

Yo misma me lo creo con trabajos, porque tampoco traigo pistola y uniforme. Imagínate, aparte, lo que dicen de la hija del falsificador que se casó con el narcochamán, ahora que echaste a andar a los chismosos. Cómo estará la cosa que cuando me preguntan mi nombre les doy otro, para que no se enteren de que soy la que ha estado saliendo en las noticias. Tanto trabajo para dejar atrás la famita que me hizo mi papá y ahora vienes tú a corroborarla.

Si vas y le preguntas a Ron, mi jefe, va a decirte que el crimen se aprende en familia. Lo que la gente ve como robo y abuso es costumbre en la casa del bandido. O virtud, por qué no. Si se lo preguntaras a mi papá, se pasaría dos horas explicándote que es un perfeccionista mal reconocido. Como decía mi mami, quiso hacer su carrera, pero la policía no se lo permitió.

Y así hasta la fecha, porque así es él. Necesita probar a toda hora que es más listo que el resto de sus congéneres. Se descuidan (y se los lleva al baile) o se siente un estúpido delante de sí mismo. No se puede aguantar, va a hacer lo que va a hacer aunque lo agarren, y si le sale bien va a jactarse como si fuera gracia. Como cualquier maleante, ¿tú crees que no lo sé? En el juzgado se dan golpes de pecho, y ya luego en confianza se enorgullecen de ser lo que son. Yo sé lo que te digo, soy hija de uno de ellos y nunca lo he escuchado arrepentirse.

Antes lo defendía, ¿no te acuerdas? Pero eso me tocaba, no nada más por él sino por mi mamá. Y por mí, claro. ¿Ves cómo el crimen sí se aprende en familia? Le toca a una encubrir, negar las evidencias, enojarse, chillar, enojarse de vuelta. Burlarse del proceso. Adulterar los hechos. Aprenderse la historia que deja al chapucero en el papel de mártir. Ni el Padre Nuestro ni los Santos Óleos son más sagrados que una mentira de familia.

Y no es que seas mafiosa (mucho menos mi madre, que jamás en la vida se robó un centavo), sino que es tu deber creer en su inocencia igual o más que en Dios. Hasta la ley se pone de tu lado, por eso no te obliga a declarar en contra de tus padres o tus hijos. Porque al final la sangre pesa más que las leyes, pero eso no te libra de inspirar desconfianza acá y allá porque quien te educó es un presidiario.

Sábados y domingos vas a visitarlo sin decírselo a nadie, aunque igual medio mundo ya lo sepa. Y obvio que lo comentan, porque quién va a perderse un chisme tan sabroso. Juegas a pretender que es un error, un atropello, una infamia, como todos los hijos de los presos. Y piensas *no es lo mismo, nosotros somos gente decente*, pero entonces a ver, ¿por qué te escondes cuando vas a la cárcel? ¿Por qué te da vergüenza, en lugar de coraje? ¿Por qué te haces la loca siempre que alguien pregunta por *tu papi*?

Como dicen, no hay humo sin fuego, y me tocó educarme entre la chamusquina. Yo no sabía, claro, pero ese cuento nadie se lo traga. A la gente le gusta creer lo peor, y si luego resulta que eras inocente van a seguir diciendo lo contrario. Porque, claro, acusarte les ayuda a absolverse. Además, los chismosos odian que los desmientas. Ya ves que los escándalos de la página roja siempre topan con público agradecido.

No es que sea pesimista, es que ya lo viví. Mis tíos, por ejemplo, son basura. El que no roba es un estuprador. Por eso la condena de mi papá les cayó como absolución divina. Te lo conté una vez, todavía éramos novios. Dos de ellos no volvieron a saludarnos, con todo y sus familias, y los demás hablaban pestes de nosotros. Ya ves, todo se sabe. Y de nuevo aquí estoy: en la mira de los correveidiles. Aparte de mi jefe, y de sus superiores, y de la Fiscalía, y de los periodistas, sobre todo uno de ellos, el que me pone apodos y jura que fui yo quien te volvió chamán. ¡Yo, carajo! La anti-zen, según tú. Me gustaría haber tenido los ovarios para cortar mis vínculos contigo cuando me lo exigieron en la chamba, pero traía herido el amor propio. Ya sé que suena frío, pero así les llamamos, *vínculos*.

Según yo me hacía bien que me buscaras. Seguía pensando que cualquier día de estos íbamos a volver. Por más que me esforzaba, no le hallaba sentido a tu rollo esotérico; mucho menos tratándose de un tipo que no mucho tiempo antes presumía de ser un *místico del capital*. Perdona que me ría, pero ya ves que eso no lo controlo. Me acuerdo que pensaba: *¿Cómo va a ser que el alma más perdida que conozco se alquile como guía espiritual?* Es como si nombraran a mi papá gerente de la Casa de Moneda.

Nunca me hiciste caso con Nivardo, y tú mejor que yo sabías que ese brujo de pacotilla era un facineroso de película. Ahora que tanto me hablan del *profesor Ciriaco*, tengo que hacer esfuerzos no sé si sobrehumanos o sobrenaturales para no soltar todo lo que sé. Y no es que lo solape, sino que no estoy lista.

¿Quién me va a asegurar que aquel gañán no tuvo algo que ver en lo que te pasó? Ludmila, por ejemplo, le tiene un miedo atroz, y lo conoce bien. Por ahora prefiero que no sepa de mí. Supongo que se acuerda de mi cara, y también de lo mal que lo trataba cuando se aparecía por la casa. Te peleaste con él, ¿verdad? O él se peleó contigo, eso ya se sabrá.

¿Sabes cuál es el peor papel de un policía? El de ingenuo, Ivancito. Y esa soy yo, la ñoña sospechosa. ¿Creerás que hasta mi jefe me ve con recelito? Soy una de las suyas, tendría que defenderme, y antes de eso aceptar que lo que estoy diciendo es la verdad, aunque tú y yo sepamos que es mentira. Y ahí es donde la puerca tuerce el rabo, porque ni muerta me echo para atrás. No sé si todo el mundo, como dice mi jefe, tenga una historia oscura que esconder, pero en tu caso me sobran coartadas. ¿Te acuerdas de la última vez que nos vimos?

No fue debilidad, ni falta de carácter. Si me atreví a confiar una vez más en ti fue para demostrarme que aunque fuera analista de inteligencia, como quien dice desconfiada de oficio, me quedaba un poquito de buena fe. O de amor, si tú quieres, aunque yo no estaría tan segura. Se me antojó creer que habías cambiado, por más que desde lejos se notara que eras el mismo mustio quedabién.

¿Ya ves lo que te digo? Me dio la gana creer lo que me acomodaba. También quería cuidarte, no lo niego. Quería demostrar que nadie iba a sanarte como yo, aunque no hiciera limpias ni adivinara dónde tenías los chakras. Sabía, según esto, quién eras tú en el fondo, qué querías realmente, qué te hacía más falta. ¿Ves cómo era de boba? ¿Tú crees que haya cambiado, de entonces para acá? ¿Qué tan ingenua soy si vengo a platicar con un muertito?

Es un lujo ser cándida. Lo paga una con gusto, finalmente. Mejor eso que vivir amargada y haciéndola de tos. No te creas, a veces te recuerdo bonito. O te sueño y despierto no sé si muy contenta o muy desconsolada, como cuando era niña y me pasaba un gran fin de semana y llegaba la noche del domingo. ¿Debía estar contenta por lo que pasó, o afligida porque ya había pasado? ¿Hago bien reviviendo nuestros días más lindos, cuando me hacías reír a cada rato y me decías Ratita y me hacías caritas de roedor? A lo mejor por eso te sigo reclamando, es también una forma de mantener a raya la nostalgia. ¿Te acuerdas del regalo que me diste, el día que cumplí veinticinco años? Raffaello de coco, mis favoritos. Nueve mil ciento treinta chocolates, uno por cada día de mi vida. Y en medio tu carita de niño travieso. ¿Ves por qué ya no sé si reír o llorar?

Ahora que me enteré de tus andanzas con la señora dueña de la academia mágica, me dio por revisar tus huellas de esos tiempos en la memoria de mi computadora. Nada, ni un mensajito. Pasaste más de un año sin buscarme y yo nunca te vi manejando el carrazo que me cuentan. ¿Te me habrás escondido, mientras te iba tan bien, o salió muy fogosa la señora? El punto es que lograste salir de pobre, y si volviste a caerte fue por cínico.

¿Te cuento qué consejo me dio Ramón Perdomo cuando quise explicarle lo feliz que te hacía ser rico y manirroto? "Mira, Dunia", me dijo, "un adicto al derroche no puede ser un místico del capital. El dinero se esconde de quien no lo respeta". Y pensé en mi papá, que es de tu mismo club. Carajo, Dios los hace y a mí se me emparentan.

De pronto se me ocurre que a lo mejor hago esto por la misma razón que das tragos de leche, para que no se atore el pan en las amígdalas. Pa' que no se me suba la bilis al buche, como decía mi mami (que tenía otra joya de marido). Necesito acabar de digerir todo lo que he sabido que hacía aquel *Juanito* al que nomás no logro imaginarme con tu cara de junior devaluado. *Sorry*, pero tú y yo tenemos claro que ese gurú de a peso era un fantoche relleno de nada. Si ya desde antes sonabas a hueco, el personaje que te fuiste a inventar parece más botarga que gurú. No digo que yo sola pretendiera llenarte, ¿pero por qué Nivardo y su prima pirada? Ya sé que estoy fuera de la razón, quién me mandó creer que tenías alma.

Nunca te la encontré, con tu perdón. Era como picar piedra volcánica. Luego *viste la luz*, te hiciste místico y me dejaste a mí como la desalmada de la historia. La horrenda trepadora de la que hablaban mierda Sammy, Waldo y Manrique, y no dudo que ya hayan hablado con la prensa porque puras calumnias me han estado colgando últimamente. Tus amiguitos "de antes", como dice Ludmila que decías. Y hablando de Ludmila, le debo un par de chismes sobre ti. Tenías razón, es muy buena persona. Todavía te quiere, la inocente. Cualquier día de estos tendría que volver a visitarla, para que se revuelque el alma que te falta. Y ni modo, no puedes evitarlo, ni prohibirme que venga a reclamarte, ni descansar en paz, si yo no quiero. ¿Ya ves lo que te pasa por ser de *antes*?

22. Control de daños

Noviembre 15. Martes. 5:27 p.m.

Vistos desde la calle, los dominios de la familia Quiroz semejan menos casa que casino. Ubicada en la esquina de las calles de Getsemaní y Cafarnaúm, en el extremo norte de Ladera Sur, fue la primera construcción terminada del fraccionamiento, cuando este aún no tenía luz ni pavimento. Conforme va cruzando estancias, escaleras, salas y pasillos, el nunca humilde Samuel Baños Legarreta observa de reojo las desmesuras en la decoración. Encoge la nariz, alza las cejas, pela los dientes en defensa propia, tose para ocultar la risa que le provoca un par de reflexiones. Como una vez se atrevió a comentar —él, siempre tan discreto y contenido— al oído de su mutuo amigo el Gummi, "en casa de Manrique hasta el destapacaños es de Lladró".

Hace ya tres semanas que lo tumbó el caballo y Manrique Quiroz sigue enyesado. Desde entonces recibe a sus visitas en la dudosa holgura de su alcoba. Porque lo cierto es que no está a sus anchas, especialmente cuando ha de ir al baño. Diseñada como una suerte de oasis, la recámara incluye varios cactos auténticos, espejos por doquier y la cama ovalada en medio de un estanque con complejo de alberca —tendrá quizá cincuenta centímetros de fondo—, de manera que no es posible llegar hasta el colchón sin mojarse de pies a pantorrillas en el agua templada que lo rodea. Hay, por supuesto, toallas en abundancia, pero si el enyesado quiere dejar la cama tendrá que hacer piruetas para conservar seca la escayola. Y ahí es donde Manrique Quiroz Bahena —cuarentón avanzado, rechoncho, mofletudo, mirada cazadora, risa estruendosa y un gesto recurrente de hastío existencial— choca contra los límites de la elegancia.

—¡Pobrecito de Manriquititito! —hace un puchero a su propia salud el enyesado y enseguida celebra su ocurrencia con una risotada más que aparatosa. Se diría que no soporta la ultrajante idea de no ser siempre el centro del universo.

—¿Ya ves, *my dear fellow*? —menea la cabeza el invitado, con un gesto exultante que aspira a ser campeón de la cordialidad. —Eso te pasa por vivir en tu isla.

—Humildemente, claro, con mármol de Carrara —se acomoda el del yeso en el centro de su ínsula acolchonada, donde un monte de almohadas y cojines le devuelve su aplomo de pachá. —¿Quieres que te diga algo, mi Sammy? Se acabó mi romance con los caballitos. De aquí para adelante me voy a resignar a vivir como un proletario golfista.

—¡Hombre! —celebra el otro, sofocando la risa más o menos en vano. —¿Y a poco ahora sí ya me vas a dar batalla?

Hará una media hora que Samuel Baños —sonrisa jactanciosa, dentadura perfecta, huellas viejas de acné, quijada algo salida, peinado hacia atrás, traje Zegna de seda, maneras pueblerinas, amabilidad pródiga y artificiosa— se dejó caer sobre el futón que visita a visita lo recibe como un vientre materno. "¡Véndemelo!", le ruega cada vez, como un *gag* recurrente que de rigor los hace chacotear. Y ahora que el cachalote ha salido del agua, tal vez sea buena hora para entrar en materia.

—Por cierto, ya que llevas tanto tiempo en la cama —toma aire, carraspea, aclara la garganta Samuel Baños. —No te han venido a molestar del Ministerio Público, ¿verdad? Por lo de Iván Dupont.

—¿La policía, dices? Toco madera, cabrón.

—Conmigo no han venido, yo creo que por el nombre de mi familia —se jacta *casualmente* el convidado. —Pero ya ves que al Gummi le cayeron de a dos. De pura suerte llegó mi tío Álvaro.

—Vinieron a buscarme de un par de periódicos y mandé a su chingada madre a recibirlos. Suficiente tuvimos con darle su tributo al chantajista ese de *La Cicuta*.

—*La Picota*.

—Da igual —gruñe Manrique, de pronto atribulado. —Me dice el Gummi que los detectives no tardan en caerme, nomás que a esos tampoco pienso recibirlos. Y si siguen jodiendo, me consigo un amparo y al carajo.

—¿Pero qué no mi tío les leyó la cartilla a esos chalanes? —planta Samuel la mueca de fastidio propia de un hacendado desobedecido.

—Yo supongo que sí, pero anda muy nervioso el pobre Gumersindo, y ya ves que los nervios son pegajosos. Más todavía si eres Manrique Quiroz y te tiró el caballo y no puedes bajar ni a la cocina y padeces ataques de ocio paranoico. ¡No encuentro paz, mi hermano! ¿No nos habrá caído la pinche maldición de Iván Dupont?

—Según me dijo el tío Álvaro —elude el visitante la deriva esotérica, —los agentes ya están perfectamente al tanto de todas las trastadas que nos hizo el Morris. ¿Hablaste de ese tema con el Gummi?

—No quise preguntarle en el teléfono.

—Bien hecho, *Riquemán*. No porque seamos todos inocentes vamos a dar lugar a que nos hagan olas. Al contrario, nos toca nadar de muertito. Yo, por lo pronto, llevo cuatro días encerrado con los contadores. Tenemos que cubrirnos antes de que nos vengan a acalambrar.

—Tranquilo, *Sam the Man*. Acuérdate que son asalariados. ¿Tú crees que no se huelen con quién se están metiendo?

—No me preocupan ellos, sino la gente con quien van a hablar.

—¿Qué gente, por ejemplo? Como no sea el pinche presidente de la República…

—La ex esposa de Iván, ya ves que no nos quiere. Me contaron que ha estado trabajando para la policía.

—¿La *Dunicienta*? —ríe enfáticamente el enyesado. —No estás hablando en serio, ¿verdad, mi Samuelito? ¿Tú sabes cuántas fieras quieren probar la sangre de Manrique Quiroz? ¿Crees que vas a espantarme con una puta rata de alcantarilla? ¿Y qué, dirige el tránsito la vieja o está parada en la puerta de un banco?

—Lo que yo sé es que puede hacernos ruido, y no me extrañaría que se lo propusiera. En una de estas va a querer un billete.

—Pues… yo sugeriría que vaya y se lo pida a su papá, ya ves que manejaba puro billete grande.

—¡Auch! ¡Ahora sí te pasaste, mi querido amigo! —ríe Samuel por un par de segundos.

—O que lave unos coches, mientras dirige el tráfico, pa' que vaya juntando. Es en serio, Sammy. De mí no va a sacar esa pendeja ni para los camiones de regreso a su casa. Nomás que yo me entere que nos metió en un chisme y en media hora se queda sin chamba.

—¿Y no sería más práctico que de una vez la fuéramos renunciando? —especula el de las maneras refinadas, a medias distraído por dos alertas súbitas en la pantalla del reloj de pulso, relativas a su ritmo cardiaco. —Será una pobre rata, no lo dudo, pero se me hace que es de las rabiosas. Ahorita está en la lona, por el periodicazo que le puso nuestro amigo Alamilla. ¿No crees que es buen momento para echarla a la calle, antes de que se vuelva a levantar?

—¿Por qué no lo comentas con tu tío? Me cuentan que es muy compa del procurador. ¿Cómo se apellidaba la changuita esa?

—Montoro, ¿no te acuerdas? Como el papá.

—¡A huevo, era Montoro! Renato, se llamaba el personaje, ¿no? ¿Y el segundo apellido de la hija?

—Dame de aquí a mañana y te lo averiguo. Creo que era catalán, o no sé si francés…

—¡Ah, qué la *verge*! —se rasca la barriga el risueño Quiroz. —Salió con pedigrí la *baronesse*. ¿Sabes qué, *Sam the Man*? Con nombre y apellido es más que suficiente, ni modo que haya cien duniamontoros. Lo que sí hay que saber es la corporación, o el batallón, o bueno, lo que sea, el leonero del que hay que despedirla.

—No la va a ver venir, te lo aseguro —se pavonea Samuel, saboreando la idea. —Y tampoco va a olerse de dónde vino el golpe.

—"¿Por qué a mí, Virgencita?", va a chillar la pendeja —se recrea Manrique, por su parte.

—Eso se puede hacer de hoy a mañana —remata el otro, en tono ejecutivo. —¿Quieres que de una vez vaya tomando cartas en el asunto?

—Suena bien, me parece… —aprueba el gordo, no sin titubeos. —La otra es que el Gumersindo me contó un chisme. Dice que algo tuvo que ver la Dunicienta en la muerte del Morris, y que la Fiscalía anda tras ella. Si eso es verdad, se va a eliminar sola. Y si no, me da igual. ¿Qué va a decir? ¿Qué sabe? ¿Qué le consta de ti, de mí o del Gummi?

—Yo no sé qué le conste ni qué diga, pero si se quedó con papeles de Iván, y si Iván le contó cómo se manejaron los terrenos, puede darnos un susto bastante fuerte. Di que no entiendo nada y que soy un miedoso, pero me está pegando el aire por ahí.

—¿Y yo qué quieres que haga? ¿Matarla y enterrarla en mi jardín?

—No sería mala idea, Riquemán —bromea, reflexiona, suspira Samuel Baños en lo hondo del futón y alza una mano en tono admonitorio. —Lo que yo digo es que hay que organizarnos. Poner en orden cantidad de cosas. Contratos, libros, escrituras, facturas.

—Opino, Samuelito, que tres jodidas olas no hacen un tsunami, pero si quieres vamos a pensarlo. ¿Qué sugieres, papito, por dónde empezaríamos?

—Según yo, Riquemán, por el mismo lugar que elegirían, no sé… Los fiscales de Hacienda, por ejemplo.

—¿Por una auditoría, estás diciendo?

—Pues sí, sería lo ideal. Nos les adelantamos, por si se les ocurre.

—¿*Nos les adelantamos?* ¿Pero de quiénes me hablas, *Sammy Boy*? ¿Voces en tu cerebro o qué chingados? Ya estás más paranoico que yo, cabrón.

—No sé de quiénes hablo, ese es el quid. Cualquiera que se asome es un peligro. Policías, periodistas, coyotes, abogados, familiares de Iván. Y no vas a enterrarlos en tu jardín.

—¡Ah, qué mi Samuelillo! —celebra con aplausos el gordo Quiroz. —Estás dando el viejazo a los cuarenta y tres. ¿No te han dicho que ya a tu pinche edad ni quién quiera tu culo, papacito? A ver, Sammy, ¿tú tienes una idea de lo que costaría ese desmadre? ¿Por qué no le preguntas a tu tío en cuánto saldría el puro papeleo, así nomás, a ojo de buen cubero?

—Pues sí, pero es mejor estar cubiertos que a la buena de Dios, mi hermano.

—Sólo que a mí no es Dios el que me cubre…

—Ya sé, tus amiguitos.

—Amiguitos, la verga, señor. Amigazos, aunque tengas que abrir más el hocico.

—¿Qué pasó, abogado Quiroz? —suelta una risa mustia el cuarentón menor. —¿Dónde aprendió esos modos de mecapalero?

—Mira, Sammy, la fe es una cuestión de primera importancia. Muchos de mis mejores amigos creen en Dios. Yo no. Yo creo en ellos, y no vas a pedirme que los mire chiquitos, porque nunca verás a Manrique Quiroz arrimarse a un jodido árbol de camellón. Mis amigos son fuertes y cabrones, por eso estoy tan fuerte y tan cabrón. Soy secoya, no árbol de Navidad. Y a mí esa policía, la Montoro, ni en sus jodidos sueños me va a rozar la punta del zapato.

—¿Te importa si contrato a un auditor, pa' mis puros negocios?

—¿Sabes qué, Samuelito? Me prestan unos *bungalows* en Barbados. ¿Cómo ves si nos vamos unos días, nada más que me pueda yo mover? Le decimos al Gummi y a su vieja y nos lanzamos todos a la playita. La Gira del Destraume, ¿cómo ves?

—Y de una vez llevamos a los periodistas, para que ya no tengan que buscarnos…

—Como quien dice, no confías en mí. Ya decidiste que Manrique Quiroz es puro choro. O a lo mejor no crees que soy tu amigo.

—No mames, Riquemán —se impacienta Samuel, como un adulto delante de un niño. —Sólo quiero que estemos más tranquilos. ¿No acabas de decirme que ando paranoico? Déjame que me aplique mi terapia.

—Si te alivia el chincual, por mí no te detengas. Yo tengo la conciencia muy tranquila.

—Eso es precisamente lo que a mí me interesa conservar. Tengo esposa, tres niños, un hermano bohemio y un padre apostador. *I can't afford more trouble, pal!*

—Bueno, ¿y Barbados qué? ¿También ahí vas a quedarme mal?

—Estamos muy gastados, y ya te digo que no es buena idea. Mientras se apaga el fuego, preferiría pasar por hijo de vecino. Y antes de eso me encargo de la vieja, ¿va?

—¡Aquí la tengo, Sammy! —enarbola Manrique la pantalla del teléfono celular, con el logo de Google hasta arriba. —Se llama Dunia Montoro Bertrán, trabaja de analista de inteligencia. Eso es todo lo que hay. ¿Crees tú que alcance?

—¡A la calle, Montoro, con silbato y garrote! —truena Sammy los dedos de ambas manos, cierra un ojo, endereza los índices y echa atrás la cabeza, como si algún negocio cerrara con San Pedro.

23. Senda de santidad

Noviembre 15. Martes. 7:30 p.m.

—¡Ah, caramba, qué alivio! —aspira hondo Rigoberto Rovira y acto seguido exhala aparatosamente. —Por lo menos aquí no hay tufo de pachuli. ¿Cómo la hueles, Mireles?

Entretenida en guiar sus pasos a la sala, Ludmila Zamora pretende que no ha oído el comentario. O que no lo entendió, o que le da lo mismo. Afortunadamente está en sus cinco y hace ya media hora que encendió un par de velas con aroma a *blueberry delight*. Ayer mismo pasó la tarde preguntándose si la facha de Dunia Montoro es menos o más seria que la suya. Frente a los policías, es decir. O frente a los periódicos, si por desgracia fuese necesario.

Previendo la visita imprevisible, se ha puesto un traje sastre que era de su mamá. Por una vez le da tranquilidad que puedan confundirla con señora. A juzgar por su cercanía con el difunto, más le vale poner de manifiesto que la jipi no es ella. En caso de lograrlo, cabría suponer que al difunto Dupont le gustaban las chicas modositas. La clase de mujeres que en teoría redimen al vicioso, pero nunca lo siguen hasta el purgatorio.

Tanto que había temido este momento y ahora, en vez de pavor, experimenta aquello que Juan de la Luna llamaba —así en inglés, delatando su entraña de *playboy* despeñado— *Peace of Mind*. Lo peor que puede pasar, se dijo hace unas horas, en la tina, no es que vengan y le hagan mil preguntas, sino que se den cuenta de que tiembla de miedo.

—Qué bueno que vinieron —celebra la anfitriona con los brazos afablemente abiertos, mientras los visitantes se acomodan en sendos sillones de la sala. —Ya estaba yo pensando en ir a hablar con alguien de la policía, qué tal que se me borran los detalles. Porque así es la memoria, ¿no?, cree una que recuerda esta o aquella cosa, y entre más tiempo pasa menos segura está.

—Está usted muy nerviosa, Ludmila, tranquilícese —corta Rovira el flujo de la cháchara, mientras prende su encendedor-soplete y lo acerca al cigarro que ya tiene en la boca. —No venimos a hacerle un examen, más bien necesitamos que nos eche una mano. ¿Se puede o no se puede?

—Claro que sí, señor inspector —cierra fuerte los párpados la serena improbable, levanta la cabeza, la sacude y los abre de vuelta, como una máquina que se reinicia.

—Dígame, señorita Zamora, ¿qué relación tenía, o llegó a tener, con el señor Iván Mauricio Dupont Luna?

—Fue mi maestro, primero, luego mi guía y al final mi pareja.

—¿Siguieron siendo novios, hasta su muerte?

—Perdón, no me expliqué. Quería decir que nunca pasamos de ahí. Ni siquiera tuvimos planes de casarnos. Antes de eso se fue, para tranquilidad de mis papás.

—¿Viven aquí sus padres?

—Vivían. Ya murieron. Tengo una hermana, más grande que yo. Vive fuera de México, desde que se casó, así que estoy yo sola en esta casa. Tampoco a ella le caía bien Juan. Lo vio unas cuantas veces y lo odiaba a distancia. Por eso no he querido que lo hablemos, preferiría que no supiera nada.

—¿Y usted qué tal? ¿También lo quería muerto?

—Ninguno de nosotros quiso nunca algo así. ¿Usted sí quiere muertas a todas los personas que no le simpatizan?

—A todas no, Ludmila, pero a algunas tal vez. Me chocaría ver vivo, por ejemplo, a un gandul vividor que se aprovecha de mi hermana y mis padres. Qué le digo, me pasaría las noches inventando torturas para algún día aplicárselas con toda calma.

—¿Creerá que mis papás le perdieron la tirria en cuanto se esfumó? Era muy amigable, yo diría muy noble. Tenía muchos detalles y atenciones con ellos, más que conmigo, aunque igual yo tampoco podía terminar de maldecirlo. O sea sí empezaba, decía "ojalá te mueras, hijo de tal por cual", pero en un rato se me iba el coraje y decía "pobrecito, él ya es así". O sea quién soy yo para cambiarlo, ¿no? Nadie lo iba a cambiar, por eso lo mejor que podía pasar era que un día se fuera como llegó.

—¿Ah, sí? ¿Y cómo llegó?

—Pues no sé, siendo atento, simpático, cariñoso, seductor por supuesto, y al mismo tiempo hueco, chantajista, voluble, corajudo, posesivo. Indiferente a todo, en realidad. Yo nunca fui vidente ni gurú ni nada parecido, y ya sabía que Juan iba en picada. Era cosa de tiempo que se diera un golpazo contra el suelo.

—Que fue lo que pasó —comenta Rigo, con una risotada que dura demasiado.

—No quise hacer un chiste, inspector. Lo que me duele más es que de pronto pienso que yo pude salvarlo, pero igual no es verdad. Podía haberme ido con él al agujero, y de todas maneras se habría hundido. Como que la lealtad no era su fuerte. Tampoco él se las daba de que lo fuera, ¿no?

—¿Faltaba a sus promesas?

—No prometía nada, esa era su estrategia. Dejaba que una sola se hiciera la película, para que también sola se desengañara y él se largara con las manos limpias. O sea como príncipe. ¿Quiere reírse, inspector? No niego que se fue y una parte de mí volvió a vivir, pero esa misma parte, y todas las demás, no se resignan a perder al príncipe.

—Perdón, ¿no se resignan o no se resignaban? —puntualiza Mireles, mirando hacia su jefe.

—Para mí no está muerto, eso es lo peor. Lo pienso día y noche, desde hace una semana, y no me hago a la idea de que Juan ya no existe. No logro conformarme. No lo acepto.

—Pero usted era su discípula, Ludmila —se extraña el inspector, un tanto sobreactuado. —¿No le enseñó el difunto cómo lidiar con las malas noticias? ¿Nunca le dio ayahuasca, por decir algo?

—No les voy a mentir, me dio esa y otras cosas. Según él sólo así iba yo a asimilar ciertos conocimientos. Lo seguí en varias de sus experiencias, no porque lo quisiera (que sí lo quería, pues), sino porque le tenía mucha admiración.

—¿Se la tenía y luego se la perdió? —se esfuerza en comprender el oficial Mireles.

—Se la tenía, sí. Y ya después no tanto, o mucho menos. Yo entonces veía a Juan como un prodigio vivo. Después de ser tan frívolo y de vivir entre tanto dinero, se había transformado en un hombre sabio. Pónganse en mi lugar, tenía yo dieciocho, diecinueve años. Mis papás insistían en que Juan era un pandroso bueno para nada, y yo me lo tomé muy personal. ¿Ah, sí, me desafían? Pues voy a demostrarles que están equivocados. Con tal de comprobarlo, no sé cómo ni cuándo terminé convertida en su mamá. Y claro, mis papás en sus abuelos, aunque no lo tragaran.

—Así se le agotó la admiración… —contribuye Rovira, no sin mordacidad.

—Les digo que no sé cómo pasó. Me fui sintiendo responsable por él, tanto que sus errores los cargaba a mi cuenta yo solita. Si me mentía, si me ignoraba, si me ponía los cuernos, si volvía a faltar a su palabra, tenía que ser todo culpa mía. Así también yo sola me pedía perdón y me daba una nueva oportunidad. Se la daba a él, claro, pero es que él no sabía disculparse.

—¿Peleaban muy seguido?

—Casi nunca. A Juan le hacía sombra la realidad. Era muy mariguano, vivía en su burbuja. Cualquier pequeño esfuerzo le parecía una hazaña inconcebible.

—¿Qué es ser muy mariguano, según usted?

—Fumar a toda hora, con o sin pretexto. Antes del desayuno, y durante, y después, y cada cuarto de hora hasta la madrugada. Despertar cinco veces en la noche nada más para darse otro pipazo. Tener miedo de salir a la calle sin haberse puesto antes hasta las orejas, o sin llevarse la pipa con él.

—Y usted fumaba así, para seguirle el paso.

—Me daba tentación, no le digo que no. Pero me la aguantaba, por lo menos hasta después de la comida. Era hija de familia, tenía que ir a la universidad, me dejaban tareas y ni modo de hacerlas en ese estado. No podía darme el lujo de vivir como Juan.

—¿Sus papás qué decían? ¿Lo veían drogarse? ¿No apestaba la casa?

—Lo hacía a escondiditas, según esto, sólo que hasta su ropa olía a mariguana. Ellos se daban cuenta, ni modo de que no, pero tenían miedo de que me encaprichara y me les fuera. Ya le digo que yo también fumaba, sólo que me iba al parque, o a la azotea, o al baño de servicio, y me llevaba un frasco de astringosol.

—¿Lo acompañaba usted al Shakti Kali?

—Sí, por supuesto, allí nos conocimos.

—Hábleme de la dueña. Tengo entendido que ella le quitó a usted el novio.

—¿Doña Casilda Pérez y Pérez? —planta Ludmila una mueca sarcástica y deja ir un amago de hilaridad. —Le diría que es una vieja bruja, o mejor dicho una bruja vieja, pero no estoy segura de que siquiera eso se lo merezca. No es que sea una hechicera, ni nada parecido, lo que pasa es que tiene dinero. Pero fue gracias a ella que pude darme cuenta de que el maestro Juan de la Luna seguía siendo el señorito Iván Dupont. Yo no diría que me quitó el novio, en todo caso se compró un paje.

—¿Un paje o un bufón? —frunce el ceño Mireles intempestivamente.

—¿Cómo iba yo a saber? —se encoge de hombros la interrogada. —Me dio pena por él. Llegué a creer, nada más porque quise, que Juan era un poquito como yo, porque eso es lo que piensan quienes hablan con él. Hablaban, perdón. Y eso debió de creer la señora Casilda, puede que hasta se hubiera enamorado de él. Mi mamá me decía que debía yo vivirle agradecida por haberme quitado ese lastre de encima. Y pues sí, yo en el fondo se lo agradezco.

—¿Cuándo fue la última vez que habló usted con él? Porque él siguió llamándole, ¿no es cierto?

—Al principio no quería contestarle. Un día me agarró con las defensas bajas y de alguna manera acepté ser su amiga. Últimamente me pedía prestado y yo me hacía la loca. "Déjame que me paguen un dinero", le decía, no porque me lo fueran a pagar sino por puro orgullo. Ni modo de dejarlo que pensara que no tenía en qué caerme muerta. Que es la verdad, aparte. Pero hablábamos bien. La última vez fue hace pocas semanas. No le niego que me puso de buenas.

—¿Seguía usted enamorada de él o quería otra probadita de ayahuasca?

—Me sentía responsable, como ya le expliqué. Quería ahorrarle el precio de sus idioteces.

—¿O sea las consecuencias de sus actos?

—¿Cuáles actos? Más bien las consecuencias de todo lo que nunca le dio la gana hacer.

—¿Tanto así lo quería? ¿Se dejó usar por ese vividor, perdonó sus traiciones, aguantó su abandono y lo ayudó a largarse sin pagar? Persígnate, Mireles. Estás ante una santa.

—Mejor dígame lo que está pensando. Soy una tonta, ¿no? ¿Cuándo ha visto a una santa inteligente?

—La semana pasada estuvimos con una, y ella tampoco es tonta, ni fea. ¿Verdad, Mireles? Igual que usted, se siente traicionada y estafada, pero se cree más viva que nosotros. ¿Le suena el nombre *Dunia Montoro*?

—No he dicho que me sienta traicionada, y estafada tampoco.

—Repito: Du-nia Mon-to-ro. No se me ande saliendo por la tangente.

—La ex esposa de Juan. ¿Qué quiere que le diga? Le tenía coraje, pero se me quitó la semana pasada. ¿Sabe que vino a verme? Quería hacer las paces y no supe negarme. Puede que me picara la curiosidad.

—¿Qué no fue usted quien le robó el galán?

—No así como usted dice. Al principio pensé que venía a golpearme. ¿Y qué le iba a explicar? ¿Que en ese tiempo era una escuincla boba y no me daba cuenta de lo que hacía? Pero era así, yo no moví ni un dedo. Yo no me robé a nadie. Juan me trepó en su nube, me envolvió. Juraba por su madre que estaba harto de Dunia, que no la había dejado porque le daba miedo que se le suicidara, porque era esquizofrénica y no sé cuántas cosas.

—¿Y usted se lo creía?

—A él le creía, a ella no. Todo al revés, ¿verdad? Yo le decía "ay, Juanito, cómo serás de cándido. ¿No ves que esa señora te está chantajeando?". No dudo que lo mismo le dijera a Casilda de mí cuando vio que era hora de botarme. ¿Sabe qué fue lo bueno de platicar con Dunia? Que juntas le caímos en las mismas mentiras. Después de años de odiarnos a lo tonto, descubrimos que estábamos en situaciones de lo más parecidas. Éramos enemigas porque a él le convenía mantenernos así, no porque fuera yo una rompehogares. Supongo que en el fondo lo sabíamos, sólo había que saltarnos al intermediario.

—Entonces sí le guardan sus rencores. ¿No será que brindaron por su oportuna muerte?

—Una mujer no brinda por lo que le hace falta. Hace bien desquitarse, nada más por un rato, pero yo estoy segura de que al siguiente día no fui la única que despertó llorando. Por mucho que nos riéramos, y hasta lo maldijéramos, ni ella ni yo pudimos ocultar la tristeza, o no sé, la ternura, el cariño por aquel desgraciado. Perdonen que me ría, pero yo misma no sé qué sentir. Sueño todas las noches con Juanito. Le digo "no te vayas, no te mueras", y lo veo alejarse y no puedo evitarlo, ni siquiera moverme de donde estoy, así como una planta en su maceta… Perdón —tartamudea Ludmila, se interrumpe y acaba por llorar desconsoladamente.

—No vine a preguntarle por sus sueños —arremete Rovira, inconmovible, contra la zona blanda de la interrogada. —Eso puede contárselo a su amiguita Dunia, bajo su cuenta y riesgo porque otra en lugar suyo lo pensaría dos veces antes de involucrarse con una sospechosa que va a acabar por meterla en problemas.

—¿Dunia Montoro? —abre los ojos y se enjuga las lágrimas Ludmila. —¿Sospechosa de qué?

—Homicidio calificado, nada más, nada menos. ¿Cómo sé, por ejemplo, que no está usted diciéndonos lo que ella le pidió que nos dijera? ¿Quién me asegura que no estaban de acuerdo desde el mero principio?

—¿Estaríamos de acuerdo como para qué?

—Eso es lo que me pagan por averiguar. Tengo muy mal oído, pero muy buenos ojos. Por eso creo más en lo que veo que en lo que me platican. Pero sordo no estoy, así que dígame, ¿qué tanto le contó su amiga de nosotros?

—¿De ustedes? Por favor, inspector, hasta hace rato ni me imaginaba que existieran usted y su ayudante.

—Oficial, a sus órdenes —responde el aludido, con toda propiedad.

—Entonces Dunia ni nos mencionó —junta las manos Rigo, en pose angelical. —¿Y Mireles y yo nos chupamos el dedo o se nos cae la baba?

—No sé, eso es cosa suya —mira hacia el techo la dueña de casa y hace chasquear los labios, fastidiada.

—Voy a darte un consejo, monjita tibetana, para que te me eduques. No quieras convencernos de que eres tú más lista que nosotros, como tu amiga Dunia que ya tiene un pie dentro del reclusorio. Créeme que te conviene que Mireles y yo te demos por pendeja. Ahora, bombón, te explico que hay dos tipos de pendeja: la que ya sabe que no sabe mentir, y se resigna a decir la verdad; y la que está segura de que con su belleza le va a ver a uno la cara de imbécil. Yo, por mi profesión, las distingo al instante. ¿Quieres que te confiese lo que ya estoy pensando o prefieres sacarme de mi error? Te voy a dar otra oportunidad. ¿Qué te dijo Montoro de nosotros?

—No me consta que hablara de ustedes, inspector. Me contó que estuvo en la Procuraduría y que unos policías querían incriminarla, pero no habló de alguno en especial, ni aclaró cuántos eran.

—¿Eso te dijo Dunia? —frunce el ceño Rovira y adelgaza la voz para mofarse a costa de la analista ausente: —"¡Ay, amiga, me quieren meter presa! ¡No me pueden tocar porque soy influyente! ¡Me pagan más a mí que a esos dos muertos de hambre!".

—Nada de eso, señor. Estaba en *shock*, cuando la interrogaron. ¿Fue usted el que le dio la noticia de Iván?

—No sé si fui el primero. Pero sí, se la di.

—Entonces ya me entienden de lo que hablo. No recordaba qué le preguntaron, y ni siquiera qué les respondió. De lo que sí se acuerda es de que fueron crueles, o sea muy agresivos, cuando ella en realidad era la víctima. La vi muy triste, pero no asustada, si eso es lo que me está usted preguntando. Ya que es un hombre con tanta experiencia, no ha de ser muy difícil para usted diferenciar entre culpa y tristeza.

—Te escucho muy nerviosa, muy a la defensiva. Perdona la pregunta, licenciada. ¿Estudiaste Derecho o Psicología?

—Sociología, pero no terminé. No he terminado, pues. ¿Por qué o qué?

—¿Qué le debes a Dunia, que tanto la defiendes? Ya me imagino, vas a llamarle en chinga ahora que nos vayamos. ¿Quieres que crea que te arde la conciencia, tantos años después de quitarle el marido?

—No sé qué es lo que crea usted, señor. Veo que no es experto en relaciones públicas, pero tampoco tiene cara de cura. Y mi conciencia, con todo respeto, no es problema suyo.

—¿Qué nos dices del profesor Ciriaco? Lo conoces, ¿verdad?

—Sé quién es. He cruzado unas cuantas palabras con él. Mentiría si le dijera que se me hace simpático. Al contrario, es siniestro. Por eso siempre lo traté de lejitos.

—¿Y su prima Tamara tampoco te cae bien?

—Pues no, no me cae bien, pero no por siniestra sino por puta. Con perdón, inspector, pero usted me pidió que no mintiera.

—Tenías celos de Tamara Guedea…

—De ella no, de Juan. Era muy mujeriego, y la Tamara a nadie se le negaba. Yo sé de buena fuente que se andaba acostando con su primo, y no sé cuántos otros pero pocos no eran. Ya hasta pensaba yo que era cuestión de tiempo que me pegaran una enfermedad.

—¿Sabe *de buena fuente*? Nombres, si es tan gentil.

—Lo decía medio mundo en el Shakti Kali. Yo fui una de las últimas en enterarse, y por supuesto que él me lo negó. "Cómo crees", me decía, "si son primos hermanos". Se le veían los celos, que eran muy parecidos a los míos porque a él lo estaban engañando igual.

—¿Había problemas entre Juan y Nivardo Ciriaco?

—Acabaron muy mal. Cuando Juan me dejó todavía se llevaban. Daban sesiones juntos, yo pensaba que eran inseparables.

—¿No pensabas lo mismo de su noviazgo?

—Me equivoqué dos veces, pero es que así era Juan. Después, como le digo, nos hicimos amigos. Ya entonces me contaba que estaba harto, que no confiaba ni tantito en Ciriaco. Que era un ladrón y no sé cuántas cosas.

—¿Llegaron a pelearse abiertamente?

—Se pelearon muy fuerte, según sé. A golpes, me parece. Amenazas y todo. Pero él no me contó, ni yo quise saberlo. Tenía miedo, ¿me entienden?

—¿Miedo de qué? ¿Por qué?

—A Ciriaco no le *tenía* miedo, se lo sigo teniendo. Me prometí que no iba yo a hablar de esto, pero usted insistió y ahora tengo más miedo. No sé de qué sea capaz Ciriaco, pero según Juanito es gente peligrosa. Ya vine con el chisme, encima de eso. ¿Cómo sé que no van a echarme de cabeza?

—¿Sabes cómo? Adelántateles. Cuéntanos lo que sabes de Nivardo Ciriaco y de Dunia Montoro, para que la que ruede no sea tu cabecita. Piénsalo bien, Ludmila. Si no les debes nada, si no te saben algo, ¿para qué tienes que seguir protegiéndolos? ¿Qué? ¿Te metieron miedo? Convéncete, chiquita, de que aquí el oficial Mireles y yo te la vamos a hacer mucho más de jamón —se relame Rovira el labio superior, acto seguido se remuerde el de abajo. —Y no es palabrería, mamacita, nos encanta cumplir. Quien no cumple, no come, y yo soy re tragón, así como me ves. No se diga el goloso del amigo Mireles.

—No me acose, inspector —se acoraza Ludmila, con los brazos cruzados y las palmas pescadas de los hombros. —Yo ya les dije todo lo que sé.

—¿Qué les pasó a tus padres? ¿Cuándo murieron?

—Hace año y medio. Iban de Matehuala a Monterrey, se estrellaron de frente contra un camión de doble remolque.

—¿Y Dupont te dio el pésame?

—Se apareció a la entrada del panteón, pero yo lo corrí, nada más por respeto a mis papás. Ninguno de los dos se merecía verme en su sepelio abrazando al que nunca quisieron para yerno. Me habían hecho jurarles que iba a alejarme de él, no podía hacerles eso, ¿me comprende?

—¿Y a sus espaldas nunca te viste con él?

—Tomábamos café, de cuando en cuando.

—Sin que nadie supiera…

—No era más que una cita sin importancia. ¿A quién iba a afectarle que me viera un ratito con un amigo? Nunca pasó otra cosa, por si se lo pregunta.

—¿Segura? ¿Ni un besito?

—Mire, señor, yo a Juan no solamente llegué a quererlo mucho, de hecho lo idolatraba. Así, con fanatismo. Pero como hombre nunca lo entendí. Fui una niña muy rara, muy solitaria. Tuve pocas amigas en el colegio, y en realidad ninguna porque no volví a verlas. Cuando salí de prepa me sentía una inútil, porque mi hermana sobresalía en todo. Deportista, estudiosa, buena hija, o sea inalcanzable para mí. Por eso fui a meterme en cursos esotéricos, necesitaba que alguien me explicara por qué era yo como era. Y para qué servía, si es que servía para algo.

—Y del cielo bajó el chamán Dupont.

—Pues sí, aunque le dé risa. Todo lo que era oscuro Juan lo hacía transparente. Escuchaba su voz, miraba su sonrisa y era como si nada me faltara. Se iluminaba el mundo, todo tenía sentido.

—¿Sabías que era casado tu gurú?

—Él me lo confesó. Estábamos en un retiro espiritual, en una casa de Valle de Bravo.

—Retiro espiritual… ¿Con o sin Dunia?

—Ella no se metía en esas cosas, vivía muy lejos del mundo de Iván. Eran como *roommates*, según decía él.

—Y usted se lo creía, qué casualidad —deja Rigo el tuteo, sin ahorrarse la sorna.

—¿Cómo no iba a creerle, si me estaba sacando de mi maldito túnel? O sea, yo sí pensaba que él era como un santo. Que estaba iluminado, como todas las cosas que tocaba.

—Y usted le dijo "tócame, papacito".

—No con esa intención. Me había convertido, como una mojigata. Pero sí, yo habría hecho cualquier cosa que él me hubiera pedido.

—¿Y qué le pidió, al fin?

—Que lo escuchara con el corazón. Yo también levanté las cejas como ustedes. No podía imaginarme que iba a acabar llorando delante de mí.

—¿Qué pensó? *¿Es un honor…?*

—Exactamente. Así era de ridícula, o así de sola estaba, pero no tenía tiempo para pensar en mí. A partir de ese día me dediqué a tratar de rescatarlo, aunque el fuerte fuera él y yo una principiante.

—Te lanzaste a salvar tú sola al salvador.

—No me sentía sola, lo tenía a él. Me enseñé a ver a Dunia como villana porque era una manera de justificar lo que estaba pasando en mi cabeza. Necesitaba ser la buena de la historia.

—Claro, porque el amor todo lo purifica y lo bendice. Son los cuentos que inventan los enamorados para darse permiso de pensar con el culo, con perdón. ¿O no, Mireles? ¿Tú cómo la ves?

—Me llama la atención que el egoísmo tenga tantas razones a la medida —observa el oficial, con aires de psiquiatra. —Si estoy enamorado, debo de ser una buena persona. Y una buena persona se da derecho a todo.

—No lo dudo, oficial —razona la aludida, meneando la cabeza con indignación, —pero dígame quién, en ese estado, va a pararse a pensar si está siendo egoísta. No sabe una de dónde va a llegarle el amor, mejor dicho por dónde va a colársele. Yo pensaba *es casado*, o sea inofensivo. ¿Me lo decía por mustia? A lo mejor. Pero era muy feliz, y quienes son felices se hacen pocas preguntas. *¿Cuándo lo voy a ver? ¿Se acordará de mí?* Cosas como esas, lo demás no importa. Le recuerdo otra vez: tenía diecinueve años. Creía que iba a ser para toda la vida.

—*La historia de este amor se escribió para la eternidad...* —canturrea Rigo, con la palma en el pecho. —¿Y ya fumabas mota, cuando lo conociste?

—Claro que no. Ni siquiera bebía. Lo más que hacía era prender inciensos. Antes probé los hongos que la mariguana. Creo que ahí acabó de enamorarme. Desde ese día no pensé en otra cosa.

—¡Qué cosa el adulterio! ¿O no, Mireles? —vuelve la vista Rigo hacia su acompañante. —¿Sabes qué es lo que a mí me llama la atención? Que la señora Dunia perdonara tan fácil una ofensa como esa. Mi vieja habría sido capaz de echarte bala, así estuviera yo más muerto que el señor Juan de la Luna. Claro que aquí Ludmila y su chamán tenían una coartada a toda madre. Andando uno caliente, cualquier pinche motel es un templo sagrado.

—Pueden pensar lo que les dé la gana —sentencia la agredida y se levanta intempestivamente. —Perdonen, pero tengo un compromiso y no me queda nada por decir. Si de algo más me acuerdo se los haré saber, ¿estamos?

—¿Entonces qué, Mireles? —da una chupada Rigo a su cigarro y suelta la ceniza sobre la alfombra. —¿Nos damos por vencidos? ¿Nos la llevamos? ¿Traes las esposas o las dejaste en el carro?

—Ya se me quitó el miedo, señor. Haga lo que usted quiera, no voy a resistirme.

—¡Ah, qué la puta madre! —ríe de buena gana el bromista Rovira. —No te creas, mi Ludmi. Voy a dejarte en paz, por el momento. Dale una tarjetita, mi querido Mireles. Pídele que nos llame cuando se lo aconseje su conciencia. Y que perdone si no me despido, pero como decía mi abuelito: "De mejores puteros me han corrido".

Con la cabeza erguida y la vista en la puerta de la cocina, el inspector Rovira abandona la sala, cruza el comedor y hace suyo el camino hacia la calle. Ludmila, por su parte, ha encajado el insulto sin chistar y apremia con los ojos al oficial Mireles, quien levanta del piso la colilla encendida de su jefe y se escurre tras él, con la boca torcida.

24. El buen verdugo

Noviembre 15. Martes. 8:00 p.m.

Como todos los jueves, ya cerca de las ocho de la noche, la dueña y directora del Shakti Kali termina con su clase de Angelología, sube hasta su oficina, da algunas instrucciones y huye sin despedirse. En el *garage* la espera una camioneta Cayenne color blanco que pronto asomará la nariz a la calle y tomará camino rumbo al sur, seguramente sin que a la conductora, entretenida por un audiolibro que habla de los poderes demiúrgicos del cielo, se le ocurra asomarse al retrovisor.

—No la chingues que es ella… —grazna María Auxiliadora Suárez Gavilán, con la boca invadida de cacahuates, al tiempo que da un golpe en el tablero.

—¿Y quién más iba a ser? —enciende Dunia el motor del Peugeot y se arranca detrás de la Cayenne.

—Pégatele, acelera, no la pierdas —mastica, se atraganta, apremia casi a gritos la Hata Mari, poseída por un precipitado celo profesional.

—¿No era más fácil hacerle inteligencia? —rezonga Dunia y tuerce a la derecha, ya a pocos metros de la camioneta.

—La inteligencia no sirve de mucho sin el poder de la corazonada —recobra el equilibrio la pasajera.

—¿Y dónde aprendiste eso? —se pitorrea al tiro la conductora. —¿En el Shakti Kali?

—No. Fue en el Shakti Tambo. Me dieron una beca de dos años.

—¿Estuviste en la cárcel? —pela los ojos la analista de inteligencia. —¿Pero cuándo? ¿Por qué?

—Larga historia, pareja —suelta un chiflido extenso la empleada del forense. —Ya se me está olvidando, en una de estas nunca sucedió. Por lo pronto acelérale, que se nos está yendo la paloma.

El gesto de la dueña del Peugeot delata la presencia de cierta mala espina: pariente hipocondriaca de la corazonada. Aceptarlo, no obstante, sería confesarse supersticiosa, y eso no va a ocurrir, según Dunia Montoro se ha prometido con gran solemnidad y protocolo. Algo se va a torcer, está segura. ¿Pero qué puede hacer la mala espina frente a la buena imagen de la corazonada?

Y está además el rollo de la experiencia. No te haces de un apodo como el de Hata Mari mirando tutoriales en YouTube. A saber si en la cárcel ya le dirían así. En todo caso esa revelación, lejos de cuestionar sus aptitudes, le da un nuevo barniz de autoridad ante los ojos de la analista de inteligencia, quien desde los quince años ha vivido habituada —sentenciada, se dice, medio en broma— a convivir con reos de toda clase. Gente que piensa a más velocidad. Expertos en el arte de prevalecer. Tipos que en su momento creyeron más en la corazonada que en la mala espina, quizá porque no habían pasado por la cárcel.

¿O sea que la hija del falsificador admira a los malandros por sus mañas, cuando también por eso los desprecia? "*Welcome to reality, baby!*", se burló alguna vez Ronald Lamm de sus dudas. "¿Tú crees que un policía de verdad no respeta el *know-how* del enemigo?". Nunca antes, sin embargo, encontró la discípula de Lamm frontera más borrosa entre la ley y el crimen como en el repertorio de la Hata Mari.

—¿Me prometes que vamos sólo a ver? —suplica Dunia, haciendo voz de niña.

—Te prometo que vamos a ir de pesca —miente con la verdad la Hata Mari, haciendo voz de adulto responsable. —Falta ver si pescamos charal o tiburón.

—Pero no vamos a entrar en la casa…

—Sólo que nos inviten. Y lo dudo.

—¿Todo legal, entonces? Te recuerdo que ayer salí en el periódico.

—Ya dio vuelta a la izquierda, no te distraigas.

—¿Sí sabes que mi chamba está bailando y en el primer escándalo la pierdo?

—Me lo dijiste. ¡Pégatele, carajo, que va a pasarse el alto!

Entre Viveros de Coyoacán y Paseo del Pedregal se interpone un par de kilómetros de tráfico pesado, mismo que Dunia tiene que ir sorteando con el civismo propio de un sacaborrachos, con tal de no perder de vista la Cayenne. Es decir que se pierde entre la muchedumbre de neuróticos que a estas horas compiten, a claxonazos fieros y escaramuzas bárbaras, por remendar sus egos maltratados. Cruzan Chimalistac, San Ángel y Río Magdalena casi como un remolque de la camioneta, pero entrando a Paseo del Pedregal la Cayenne se despega del Peugeot como un cohete espacial de sus propulsores.

—Písale —apremia la Hata Mari, se entrecruza con lujo de arbitrariedad y apaga los fanales al instante. —Abusada nomás, no te le arrimes mucho.

—Para otra vez me avisas y apago *yo* las luces —intenta Dunia hacerse respetar. —Oye, ¿tú estás consciente de todo lo que yo estoy arriesgando?

—¿Sabes qué es lo que arriesgas? La vida, igual que yo. Todo lo otro va y viene. Mira, se va a dar vuelta pasando el camellón. No te le acerques más. Allá hay una patrulla, prende tus luces.

Fuego, es el nombre de la calle donde ambos autos tuercen a la izquierda. Tres cuadras más allá, la Cayenne se detiene y el Peugeot se agazapa a toda prisa tras una camioneta estacionada treinta metros atrás. Se han abierto ambas puertas de la casa, sin que se mueva de ahí la camioneta porque su conductora se entretiene charlando con alguien que recién cruzó la calle.

—¿Y ese galán que no se quita el casco?

—No es casco, es *afro look* —ríe la del Peugeot, mientras pasa revista al desconocido. —Más bien parece aureola. ¿Y ya viste los pantalones entallados? ¿Será que es su galán?

—¡Puta, qué personaje! —se estira hacia adelante María Auxiliadora y hace foco en la escena. —¿Sabes qué? No lo creo. Si fuera su galán la esperaría dentro de la casa y no tendría esa pinta de farol con luz negra.

No bien se abre la puerta del *garage* para dejar entrar a la Cayenne, el señor de la aureola vuelve sobre sus pasos y se mete en un viejo Mercedes convertible.

—¿Qué tal la carcachita del hombre-arbotante? ¿Tú sabes lo que vale ese juguete, así de cuidadito?

—¿Lo va a meter también?

—No, mira. Ya salió, lo está cerrando. Bravo, muy bien, contábamos contigo, mi estimado *Farol* —va acopiando entusiasmo la Hata Mari, conforme el vigilado cumple con su mejor expectativa. —¿Te cuento algo, pareja? Se me hace que esta noche cenamos tiburón. No te muevas de aquí, ahoritita regreso.

No es justamente alivio lo que siente la dueña del Peugeot cuando su compañera da el salto hacia la calle y la deja a merced de sus demonios íntimos. ¿Y qué va a hacer? ¿Huir, como una cobardona traicionera, o seguir a las órdenes de una ex presidiaria? Apenas ha alcanzado a preguntárselo cuando observa a su cómplice batallar unos pocos segundos con la chapa de la puerta derecha y acto seguido entrar en el Mercedes. ¿Sirve de algo escribirle algún mensaje, tan ocupada como se ve que está? ¿Tendría que encender de una vez el motor, acercarse al Mercedes, estar lista por si hay que rescatarla?

"Sígueme con tu coche". Ese es todo el mensaje que invade la pantalla de su rutilante iPhone 7 Plus. Apenas lo ha leído, mira Dunia encenderse las luces del Mercedes, que de inmediato abandona la escena. De modo que se arranca detrás de él, como quien huye de la casa en llamas camino hacia el volcán en erupción.

—"Robo de vehículo automotor terrestre…" —recita la analista el código penal, pocos metros atrás del Mercedes garboso, al modo de una autómata reconcomida: —"Entre siete y quince años de prisión. La pena aumentará en una mitad si participa algún servidor público a cuyo cargo esté la prevención, persecución o sanción del delito…".

"Una fruta no se pudre dos veces; un policía tampoco". Lo decía Ron Lamm, en sus clases de Política, Medios y Opinión Pública. Como jefe, era un poco más explícito: "Una vez que cruzaste al otro lado, sólo te quedan dos salidas dignas: la cárcel o el panteón".

¿Y a poco Ronald es un alma de Dios? ¿No él mismo se encargó de ayudarle a borrar ciertos antecedentes, cuando la cortejaba con el pretexto de ofrecerle trabajo? ¿Cuántas veces lo oyó citar nombres, apodos y apellidos de esos jefes que "deben cuando menos siglo y medio de cárcel"? Nada de esto, no obstante, aligera la carga de saberse bandida por decisión ajena y debilidad propia. ¿Con qué cara presume de policía?

Pero no va a quejarse, ni siquiera a chistar cuando la Hata Mari al fin le envíe un mensaje, y en lugar de explicarse le pida que estacione el Peugeot en la calle empedrada, junto al parque, y se trepe con ella en el Mercedes rojo que acaba de robarse con su ayuda. Cuestión de jerarquía, en realidad. Pues con todo y su título, su sueldo y sus diplomas, no pasa la analista de inteligencia de ser una gendarme de banqueta. Como tal obedece y hace mutis.

—No te azotes, pareja —hace mofa María Auxiliadora de la obvia desazón de su ahora pasajera. —No vamos a venderlo, ni a desvalijarlo. Tampoco nos lo vamos a quedar. Es una diligencia de confiscación con carácter estrictamente provisional.

Sigue un silencio denso, alebrestado por el ruido ambiental, ya que la conductora ha tenido la impúdica ocurrencia de bajar la capota con este puto frío.

—¿Vamos a decirle eso al Ministerio Público? —rabia entre dientes Dunia, con una sonrisa amplia y agridulce.

—Hazme un favor, mi reina —estira la paciencia la Hata Mari. —Saca todo lo que hay en la guantera, revísalo y después seguimos platicando, ¿va? Y para que te calmes, vete haciendo a la idea de que en estos momentos La Ley somos tú y yo. Ándale, Dunia, échame la manita.

No hace falta sacar el contenido entero de la cajuelita para hacerse una idea del dineral que guarda en sustancias ilícitas. Más se tarda, pues, Dunia en extraer las primeras bolsas de plástico que en meterlas de vuelta, espeluznada.

—¡Pescamos cachalote, parejita! Nomás no te me estrujes, nada de esto lo vamos a vender, ni a consumir, ¿ok? Este chato acababa de surtirse, lo que sigue es forzarlo a negociar.

—¿Negociar… las sustancias?

—Al malo se le vence con sus armas, yo te aseguro que el hombre-farol daría lo que fuera por este chancecito que vamos a obsequiarle. Pero antes le hace falta lloriquear un ratín, para que aprecie el valor de su suerte. ¿Tú crees que es suya toda esta mercancía? No, mamacita, ese pinche ratón no niega su pelaje. Puro *blin-blin*, para dar el gatazo, pero seguro que el güey vive al día.

—¿Y este coche, no dices que es carísimo?

—Así como la ves, esta pinche carcacha está más chueca que un aborto en Kabul. Las placas son robadas, pa' empezar. Y todos estos dulces tuvieron que dejárselos a consignación. Deja que se los cobren y vas a ver qué pronto se nos cuadra.

—A ver, María —sacude la cabeza la analista, como haciendo un esfuerzo redundante por entender una obvia sinrazón.

—Venimos en un coche chocolate, brilloso y sin capota, nos lo robamos hace media hora, traemos un cargamento de estupefacientes que vale por treinta años encerradas… ¿y esperas que me crea que estoy en un pendejo día de campo?

—Eres tierna, pareja. Hasta envidia me das, en una de estas —suspira hondo María Auxiliadora. —Tuve una vez un novio que coleccionaba coches antiguos. Ramiro, se llamaba. Los compraba por partes, iba armándolos poco a poco, sin prisas, consiguiendo las piezas originales. Por eso sé yo que este que traemos es un Mercedes del '68. O sea un 280 SL, con radio de botones. A Ramiro jamás se le habría ocurrido poner en su lugar un autoestéreo así de mamador. Mucho menos con ecualizador. ¿Qué piensas de un pelado que destroza el tablero de un Mercedes clásico pa' hacerlo *discotheque*?

—No sé. ¿Que es un rufián? ¿Que tiene muy mal gusto?

—Pues eso. Que es un *dealer*, mi chula. ¿Te imaginas el paro que le haríamos al Chino Monteagudo, que es mi compa y trabaja allá en Narcóticos, si le pasáramos al costo esta nave, para que la trabaje? Y no tendría yo más que llamarle, aunque estemos rodeadas por veinte policías federales y media Secretaría de Hacienda. "¿Sabes qué, mi Chinito?", le diría nomás, "estoy en una bronca y te tengo una sorpre". En dos minutos vienen y nos rescatan, con todo y Mercedes.

—¿Y si reportan el coche robado?

—Huy, sí. Con placas chuecas y factura falsa. ¿Cómo ves si mejor averiguamos qué música le gusta a este galán?

La conductora oprime el botón luminoso de *CD*, sube al tope el volumen y de tres tamborazos zanja la polémica. Suena un coro energético, magnético e hipnótico que bien podría hacerle compañía a alguno de los ácidos en la guantera. The Strokes, *One Way Trigger*, informa la pantalla del estéreo. A juzgar por los respectivos tamborileos en volante, piso y descansabrazos, puede ser que los gustos del *dealer* resulten mucho más recomendables que él.

> *Find a job, find a friend,*
> *find a home, find a dog.*
> *Settle down, out of town,*
> *find a dream, shut it down.*

Sólo la Hata Mari sabe qué tan riesgoso es traer este escándalo a medio Periférico y en hora pico. ¿Pero de qué otro modo sino así, a chingadazos, va a empezar a curtirse la aprendiz? ¿No es cierto que le estorban sus aires de científica pedorra, su candidez de niña exploradora, su santurronería de cubículo?

Una vez terminada la lección de templanza, llega la hora de hacer un alto súbito, elevar la capota y bajarle el volumen a la música. En ese mismo trance, la mujer al volante hurga en el hueco de la portezuela y saca de ahí un fajo de tarjetas y un estado de cuenta en inglés con el logo de MasterCard, a nombre de Jorge M. Feller. Seguramente el mismo Gino Feelgood a quien aluden las tarjetas de presentación, tres de las cuales tienen escrito con tinta morada el número 044-55-1573-2114.

—Toma, para tu agenda —estira el brazo diestro la Hata Mari y entrega dos tarjetas a su pasajera: una con el teléfono de Gino Feelgood y otra con una carga de cien pesos para hacer conexión anónima a internet. —Bienvenida al espléndido mundo de la extorsión.

—¿Vas a querer que yo entre en contacto con este sujeto? —se espeluzna la ex alumna de Ron Lamm, como si la invitaran a descuartizar niños.

—¿Y por qué no? Sería divertidísimo. No me digas que no te gustaría poner a un cabronazo de rodillas.

—A varios, puede ser. Pero es que yo no sirvo para eso.

—Pues aprendes, muñeca. Las cosas son difíciles mientras no urgen. Luego son lo que son y bien o mal las haces. Pero si te da frío apretar al presunto, mándale un mensajito haciéndote pasar por una clienta eriza. Se va a sacar de onda, porque no te conoce, pero así confirmamos que es su número. Y ya después le escribes con más calma, para que te amenace, te insulte y te suplique.

—En ese orden, supongo.

—No siempre en ese orden. Es según los asustes. Están acostumbrados a mover sus palancas. Les cae muy mal el cambio de papeles, pero siempre terminas por domesticarlos. Más a los pobres diablos, como míster Faroles. Nomás de haberlo visto de lejitos ya sé que tiene huevos de migajón. Tú dime a qué modelo de pendejo se le ocurre ponerse *Gino Feelgood* y distribuir tarjetas por acá y por allá con semejante nombre de puta depreciada. ¿Te imaginas llamarte *Duny Guagüis*?

—¿Y qué voy a pedirle al señor Feelgood?

—Que te cante *El corrido de Casilda Pérez*. Ahí como cosa suya, ¿no? Y de una vez el de…

—Déjame adivinar: la prima de Nivardo…

—Exacto: Tamarita. Cuando me dio el volante, en el Panteón Francés, venía con un mono muy parecido al dueño de este coche. Y muchos así no hay…

—¿Cuándo voy a escribirle?

—En estos días, no sé. Guárdate las tarjetas, mientras tanto.

—No sé por qué no acabo de sentirme segura.

—Pues vete acostumbrando, porque aquí de eso no hay. Lo único seguro es que el fulano va a cantarnos todas las que se sepa. Y sin tocarle un pelo. ¿Cómo ves esa oferta, parejita?

—Vas a decir que sigo con lo mismo, pero era más sencillo buscarlo y preguntarle.

—¿Ah, sí? ¿Y con los saludos de quién? ¿Quieres ponerte una diana en la espalda? ¿Preferirías que fuera Gino Feelgood el que nos persiguiera a ti y a mí? Y deja a Gino Feelgood, no quieres conocer a sus acreedores, mucho menos que se aprendan tu nombre. Mejor tú apréndete esto, parejita: la policía de los buenos no le llega al tobillo a la de los malos. Es tu vida o la suya, por eso nunca fallan.

—¿Y nosotras de cuál de las dos somos?

—Somos buenas personas, pero a veces no se nos nota mucho.

—¿Y si resulta que el tal Gino Feelgood no sabe nada de lo que le preguntas?

—Pues ya nada, ¿qué más? Disculpe las molestias, gracias por participar. Y que pase el siguiente concursante.

—A una le quemas la sala, a otro le robas el coche. ¿Qué sigue, un amputado?

—No lo creo, pareja, pero qué sabe una. Ni modo, se trabaja con lo que hay. Por cierto, ¿tienes dónde guardar la carcachita?

—Por supuesto que no, y aunque tuviera —refunfuña la hija de Renato Montoro. —¿Cómo sé que no me andan vigilando?

—Guarda el puñal, mamita, te estaba vacilando. ¿No quedamos que el coche es *chocolato*? Pues ahí está. Nadie lo va a buscar, ni a reclamar. Tú misma lo dijiste, trae boleto para no sé qué tantos años en el tambo. Así como está ahorita, solamente les sirve a los representantes de la ley.

—¿O sea a ti y a mí?

—¿Ves qué rápido aprendes, cuando quieres?

—Espérame tantito —bufa, muge, tuerce cintura y torso la pasajera, como si padeciera algún retortijón intempestivo, hasta clavar la testa entre las rodillas.

—¿Qué te pasa, chiquita? —alcanza a mascullar la del volante, sin quitarle la vista al parabrisas.

—No me llames *chiquita*, por favor —rezonga y se endereza Dunia Montoro, ensayando una mueca de forajido a la vez que sostiene una escuadra dorada cuyo cañón apunta hacia la Hata Mari. —¿O qué? ¿Me viste cara de criaturita?

—¡Pareja, saca el dedo del gatillo! —palidece de golpe, se engarrota, abanica los párpados María Auxiliadora. —Para tu información, es una Desert Eagle Magnum .44 de uso militar. Por favor, quita el dedo del chingado gatillo.

—Perdóname, era broma —se abochorna, se encoge la empistolada, apunta el arma al suelo y enseguida la posa entre las manos de la otra, con un cuidado cuasimaternal. —No estoy acostumbrada a hacer estos hallazgos.

—¡*Muta padre*, pareja! —resopla la Hata Mari, con la cara sumida entre las palmas. —Entre todas las clases que te dieron, ¿no te enseñaron a usar una de estas?

—Obvio que me enseñaron. Sé ponerles las balas sin ver el cargador. Sé cambiarlo, también, y creo que no tengo tan mala puntería.

—¿Y nadie te enseñó a no poner el dedo encima del gatillo?

—Claro que sí, pero se me pasó.

—¿Tiraste a blanco fijo o blanco móvil?

—Blanco fijo, nomás.

—Entonces ya estás buena para ganarte un muñeco en la feria. Fuera de eso no pegas ni un tiro de gracia.

—¿Y qué hacemos con esta, por lo pronto?

—Por lo pronto, mandársela a Balística, no sea que arrastre un fiambre por ahí. Sin que sepa mi jefe, por supuesto. Y si no tiene historia, nos la quedamos. Ya sabrá Mister Feelgood dónde volver a armarse.

—¿Y con esto qué hacemos, mi teniente? —hace un gesto sardónico Dunia Montero, mientras agita el as de la victoria: un estuche cuadrado color negro con la marca Garmin realzada sobre el cuero.

—¡Un GPS! —relincha María Auxiliadora, con los ojos golosos de una hiena a las puertas de la morgue. Luego suelta un amago de risa ilustrativa: —¿Cómo ves a don Feelgood, parejita? Se compró el aparato para no balconearse usando el celular.

—Pudo haberlo empotrado en el tablero… —ironiza la otra, al tiempo que escudriña el artilugio.

—¿Ya prendió? ¿Está cargado?

—Le queda poca carga, no sé si traiga el cable. Pero mira, María… Tiene como cuarenta rutas en la memoria. Días, horas, minutos, direcciones. También está su casa, o la que programó como su casa.

—Dame la dirección.

—¿Qué dirección?

—Esa. La de su casa.

—Te digo que no sé si en realidad…

—¡La dirección, carajo!

—Molière 59, dice aquí. En Polanco.

—Ya sé dónde es, pareja —alza una palma la mujer al volante. —¿Te parece si nos callamos un ratito? Tengo un par de asuntillos por resolver. Mientras yo me concentro, tú vacías la guantera y tomas nota, a ver qué tanta cosa trae nuestro muchachón.

—¿Vamos a ir a Polanco… en este coche?

—Cambio y fuera, pareja.

Lo que faltaba, pues. Traen un arma exclusiva del ejército, en un coche ilegal y cargado de drogas, y ahora van en camino al reducto de un *gangster* al que no conocen, justamente en el coche que acaban de robarle. ¿Esto es ser policía? Seguramente no, o ya no. Tendría que bajarse, cuando menos, pero alguien dentro de ella se resiste a arrepentirse de lo que va a hacer. Igual que un aprendiz de pandillero, se esmera en agradar al cabecilla, y con algo de suerte sorprenderlo. Tampoco se arrepiente de haber hecho la broma con la pistola. No ha olvidado el efecto de omnipotencia que disfrutó en las prácticas de tiro, ni olvidará los ojos de la Hata Mari cuando la encañonó con el dedo metido en el gatillo (esto último a propósito, por meras exigencias de realismo). O sea que dondequiera que esté esa línea espectral que separa a los justos de los desaprensivos, Dunia se siente lista para atravesarla (aunque no sea posible, como tanto le han dicho, cruzarla de regreso). "La cárcel o el panteón", bromea para sí, con humor de instructor de paracaidismo.

—Te toca manejar, yo te digo por dónde —rompe el silencio ya la Hata Mari, da vuelta en una esquina y detiene el Mercedes. El reloj del tablero marca las once y media de la noche.

—Encontré este gorrito en la guantera, hasta abajo del fino botiquín —ondea Dunia un *bucket hat* naranja, no bien toma el volante y cierra su puerta.

—¡Qué bonito, pareja! —se entusiasma la nueva pasajera y se calza la gorra de una vez. —Hazte de cuenta que me lo mandé hacer.

—¿Y encima de esa greña se planta un *bucket hat*? —hace Dunia una mueca de repudio.

—Ruégale a Dios, mi chula, para que de lejitos nos confundan. Das vuelta a la derecha en la gasolinera. Despacito, nomás. Luego vas a pararte donde yo te diga. Sobre tu lado izquierdo, si fueras tan gentil.

Hasta hace poco tiempo Dunia se entretenía imaginando, frente a los monitores del CNA, en qué momento uno y otro arraigado dieron su primer paso hacia el lado torcido. ¿Sería por ambición, curiosidad, miedo, inercia, soberbia, deudas, intrepidez? Hoy que ya decidió no escapar a su suerte y ponerse a las órdenes de la Hata Mari, se dice que esto es cosa de supervivencia, por los siete motivos precedentes y otros que no le queda tiempo para explorar porque ya se paró frente a la mera entrada del edificio, vio encenderse la luz de la conserjería, volvió la vista adentro y sorprendió a María Auxiliadora sacando la pistola por su ventana.

—Toca el claxon tres veces, mi chulita, como llamando a alguno de los inquilinos. Órale: una, dos, tres.

Lo que sigue a la tercia de bocinazos son dos truenos de pólvora emplomada y algunos cuantos gritos escapados del restorán de enfrente, hacia el cual disparó la Hata Mari, para horror del *valet* del restorán —de súbito tendido tras un taxi cuyo chofer tampoco asoma la cabeza— y lividez mortuoria de la conductora.

—Vámonos ya, pareja. Misión cumplida.

Dunia atiende la orden casi antes de escucharla. Se oyen chirriar las llantas del Mercedes, luego el choque furtivo de dos salpicaderas y como despedida otro plomazo meramente preventivo, no sea que a algún valiente se le ocurra ir tras ellas. Cruzan

Dickens, Campos Elíseos, Monte Elbruz y en un minuto más ya circulan por Paseo de la Reforma.

—No viene nadie, vámonos más despacio. ¿Qué es lo que no te gusta?

—¿Puedo saber en qué me estás metiendo?

—A ti no, a Gino Feelgood. ¿Ya viste el paquetón que le dejamos? ¿Checaste que el conserje hasta nos saludó? No vio nada, traías las luces altas. Pero el coche seguro que lo reconoció. Y encima le pegaste un madrazo a otro carro, así que ahí le dejaste la pintura de este.

—Eso fue sin querer. No me vas a decir que estuvo bien…

—Digamos que fue un toque de galantería. Ni modo que nos fuéramos sin dejar la tarjeta de visita.

—¿Cómo estás tan segura de que el conserje no te vio la cara?

—Porque mi parejita me rayó con el gorro del prestigiado Feelgood, que me tapa la jeta hasta media nariz, mira. ¿Tú crees que los empleados del restorán no saben que este coche es del cabrón de enfrente, con lo discreto que es el caballero? ¿Te imaginas las olas que acabamos de hacerle?

—¿Y nosotras qué ganamos con esto?

—Su respeto, nomás. Le movemos el piso al cabroncito, ¿no? Si queremos que cante como Dios manda, necesitamos que nos tenga pavor. Por su bien, además. Te aseguro que el tipo prefiere reglas claras. Siempre es bueno saber que te estás entendiendo con el enemigo, y que no estás tratando con ningún pendejo. La otra sería dejarlo solo con su desgracia. ¿Tú crees que unos rateros comunes y corrientes le iban a dar tantas facilidades?

—O sea que al fulano le pasó una tragedia y tú y yo se la vamos a volver problema.

—Exacto, una tragedia negociable.

—¿Tú crees que los balazos manden ese mensaje?

—La poesía de esto, mi cielita, está en que el güey no puede imaginarse que todo sea el trabajo de un desconocido, y mucho menos dos desconocidas. Ahora multiplica esa psicosis por cada bazucazo que se va a estar metiendo en estos días, porque obviamente el muñeco es adicto. De a dos grapas por *shot*, boleto pa'l infierno.

—Se nos va a engorilar…

—Ni madres, mi reinita. Los patos no se enojan con las escopetas. Y si se encabronara, peor para él. Al cabo acá traemos su pan de cada día —pega la Hata Mari un par de golpecitos en la guantera.

Como las bofetadas, los balazos al aire llaman a la obediencia. Rezongar, por lo visto, es una mala opción para quien ya aceptó su papel de aprendiz. Brota de las bocinas un mantra de los Strokes a la medida de la situación

Let's all be honest,
we're in a forest
we don't belong.

—¿Qué tal le alborotamos el gallinerito? —se relaja María Auxiliadora, una vez que han entrado al Periférico y escapan hacia el sur sin novedad.

—¿Lo alborotamos ya, o vamos a seguir alborotándolo?

—Por ahora, tú y yo somos las zorras y ellos las gallinitas. Te puedo asegurar que el Gino y la Tamara tienen mucho más miedo que nosotras, y a la gente asustada le mejora el olfato. De una depende que en lugar de avivarlos el miedo los atonte.

—¿Qué no es eso lo que hacen los secuestradores?

—Afirmativo. Sólo que en vez de secuestrarle un hijo le agarramos prestadas las existencias. Y en lugar de dinero le pedimos que cante. ¿Ves por qué te decía que es un súper filón? El muchacho nos cuenta lo que sabe de la gente que más nos interesa y de volada recupera sus cosas. ¿Tú qué sabes si no hasta conoció a Iván?

—No me los imagino de amiguitos.

—Muerto tampoco te lo imaginabas.

—¡No me jodas, María! —protesta la que pudo ser su viuda. —Pero es verdad, carajo, nada es imposible. Si yo soy chantajista y robacoches, qué no habrá sido Iván, con esos amiguitos.

—Una es lo que le toca, no lo que se propuso. Hay que estar a la altura, nada más. Salpicarse, mancharse, sumergirse en la mierda si hace falta, pero imponer tu ley.

—¿Mi ley?

—La Ley de Dunia, claro. Ahorita, por ejemplo, hay un *dealer* que está arrancándose los pelos por los puros efectos de la Ley de Dunia.

—Pero si tú…

—Yo trabajo a tus órdenes, chulita. ¿Por qué te tienes miedo? ¿Crees que por estudiosa y por disciplinada y por cumplida estás a salvo de tu lado animal? El problema, pareja, es que sigues pensando que tu inteligencita vale más que el instinto del enemigo. ¿Sabes lo que le pasa al cazador que pendejea a la fiera?

—No te estoy entendiendo.

—Parejita, te toca ser el tigre, no me sigas mirando como conejito —pela la Hata Mari sus dientes conejiles. —Entre tú y yo nos vamos a pelear como fieras hambreadas por los pedazos de ese Gino Farol, y con lo que saquemos vamos a ir a apretar a Casilda, o a Tamara, o a su primo cacique, o a quien se necesite, ¿sale? Son ellos los conejos y a ti y a mí nos toca merendárnoslos. ¿Con qué ley? Con la nuestra, preciosita. No se te olvide nuestro amigo Gino. A saber desde cuándo no pasaba por una paranoia de estos vuelos, y en todo el ancho mundo solamente tú y yo podemos ayudarle. No sé a ti, pero a mí eso como que me calienta.

—Está bien, no me quejo si no quieres. Pero si, como dices, trabajas para mí, ¿por qué tengo que ser la que obedece?

—No sé, me necesitas y eres inteligente. O por lo menos no eres tan ingenua para querer mandar en mis dominios.

—¿Eso es un desafío?

—Puede que sí, pareja. Ya le jalé la cola al cocodrilo, falta que se sacuda la modorra. A ver, ¿qué le dirías a Feelgood, por ejemplo, si te pidiera yo que llamaras ahorita?

—No sé, nada concreto. Dos o tres amenazas, unos cuantos insultos, algún chiste canalla a sus costillas. Lo que sea que lo deje temblando.

—Pura actitud, pareja. Las palabras se olvidan, el tono permanece. Antes de abrir la boca o prender el WhatsApp tienes que preguntarte: "¿Quién manda aquí, chingao?".

—¿Tiene que ser a gritos?

—¿Sabes por qué el sargento le grita tanto al cabo? —baja el tono de voz la instructora. —Para que se engorile, como dices tú, y al mismo tiempo aprenda a aguantar vara. Se trata de apretar a Winnie Pooh hasta que se le salga el Winnie Punk. ¿De qué te ríes, si no es indiscreción?

—Me estoy imaginando tus palabras en los labios de Ronald Lamm.

—¿Qué? ¿Besa muy sabroso? —acicatea María Auxiliadora, registra la reacción y corta por lo sano. —Te decía que tienes que hacerlo encabronar, como si te pararas encima de sus huevos. No importa que rezongue, haz de cuenta que tiene los ojitos vendados. Él no sabe quién eres, ni de dónde le llamas, ni quién chingaos te manda. Y se va a volver loco preguntándoselo.

—O sea hago de cuenta que la mala soy yo.

—Tú haces de cuenta que eres la Santa Inquisición. ¿No confiesa el hereje, o se te pone al brinco? Sencillo, se lo dejas al verdugo. Un buen rato, pa' que haga examen de conciencia. Cuando regreses va a besarte los pies. ¿No funcionó? Repites la operación.

—El verdugo soy yo, de todos modos —ríe sin alegría la chantajista en ciernes.

—Para el caso serías el buen verdugo, porque los malos juegan con sus reglas. ¿Por qué me miras feo? —se extraña la instructora de ocasión y deja ir un suspiro filosófico. —¿Cuándo has visto a un verdugo trabajar *online*?

—Suena como a suplicio por correspondencia. "¡Tortúrese usted mismo, en la comodidad de su domicilio!" —busca hacerse simpática la conductora, pero la pasajera ya dejó de escucharla. Con un dedo le indica que deje el Periférico en la salida a Barranca del Muerto.

—¿Cómo le va, Gran Jefe? Le habla su auxiliadora, María Servidora —canturrea en el teléfono la Hata Mari. —Vengo aquí por sus meros territorios, ¿cómo ve si le caigo con un cacharrito? Salvaguarda y escolta, eso sería todo.

Siguen algunas bromas, carcajadas y alusiones a terceras personas, en tanto Dunia gira, frena o acelera según los elocuentes manotazos que la otra da en el aire para marcar los últimos tramos de ruta. No bien se ha detenido delante de una reja insospechada, un escudo de lámina que dice POLICÍA le arrebata el aliento.

—¡Ya estoy aquí, jefazo, soy la del Meche rojo! —anuncia en el teléfono la Hata Mari, termina la llamada y se vuelve hacia Dunia: —Llegamos, parejita. Deja todo aquí adentro, está seguro.

¿Qué tendrían que hacer con un coche robado precisamente en un lugar como este? A juzgar por las grúas a un lado de la entrada, esto debe de ser un corralón, y según la cordialidad de la llamada tendría que sentirse fuera de peligro, pero mirarse en tratos con policías mafiosos difícilmente le devuelve la calma. Es como si algún dios con la cara de Ronald pudiera vigilarla desde el firmamento.

Son todos muy amables, desde el que se hace cargo del Mercedes hasta el que las recibe detrás del escritorio y hace a la Hata Mari gestos de compinche, antes de propinarle un abrazo quizá demasiado afectuoso.

—Mañana en la mañana le vamos a llamar al cerrajero, pa' que le venga a hacer su llavecita —se ofrece el amigazo de María Auxiliadora: un gordo cincuentón con la mirada altiva del perdonavidas y la sonrisa untuosa del subordinado.

—Mejor no, mi jefazo. Traemos evidencia, ya tú sabes —arruga la nariz la del auto sin llave, como comprando tiempo para alguna futura explicación.

—Disculpe, comandante —tantea Dunia, apocada y deferente. —¿Será que hay algún sitio de taxis por aquí?

—Aunque hubiera cincuenta, señorita —replica el mandamás, armado de una de esas muecas zalameras que buscan ser galantes y resultan pringosas. —Van ustedes a permitirnos el honor de escoltarlas hasta sus respectivos domicilios.

"Sólo eso nos faltaba", masculla por lo bajo la dueña del Peugeot: "salir de aquí en patrulla, como dos criminales, atendidas como altas funcionarias". O sea como mafiosas, opinaría Ronald, si llegara a enterarse. De una u otra manera, en el transcurso del camino a su coche la acosará el fantasma de la cárcel. ¿Cuál es la diferencia entre ellas dos y los asiduos de ese asiento trasero? ¿Será que ella es la buena y su aliada la mala de esta historia? ¿Por qué entonces sustrajo y se guardó en las copas del brasier varias de las bolsitas que había en la guantera, a escondidas de María Auxiliadora? ¿Quién es la que transporta drogas, ahora mismo, aquí dentro, y para qué las quiere?

¿Para qué las querría, en todo caso (se atormenta y se absuelve, al final del trayecto al Peugeot color morado que la espera en los rumbos de Chimalistac) si no para imponer La Ley de Dunia y armarse de respeto por sí misma? Como quien dice, para lo que se ofrezca. ¿Y fue también por eso que se robó el *CD* de los Strokes?

—Bien hecho, parejita. Bienvenida. Yo te busco mañana —celebra entre susurros María Auxiliadora, palmeando los cachetes de su cómplice.

Ceremoniosamente, un policía baja y abre la portezuela. *Qué diferencia, ¿no?*, se dice Dunia, al abrir el Peugeot. *Ni al mismísimo Ronald Lamm le dan un trato así.*

25. Conexión en Cuicuilco

Noviembre 16. Miércoles. 8:32 a.m.

Hace tiempo que Sebastián Ariza renunció a abandonar la casa de su madre en Xochimilco, donde ha visto pasar los primeros cuarenta y cinco años de su vida sin molestarse en pagar una renta, procurarse el sustento o costear una sola de las comodidades que le hacen todavía más fácil la existencia. Según sus tres hermanas, todas casadas y mayores que él, *es una bendición* contar con Sebastián para el diario cuidado de la madre, si bien frecuentemente echan pestes en contra *del muy zángano* que no sabe ni cuidarse a sí mismo y encima ocupa el cuarto de servicio —en la azotea, con acceso directo a la calle— adonde no la oye ni la ve, ni puede ella pescarlo fumando mariguana día y noche.

Ayer mismo Silvana, la más grande, llegó a comer a las dos de la tarde y lo encontró sentado, desayunando. "Tu hermano está malito, quién sabe qué comió", se apresuró la mamá a solaparlo, aunque era cierto que lucía demacrado. "Pasé la noche en vela", se excusó sin mentir, porque efectivamente recorrió a ojos abiertos una por una de las horas yermas, tras volver a la casa con el despecho a cuestas y la autoestima lista para trapear el piso de un mingitorio público.

¿Quién se había creído esa tal Magdalena para dejarlo solo y a cargo de la cuenta por dos *brownies*, un *cheesecake* y cuatro *capuccinos*? ¿Le habría molestado algo de lo que dijo? ¿La vería otra vez en el Shakti Kali, así fuera nomás para cobrarle lo que consumió? ¿Por qué seguía teniendo esa suerte de mierda con las mujeres?

La mala sangre no le habría durado más allá de la tarde de ayer, pero tuvo el mal tino de pedirle prestado su iPad a Silvana y no tardó en hallar lo que menos habría querido ver. ¿Qué hacía Magdalena en una foto al lado del maestro Juan de la Luna? ¿Por qué se cambió el nombre? ¿O sea que la ex del difunto Dupont lo había utilizado precisamente a él para recabar chismes sobre el Shakti Kali? ¿Tenía que indignarse o envanecerse? De una u otra manera, resolvió, de regreso en su cuarto, esa suplantadora merecía cualquier cosa menos su discreción.

Hoy, como cada miércoles por la mañana, un puñado de alumnos del Shakti Kali se reúne a hacer yoga en torno a la pirámide de Cuicuilco, bajo la guía del profesor Ciriaco. Nunca antes asistió Sebastián a uno de estos saludables encuentros —"por problemas de horario", se disculpa a menudo, sin más explicación— y hoy ha llegado una hora y media tarde, a tiempo apenas para agazaparse detrás de unos arbustos a esperar el final de la sesión, que ocurre en algo más de veinte minutos.

Todavía escondido, se felicita por su decisión de abordar este asunto más allá de los muros del Shakti Kali. Ha estacionado el coche de su madre —un Mazda 3 con ocho años de uso— a pocos metros del Audi TT blanco del gurú (reconocible por el tercer ojo pintado en el lugar del logo de la marca, entre las dos calaveras traseras). "Hoy tengo una entrevista de trabajo", informó a la mamá, justo antes de pedirle las llaves del Mazda.

—Hola, prof, soy tu alumno allá en el Shakti, tengo que hablar contigo —aborda Sebastián al director operativo del Shakti Kali, ya en los terrenos del estacionamiento, tras seguirlo de lejos por el sendero que sale de la zona arqueológica.

—¿Cómo estás, Sebastián? ¿En qué puedo ayudarte? —se vuelve el otro, con la sonrisa puesta, sin mostrar el menor sobresalto.

—Creo que una persona te anda buscando —escupe a la carrera, atropelladamente, Sebastián. —¿Conoces a una tal Dunia Montoro?

Toma aire el aludido, sin dejar traslucir en su expresión el efecto inmediato de una pregunta a todas luces fuera de lugar, probablemente indigna de respuesta.

—Ella sí te conoce —argumenta el alumno, antes de que sea tarde para ser escuchado. —Hace dos días se hizo pasar por otra para hacerme preguntas sobre ti.

—¿Preguntas? ¿Qué preguntas? —tuerce el gesto el gurú, con el pasmo sonriente de quien te oye jurar que has visto un ovni. —¿Pero qué es tuyo Dunia? ¿Socia, amiga, pariente?

—No, no, no, nada mío —sacude el informante las palmas abiertas. —Estuvo en una clase y le invité un café. Al principio me pareció muy raro que así nomás le diera por contarme sus cosas, pero pensé que estaba vibrando alto…

—… y tú tenías la suerte de estar ahí, obviamente por pura sincronicidad —ironiza el del Audi, meneando la cabeza.

—Fue a la primera clase, pero no se inscribió. Ni pensaba inscribirse, si hasta se cambió el nombre.

—¿Y de mí qué te dijo?

—Me preguntó si ya te conocía, según ella eres gente peligrosa —se lanza Sebastián a hacer ficción para tapar sus propias infidencias. —Quería saber qué drogas manejabas, a cuánto las vendías, quién te las compraba.

—No sé nada de drogas, no comprendo —se engarrota el chamán, con los pelos de punta.

—Ya sé, pero es que así me lo preguntó ella. Llegué hasta a sospechar que fuera policía.

—Y no te equivocaste. Es policía —brama el gurú del deportivo convertible, presa de una rabieta que ya no puja por disimular. —Y es también sospechosa de homicidio. Anda desesperada por echarle la mierda a quien se le atraviese, pero conmigo se la va a pelar.

—Yo sentí que te tiene muy mala voluntad —atiza el fuego el proveedor de cizaña, resuelto a emparejarle el marcador a esa que nunca se llamó Magdalena. —Quería que le hablara de sustancias, me entiendes, así que le conté de la mirra, el copal, el incienso, las ramas, la energía. No soy ningún chamán, le dije, pero igual reconozco la diferencia entre un místico y un narcotraficante. Como cualquiera, ¿no?

—Súbete, Sebastián —sugiere el profesor, mirando hacia los lados.

Reloj Patek Philippe, chaqueta Gucci, gafas Loewe, cachucha TaylorMade, pantalones Vuitton, tenis Berluti. No cualquiera adivina que el conductor del Audi viva pendiente del estado de su alma. Sebastián, por lo pronto, se regodea en la pura recompensa de ocupar el asiento del copiloto.

Van a dar un paseo, según ha decidido el profesor Ciriaco, y ya tuerce el volante hacia Insurgentes, rumbo al campus de Ciudad Universitaria. ¿Cuándo habría imaginado la impostora que aquel samaritano inofensivo iba a cobrar venganza quitándole la máscara? Bastaría este solo devaneo para compensarle por la paliza al ego que lo trajo hasta aquí, pero es su día de suerte porque él así lo quiso y ello apunta hacia nuevas recompensas.

—¿Un gallito, pa' los nervios? —ofrece el profesor y le alcanza una pipa de tabaco en la cual no hay lugar para el tabaco, acompañada de un encendedor de oro.

Mucho se habla en los corredores del Shakti Kali sobre la proverbial calidad de la yerba que acostumbra fumar el conductor del Audi. Una fumada, cuentan, y no te reconoces. ¿Qué más puede pedirle Sebastián a la vida, sino ser justamente aquí y ahora esa persona seria y digna de confianza a la que el profesor escucha embelesado, mientras conduce el auto por las curvas que llevan hacia el Jardín Botánico?

—La Fiscalía ya la trae entre ojos —aventura el chamán, asimismo sediento de ficción. —Todavía no la encierran porque trabaja para la policía, pero hasta donde sé sólo pudo ser ella la asesina. ¿Le diste tu teléfono o tu dirección?

—Mi nombre, nada más.

—¿Instagram, Facebook, nada…?

—Nada. Se me escapó como ladrona. El mesero me dijo que salió disparada hacia la calle.

—Esa vieja está loca —murmura el profesor, con falsa discreción y ánimo calumnioso. —El papá estuvo preso muchos años, parece que ella nunca lo superó. Según me contó Iván, dormía con un cuchillo debajo de la almohada. Cosa de esquizofrénicos, nunca sabes muy bien en qué fase andan. Tengo una prima con ese problema, aunque ni la mitad de grave que el de Dunia. Los médicos decían que no había remedio, pero con los honguitos ha mejorado mucho. Ya hasta terapias da, yo mismo la he llevado al Shakti Kali para que compartiera su experiencia. No sé si la conozcas, se llama Tamara.

Las palabras del hombre al volante del Audi giran como caballos de carrusel en torno a la cabeza de Sebastián Ariza, quien por toda respuesta planta un amago idiota de sonrisa y asiente sin cesar, mecánicamente. No entiende ni reacciona, si bien más allá de esas limitantes parecería el hombre más dichoso del mundo. O *el niño*, si opinaran sus hermanas.

—Está buena, ¿verdad? —celebra el del volante la pasmada alegría del pasajero. —¿Te importa si le llamo a una persona de mucha confianza, para que de una vez nos vaya aconsejando?

—Estoy bien, no hay problema —mascualla Sebastián, apabullado por la sensación de revolotear dentro de la cabina, contra su voluntad y sin control. —¿Cuántas curvas nos faltan para llegar?

—¿Para llegar adónde, Sebastián? —vuelve a reírse el dueño del Audi, con paciencia de guía Montessori. Luego toma el teléfono a modo de micrófono y se apresura a dejar un mensaje: —Tenían razón tus ángeles, patrona. Dunia fue al Shakti Kali la semana pasada. Abordó a gente, se hizo pasar por otra, preguntó por nosotros. Estoy con un amigo que habló con ella. Se llama Sebastián, es alumno mío. ¿Quieres que te lo lleve para que te cuente, o prefieres que nos veamos más tarde?

Para cuando Ciriaco se arrepiente por la imprudencia de dejarse oír, encuentra que es muy tarde para eludir el peligro mayor. Lejos de interesarse por su llamada, el pasajero está convulsionándose, al tiempo que vomita sobre la vestidura del TT los huevos con chorizo y el tamal que le sirvió la madre en la mañana (qué tal que en una de esas encontraba trabajo y no volvía a probar bocado hasta la noche). Un instante después ya está roncando.

—Tu puta madre… —gruñe el del volante. Curtiría a Sebastián a golpes y patadas, si estuviera seguro de no embarrarse, aunque igual se conforma con deshacerse de él antes de aterrizar en un autolavado. —Estúpido de mierda, lamebotas, rajón, eunuco de cagada. Con razón hasta Dunia se te fue viva.

Varias horas más tarde, pasado el mediodía, el fugaz copiloto del Audi vomitado despierta a solas en mitad de un parque. Lo último que recuerda son las curvas en torno del Jardín Botánico, fue en una de esas que acabó de marearse. Se revisa las bolsas del pantalón. No le falta el dinero, ni el teléfono, ni las llaves del coche. ¿Adónde fue *su amigo*, el profesor Ciriaco? ¿Cómo se despidieron? ¿En qué quedaron? ¿Dónde queda Insurgentes, por lo pronto?

26. Madera de gurú

Noviembre 16. Miércoles. 11:55 a.m.

Hay sonrisas que empujan a mirar a otra parte. La del hombre en lo alto de la rampa eléctrica —más mueca que sonrisa, en realidad— es lo bastante turbia, untuosa y antipática para que Dunia incluso considere la posibilidad de correr hacia abajo, en sentido contrario al mecanismo, con tal de no topárselo de frente. *No he hecho nada*, se dice, sin embargo. No tendría por qué huir, menos aún hacerse ver huyendo. Mira hacia atrás, en busca de otro destinatario para el gesto amigable del desconocido, pero es obvio que el tipo —rechoncho, relamido, de cabellera exigua, tendrá unos cincuenta años, quizá más— la mira sólo a ella y espera alguna forma de reciprocidad.

—¿Me permite un instante, doña Dunia Montoro? —se atraviesa el sujeto, a medio metro del final de la rampa, mientras junta las palmas y entrelaza los dedos, a manera de súplica infantil.

—¿Quién es usted, perdón? ¿Cómo sabe mi nombre?

—Perdóneme usted, Dunia. Tengo entendido que está un poco indispuesta contra mi persona y vengo a dar la cara por mis actos. Soy Julio César Alamilla, estoy a cargo de la columna periodística que lleva el título de *La Picota*.

—¿Está a cargo? No entiendo. ¿Es usted abogado, administrador, conserje?

—Yo la firmo, señora, por eso me interesa reivindicarme.

—Soy una funcionaria de seguridad. No estoy autorizada a hablar con la prensa. Ni siquiera con los que me difaman.

—Como le digo, quiero reivindicarme. Permítame ofrecerle una buena salida para los dos.

—Los dos… ¿O sea usted y yo? —encoge la nariz la recién abordada y suelta una risilla vengadora. —Ni volviendo a nacer. ¿Sabe que me repele su presencia?

—Déjeme que le invite un cafecito —encaja el golpe el hombre sin chistar. —Yo sé lo que le digo, le conviene. Perdone la confianza, pero dudo que pueda darse el lujo de desairar mi atenta invitación.

—¿Eso es una amenaza?

—De ninguna manera, mi señora. Esto funciona igual que la publicidad. Hay una buena oferta y un anuncio le avisa que no puede perdérsela. De poder, puede, claro, pero le haría mejor aprovecharla. Tiene ya una semana que la ando buscando. ¿No le llegó ninguno de mis mensajes?

—Me llegó su columna… con todo y los infundios.

—Entiéndame una cosa: lo escrito, escrito está. No podemos borrarlo ni cambiarlo, pero la tinta no se nos ha acabado. Aquello va a olvidarse antes de que el periódico se empiece a percudir. ¿Le parece si vamos aquí al Café del Sur?

—No sé dónde sea eso.

—Está a tres cuadras, frente al Parque de los Insurgentes.

—No conozco ese parque.

—Es uno pequeñito, aquí muy cerca, delante de la Emperatriz de América.

—Tampoco la conozco.

—¿No conoce la Iglesia de la Bola?

—Ah, sí. También el parque. ¿Es un café que tiene mesas en la banqueta?

—Ese mismo, podemos ir a pie.

—Usted puede ir a pie. Yo me voy en mi coche y allá lo veo.

—¿Puedo irme con usted?

—Perdón, pero mi coche está recién lavado —sonríe mordazmente la aludida y da la media vuelta, ya de camino al estacionamiento.

Una vez al volante, duda la del Peugeot entre efectivamente ir al café o aprovechar y hacerse ojo de hormiga, pero la sola idea de verse una vez más en el sitio de honor de *La Picota* la orilla a estacionarse a media cuadra del Café del Sur. Luego escoge una mesa en la banqueta y se sienta a esperar, no del todo segura de estar haciendo lo que le conviene.

El periodista baja de un Cadillac negro que ha acomodado enfrente del café. Sabe, por experiencia, que las personas no lo tratan igual cuando lo ven bajar de ese armatoste, seguramente demasiado fino para el pobre infeliz con quien los distraídos a veces lo confunden. Absorbida por la pantalla de su teléfono, su invitada no se vuelve a mirarlo cuando por fin se sienta frente a ella.

Es un momento incómodo, algo así como un duelo de silencios, que el del Cadillac trata de aligerar con un par de llamados al mesero. "Un café *latte*", solicita Dunia, y como el otro elige también *latte*, ella levanta el dedo y se corrige: "¿Sabes qué? Mejor no. Para mí un *capuccino*". Tras lo cual mira fijo al gacetillero, como si le advirtiera contra la posibilidad de imitarla de nuevo. O como si dijera que ni sus tazas pueden ser iguales.

—¿Y a poco sí me ve madera de gurú? —sonríe a medias ella, en un tono de tregua que no termina de renunciar al sarcasmo.

—Lo que yo veo, mi apreciada señora, no por fuerza es igual a lo que usted vio impreso en *La Picota*. Mi visión se actualiza todo el tiempo. Fíjese nada más, yo me la imaginaba de morral y huaraches, y resulta que es una estrella de cine.

—Pues yo a usted sí me lo imaginaba como estrella de cine, y no me equivoqué. Como Danny de Vito, pero con mal aliento.

—Aprecio mucho su exquisito humorismo —celebra el columnista, tras una risotada de cortesía. —¿Sabe por qué? Porque así se desquita y me aborrece menos por mis errores.

—¿Está consciente de que puedo demandarlo?

—Pues ojalá lo hiciera, mi estimada señora. ¿Sabe que colecciono demandas en mi contra? Las tengo todas muy enmarcaditas, colgando de los muros de la casa de usted. Ninguna me han ganado, hasta la fecha.

—Ahórrese los cumplidos y las cursilerías, señor…

—Julio César Alamilla, para servir a usted. Yo sé que hablarme feo la compensa, sólo espero que eso no sea un obstáculo para que escuche bien lo que vengo a ofrecerle. De otro modo no la molestaría.

—Oiga, tengo una duda. ¿Alguien le paga por hacerme mala fama?

—El periódico, claro, aunque modestamente. ¿Sabe cuánto les cobro por columna? Una miseria, créame. Mis palabras son mucho más baratas de lo que mucha gente se imagina.

—¿Y qué me dice de Waldo Farías, Samuel Baños y Manrique Quiroz? ¿A poco no le dieron su *domingo*?

—Información, señora. Es la única moneda con la que yo trabajo. Esos señores a los que menciona también me preguntaron si usted me había pagado por perjudicarlos. Tener una columna en el periódico es como criar un león y guardarlo en el sótano. Las personas le tienen a uno miedo, pero nadie se para a considerar en cuánto sale el chiste de alimentar a un león. Se le va a uno la vida en este oficio…

—A ver, me dice usted que le pagan muy poco. ¿De dónde saca para un coche como ese?

—De chamaco soñaba con hacerme escritor, todavía de joven escribí algunos cuentos, pero no era lo mío. Mejor dicho, yo sé, siempre he sabido, que mis palabras no valen gran cosa. Se lo digo con toda la franqueza, hace usted mal si sufre o se molesta por lo que yo escribí sobre su personita.

—No me ha dicho de dónde sale su dinero.

—Se lo voy a explicar, aunque la comprometa —apunta Julio César con ambos índices a su interlocutora, como si se tratara de sendos revólveres. —Ya vio el coche que traigo y le gustó, lo cual sinceramente me complace. Por cierto, no es el único, tampoco el más costoso. Mire mi ropa, mi reloj, mis anillos, mi esclava. Nada de esto me lo paga el periódico. Ahora voy a hacerle una pregunta: ¿Tiene usted una idea del valor del silencio? Porque eso es lo que ofrezco, mi señora.

Se hace un silencio abrupto (como si hiciera falta ejemplificar), mismo que Julio César intenta de algún modo trivializar con una amplia sonrisa de cartón.

—Permítame que abunde —vuelve a la carga el Danny de Vito halitoso. —El silencio del que hablo se parece a una copa de cristal de Bohemia, que una vez rota no hay quien la repare. Es un silencio caro, yo diría *muy caro*, porque es puro y no tiene sustitutos. Es una pieza única, delicada, vital. El silencio, señora, es propiedad de quienes lo guardamos. Así que, le decía, tiene usted esta pieza valiosísima, que bien podría ser su más grande riqueza y sin embargo es frágil. Quebradiza. Entonces yo le digo ¿sabe qué? Se la guardo. Se la cuido. Se la protejo contra todo mal. A otros les sale caro este servicio, pero a usted se lo voy a regalar. ¿Ya sabe cuál es el lugar de honor de *La Picota*?

—Lejos de ella, supongo.

—Exactamente. A salvo, a buen resguardo. ¿Qué le pido yo a cambio, para poder darle la garantía de que no va a volver a verse en *La Picota*? Que colabore, Dunia. Que me ayude con esto, por su tranquilidad. Todas las cosas rudas que ha pensado en decir, pero no las ha dicho por no meterse en líos, tengo todo el poder para viralizarlas, sin el menor peligro para su integridad. Perdóneme de nuevo, por extralimitarme en la interpretación de los datos que en su momento tuve yo a la mano. Quiero reivindicarme, si me da usted esa oportunidad.

—¿Quiere reivindicarse con La Chamana?

—Como le digo, se me pasó la mano. Dudo mucho que tenga madera de gurú, lo que pasa es que estuvo casada con uno.

—Sí, hace muchos años. ¿No le contaron que por eso lo dejé?

—Sé que es lo que usted dice, pero igual me pregunto si cuando se fijó en Juan de la Luna no le vio cierta vocación de brujo.

—¿Iván Dupont? —chilla y suelta la risa la ex esposa del muerto. —¿Cómo le explico, señor Alamilla? He visto ornitorrincos mejor calificados para la brujería. Hay que estar muy perdido en esta vida para seguir los pasos de un hombre como mi ex.

—Algunos lo siguieron y no les fue tan mal.

—Siguieron al dinero, que no es la misma cosa. Pero usted les creyó y por eso me puso La Chamana.

—Afortunadamente, Dunia, usted no se parece a la caricatura que me pintaron. Me disculpo de nuevo, y ya entrados en gastos le pregunto: ¿quién de las amistades del señor Dupont sí tenía madera de gurú?

—¿En quién creía Iván, eso quiere saber?

—Pues, si fuera posible, nos ayudaría mucho a buscar la verdad en otro lado. Quiero decir, en donde corresponde. Se la pongo más fácil: si ni usted ni su ex tenían dotes de brujo, alguien debió de haberlas tenido.

—No sé por qué me queda la impresión de que sabe muy bien de quién quiere que le hable.

—Yo le doy mi palabra…

—No me dé baratijas. Convénzame, mejor, de que nunca oyó hablar de un tal Nivardo.

—Es usted dura, Dunia —menea la testa el autor de *La Picota*, mientras saca una pluma y una libreta de la bolsa interior del saco. —Uno oye muchas cosas, en esta profesión. Y sin embargo nunca es lo mismo oír que prestar oídos. Es posible que sepa de quién me habla, pero lo que yo quiero es verlo con sus ojos. A través de sus ojos, para que me entienda. ¿Qué pasa con Nivardo?

—No lo conocí mucho. Era una de esas amistades raras a las que mi marido no llevaba a la casa, no sé si por vergüenza o por precaución. Yo ya sabía que él le vendía la coca, por eso nunca me tragué su cuento de que era consejero espiritual.

—¿Nunca asistió a alguno de sus rituales? —inquiere el periodista, al tiempo que transcribe en su libreta.

—Nada más una vez, de espectadora. Se suponía que iba a participar, pero me eché pa' atrás. Más bien eché los hongos a la basura, donde luego Nivardo se los encontró. Y ya, no me volvieron a invitar. Iván, ya se imagina, no me lo perdonó.

—¿Y qué fue lo que vio, o alcanzó a ver?

—Éramos como quince participantes, yo no conocía a nadie más que a Iván y a su amigo el brujito. ¿Sabe por qué no quise probar los hongos? Por lo mismo que casi no me acuerdo de la ceremonia. Había una mujer, yo no sé si muy guapa o nomás muy vistosa, que se comía con los ojos a Iván. Y él le correspondía, con todas las coartadas a su disposición. Le agarraba las manos, le sobaba la espalda, le echaba ojos de beato apendejado. Valga la redundancia, ¿no?

—¿Qué no es usted católica? —se interesa Alamilla, tras reprimir la risa.

—Rezo, a veces, si me gana la angustia. Pero de beata nada, sólo eso me faltaba. Otro detalle que me había hecho dudar de comerme los hongos fue que, antes de empezar la ceremonia, a Nivardo le dio por hacer *show*, junto con la vieja esa que tenía embobado a mi marido, y que yo no sabía de dónde había salido pero seguro ya se conocían. Resulta que es la prima de Nivardo y le da desde niña por la brujería.

—¿Cree usted que lo embrujó?

—Yo no creo en esas cosas. Mi teoría es que la tal Tamara es una perturbada de campeonato, y la prueba es que Iván vivía con ella, poco antes de su muerte. No está bien que sea yo quien se lo dice, pero el pobre tenía una debilidad irreversible por todo lo que fuera carne de diván.

—¿Qué pasó con el *show* del que me hablaba?

—Nivardo era conchero, además de chamán. Se colgaba sus plumas y sus cascabelitos de madera…

—Ayoyotes, les llaman.

—¡Eso, los ayoyotes! Nos recibió con el atuendo puesto y de la nada se puso a bailar. Unos brincos después lo secundó la prima con una danza como de puta hindú, y a huevo que a Ivancito se le caía la baba. Yo dije: "¿Qué hago aquí? ¿Por qué quiero correr? ¿No me estarán haciendo brujería?". Para colmo, a Nivardo le dio por explicarnos cuál era su misión sobre la Tierra. ¿Ha visto a los concheros que bailan en el Zócalo?

—Todos los hemos visto, yo supongo.

—Según nos dijo Nivardo esa noche, aunque yo no termino de creerle, sus amiguitos bailan frente a la Catedral porque su plan es derrumbarla a brincos. Hoy, pasado mañana o dentro de mil años, al cabo que lo menos que tienen es prisa.

—¿Como en una cruzada? —aventura Alamilla, al tiempo que subraya la palabra.

—Una cruzada de lo más confortable. Hoy robamos maridos y monigotes y de aquí a diez mil años nos redimimos.

—¿Monigotes?

—Yo siento que Nivardo nunca quiso tirar la Catedral, ni alcanzar el nirvana, ni reencarnar en buda. Llegó por la rapiña, igual que los demás. No me haga mucho caso, Julio César, porque hace ya cinco años que no estaba yo al día con la vida de Iván, pero cuando Nivardo comenzó a frecuentarlo no le hablaba de magia, sino de monigotes. No sé si sean figuras, o reliquias, o réplicas, o ídolos, o dioses, o cómo se les llame, pero había por montones en los terrenos que iban a fraccionar. Fue Nivardo quien le habló de los monos. Unos pocos estaban escondidos, no sé si en unas grutas o unas cuevas que él conocía desde que era niño. La mayoría seguían enterrados. Luego el papá de Iván puso una súper barda en la propiedad, pero Nivardo hallaba la forma de meterse. Igualito que luego se le metió a Iván.

—¿Monigotes de piedra, tótems de piedra?

—¿Y de qué más, señor? Mi marido decía que el problema era culpa de esas piedras. Según esto, aunque no sé si creerlo, los monigotes eran los centinelas de los muertos.

—¿Cuáles muertos?

—Nivardo le contó una vez a mi esposo que esos terrenos habían sido un panteón. Había un monigote por cada difunto, y después de no sé cuántos cientos de años ya nada más quedaron los monigotes.

—¿Usted los vio? ¿Cómo eran?

—Espantosos, si quiere mi opinión. Diabólicos, dientones, perversos, corrosivos. Haga de cuenta gárgolas sarcásticas. Hubo tres en la casa, por un tiempo. Iván se los llevó, con el mismo sigilo que los trajo, pero igual se quedaron en mis pesadillas. Medirían un metro, poco más, poco menos. Un día quise moverlos y no se dejaron.

—¿Cuestión de magnetismo, podría ser?

—No me haga reír, señor —se desternilla Dunia, contra su voluntad. —Quise decir que estaban muy pesados, al menos para mí que peso menos de setenta kilos. Pero no se equivoca, en una de estas. Me sentía yo rara de acercármeles. No me animaba ni a sacudirles el polvo, como si fueran un *Jack in the Box*.

—El muñeco que salta por sorpresa…

—Sí, pero sólo si abre una la caja. Por eso yo guardaba mi distancia.

—¿O sea que sí es usted supersticiosa?

—Desconfiada, más bien. De vivos y de muertos. Yo no digo que no pueda haber otros mundos, lo que pasa es que no me fío ni tantito de quienes juran que ya los conocen.

—¿Perdió la fe en Iván por esa causa?

—Fue él quien perdió toda la fe en sí mismo. Ya no le acomodaba la realidad, desde que le empezó a faltar el dinero. Por eso se colgó de sus monigotes. Si algo le reconozco al puerco de Nivardo es que supo enganchar a mi marido. Como si hubiera seguido un manual.

—No estoy seguro de estar entendiendo.

—Yo conocí a Nivardo cuando era *caddy* y les surtía coca a Iván y sus amigos. Desde entonces sospecho que nada de eso pudo ser casual, porque el fulano era de Tlalpanáhuac, que es donde estaban los terrenos de Iván. Llámeme paranoide, Julio César, pero sigo pensando que Nivardo se hizo *caddy* solamente para pescar a Iván.

—Y usted le compartió su teoría a Dupont…

—No debí, ya lo sé. Era como pedirle que saltara al vacío.

—¿O sea a la realidad?

—Pues sí, la realidad de la pobreza. Al principio pensé que Iván veía a Nivardo como un salvoconducto para dejar el mundo material como si hubiera sido su decisión. Hasta que supe de los monigotes. Según ellos se proponían salvarlos, preservarlos, antes de que esa zona de Tlalpanáhuac se empezara a llamar Ladera Sur, pero ya estaba yo muy grande para cuentos. Desde el mero principio Nivardo vio dinero y fue tras él. Vivía en una choza que ni piso tenía y ahora es todo un colono de Ladera Sur. ¿Va a decirme que fue casualidad?

—¿Tiene eso algo que ver con los monigotes?

—Los monigotes valen mucho más. El terreno que Iván le dio a Nivardo era para construir un dizque santuario donde iban a estar todas las figuras. Ninguno lo decía, porque eso no se dice entre los vividores, pero los dos andaban tras el puro dinero, con la coartada de la espiritualidad.

—¿Y dónde están ahora los tesoros de piedra?

—Algunos debe de tenerlos Nivardo, otros puede que estén repartiditos entre la gentuza millonaria con la que se lleva. De los demás no sé, tampoco me interesa. Ya hicieron mucho daño, nomás con existir. Si los tuviera yo, los echaría al fondo del mar.

—¿No me dijo que no es supersticiosa?

—Tampoco fatalista, pero tengo mi coche asegurado. Ningún fetiche trae el diablo adentro, a menos que una vaya y se lo ensarte. ¿Y usted cree que a Nivardo le tengo menos miedo que a los monos de piedra? Al revés, Julio César. Fue Nivardo quien trajo los diablos a esta historia.

—¿Cree usted que esta persona pudo tener alguna participación en el destino trágico del señor Dupont?

—Habla como político, licenciado Alamilla —tuerce la boca Dunia, con sorna contenida. —Me gustaría pensar que va a tomarse esos mismos cuidados para no mencionarme, ni implicarme, ni acercarme siquiera a su *Picota*, ahora que desembuche lo que le estoy contando.

—¿Quién más sabe esta historia del cementerio azteca y los monigotes?

—No sé si fuera azteca, mexica u otra cosa, eso va a ser parte de su tarea, usted que es periodista. Aunque no me lo crea, Julio César, es la primera vez que toco el tema, y dudo mucho que lo vuelva a hacer. Quiero pensar que se lo estoy contando, y en realidad ya acabé de contárselo, a la persona más indicada.

—Se lo agradezco mucho…

—No me ande agradeciendo, por favor. Si le dije todo esto es porque me acomodan sus poquitos escrúpulos, no porque haya dejado de pensar que es usted un mal bicho. Escriba lo que quiera, póngale las calumnias que le gusten, quíteme nada más los reflectores y haga de cuenta que no me conoce.

—¿Le molesta si pago los cafés?

—¿Para demostrar qué?

—Que podemos contar el uno con el otro. Es un mundo muy solo, doña Dunia. Son tiempos tempestuosos, ¿no se le hace? ¿Cree usted que está de sobra contar con un amigo?

—Invíteme, si quiere —dobla las manos Dunia y esboza la primera sonrisa de la tarde. —¿No tiene otra pregunta, antes de que me vaya?

—Pues… la misma de siempre —se encoge de hombros el periodista. —La de cajón. ¿Usted de quién sospecha?

—Yo no soy *rabdomante* como la prima loca de Nivardo —se desahoga la otra, en tono socarrón. —Tampoco creo tener madera de gurú, ni entiendo un pito de cementerios prehispánicos, como espero que se haya dado cuenta, pero si existió un móvil en el asesinato de mi ex marido, tuvieron que ser esos monos dientones.

—¿Y qué papel habría jugado Nivardo…?

—Otra cosa no sé, ni me pregunte.

Dicho esto, la ex esposa del difunto se levanta como un *Jack in the Box* y abandona la mesa arrebatadamente, en lo que a ojos ajenos semejaría un pleito conyugal. Tiene tiempo de sobra, por lo pronto, para maldecirse por haber dicho todo cuanto dijo delante de esa víbora con papel y pluma. "La serpiente emplumada", dice en voz alta y ríe de buena gana, con esa ligereza redentora que sigue a una difícil confesión.

—¿Qué dijiste, Nivardo? —se refocila preguntando enseguida. —¿Esa niña tontona nunca se va a atrever a echarme de cabeza? Pues tómala, cabrón. Bienvenido al departamento de cobranzas.

27. La pandilla de Popotla

Noviembre 16. Miércoles. 6:52 p.m.

Noche triste, se llama el callejón de casas pintarrajeadas donde vive Renato Montoro con su segunda cónyuge, a poco más de cinco kilómetros de la numismática en la calle de Palma y a tres cuadras del viejo Colegio Militar de Popotla. Son, según Dunia, rumbos que apestan a rencor, pero el padre creció cerca de ahí y a su modo se siente protegido por la sola fealdad del callejón de marras y la proximidad —lúgubre, agreste, mísera— de la calzada México-Tacuba. Con setenta y tres años cumplidos y un accidente cardiovascular en su historia clínica, el hombre los recorre a pie mañana y tarde, de lo cual se envanece cuantas veces puede. Camina, eso sí, lento y pausado, de modo que el trayecto le toma nunca menos de dos horas y llega ya de noche a merendar.

—Buenas tardes —vibra desde la calle la voz del inspector Rigoberto Rovira. —¿El señor Renato Montoro Reifsteck?

—No está —responde, con la puerta aún cerrada, una voz femenina inamistosa.

—¿Tengo el gusto de hablar con la señorita Leticia Olivas Bravo?

Con la piel de gallina, el oficial Mireles no oculta la dentera que le provoca el rechinido de la puerta al abrirse, mientras su superior pasa una audaz revista a la mujer menuda de falda corta y pechos rebosantes que los mira con ojos suspicaces. Tendrá unos cuarenta años, aunque aparenta menos. Juzgando por la facha, bien podría pensar el de la voz que a la mujer le gusta demasiado gustar.

—¿Quién la busca? —rezonga la otra y agita la melena mal teñida de rubio.

—Inspector Rigoberto Rovira, señorita. ¿El señor de la casa se encuentra por ahí?

—Buenas noches. Soy la señora Leticia Montoro, para servirle.

—Querrás decir Leticia Zaragoza —corrige el visitante, en actitud de sorna, y asume el mando de la situación. —¿Dónde está tu marido?

—Trabajando, señor.

—¿Trabajando a estas horas?

—No creo que tarde ya.

—Si no te importa, vamos a esperarlo —da el inspector tres pasos adelante y se cuela hacia adentro sin más trámites. —Y mientras, platicamos. ¿Cómo la ves, Leticia?

—Con permiso —secunda Marcos Mireles y rebasa a la atónita dueña de casa.

—Siéntense, por favor —invita la mujer, tiesa y patidifusa, señalando a los muebles de la sala cuya tela raída y deslavada delata varios lustros de bancarrota.

De la televisión en blanco y negro marca Admiral al tapiz renegrido en las paredes, casi nada se salva de lucir obsoleto y desahuciado, cual si alguna tragedia decisiva hubiese puesto freno al transcurso del tiempo. Arrellanados en sendos sillones, los policías miran a la mujer volver de la cocina con un pequeño banco de madera que a su modo la pone en desventaja, si bien ofrece vistas de sus altos muslos que ablandarían a más de un gorilón.

—¿Y cómo conociste a don Renato? —entra Rigo en materia, casualmente a propósito.

—Nos escribíamos cartas —gruñe Leticia, con la vista en el techo y los brazos cruzados.

—¿Así, sin conocerse?

—Nos mandábamos fotos, para irnos conociendo.

—Qué bonito, caray. Como en los viejos tiempos. ¿Escuchaste, Mireles, tú que eres romántico? ¿Vivían alejados, o por qué se escribían?

—Vivíamos un poco lejos, sí.

—Deja que haga memoria… —sugiere, complacido, el inspector. —Tú estabas presa en Tepepan y él en Santa Martha. ¿Quince, veinte kilómetros de distancia?

—No sé, señor —traga saliva, esquiva las miradas, se acomoda la falda, afina la garganta la señora Montoro.

—Te casaste con una celebridad. ¿A poco no te acuerdas de Zaragoza, Mireles? —saca Rovira su encendedor-soplete y se prende un cigarro mientras habla. —¿Tú por qué estabas presa, mi distinguida Lety?

—Me acusaron de quedarme un dinero, pero yo no sabía…

—¡Sht! ¡No sea mentirosa, cabrona estafadora! A ver, Mireles, ilústranos con lo que averiguaste sobre nuestra damita.

—La señora Leticia Olivas Bravo organizaba tandas de ahorro entre sus compañeras de trabajo —lee el oficial Mireles en su teléfono. —Cuatro veces logró darse a la fuga con el dinero de las participantes. La última se hizo pasar por muerta, hasta que dos de las personas agraviadas la vieron en la iglesia y la reconocieron. Fue sentenciada a ocho años y seis meses de prisión por fraude maquinado, usurpación de identidad y asociación delictuosa, de los cuales cumplió cinco años, tres meses y once días en el Centro Femenil de Readaptación Social de Tepepan.

—¡Ah, qué la *Lety Tandas*, hombre! —festeja el inspector con un fugaz aplauso. —Salió buena pa' la uña, ¿no? Quién la viera, con esa cara de monjita cachonda. ¿Tienes hijos, Leticia?

—Vivo con mi marido nada más.

—¿Y ahora qué, asaltan bancos o roban carteras?

—Trabajamos, señor. No nos robamos nada.

—¿Ya no se roban nada? ¿Y eso? ¿Les falta práctica o les sobra marmaja? ¿Qué te parece si registramos la casa, mientras viene tu viejo?

—No tiene usted derecho, señor —respinga al fin Leticia y se pone de pie frente a los dos.

Rovira se levanta del sillón de la sala, da unos pasos erráticos y suelta la ceniza del cigarro sobre el mantel del antecomedor. Luego se para enfrente de Leticia, hace el falso ademán de disculparse y enseguida le asesta un gancho al bajo vientre que la dobla y acaba por tumbarla.

—Derecho no, mi reina, derechazo —corrige el agresor, masajeándose el puño con la izquierda. —¿Quieres que te consigne ahorita mismo, para que veas de quién son las leyes?

—No, por favor, señor —jadea, tose, murmura la anfitriona desde el suelo, con los ojos cerrados y los brazos y piernas encogidos.

Mireles se distrae mirando las aristas del techo y la pared, como trazando alguna línea divisoria entre barbarie y civilización. Ajeno a esos sofocos acaso vergonzantes, Rigo se ha acuclillado ante Leticia para apuntarle el índice y girarle instrucciones.

—Me vas a contestar como gente decente todo lo que me dé la gana preguntarte. ¿Me oíste, Lety Tandas?

—Sí, señor.

—Y a tu viejo ni una palabra de esto. A menos que suspires por Tepepan y quieras regresar lo más pronto posible. ¿Entendido, tetona?

—Entendido, señor. Aquí no pasó nada.

—¿Qué le vas a decir de nosotros al ruco?

—Nada, señor, que fueron muy amables.

—¿Cómo quedamos que te llamas?

—Lety Tandas, señor.

—Es correcto, señora —se endereza Rovira, da tres pasos atrás y se deja caer sobre el sillón. —Ahora vas a contarnos exactamente de qué vive tu esposo, porque ese changarrito que tiene allá en el Centro no alcanza ni para este muladar.

—No sé, señor —se recompone a medias Leticia Olivas. Sacude la melena, se levanta, regresa a su lugar en el banquito. —Renato no me cuenta de sus cosas. Compra y vende monedas, es todo lo que sé.

—¿Y qué sabes de la hija, por ejemplo?

—¿Dunia? —junta las cejas la interrogada, con un desprecio ansioso de atención. —No tengo el gusto. Nunca ha venido aquí. A veces llama, pero cuelga el teléfono cuando contesto yo.

—¿Y tu viejo qué dice?

—Nada. No hablamos de eso. Además yo ya estoy acostumbrada a que la gente me saque la vuelta.

—¿Por ti o por tu marido?

—Pues por los dos. Ya ve, todo se sabe.

—Cuando un reo quiere regenerarse se busca una pareja sin antecedentes. Dos delincuentes juntos forman una pandilla, no un matrimonio. Lástima que no quepan en la misma cárcel.

—No he hecho nada, señor, y Renato tampoco —estalla en llanto la segunda esposa. —Por Diosito que somos personas de bien. Sí, metimos la pata, pero todo eso ya nos lo cobraron.

—Óyeme, tetoncita: no es lo mismo abonar que liquidar. Las *personas de bien* son las que nada deben, por eso nada temen. Los demás son carroña, como tú y Zaragoza, y la carroña nunca vuelve a ser carne. Le quitas los gusanos y…

No termina la frase el inspector cuando cruje la puerta de la calle. Mireles Oliveros se retuerce otra vez como un bicho rabioso.

—Joven, muy buenas noches, ¿qué lo trae por su casa? —ensalza al tiro Renato Montoro la presencia imprevista del oficial Mireles, y de paso pretende que no ha visto a Rovira, sentado un par de metros a su izquierda.

—Qué tal, señor Montoro —responde el aludido, con cierta timidez, sin quitarle la vista al inspector. —Ya sabe usted, vinimos a dar lata.

—Traemos una orden de aprehensión —dispara el superior y se guarda la diestra bajo el saco, como si algo fuera a desenfundar. —¿Es usted nada menos que don Renato Montoro Reifsteck? ¿Tenemos ese honor, chingada madre?

El hombre palidece. Le tiemblan manos, labios y rodillas, menea la cabeza con la premura incrédula de quien escucha un veredicto adverso. No ha cerrado la puerta, tiene el resto del cuerpo perfectamente tieso. Rovira, por su parte, se levanta de golpe, sin sacarse la mano del costado, camina lentamente hacia la entrada y pone la otra mano sobre el hombro del señor de la casa.

—No se crea, mi amigo —le da un par de palmadas el inspector al viejo e imposta una sonrisa ligeramente amable. —Lo estaba yo toreando, pa' curarlo de espanto, pero aquí mi pareja me echó a perder el chiste. Dicen que una vez reo, siempre reo, ¿verdad? —ha sacado la mano de su escondite y ahora se la ofrece. —Rigoberto Rovira, inspector de homicidios, para servirle.

—Bienvenido, señor —alcanza a musitar, entre jadeos, el aún candidato a un evento cardiaco.

—Aquí ya su señora, que es rete hospitalaria, nos invitó a pasar mientras usted llegaba. Me platica nuestro amigo Mireles que le hizo una visita en su changarro, pero no soltó prenda.

—Siéntese, por favor —hace una media caravana Renato. —¿Gustan una cerveza, un refresco, una copita? Tengo un *cognac* muy rico…

—¡A otra zorra con ese *mink*! —se pitorrea Rovira de la hospitalidad de su rehén. —Siéntese usted, si fuera tan amable, y no se me distraiga en cortesías pendejas. Si vengo y lo molesto es porque usted chamaqueó al joven Mireles cuando lo fue a buscar allá a su madriguera. Yo sé que como padre le puede el compromiso de proteger a su hija, pero en la vida real no sabe usted ni protegerse el culo. ¿Qué le va a defender a una sospechosa de homicidio el cabrón ex convicto que la maleducó, si encima de eso vive con otra presidiaria?

—Leticia y yo pagamos nuestra deuda con la sociedad —recita de memoria Renato, tras haberse sentado en otro banco al lado de su esposa y tomarle las manos a modo de pequeño desafío. —Y perdóneme usted, señor inspector, pero Dunia mi hija es una persona totalmente honorable.

—Puede que sea así, mi apreciado señor, pero hasta este momento los indicios nos dicen otra cosa. Se lo dije a su cónyuge: para la sociedad, ustedes dos son más pandilla que pareja. Pareja de bandidos, para el caso. Me pregunto, por cierto, si paga usted impuestos en su numismática.

—¡Pero claro que yo…!

—Ya sé que no me importa —interrumpe Rovira, a mano alzada. —Es asunto de Hacienda, no lo dudo, pero soy policía y he aprendido, estudiando patrones de conducta, que el buen camino está sembrado de malos atajos, y que quien agarra uno termina usando todos. ¿A poco no, pareja?

El oficial asiente sin abrir la boca, con la mirada fija entre los anfitriones y el óleo de un payaso compungido que cuelga en la pared, dos palmos por encima de sus cabezas.

—¿En qué año te encerraron? —brinca Rigo al tuteo, musicalmente.

—Ocho días antes del año dos mil.

—¿Y cuándo te soltaron?

—Poquito menos de ocho años después.

—Reincidiste en la cárcel, según tengo entendido.

—Pagué dos penas, sí. Todavía estuve yendo tres años a firmar.

—¿Y cómo te enteraste de que tienes una hija drogadicta?

—No es cierto eso, señor. Dunia trabaja para la policía, si tuviera algún vicio o algún antecedente no la habrían admitido.

—¿Me estás diciendo mentiroso, cabrón? —escupe al suelo, pela los ojos, endereza la espalda el de las preguntas.

—No, señor, cómo cree… —gime en tono de súplica Renato. —Pero es que soy su padre. La conozco, yo sé lo que le digo.

—¿De qué país y de qué Dunia nos hablas? ¿Has sido policía, mequetrefe? ¿Sabes qué tanto tarda un toxicómano en pegarle los vicios a su vieja? Puede que sean días o semanas, pero no llega al mes. ¿Cuánto tiempo vivió Dunia con su marido?

—Con permiso —farfulla la señora, se levanta y se escurre de la escena, como si nada allí fuera de su incumbencia.

—Mire, inspector, yo a mi hija no le di el mejor ejemplo —recobra un poco de aire Renato Montoro, nada más verse a solas con los detectives. —Ella pudo haberse hecho delincuente, pero en vez de eso está en la policía. Yo soy su padre, la conozco muy bien. No es la clase de gente que agarra malas mañas. ¿Sabe que ella por eso se divorció?

—A ver, cuéntame más. Se casó por dinero, en primer lugar.

—Tampoco eso lo creo, ni lo acepto. Aunque es posible que él la deslumbrara, como le pasaría a cualquier persona. ¿Saben qué es lo que pienso? Que Iván se volvió loco. Después de ser quien era, vivir como vivía, ¿en qué cabeza cabe meterse a curandero? Si les digo que a Dunia no le importa el dinero es porque fue educada con esos valores, y también es por eso que no quiso seguir viviendo con un brujo. A menos, ya les digo, que como dicen ahora, se le vaya el avión. Como se le fue a Iván, ¿no?

—¿Nunca te ha reclamado tu querida hijita por todas las vergüenzas que la hiciste pasar? ¿No te guarda rencor?

—Hemos hablado de eso algunas cuantas veces, sin ponernos de acuerdo. ¿Pero rencor? No sé, pregúnteselo a ella. Nunca vivió entre lujos. Y cuando se casó ni coche le dio Iván. Parece que ya andaba en bancarrota. Y Dunia lo sabía.

—A mí también me gustaría vivir en bancarrota en una casa de tres mil metros cuadrados.

—Estaba hipotecada. Nada de eso era real. No tenían liquidez y sí un montón de deudas.

—¿Tú también lo sabías?

—Me lo contaba Dunia, cuando iba sola a verme.

—No me digas… ¿Y el yerno qué opinaba?

—Era muy educado. De esos que siempre encuentran una forma elegante de no decir las cosas. Claro, yo en esos años no era libre, me sentía un poco en deuda porque me visitaban y, pues, me proveían.

—¿De qué te proveían?

—Un poquito de todo. Frutas, ropa interior, revistas, libros, medicinas, cobijas. ¿Y quién pagaba eso? Pues mi yerno, así que no podía pedirle cuentas. Prefería pensar que mi hija exageraba, o que en algún lugar Iván tendría su lanita escondida.

—¿Y no sería que ella sospechaba lo mismo?

—A mí era muy sencillo ocultarme las cosas, porque estaba encerrado, pero ellos vivían juntos. La pobreza se nota, y la riqueza más. Según me contó Dunia, ya separada de él, tenía rato viviendo de prestado y se gastaba todo en mujeres y drogas. Imagínense ustedes lo que acabé pensando del tipo ese.

—¿Seguía ella casada, cuando te soltaron?

—Sí, pero no me hablaba. Me casé a los dos días de dejar Santa Martha y automáticamente me volvió la espalda. Tuvo que separarse del granuja para acordarse de que tenía padre.

—Y para entonces tu hija tenía los mejores motivos del mundo para odiar a Dupont con toda su alma…

—Yo habría creído que sí, porque lo merecía, pero ella seguía loca por el fulano.

—Síndrome de abstinencia, técnicamente hablando. A los tres días sin coca ya andaría arañando las paredes.

—La verdad es que yo no lamenté gran cosa que se echaran a Iván —elude el acosado la provocación, —por idiota y porque se lo ganó, pero hasta donde sé no era cocainómano, ni siquiera borracho. Fumaba mariguana, comía hongos, peyote y porquerías de esas, según esto porque eran naturales. Sé de eso porque tuve un primo hermano jipi, que por cierto acabó en un hospital psiquiátrico. Figúrense nomás lo que sentí cuando supe que el marido de mi hija andaba en la misma onda que mi primo el orate.

—¿Nunca pensó en buscarlo, llamarle, reclamarle? —intenta la empatía Mireles Oliveros.

—Pensé en varias maneras de cobrársela, pero ninguna se veía segura. Y aquí Leticia luego me convenció de que el peor de los daños se lo estaba haciendo él, sin mi modesta ayuda. Y era cierto, ya ven cómo acabó.

—Y sin embargo su hija siguió viéndolo —retoma la ofensiva el inspector, —ya cuando él traficaba otras sustancias. No todas naturales, me parece.

—¿Quién dice que se veían?

—Ella misma, Renato. Al día siguiente de la muerte de Iván la estuve interrogando en mi oficina, Mireles la buscó allá en su trabajo. ¿No te lo informó ella, ni porque eres su padre? Ahí tienes que el brujito le pedía dinero, cada vez que podía. Y ella, muy obediente, se lo soltaba. Lo que no nos contó es a cambio de qué.

—¿Qué está usted sugiriendo? —endurece Renato gesto y tono.

—Pues así, más o menos, lo mismito que tú. Pudo ser que siguiera enamorada y que el ex le pagara con amor. O que no fuera amor, sino alguna sustancia difícil de obtener. O que tuvieran otra clase de trato. Si de verdad te consta que tu hija es una niña bien portada, cuéntanos lo que sabes y así vas a ayudarla.

—¿A qué la ayudaría, por ejemplo?

—A mantenerse fuera del reclusorio. Por ejemplo, ¿verdad? O a evitar que enjaulemos a su papá. Que sería rete fácil, con lo famoso que eres.

—Yo le doy mi palabra…

—¿Tu palabra de falsificador? ¡Hombre, qué ganga, pues! ¿Cómo te explico, mi buen Zaragoza? Un millón de palabras de las tuyas valen menos que uno de mis eructos. Y tu mujer lo mismo: pura sangre rea. Una palabra mía y doña Lety Tandas va de vuelta a Tepepan por el mismo boleto. Sirve que así se escriben unas cartas de amor a toda madre.

—¡Ya, señor inspector, por el amor de Dios! —explota el ex convicto, embutido de falsa dignidad. —No hay nada que ocultar, ni de mí, ni de mi hija, ni de mi mujer. ¿Qué quieren que les diga? ¿Qué tenemos que hacer para vivir tranquilos?

—Pues mira: por lo pronto, tendrían que tranquilizarnos a nosotros. A mi socio Mireles lo tienes preocupado, se ve que le caes bien. ¿Sabes, Mireles? —se vuelve hacia su izquierda el inspector. —Yo tengo una cosquilla, no sé tú. Me llama la atención que tu amigo Renato me dijera que su hija "pudo haberse hecho delincuente".

—¡Pero yo no dije eso, señor! —se extraña y se endereza Renato Montoro.

—Ilústralo, Mireles —bisbisea, impasible, el inspector, al tiempo que levanta la palma derecha para callar sin más al inconforme.

El oficial maniobra su teléfono y en un tris echa a andar la grabación reciente, donde se escucha la voz de Renato diciendo justo aquello que jura no haber dicho.

—¿Tons qué? ¿Soy mentiroso? —suelta la carcajada el de las preguntas. —"Ella pudo haberse hecho delincuente". Lo dijiste tal cual y luego lo negaste. ¿Qué quieres ocultarnos, Zaragoza? ¿Cuál fue esa tentadora oportunidad que tuvo tu princesa para seguir los pasos de su papi?

—Le recuerdo, inspector, que la ley no me obliga a declarar en contra de mi descendiente.

—¿Tengo cara de Ministerio Público? —alza la voz, incrédulo, Rovira. —Yo no te estoy pidiendo que declares, sino que ayudes a tus dos mujeres. Si no quieres, no hay bronca. Tan cuates como siempre y a la verga, cabrón. Nos vamos de una vez a preparar las órdenes de cateo y aprehensión para quienes resulten responsables. Como lo oyes, Mireles: no somos bienvenidos. Vámonos de una vez.

—¡No, no, no, no, señores! —suplica y lloriquea el amenazado. —Por favor, no se vayan de su casa. La culpa es mía, carajo. Por el susto no me supe expresar. Hablaba yo en sentido figurado. Mil disculpas, de veras. Yo les ruego que sean ustedes tan amables de ponerse cómodos y ahorita les explico la contradicción.

A mitad de camino entre sillón y puerta, Rigoberto Rovira menea la cabeza y gesticula, como lo haría ante un hijo incorregible. Acto seguido le hace un guiño a Mireles y lo lleva con él al comedor, donde se secretean algunos monosílabos e intercambian miradas de gravedad. Dos minutos más tarde, regresan a sentarse en el sillón.

—Órale, pues, Montoro, ve de una vez por Lety y que venga a sentarse con nosotros. Pregúntale qué mala cara vio —ironiza el que manda, tras tronarle los dedos al referido. Luego suspira hondo y se vuelve hacia su subordinado. —¿A poco no las damas mejoran el ambiente?

No se levanta todavía Renato cuando se abre la puerta del fondo y aparece Leticia en camino a la sala, con el semblante inerte y las piernas temblonas.

—¿También tú nos grabaste, Lety Tandas, o estabas de curiosa nada más?

—Perdón, señor —maúlla y baja la vista Leticia. —Sí estaba de curiosa.

—¿Ya viste, Zaragoza? Aprende de tu vieja. Cuéntanos la verdad y yo me comprometo a que nos vamos en quince minutos.

—Perdón por preguntar —habla Renato y llena los pulmones. —¿Tiene hijos, inspector?

—Cuatro nomás. Todos ya grandecitos. ¿Y por qué el interés?

—Usted, joven, también, aunque probablemente no los haya tenido todavía, sabe que un padre quiere siempre lo mejor para un hijo. Y aunque no me lo crean, yo no soy la excepción. Cierto, cometí errores y nunca me los voy a perdonar. Fue por esos errores que mi Dunia no tuvo ahí un papá que la cuidara. Qué les voy a decir, ni allí en la misma cárcel pude protegerla.

—¿Le hicieron algo a su hija? —ataja gravemente el oficial Mireles.

—Yo la veía sábados y domingos, eso me hacía bien —continúa Renato, tras sacudir el cráneo medio instante. —Y ella iba muy contenta, muy sonriente a la cárcel. ¿Cómo iba a imaginarme que no era yo la causa de su alegría, sino otro desgraciado presidiario? Estaba allí por robo a mano armada, tenía como diez años por delante y andaba enamorando a mi chiquita.

—¿Y usted cómo lo supo?

—En el bote se entera uno de todo. "Es mi novio", me dijo, muy oronda, cuando le reclamé, luego hizo un berrinchazo porque quise prohibirle que me visitara. Para colmo, la madre los alcahueteaba. "¿Estás loca?", le dije. "¿No te das cuenta de qué gente hay aquí?". Ya parece que no iba yo a saber la clase de fichita que era el fulano ese aspirante a mi yerno.

—¿Se acuerda de su nombre?

—Gildardo Ríos Badillo. Un rufián que no había cumplido los treinta años y ya pasaba de los diez ingresos, entre correccional y reclusorios. Dirán que me faltaba autoridad moral, pero era yo su padre y no iba a permitirlo.

—¿Y cómo iba a evitarlo? ¿Qué edad tenía usted?

—Ya estaba yo vetarro y él tenía sus amigos rufianes allá adentro. Ni modo de pegarle, ¿verdad? —hace Renato un amago de risa. —Así que conseguí algún dinerito y otros presos lo golpearon por mí. "Santo remedio", dije, sin ver dónde me estaba yo metiendo.

—¿Y esa lana de dónde salió?

—Me comprometí a hacer unos trabajos, ahí dentro de la cárcel, y me pagaron por adelantado.

—¿Qué trabajos?

—Papeles, documentos, credenciales. Cosas simples de hacer, pero igual muy valiosas para los internos.

—Volviste a las andadas…

—Y lo pagué con más años de cárcel. Pero eso es lo de menos. Resulta que el granuja que me cobró por meter en cintura a Gildardo también se fijó en mi hija, y con ese infeliz no había modo. Tenía mucho poder. Era uno de los duros, el dormitorio entero lo controlaba él. Sacaba porcentaje de todo lo legal y lo ilegal que se vendía. Y a quien no le pagaba le quebraban el lomo a varillazos. Tenía, además, cara de niño bien, juraba que era víctima de una injusticia y contaba una historia más falsa que mis falsificaciones, así que Dunia cayó redondita.

—¿Nombre, delitos, sentencia?

—Matías Choperena, del segundo apellido no me acuerdo. Estaba preso por trata y secuestro, llevaba casi nueve años adentro, y según decía él ya estaba por salir. Nomás con ese cuento envolvió a mi hija.

—Le ofreció matrimonio…

—A mis espaldas, sí. El tipo iba y venía por la cárcel. Una vez por semana lo dejaban salir, acompañado de dos agentes que él tenía comprados y operaban como sus guardaespaldas. ¿Cómo iba a imaginarme que se veía con Dunia cada vez que salía?

—¿No dices que allá dentro se sabe todo?

—Todo de los gildardos, no de los choperenas. El tipo era matón, tenía orejas y dedos por todas partes.

—¿Qué le hizo esta persona a su hija, concretamente? —interviene Mireles.

—Ya le digo, señor, enamorarla. Después la embarazó, le exigió que abortara, y como ella no quiso le puso una golpiza que ya mero la mata.

—¿Perdió al bebé?

—Por desgracia o por suerte, ya ni sé. Claro, una criatura es una criatura, pero yo me sentía y todavía me siento responsable por la fascinación que había agarrado mi hija por los chicos malos. Yo pienso que por eso se hizo policía.

—Para conocer a otros chicos malos… —retoma Rigoberto la ofensiva.

—Claro que no, inspector. Dunia quería espantárselos. Y es más, si ya en la calle me dejó de hablar no fue, como ella dice, porque me hubiera yo vuelto a casar, sino porque su padre la avergonzaba. Y eso también explica su elección de trabajo. No quería saber nada de mí, ni de los dos bandidos que conoció en la cárcel. ¿Sabe qué se volvió? Lo que nunca había sido. Una fanática. Una puritana.

—No me digas, Renato —frunce el ceño Rovira. —¿Cómo explicas entonces que se casara con un libertino?

—Parecía buen muchacho, Iván Dupont. Y puede que lo fuera, pero no tenía vida, es decir vida propia. Iniciativa. Chispa. Yo por lo menos nunca se la vi. Muy cortés, muy correcto. Generoso, además. Dunia nunca lo supo, pero su esposo me hizo dos o tres préstamos, que nunca le pagué porque él tampoco me lo permitió.

—A ver… ¿Te hizo dos préstamos o tres préstamos? No me vas a decir que ya se te olvidó.

—Sucedió varias veces, tres a petición mía y algunas más por galanura suya. *Tiene buen corazón*, pensaba yo, *aunque sea tan raro*, pero me daba cuenta de cuánto le gustaba ese papel. Hace no mucho, mi hija me contó que la gran fantasía de su ex era aventar billetes a una multitud. Yo supongo que desde un pedestal, porque podía ser un cero a la izquierda, pero tenía un ego tamaño familiar. Creo que le pesaba el apellido. Quería ser como había sido el padre y no se parecía ni a sí mismo.

—O sea que por un lado tu hija la hacía cansada por falta de dinero, y por el otro tú le sacabas dinero a su marido. Por eso no te creías que estuvieran tan pobres como ella te decía.

—Pues… no se les veía. Y yo creía que Dunia me inventaba esas cosas para evitar que a mí se me ocurriera darle un sablazo a Iván.

—¿Y de cuánto billete estamos hablando?

—Cantidades no sé, ya no me acuerdo. Digamos que con todo lo que mi yerno me prestó habría podido comprarme un coche nuevo.

—¡No me digas! ¿Qué marca, qué modelo?

—Yo supongo que un Jetta, cosa así, pero lo invertí todo en mi negocio. Total, pensé, de todos modos se lo voy a heredar completo a mi hija.

—¿Ya oíste, Lety Tandas? Tu marido va a dejarte en la calle, cuando cuelgue los tenis. ¿Qué opinas tú de tanta ingratitud?

Leticia no responde, ni reacciona, ni parpadea siquiera. Como si ya se hubiese resignado a dejarse llevar de regreso a la cárcel con tal de no tener que abrir la boca. O como si ninguno de los hombres presentes le sirviera para maldita la cosa.

—¡Ah, qué *Zaragocita*, hombre! —guasea el inspector y se da una palmada en la rodilla. —Guarda bien tu cartera, *Mirelitos*. No vaya a ser que en un pase de magia te la desaparezca el caballero.

Renato mira al suelo, en actitud de niño regañado, esperando tal vez que el silencio imperante sea el preludio al fin de la visita. El oficial Mireles pregunta por el baño y Leticia se ofrece a precederlo para quitar la ropa que dejó amontonada encima del lavabo.

—¿Sabe qué es lo que más me duele, inspector? —alza la testa Renato Montoro, con la mirada puesta en el horizonte. —Que yo no soy culpable, pero sí responsable: el primer responsable de la suerte de mi hija.

—En términos jurídicos viene siendo la misma chingadera. Cumpliste dos sentencias, Zaragoza. Si eso no es ser culpable, yo soy la Sirenita. ¿Sabes cuál es el día de los presos?

—¿El de los inocentes?

—Exactamente, allá nadie es culpable. Pura alma del Señor va a dar al tanque. ¿Ves por qué no te creo, pinche viejo mañoso?

—Yo no he dicho que sea…

—Me cago en lo que digas, Zaragoza. Estás frito, me cae. Te sigues comportando como presidiario. Andarás muy contento por las calles, pero tu corazón está en chirona, puto. Tu vieja y tú son carne de prisión. Saludan como presos, caminan como presos, respiran como presos. La cárcel no hace buenos a los malos, solamente los marca. Pa' poder distinguirlos, eso es todo. Tú puedes defenderte cuanto gustes; yo, que soy policía, nada más con mirarte sé quién eres, cuánto debes y de qué te arrepientes. Traes la marca en la jeta, aunque no te la veas. Pero bien que lo sabes, por eso eres sumiso y lambiscón. Todos los malandrines se sienten diferentes, en eso son iguales y en lo demás también. Huevones, predecibles, tramposos, mentirosos, cobardes y baratos. Cagados todos por el mismo culo.

Rovira se levanta, da la última chupada al cigarro, lo echa al suelo y lo pisa, con el desprecio asqueado de quien se dispone a abandonar la escena de un crimen repugnante. De regreso en el banco, Leticia se acurruca sobre el costado izquierdo de Renato y entretiene los nervios masticando la tapa de un plumil azul.

—¿Te quedas a dormir, Mireles? —da un grito el inspector, a un paso de la puerta de la calle.

—¡Aquí vengo, señor! —reaparece, apurado, el oficial, y atina a mascullar un "con su permiso" que más parece intento de disculpa.

Enseguida Rovira abre la puerta, la hace rechinar y lo ve estremecerse de repelús. El sarcasmo en sus ojos y la media sonrisa que los acompaña delatan que no ha sido casualidad. Para quien lo conoce, el mensaje es el mismo: *Yo no creo en la inocencia, y menos si es la mía.*

28. Cita con el nahual

Noviembre 16. Miércoles. 11:21 p.m.

A Nivardo Ciriaco Gabriel no le gusta su nombre, ni que hasta su apellido suene también a nombre y tampoco termine de agradarle. Un tiempo sus clientes le llamaron *Mandrake*, nombre de ilusionista, hasta que un accidente afortunado lo elevó a un nuevo rango en la jerarquía mágico-esotérica. A decir de su prima, la vidente Tamara Guedea Sarabia, "el profesor Ciriaco se iluminó después de sostener un combate triunfal con sus demonios". Que aquello coincidiera con el arribo súbito de un pelotón de agentes federales a la que hasta ese día fue su casa y guarida, da fuelle a los rumores sobre su desaparición inexplicable y su reaparición, pocos meses más tarde, con rango de gurú y barba crecida.

En los últimos años, el prestigio del profesor Ciriaco ha crecido de forma exponencial, en conjunción con su nivel de vida. De una cabaña astrosa en Tlalpanáhuac se mudó a una mansión rocambolesca que mandó edificar al otro lado de la carretera, ya dentro de los límites de Ladera Sur. Nadie más en el pueblo soñó con semejante salto residencial, ni faltarían quienes lo atribuyeran a sus mentadas dotes de brujo consumado. ¿Y cómo no iba a serlo, si atendía a millonarios y ya hasta era uno de ellos?

Nunca volvió Mandrake al club de golf. Ya en su papel de profesor Ciriaco, restableció sus lazos con algunos golfistas de confianza, asimismo vecinos de Ladera Sur, que pronto echaron mano del nuevo apelativo con la desenvoltura de un converso instantáneo. No era lo mismo, al fin, tratar con el Mandrake en lo oscurito que invitar a la casa al profesor Ciriaco. "Anduve muy perdido, en aquel tiempo…", reconoce, con aires evangélicos, en cuanto se presenta la oportunidad, y es como si dijera que eventualmente dio con el buen camino e invitara a los otros a seguir sus pasos. Pero ni falta que hace, si en los últimos años su fama lo precede y abundan los pacientes —como antes los clientes— ansiosos por dejarse conducir más allá de su insípida realidad.

No falta quien se empeñe en ponerse al timón, como es el caso de Manrique Quiroz. "Respeto mucho al profesor Ciriaco", inclina la cabeza y entrecierra los ojos al nombrarlo, pero quien lo conoce advierte que en el fondo no lo desprecia menos que cuando era el Mandrake, ni alcanza a distinguir entre uno y otro. "Voy a tener al *bueno* acá en la casa, vente con tu señora", convidó a un par de socios durante la semana, pero eso de invitar a las esposas a ponerse hasta el culo de peyote era un plan muy riesgoso, a juicio de uno, y una barbaridad según el otro.

Lo bárbaro y riesgoso, en realidad, no fue probar peyote con su esposa, sino meterse al baño, media hora después, para darse unos *poppers* en secreto. Desde entonces alterna entre llorar, rezar, berrear, jadear y pronunciar sus últimas palabras. Por lo pronto, su boleto hacia afuera del purgatorio está en manos del profesor Ciriaco.

—¿Dónde está mi mujer? —chilla el intoxicado, con el pesar de un niño moribundo. —¡Orquídea, ven acá! ¡Tengo que decirte algo!

—Déjala, está viajando en el jardín —susurra, con querúbica tersura, el guía espiritual de la jornada. —Tienes que venir tú, no llevártela a ella.

—¿Cuánto quieres, cabrón, por traerme a mi vieja? Órale, te hago un cheque, tú le pones los ceros.

—Mejor cuéntame cómo la conociste.

—¿Cómo conocí a Orquídea? Te la quieres coger… ¿O no, traidor de mierda? Dímelo aquí, en mi jeta. ¡Orquídea! ¡No te escondas! ¡Ya supe que le gustas al puto del Mandrake!

—¡Ya está bueno, Manrique! *¡Saravá! ¡Saravá!* —zarandea el chamán a su paciente, con la autoridad de un progenitor. —¿Por qué no nos ayudas? Te pedí que me cuentes cómo se conocieron tú y tu mujer.

—¿Verdad que está bien buena todavía? —se envanece Quiroz, en un súbito rapto de pubertad. —¿Sabes que era edecán de

Coca-Cola, cuando la conocí? ¡Con lo que a mí me gustan las dos cosas, chingá! ¿Y qué crees que hice yo? Pues nada, me le fui a la yugular. Se terminó el evento, le ofrecí un aventón y así de puros huevos me la llevé a un motel. Voy a darte un consejo, mi Mandrake: a las viejas les gusta que te les adelantes. Y aquí, modestamente, has de saber que yo por esos años tenía el pito más rápido de México. Y óyeme bien: el mejor cotizado. Pregúntaselo a Orquídea, que en cuatro pinches meses se casó conmigo. ¡Orquídea, mi amorcito! ¡Ven a darle un besito a tu paladín!

Orquídea Gutiérrez de Quiroz no ha viajado tan lejos como habría querido, pero esperar tal cosa al lado de Manrique sería tanto como seguir creyendo en la sacralidad del matrimonio. No es la primera vez que prueba los remedios del profesor Ciriaco para su vida hueca y monocorde, ni ha sido tan difícil decidirse como lo pretendió cuando el marido le hizo la sugerencia. Pues lo importante no era, como adujo al dejarse convencer, "compartir la experiencia como pareja", sino legitimarse como también discípula del chamán que hace tiempo suda bajo sus sábanas.

—¿Ya se durmió? —se asoma a la recámara la señora Quiroz.

—Está muerto —sentencia el profesor Ciriaco, con la sonrisa de un carterista triunfante. —No despierta ni con un chile adentro.

—¿Le diste algo?

—Un par de pastillitas y con eso cayó.

—¿No le irán a hacer daño?

—Ojalá, aunque no creo —bromea el brujo, tal vez no tan en broma. —Mientras tanto, lo encerré en la recámara.

—¿Cómo que lo encerraste? —se atraganta de risa la consorte. —¿Por qué?

—Vi la llave pegada y cerré desde afuera —se encoge de hombros el mentado Mandrake y toma por los suyos a la mujer. —¿Quieres saber por qué? ¡Por si las moscas!

Dicho esto, los amantes se propinan un beso tan voraz como la sumatoria de las ganas que han venido incubando desde que el profesor hizo acto de presencia en la Mansión Quiroz. Ávido por sistema, atento a nada más que su interés concreto e inmediato,

Manrique acaparó más de tres cuartas partes del plato de peyote, de modo que el efecto sobre los otros dos ha resultado lo bastante benigno para no distraerlos de lo apremiante.

—¿Te vienes a mi casa?

—Mejor aquí, bizcocho, me da miedo salir.

—¡Pero si está a tres cuadras!

—¿Y qué voy a decir si despierta Manrique?

—Nada. Andas en peyote. Saliste a caminar.

—Casualmente a tu casa, mira nomás. Mejor quédate aquí.

—¿Aquí dónde, preciosa?

—Podemos ir al cuarto de herramientas —ronronea Orquídea, sobando la entrepierna del gurú. —Allí nadie se mete.

—¿Entre pinzas y clavos y tornillos? —rezonga el visitante, querendón. —Soy brujo, no faquir.

—No has querido decirme qué te pasó en la mano. ¿Por qué la traes vendada?

—Te lo cuento en mi casa, con lujo de detalles.

—Te lo advierto, Nivardo… —se rinde y se deslinda la mujer: —¡Ay de ti si nos cacha este pendejo!

Eligieron la noche de luna nueva porque, según consejo del gurú y amante, significa el inicio del ciclo de la vida. Lo cierto es que por ahora no alcanzan las farolas para identificar al par de sombras que avanzan a destiempo, en aceras opuestas, por la calle de Getsemaní, dan vuelta a la derecha en Jericó y una cuadra después doblan en Arimatea, cuyo número 76 fue escriturado no hace mucho tiempo a nombre de Nivardo Ciriaco Gabriel.

Según llegó a opinar Iván Dupont (ya distanciado de Nivardo Ciriaco y en las postrimerías de su existencia), una y otra mansión se ubican en extremos opuestos del mal gusto. Si la de los Quiroz parecería una embajada remodelada como *discotheque*, la del gurú está a medio camino entre templo de Brahma y gran mezquita, de modo que moverse entre una y otra produce la ilusión un poco menos de viajar en el tiempo que moverse entre dos hoteles en Las Vegas.

La *suite* residencial del profesor Ciriaco luce una enorme alfombra de seda de Anatolia, invadida por una cordillera de almohadones tersos, tibios, múltiples y mullidos ex profeso para dar un efecto de claustro materno. Sumergidos adentro, al cobijo del doble privilegio térmico de la calefacción y la calentura, Orquídea y el gurú celebran desvestidos y empiernados la gratísima ausencia del tercero en discordia.

—¿Qué tiene tu marido?

—Miedo, ¿qué va a tener?

—¿Miedo a la policía o al escándalo?

—¿Prometes no reírte, si te digo?

—Sólo si no te enojas si me río.

—Ríete, qué me importa, nomás óyeme. Alguien le está jalando las patas a Manrique. A eso le tiene miedo, o bueno, le tenemos.

—¿Alguien… muerto, tal vez?

—Ya sabes de quién hablo. Iván Dupont.

—A ver. ¿Me estás diciendo que el ánima de Iván viene a tu casa a ver a tu marido? ¿A cobrarse, a vengarse, algo por el estilo?

—Te digo que no sé. A lo mejor es puro cargo de conciencia, pero ese miedo es real, y el mío viene del suyo. Déjame que te explique: me da pavor pensar en Manrique asustado. Se pone mal, le da por romper cosas. Además, si yo fuera el espíritu de Iván, me encargaría personalmente de que Manriquito no volviera a dormir dos minutos seguidos hasta el día de su muerte.

—Si eso fuera verdad, yo también tendría insomnio —acaricia el gurú los pechos de la amante, como quien administra una pomada mágica. —Y si tú fueras el fantasma de Iván, pasarías también de visita a mi casa. ¿Qué son tres pinches cuadras para un alma en pena?

—Tú eres brujo, Nivardo —susurra Orquídea, arqueando la columna. —No cuentas. Los espantos saben de quién abusan.

—Hablando de aparecidos, creo que me anda buscando la ex esposa de Iván.

—¿Dunia, la hija del presidiario?

—Esa mera. ¿Sabes que es policía?

—Acabo de enterarme. Creo que la corrieron, o ya están por correrla. Algo dijo Manrique en el desayuno, pero no puse mucha atención.

—¿Cómo ves que se fue a meter al Shakti Kali, a preguntar a quién le vendo drogas?

—¿Lo sabe mi marido?

—Tú y yo nomás, hasta ahora.

—¿Por qué no se lo cuentas? ¿No crees que le interese?

—Vamos a ser honestos, cosita sabrosa. A nadie en este mundo le consta mejor que a ti y a mí con qué tremendo imbécil te casaste. No falla, abre la boca, o levanta una mano, y automáticamente la caga. O sea que entre menos información le demos, más difícil va a ser que meta su cuchara. Y tú y yo vamos a dormir mejor. Sobre todo si no dormimos mucho, ¿verdad, bizcocho?

—Tendrías que embrujarlo, tú que le haces a eso.

—¿Sigues yendo a la iglesia? —incrementa Nivardo el manoseo, diríase que claramente a propósito.

—Nada más los domingos —se deja hacer Orquídea, a ojos cerrados. —Pero no me confieso, ni comulgo. Son cuarenta minutos sin Manrique. Afortunadamente él me espera en el coche. ¿Por qué me lo preguntas, si ni católico eres?

—Suenas como a culpable. ¿No serás tú la de los pies jalados?

—¿Y yo por qué? Samuel, Manrique, el Gummi, ellos eran sus socios.

—Pero tú y yo vivimos, dormimos y cogemos en los terrenos que eran propiedad del difunto. Ese es el nahualito que te anda correteando. Hoy en la noche se te va a aparecer para pedirte cuentas por el pecado de gozar la vida. Va a enseñarte las fotos de tu boda, y luego las escenas de nosotros aquí. "¡Eres La Otra!", te va a gritar delante de tu familia. Recuerda nada más que no es Iván, sino tú, quien le da de comer al nahual. Estás muerta del miedo a toparte con la auténtica Orquídea y descubrir que quiere algo muy diferente de lo que tiene.

—Eres un descarado —ronronea la recién diagnosticada.

—¿Cómo quieres que escuche tus consejos si no me dejas de sobar allí?

—Los espíritus libres no se ponen límites —filosofa Nivardo, sin aún detenerse. —Yo podría hacerme daño preguntándome por qué acabé tan mal con Iván Dupont, por qué no lo salvé o lo rescaté, después de todo lo que me ayudó. Pero él quería irse al hoyo de cualquier manera y tenía a su favor la gravedad. Si intentabas pararlo, te arrastraba con él.

—¿Le dijiste esto mismo a mi marido?

—Más o menos. Llevo rato pensándolo.

—Es que los dos usaron el mismo ejemplo. La gravedad, el hoyo, el arrastre.

—¿Ya admitió que le pesa la conciencia?

—Al contrario. Dice que es una víctima, que si Dios fuera justo tendría que compensarlo por todas las que le hizo Iván Dupont.

De acuerdo a la etiqueta del adulterio, no es de buen gusto hablar del tercero en discordia mientras se le mancorna, si bien es un deleite poder despellejarlo, como dirían los brujos, "en dualidad".

—Yo le he hecho cuatro limpias en diez días y no parece que le hayan servido.

—No lo quiere aceptar, pero lo que le asusta son las auditorías. Si están investigando la muerte de Dupont, es normal que se enteren de sus transacciones. Y si además le rascan van a acabar cayendo sobre las propiedades.

—¿Tu casa, por ejemplo?

—No sé, puede que sí. Lo que escuché decir a este baboso, hace cinco o seis días, es que las firmas en las escrituras no aguantan ni de pedo un peritaje.

—¿Firmas de Iván Dupont?

—Me parece que sí.

—Las de mis escrituras son legítimas. Lo sé porque lo vi cuando firmaba.

—El tuyo es otro asunto, eras su testaferro. Pero Manrique lo hizo todo chueco.

—¿Te consta?

—Lo conozco. Hasta mi estúpida acta de matrimonio es chueca. No es que ande fisgoneando en sus asuntos, pero una escucha cosas, se encuentra papelitos, ata cabos, ¿no? Y como él cree que soy una tarada, ni siquiera le tapa el ojo al macho. ¿Tú crees que a estas alturas no sé que me casé con un bandido?

—Pero a ti no te pueden hacer nada.

—Pues dejarme en la calle, nada más. Qué gran alivio, ¿no?

—¿No te gusta mi casa? ¿Te daría vergüenza que la gente dijera que te fuiste a vivir con un curandero?

—No seas acomplejado, por favor. ¿Sabes cuál es mi logro más grande en esta vida? Fui Reina de la Primavera en Tlalnepantla, y de eso hace quince años. En una de estas soy más corriente que tú.

—¿Entonces sí me aceptas por esposo?

—Te acepté por amante, qué más quieres. Ya hasta te doy servicio a domicilio.

—Con tal de huir del tuyo, ¿a poco no?

—¿Y a poco estás celoso?

—Celoso no. Furioso, en todo caso. ¿Sabes qué no soporto? Que el estúpido siga diciéndome Mandrake. Y que encima me lo haga delante de ti.

—¿Tú crees que algo se huela?

—El ano, pa' empezar. Ahí tiene la cabeza, qué otra cosa va a oler.

—Estoy hablando en serio.

—Y yo también. La gente que es tramposa piensa que los demás somos iguales a ellos. Eso les da permiso de ser como son.

—"¡La-gen-te-que-es-tram-po-sa!" —se admira y acalambra la señora Quiroz. —¿Ves cómo eres de cínico, Nivardo? ¿Así te cree la gente que te paga tan bien?

—"Te creemos", "te pagamos", deberías decir —corrige el señalado y levanta las manos hacia el techo. —Pero yo te perdono, Orquídea de Jesús, en mi infinita bienaventuranza.

—¿Sabes por qué te pago, cabroncito? —se carcajea y aplaude la antigua soberana de Tlalnepantla. —Por hacerme reír, que es lo que más me falta en esa casa. Tengo un marido idiota que se siente gracioso y se enoja si no le festejo sus estúpidos chistes. Para poder reírme necesito acordarme de los tuyos.

—¿Y así eres para todo? —vuelve a la carga el otro, sonriendo sin candor.

—Así mero —dice y se monta Orquídea encima del gurú. —Unas veces me acuerdo y me da risa; otras me da por ponerme cachonda.

—¿Ah, sí? ¿Y entonces qué haces?

—Te cojo, papacito, aunque tú ni te enteres.

—¿Entonces es verdad lo que he visto en mi bola de cristal?

—¿Qué has visto, cochinito?

—Te he visto en cuatro patas, mojadita, chillando tú también como cochina.

—¡*Oinkironki*!

—¿Y eso?

—Es tu nombre: Nivardo. Sólo que en el idioma de los puercos.

—Así me gusta. Puerca. Marrana. Cuina. Puta nalgas manidas. Carcavera apestosa. Panocho agusanado. Zorra de los mil pitos.

—¿Qué te pasó en la mano? —redobla los jadeos la esposa de Manrique. —¡Contesta, hijo de puta, o te corto los huevos!

—Me lastimé de tanto puñetearme por ti, piruja manadera, culo de gallina clueca, tetas de *punching bag*…

No siempre la terapia del paciente tiene que coincidir con la del curandero. Tal como el sacerdote reniega fugazmente de sus votos para poder vivir en paz con sus demonios, el gurú que salió de Tlalpanáhuac encuentra en la blasfemia y la profanación, así como en lo sórdido y lo guarro, elíxires propicios para tomar distancia de su rango. ¿De qué iba a hablar con ángeles y espíritus (se justifica, en tono de santón) si perdiera contacto con el factor humano? En todo caso es un gurú sui géneris y como él mismo dice entre sus íntimos: "Paciente que alucina, Luz Divina".

Nadie que experimente una revelación del más allá tiene tiempo para la suspicacia.

29. "El tesoro enterrado"

La Picota, por Julio César Alamilla
Jueves 17 de noviembre de 2016

En días recientes tuvimos la oportunidad de hablar con un testigo presencial de la trágica muerte de Iván Mauricio Dupont. A decir de la Fiscalía de Homicidios, el cadáver del desventurado heredero presentaba signos de descomposición al momento de caer al vacío. Empero, según Albino Flores Cimarrón, conserje del edificio ubicado en la esquina de Sagredo y Barranca del Muerto (de cuyo piso siete fue lanzado Dupont con las piernas atadas), a apenas un minuto del siniestro ya había un charco de sangre sobre la banqueta. Sangre fresca, se entiende.

Para documentar y respaldar su dicho, el señor Flores mostró a *La Picota* cuatro fotografías que, como precaución, capturó de la víctima recién defenestrada, y donde claramente se aprecia el resultado de una fuerte hemorragia. ¿En qué cabeza cabe, señores detectives, que un cuerpo ya en proceso de putrefacción sangre profusamente de sus heridas?

Tal parece que en los días anteriores al infausto suceso, Dupont y otras personas de sexo masculino estuvieron cargando y descargando una serie de bultos muy voluminosos, cuya naturaleza no conoce ni imagina el conserje, ya que eran transportados en cajas de madera selladas y flejadas de poco más de un metro de altura, aunque el esfuerzo empleado solamente en subirlas al ascensor sugiere la presencia de materiales u objetos en extremo pesados. ¿Algún metal precioso? ¿Balas, armas de fuego, estupefacientes? ¿Fragmentos de un botín espectacular? ¿Tesoros de familia?

Nuestro informante tuvo oportunidad de ingresar, antes que los peritos policiales, a la oficina 707, de donde se presume que cayó Dupont, y no encontró una sola de las pesadas cajas que dos días atrás llegaban hasta el techo. Y como nadie vio que las sacaran en las horas hábiles, cabría sospechar que pudieron haber vaciado la oficina en la víspera misma del homicidio. Una noche macabra, con seguridad, cuyo desenlace último delata, además de ventaja y alevosía, un siniestro periplo de premeditación.

Apenas puede creerse que todavía hoy la Fiscalía no haya siquiera interrogado a un testigo de la preponderancia de Flores Cimarrón. ¿Se trata de cerrar el caso a las carreras o existe ya algún sesgo en la investigación?

Sabemos por ahora que el heredero del imperio Dupont no era, como se ha dicho, un miserable caído en desgracia. Solamente el dinero que se gastaba en drogas ilegales, según nos ha informado nuestro testigo estrella, habría sido bastante para vivir con algo más que holgura.

"Armaban sus rituales, como de brujería", nos ha hecho saber una vecina que no desea ser identificada, por motivos tan obvios como la codicia de quienes victimaron al heredero, y es muy probable que antes lo despojaran de lo que más parece, según varios indicios, un tesoro enterrado entre la desmemoria general y el escaso interés de las autoridades a cargo del caso.

¿Alguien por ahí ha escuchado a los responsables de esta investigación deslizar cuando menos la probabilidad de un saqueo imposible de ocultar, previo al asesinato hasta hoy impune? Tal vez no les parezca un móvil suficiente, aunque hay quienes barajan la escabrosa hipótesis —un servidor entre ellos— de que están trabajando por consigna para favorecer a intereses oscuros y malsanos.

Cuentan otros testigos de las costumbres raras de Dupont y asociados, que en sus noches de frenesí santero invocaban a muertos y deidades, valiéndose de grandes tótems de piedra, como parte de algún ceremonial sincrético que incluía la ingesta de drogas psicodélicas. Lo más curioso del particular es que esto sucediera de madrugada, dentro de un edificio de oficinas, y aun así nadie se molestara en reportarlo. "Yo nunca dije nada, por precaución", nos confesó el conserje, espeluznado.

¿Quién conducía aquellas ceremonias y por qué hasta la fecha se le protege?

¿Es verdad que se encuentran involucrados personajes de la alta política nacional?

¿Dónde están los tesoros que por lo aún no visto tienen mucho que ver con el asesinato?

No olvide que este lunes tenemos una cita en *La Picota*.

30. Puro pájaro nalgón

Noviembre 17. Jueves. 4:46 p.m.

Ronald Lamm trae agruras desde anoche. Nada bien le cayó la cena en compañía del ingeniero Albarrán. Tres botellas de oporto, dos docenas de ostiones en su concha y un filete a la tártara son demasiada pólvora para un estómago empapado en hiel. ¿Creía ese *cocksucker* que podía comprar su dignidad profesional con una puta cena de postín? Lo creía, sin duda, y además tenía toda la razón.

Hasta donde recuerda, se caía de borracho cuando escuchó la *respetuosa sugerencia*. No podía negarse, de cualquier manera, si ya del alto mando le habían ordenado que atendiera *de manera especial* al licenciado Albarrán Aparicio y resolviera todas sus inquietudes. "Políticos de mierda, país de mierda", sigue refunfuñando. Tenía la esperanza de que lo llamarían para el nuevo trabajo en Estados Unidos antes de que tuviera que despedir a Dunia. "Por estúpida", insiste ante sí mismo, con la herida aún abierta, y eso en cierta medida le consuela. ¿Cómo pudo meterse con el ex marido, seguramente sin usar condón? ¿Qué tal se lo negaba, morada de coraje? ¿Pensaba que él jamás iba a enterarse? ¿Pues con quién se creyó que estaba tratando?

Pero no va a decírselo en la cara, tal vez porque no puede estar seguro de que no acabará pidiéndole perdón. Sabe, pero no acepta, que el cabrón ha sido él. Fue Ronald, no sus jefes los políticos, quien dio la orden de vigilar a Dunia. Conoce cada uno de sus movimientos, tiene la transcripción de todas sus llamadas, hizo instalar tres cámaras ocultas en su departamento (mismas que no hace mucho fueron retiradas con sigilo impecable). Había enviado también a una incondicional —Margarita Macías, compañera de turno— a trabajar con ella en el CNA. Nada que él imagine fácil de tragar para quien fue su alumna, subalterna y amante; digamos que sin tanta meticulosidad nunca habría llegado adonde está. *You don't get to the top by trusting your own species.*

Guarda uno luto, a veces, por quitarle argumentos a la culpa. Le toca lamentar lo que muy en el fondo celebra y agradece, como sería la muerte de un pariente engorroso o el epílogo de un *affaire* caduco. Y por eso también Ron se pertrecha de recriminaciones ulteriores para la ya inminente ex analista. Ex: qué prefijo incómodo. Y sin embargo ellos lo son desde hace meses, por *default*. ¿Para qué más, si no, dejó que la mandaran al CNA, pudiendo retenerla junto a él? ¿Quién de los dos mintió antes o se rindió primero? Da lo mismo, tenía que pasar.

No es posible seguir apasionado por la persona cuya vida privada mandaste investigar. Se le borra el misterio. Se esfuma el *sex appeal* de un día para otro. Queda apenas el cargo de conciencia, la comezón moral que te empuja a sentirte arrepentido por haber hecho lo que siempre supiste que ibas a hacer. Es posible que Ron no lo planeara, ni lo quisiera así, pero si ya metiste las manos en la mierda no está de más tener dónde lavártelas.

—Llama Dunia Montoro, señor —gimotea a través del teléfono fijo la voz exasperada de doña Rebeca. —Ya le dije que acaba de salir, se supone que estoy tratando de alcanzarlo.

—Ya no pudo alcanzarme, mala suerte —alza los hombros Ronald, mira hacia el techo y se le va un bostezo. —Dele una cita para mañana en la tarde.

—¿Qué no va a estar usted en Cartagena?

—Pues por eso, Rebeca. Cuando venga le dice que me disculpe, que tuve que viajar. Y ya está, que le firme su renuncia. *Lucky her*, ¿sí? Vamos a darle casi un año de sueldo. Explíquele también que no es mi decisión.

—¿Y qué razón le doy? ¿Por qué la están corriendo?

—No sé, por un ajuste de presupuesto.

—¿Y si no me lo cree?

—Le conviene creerle, *sooner or later*. Nadie la está culpando, es *force majeure*. Espérese a que cuente sus billetes, ya con eso se va a tranquilizar. *I mean, Jesus!* Le estamos dando un año de vacaciones pagadas. En efectivo, sin quitarle ni impuestos. Puede escribir un libro en ese tiempo. Comprarse un coche nuevo, darle la vuelta al mundo, poner algún negocio… Pero antes que le firme la renuncia, si no, no le da nada, ¿ok? Dígale que después voy a llamarle, que tengo una propuesta muy buena para ella.

—¿Cuándo le va a llamar? —gruñe la secretaria, no sin sorna. —¿O no le va a llamar?

Ron cuelga la bocina y al momento se escurre por la puerta trasera del privado. Sale al pasillo, trepa al elevador y se sigue hasta el sótano dos, donde espera su Infiniti azul marino. Mira el reloj: las cinco de la tarde. Recargada sobre la puerta izquierda está Dunia Montoro, tamborileando encima del retrovisor con las uñas crecidas y recién barnizadas de la mano derecha.

—¿Me invitas un café… o no tienes tiempo? —esboza una sonrisa falsamente cordial la aparecida, como una sobrecargo con jaqueca.

—*Oh, my goodness! What a lovely surprise!* —se lleva Ron las manos a la cabeza, con la sonrisa fresca de quien recién ha dado con sus llaves perdidas. —*Dunia dearest!* No te imaginas cuánto he pensado en ti…

—Tranquis, Ronald. No vengo a armarte bronca, ni a mendigar tu ayuda —ataja Dunia el *bullshit* de su superior, impostando una calma inverosímil. —Créeme que no hace falta que te pulas para hacerme sentir que soy la que no soy. Van a correrme, ¿no? Está bien, no me quejo. Como tú dices, yo me lo busqué.

—Yo no he dicho que tú…

—¿Me invitas un café y ahí platicamos? —suspira la inminente desempleada. —Una cosa, eso sí: que no sea del que hace doña Rebeca.

Suelta una risa corta, menea la cabeza, mira con simpatía Ronald Lamm a la última de sus alumnas favoritas. "No esperaba menos de ti", le gustaría decir, a manera de guiño caradura, pero duda tener el capital político para hacer semejante observación.

—¿Traes tu coche? —pregunta el superior, da por hecho que sí y vuelve a preguntar: —¿Me sigues o te sigo?

—Nos vamos en el tuyo, no sea que te me fugues —ironiza ella y da la vuelta al reluciente Infiniti Q70 para ocupar el sitio del copiloto.

—Al contrario, *it's my pleasure*. ¿Crees que dejaría ir esta oportunidad? —se prodiga el texano en caravanas, al tiempo que echa a andar el motor del Q70. —¿No quieres que mejor vayamos a cenar?

—Conozco un barecito no muy lejos de aquí, donde por cierto estacioné mi carro —se hace la distraída la todavía analista de inteligencia, al tiempo que se dice que antes iría a la cárcel que a cenar con Ron. —Perdóname que te haya montado la emboscada. Prometo no quitarte mucho tiempo.

"Nunca le tengan miedo a enfrentar un problema", solía aconsejar a sus alumnos, según recuerda Dunia, el profesor de Política, Medios y Opinión Pública. "Donde el resto del mundo identifica obstáculos, nosotros encontramos oportunidades", abundaba después, y ahora la ex alumna se pregunta qué clase de oportunidad aprovechará el manipulador para darle la vuelta a sus reclamos y echarle encima el peso del reconcomio.

—Cuéntame, *I'm all ears*, ¿en qué puedo ayudar? —rompe el hielo el texano de Jalisco, nada más han llegado al bar Nervión y elegido una mesa en el rincón del fondo.

—Cuéntame tú —acopia aplomo Dunia, se remoja los labios, baja el tono de voz: —¿Por qué me están corriendo? Mejor dicho, ¿por quién? *Porfa* no me lo niegues, ni me preguntes cómo me enteré. Piensa que ya te ahorraste la penita de darme la noticia. Y no me veas así, que no es sarcasmo. Ya te dije, no vengo a retobar, y tú tampoco tienes que regañarme. Ni engañarme, ¿verdad? Cuéntame lo que sabes, te prometo que el chisme no va a salir de aquí.

—Dunia, no me da miedo decirte la verdad. Pero la verdad duele, yo diría que a veces inútilmente. Perdóname por todo lo que te dije, nunca quise que sonara a regaño. Estaba presionado, y asustado. Como ya te expliqué, iba a haber consecuencias, aunque no hubieras tirado el teléfono ni hubieras visto a Iván un solo día. Tú no tienes la culpa de lo que hizo tu padre, pero tampoco puedes deshacerlo, ni sacarlo de tus antecedentes. Yo sé que fue un error pedirte que vinieras a trabajar conmigo, porque era claro que existía ese riesgo. ¿Sabes qué otro problema tiene la verdad? Que a mucha gente no le gusta creerla. Es cierto, me ordenaron despedirte, pero tú no pudiste saberlo antes que yo. Ríete, búrlate, di que soy mentiroso: yo apenitas anoche me enteré. Te van a liquidar con un año de sueldo.

—Ronald, me da lo mismo cuándo te enteraste. Lo que a mí me dijeron es que hay gente de arriba, no sé qué tan arriba, que no me quiere trabajando aquí. La razón no la sé, tampoco el nombre. ¿No crees que eso es lo menos que tendrías que darme?

—El problema de muchos analistas, digamos *su pecado de juventud*, es que les gusta creerse policías. Los mandamos dos semanas a Quantico y regresan enfermos de detectivitis. Yo no tengo que darte ninguna información, mi trabajo consiste en lo contrario. Hasta donde recuerdo, tú tampoco encontraste necesario informarnos que te seguías viendo con tu ex.

—¿Informarles a quiénes de mi vida privada?

—A mí, en primer lugar. ¿No te dije que aquí no había vida privada?

—¿Quieres decir que todos en el grupo están al tanto de que fuimos amantes?

—¿Vienes a chantajearme? Dime, para saber a qué atenerme.

—Yo no soy la traidora, mi amorcito. ¿Crees que a mí me conviene que se enteren de que anduve contigo? Seguramente no soy detective, pero puedo decirte quién es Cynthia Marie, en dónde vive y desde cuándo estás casado con ella.

—Tú no tienes derecho…

—Yo no tengo derecho a saber la verdad. ¿Eso quieres decirme? ¿Cómo ves que lo supe dos días antes de que te me lanzaras? Y no te reclamé, ni te me resistí, ¿o sí? Así que mejor ni hables de derechos, porque pareces el payaso que eres. También he visto fotos de tus hijitos, pero no tienes de qué preocuparte. ¿Crees que me gustaría ser yo la responsable de que esos pobres niños y esa pobre mujer (bastante fea, por cierto) se enteren de la clase de bazofia que eres? Tú podrás ocultarme todo lo que sabes, pero no quieras que haga yo lo mismo. Y al cabo me da igual quién pudo dar la orden de correrme. Bástenos con saber que llevas cinco meses escondiéndoteme. En los hechos, tú eres quien me despide.

—¿Cinco meses? *Good math!* —estalla finalmente el impasible Lamm. —Según mis cuentas, son los mismos meses que han pasado desde que te metiste con Iván Dupont al cuarto 104 del motel Real Hacienda.

—Hijo de puta —se engarrota Dunia, vacilando entre el miedo, la vergüenza y la rabia. —Me mandaste seguir…

—Era mi privilegio —tuerce la boca Ronald, satisfecho. —Lo curioso es que no me equivoqué. Tú eras amante de ese criminal, y me decías "quiero ser tu esposa". Eran mentiras, Dunia, y yo me daba cuenta. ¿Cómo querías que no te me alejara?

—Te lo decía a propósito, *you fuckin' asshole* —refunfuña la otra, tensando la mandíbula como quien pone el dedo en el gatillo. —Porque yo ya sabía que eras casado, sólo quería ver hasta dónde llegabas. ¿Te acuerdas de las pestes que decías de Donald Trump? Y ahora estás más que listo para correr a besarle los pies, con tal de que te saque de esta mierda en la que me metiste con mentiras. Te conozco, cabrón, más de lo que tú piensas. Tú, como gringo *wannabe*, puedes seguir diciendo que no entiendes mis modos y que soy demasiado latina para ti, pero óyeme, Roncito de mi vida: nunca me dieron ganas de ser tu esposa. Me consta que eres puro pájaro nalgón.

—¿No quieres que te lea la lista que escribiste con todo lo que te hizo tu ex marido, apenas unas horas antes de su muerte? La tengo en mi oficina, como dicen ustedes de tu puño y letra. Es una lista de odio, de cuentas sin cobrar. ¿Y te acuso por eso de asesina, o se la hago llegar al inspector Rovira? ¿Verdad que no? Al contrario, la guardo y te protejo. ¿Qué quieres? ¿Que la queme? Por mí no habría problema. Ojalá que no tengas otra sobre mí.

—No eres tan importante para hacerte una lista —ahoga Dunia el berrinche que le produce la revelación. *Chinga a tu madre*, piensa, *Margarita Macías*. —La culpa, al fin, no es tuya, sino mía, por haberme creído que eras persona, sin la menor evidencia a la mano.

—*Now we have a soap opera!* —alza los brazos, se tapa la cabeza, arruga las facciones Ronald Lamm, cual si se protegiera de un vendaval. —Dunia… ¿Vas a hacer de esto una telenovela?

Ya no lo escucha. Nada más terminó de vapulear al que fuera su maestro, superior y querido, Dunia prácticamente salta de la mesa y sale disparada hacia la calle, sin acusar recibo del sarcasmo final. "Ya nos mandamos los dos a la mierda", teclea en su iPhone nuevo un mensaje relámpago para la Hata Mari.

Un instante más tarde, se aparece el mesero del Nervión con los dos margaritas que le solicitaron. Nada más de mirarlas, a Ronald Lamm le vuelven las agruras. "*Fucking mexicans!*", gruñe sin discreción y pide ya la cuenta por el par de cocteles que de cualquier manera va a dejar intactos.

31. *Papachi*

Noviembre 17. Jueves. 9:48 p.m.

—¿Y se puede saber por qué no nos recibe su patrona? —protestó hace unas horas Rigoberto Rovira, nada más entender que no era bienvenido en la oficina de la directora. —No quisiera pensar que tiene una razón muy poderosa para evitarnos…

—Dígale a ese señor que yo no los evito. Al revés, los invito, nada más que a mi casa, hoy en la noche —precisó, sin salir de su privado, la dueña y mandamás del Shakti Kali, en voz lo suficientemente alta para ser escuchada por los visitantes, y enseguida añadió, con una autoridad rayana en insolencia: —¿Por qué razón? Por la misma razón que el escusado no está en el comedor.

De entonces para acá, Rigoberto Rovira no ha hecho sino secretar jugos biliares. ¿Quién se creyó esa zorra respondona para gritarle así a la autoridad? ¿Sabe que es sospechosa de homicidio y la puede encerrar ahorita mismo, por sus puros huevotes? De modo que al cruzar las puertas del *garage* de la mansión de Fuego 860 —no le abrieron la puerta principal: otro desdén que se suma a la lista— el inspector se para a carraspear, hace un ruido de flemas atoradas y estampa un glutinoso escupitajo en el parabrisas de la Cayenne blanca que hace veinte minutos llegó del Shakti Kali. Luego, sin más pudor, se suena la nariz con dos dedos de la mano derecha y hace escurrir los mocos sobre la camioneta.

Unos metros atrás, con las manos dentro de los bolsillos y las muelas crujiendo de algo quizá más fuerte que la vergüenza, el oficial Mireles mira al piso con la viva intención de traspasarlo. Caminaría en reversa, si pudiera, y no bien da tres pasos adentro de la casa un pensamiento súbito lo paraliza. Igual que un mal actor, se lleva las dos manos a la cabeza para hacer evidente que olvidó algo, da media vuelta y corre hacia el jardín. Despavorido, cabe resaltar.

En la sala, que es como una gran gruta polinesia con paredes de piedra volcánica y peceras de diversos tamaños, constelada de luces indirectas y sembrada de fuentes medianas y pequeñas, proliferan los ángeles y serafines. Entre grandes carteles con fotos de familia, monos de porcelana y de Lladró, esculturas de yeso y óleos de procedencia no menos montaraz, escoltados por un regimiento disperso de cuernos de marfil y deidades hindúes, sobresale el retrato en acuarela de otra suerte de arcángel, sólo que este con saco, fistol y corbata, encuadrado en un marco rococó que albergaría mejor a San Judas Tadeo con su flama en la frente.

—¿Y ese cabrón quién es? —masculla el inspector ante el retrato, nada más la mucama del uniforme negro se da la media vuelta y murmura entre dientes "con permiso". Juraría que lo ha visto, no recuerda bien dónde.

Al hombre del retrato se le ve pensativo, con los ojos taimados fijos en lontananza, en un medio perfil que no oculta sus aires de estadista. Podría muy bien ser la expresión de San Pablo, diez minutos después de caerse del caballo. O diez minutos antes, según le dé la luz a la acuarela. Es narigón, tiene cara de buitre y una sonrisa angélica que poco se asemeja a los miles de imágenes que de él se han publicado y difundido a lo largo de varias décadas de gozar de la fama de político duro e implacable. Cabe pensar, mirando hacia el conjunto, que inclusive los ángeles presentes respiran más tranquilos bajo su protección.

José Ortigoza Walter, *don Pepito* para sus allegados, ha sido senador, gobernador, procurador, secretario de Estado y algunas otras cosas de dudoso prestigio, de las que sin embargo no hay pruebas a la mano. Se cuenta que en sus tiempos era hombre caprichoso y de cuidado, tanto así que hasta hoy, con ochenta y dos años cumplidos, abundan quienes antes se le cuadran que arriesgarse a quitarle el buen humor.

No ignora esto la dueña de la casa, quien solamente invoca al hombre del retrato cuando ha de establecer su fuero y jerarquía ante cualquier extraño impertinente. El resto de las veces se diría que basta con tener ahí la turbadora imagen de don Pepito para que el invitado por sí mismo se ubique en su lugar. Pero Rovira no se ha dado cuenta y Mireles aún no vuelve del coche.

—Perdón que no saliera a recibirlo, allá en el Shakti Kali, pero es que es un lugar sagrado para mí. Tratamos cero asuntos terrenales, puro tema esotérico —se disculpa Casilda sin mucho énfasis, mientras va descendiendo por una ancha escalera de caracol con peldaños de mármol color negro, que no por accidente desembocan en un piano de cola blanco. Trae un caftán turquesa y un turbante blanco, diríase que a modo de detente contra las vibraciones perniciosas.

—¿Tengo el placer de hablar con doña Casilda Eras de las Pérez? —se pitorrea Rovira con una mueca de falso candor. Como entrando a patadas en confianza.

—Mucho gusto, señor —gruñe, aprieta los labios, sacude la cabeza, encaja el puntapié en el amor propio y esboza una sonrisa de cartón la dueña de la casa. —Casilda Pérez de las Heras y Fernández del Valle. Sin el *doña*, si fuera tan gentil y tan amable, ¿verdad? Yo sé que es complicado, pero así me llamo.

—Hombre, qué confusión —suelta la risa el otro, con los ojos lustrosos de una malicia sobrealimentada. —Tengo allá en la oficina copias de pasaporte y credencial de elector que la acreditan como Hilda Guadalupe Pérez Hernández. Doña Lupita Pérez, vendría siendo. Yo supongo que están equivocados, porque usted es Casilda de las Pérez del Valle y toda esa cuestión, ¿verdad?

—Usted no sabe de lo que habla, señor, pero ya se le ve que está muy afectado por esa vida horrible que llevan las personas acostumbradas a los malos olores —se engalla la mujer, con la vista encajada en la acuarela. —Afortunadamente hay gente muy decente, y sobre todo gente muy importante que puede hablar por mí y decirle quién soy exactamente. Está todo a la vista, señor policía. Regístreme la casa, si eso lo tranquiliza, ya le digo que aquí no hay nada oculto. Sepa usted que a este hogar lo protegen los ángeles.

—No se altere, señora —aconseja Rovira, en tono imperativo. —Vine a hacer unas cuantas preguntas de rutina y no una auditoría de sus bienes. Me intereso por saber de antemano con quién voy a tratar, porque ese es mi trabajo. Por mí puede ponerse Yesenia o Sherezada, pero frente a la ley es usted quien es, y resulta que yo represento a la ley. Estoy a cargo de la investigación de un homicidio con las tres agravantes de la ley. Un asunto muy serio, muy delicado. O sea que usted dirá si me responde aquí o le hacemos llegar un citatorio para que acuda de manera oficial a donde corresponda.

—Siéntese por favor, señor…

—Inspector Rigoberto Rovira, para servirle —da un paso hacia adelante el invasor, súbitamente amable, y estrecha con esmero la mano recargada de anillos y pulseras que sobresale del caftán azul.

—Discúlpeme, inspector —agita la cabeza Hilda o Casilda, cierra fuerte los párpados y los abre de nuevo frente al retrato de Ortigoza Walter, como si nadie más la acompañara. —Creo que estamos todos muy afectados por las cosas tan tristes que han pasado. Yo últimamente nada más me maquillo para que no se note que lloré. Mi padre me ha enseñado a ponerle buena cara al mal tiempo, pero este es otro tiempo y no se deja.

Suelta algunos sollozos la mujer, a los cuales Rovira presta oídos patentemente sordos. ¿O acaso es él quien carga el peso del silencio?

—Dígame, pues, en qué puedo ayudarlo —se recompone pronto la angelóloga, de regreso a su juego predilecto. —Y antes, ¿qué le servimos? *Whisky*, vodka, tequila, mezcal…

—*Whisky* con hielos, gracias —accede el inspector de mala gana, como haciendo el favor de contener sus ímpetus. —¿Puedo pasar al baño?

Tanto detesta Rigo tener que controlarse por respeto al dinero de la sospechosa, que no duda en tapar el escusado y orinar la cubierta y el tapete bordados. "Así nunca te olvidan…", le aconsejó hace un rato al oficial Mireles, que ni siquiera fue para reírse y ahora ya no contesta sus mensajes. ¿Cree que se manda solo ese cabrón? ¿Le va a tocar pedirle a la nalgona esta que lo mande llamar con uno de sus ángeles? Y de nuevo, ¿quién es el mamón del retrato? ¿Será el tío, el abuelo, se la andará cogiendo, en una de estas? ¿Y se va a dejar él comer así el mandado por Sherezada de las Pérez y Pérez?

—Según tengo entendido, el desafortunado Iván Dupont vivía en esta casa —regresa ya a la sala Rigoberto Rovira y no espera a sentarse para lanzar el primer buscapiés.

—Pues sí, señor, *desafortunadamente* —se duele la mujer, antes de interrumpirse con un extenso trago de tequila. —Fui una de las personas decentes y confiadas a las que sorprendió ese sinvergüenza. Lo tuve aquí unos meses, no se crea que muchos, y más que nada por misericordia. Al pobrecito se le veía el hambre.

—Muy desafortunado, también, su comentario. ¿De dónde sale tanta mala sangre, oiga?

—No quise decir eso, señor…

—Inspector Rigoberto Rovira.

—Eso, pues, inspector. El rencor no es lo mío, ni me gusta hacer chistes sobre cosas tan graves. Sólo intenté expresar, porque modestamente a eso me dedico, que no tenía un techo y eso me conmovió.

—¿Cuándo llegó el occiso a residir aquí?

—Ay, no sé, ¿hace tres años…? Dos, porque en 2013 murió mi marido.

—Lo siento mucho, no sabía que era viuda.

—No sabe lo difícil que fue salir a flote. Pero pues ya pasó, y como dicen, hay que ver pa' adelante.

—¿De cuándo a cuándo, entonces? Ya tengo aquí los datos, sólo falta que usted me los confirme.

—Tendría que preguntarles a las muchachas. Yo todas esas cosas las bloqueo, precisamente para no envenenarme con rencores que no me aportan nada.

—¿Cuándo se hizo usted dueña de la escuela esotérica?

—Déjeme ver —pretende concentrarse la del caftán azul, con la vista de vuelta en el retrato. —Ya van a ser tres años que la compré, habían pasado seis o siete meses desde el fallecimiento de mi esposo.

—¿Ya vivía aquí Dupont, para ese entonces?

—Era Semana Santa cuando llegó, me parece que de 2014. De eso sí que me acuerdo porque lo llevé a Taxco a ver la procesión. Cuándo se fue, no sé. Le digo que esas cosas las olvido muy pronto.

—¿Él se fue solo o usted lo corrió?

—Le pedí muy atentamente que se fuera, por mi salud mental y espiritual.

—¿Se considera usted una mujer celosa?

—¿Y eso a qué viene, señor inspector?

—Es uno de los líos del concubinato. A falta de certezas, todo se les va en celos.

—Perdóneme, inspector —se engalla la mujer. —¿Qué está usted insinuando?

—Iván Dupont vivió aquí un año y medio, no unos poquitos meses. ¿Voy bien o me regreso?

—Puede ser, no me acuerdo. Es una época oscura de mi vida.

—Pero era su pareja, yo no sé si también por misericordia.

—Amigo. No pareja. Eso que quede claro, por favor.

—Amigos los zapatos, mi señora. Hay tres carpetas llenas de testimonios sobre la relación que el difunto Dupont mantuvo con usted. Tengo la transcripción de todos los mensajes que él y usted se mandaban por WhatsApp, y en ninguno se tratan de amiguitos. Sé cómo se pelearon, cuándo, a qué hora, por qué. Sé que él estuvo aquí hace algunas semanas, y que intentó llamarle poco antes de su muerte. ¿Ya ve que no le ayudan las mentiras?

—Qué bien se ve que no es usted mujer, señor. ¿No tuvo madre, hermanas, noviecitas, colegas, alguien que le enseñara a descifrar los códigos del otro sexo? Entiéndame que así tuviera usted un video porno de mí con ese vividor de mierda, que en paz nunca descanse, yo seguiría diciendo que fue sólo mi amigo, y usted tendría que ser un caballero y ahorrarse las preguntas de mal gusto.

—Entiendo su postura, mi señora —concede, retrocede, resopla el inspector. —Yo no vine a juzgarla, ni a acusarla de nada que no pueda probar en un juzgado. Usted estuvo cerca del señor Dupont, tuvo que conocerlo por dentro y de muy cerca. Ayúdeme a ayudarla.

—Perdón, ¿me está diciendo que soy sospechosa?

—Yo no le he dicho nada, pero seguramente usted ya se imagina que las mentiras siempre son sospechosas. Especialmente cuando se nos caen.

—Ok, como usted quiera. No le voy a mentir, Juan era muy simpático. Muy protector, también. Sabía cómo tratar a una mujer. Andaba yo tristona, cuando lo conocí. Estaba confundida, despistada, asustada, y él me trajo de vuelta. Luego me encariñé, no se lo niego. Claro que le hice algunas escenitas. Y nos vio medio mundo, cómo no, pero eso no era todo.

—Parece que el señor traía un muy buen coche…

—Mire, inspector, yo a ese hombre le di coche, casa, comida, empleo, viajes, prestigio, fama, relaciones sociales y cualquier cantidad de privilegios, lujos, hasta excentricidades. Y él, con perdón de usted, mojando la brochita acá y allá. Gastándose mi herencia con cuanta furcia se le iba a embarrar. ¿Sabe que hasta esas cosas le pasé por alto? Me hacía la distraída, sin saber que mi fama de cornuda iba y venía entre el Shakti Kali y el Pedregal.

—Hasta que ya no pudo y lo corrió…

—De poder, sí podía. Me tenía embobada.

—¿Embrujada, tal vez?

—Bueno, eso pienso yo. Me consta, en realidad. Me lo han dicho los ángeles, que ellos sí nunca mienten. Pero como usted dice, no puedo demostrarlo en un juzgado. Cooperé demasiado, para ser una víctima. Estaba hasta dispuesta a aceptar que el muñeco hiciera lo que hiciera con quien se le antojara. Me convenció de que él era un iluminado y yo una pobre tonta posesiva. Hasta que lo agarré robándose mis cosas para ir a revenderlas. Ya se había llevado un collar de esmeraldas, entre varios objetos de valor, sólo que no tenía la seguridad y él era mi maestro espiritual. Yo no sé qué tanto hagan los iluminados, pero seguro que no son ladrones.

—¿No pensó en denunciarlo?

—Así como me ve, no me importan las cosas materiales. Lo que más me dolió no fue enterarme de que había malbaratado tres pulseras y dos aretes de oro que eran de mi mamá, sino que detrás de eso se escondían la envidia, el desamor, la ingratitud. ¿Dónde denunciaba eso? ¿Y quién me iba a quitar todo el cochambre que un escándalo así iba a provocar? Si no levanté un acta por el collar, menos por las joyitas y los marfiles, que tenían sobre todo valor sentimental. ¿Qué habría dicho la gente que me conoce y lo conoció a él? Socios, familia, amigos, personas de primera, y yo se los pinté como un hombre muy sabio que estaba más allá de los mortales. Lo paseé por sus casas, los convencí de atenderse con él.

—¿*Atenderse*? ¿Quiere decir drogarse?

—¡Por favor, inspector! Un poco de respeto. No sé si se dé cuenta de que vino a meterse a una casa decente.

—¡Ah, caramba! —se maravilla el inspector, con sonrisa impertérrita. —¿No estaba usted al tanto de que el señor Dupont hacía rituales mágicos con drogas psicodélicas?

—Rituales curativos, si es usted tan amable, con diferentes plantas y productos nacidos nada menos que de la Madre Tierra. Las limpias, por ejemplo, se las pedían mucho, y hasta donde yo sé no son ilegales. A menos que las ramas y los huevos se consideren drogas psicodélicas… ¡Dígame, por favor, para sacar las yemas de mi dieta!

—¿Y las limpias ahora quién se las hace? ¿No será Gino Feelgood, por casualidad?

—¿Gino qué, perdón?

—Éste, mire —estira el brazo izquierdo el inspector y muestra a la anfitriona una fotografía que recién ha sacado de una carpeta blanca con las siglas de la Fiscalía de Homicidios. —Su amigo Jorge Feller. Gino Feelgood, para los más cercanos. ¿O no es usted la que lo está abrazando?

—Mire usted, inspector… —inhala, exhala, cierra y abre los párpados Casilda, como quien hace acopio de sosiego. —El señor de la foto es un paciente mío, y yo de mis pacientes no doy información.

—Entiendo. A sus pacientes los protegen los ángeles. A menos que les dé por sacar la pistola y amenazar, curiosamente en esta misma casa, a un señor que más tarde va a caerse amarrado de un séptimo piso. Como quien dice, cae en mis dominios, y a partir de ese punto tengo la potestad de preguntar lo que yo considere pertinente, y usted la obligación de responder con toda precisión. ¿Qué tenían usted y Jorge Feller en contra del señor Iván Dupont?

—Un segundo, inspector —echa mano Casilda de su teléfono, mira hacia la pantalla y alza la palma izquierda para hacer una pausa. —Déjeme contestar una llamada urgente y vuelvo con usted a seguir platicando.

—Aprovecho para ir por mi segundo, que se quedó esperándome en el coche —improvisa Rovira, conciliadoramente, con la serenidad de quien ve al contrincante entre las cuerdas, sólo que ya Casilda se ha dado media vuelta y sube la escalera sin prestar atención a sus palabras.

Pocas satisfacciones aprecia tanto el inspector Rovira como la capitulación del enemigo. Ver a una señorona correr despavorida por su causa le da la sensación de poder y control que explica su afición por un trabajo ruin que apenas los maleantes hallan envidiable. Pescarlos por sorpresa de los huevos, apachurrárselos sin perder la sonrisa, ver cómo van pasando del reclamo a la súplica como si algún conjuro sobrenatural los convirtiera en súbitos pigmeos. ¿Quién no le agarra el gusto a esa compensación?

Mireles, por lo pronto, no aparece. Rigoberto se asoma ya a la calle, el jardín, la cocina, los cuartos de servicio, si bien nadie lo ha visto desde que entró con él. *¿Se escondió, se escapó, se desmayó…?*, especula Rovira, de regreso en la sala. Las súbitas pisadas desde los escalones superiores le indican, sin embargo, que el oficial Mireles puede esperar.

—¿Señor Romero? ¿Anda usted por ahí? —canturrea la voz de la anfitriona, con esmerada despreocupación.

—Soy Rovira, señora —se descoloca Rigo, todavía ofuscado por el incomprensible motín del subalterno.

—¿Revira, dice usted? —confirma la mujer, conteniendo la risa, se vuelve hacia el teléfono inalámbrico y aclara, en voz bien alta: —Se apellida Revira, así como en el póker. ¡Te lo paso, *Papachi*!

—¡A ver, señora! —ruge, gruñe, vocifera Rovira, plantado altivamente frente a la anfitriona. —Vine a hablar con usted, que es sospechosa de homicidio calificado, no con sus amiguitos ni sus amigotes. No sé si estoy haciéndome entender.

—¿Ya lo oíste, Papachi? Resulta que el señor es un grosero y viene aquí a faltarnos al respeto. ¿Cómo ves que escupió en mi camioneta? Asqueroso, no sabes, de vomitarse. Ahora sí te lo paso, aunque plante su jeta de igualado.

Casilda estira el brazo para darle el teléfono al inspector Rovira, en un gesto imperioso que el inspector ya no osa desairar.

—Le comunico al licenciado José Ortigoza Walter, tiene mucho interés en hablar con usted —dispara la mujer, con una gentileza claramente cosmética, y deja el aparato entre los dedos de su hasta hace un instante inquisidor. —Pregúntele quién soy y luego hablamos, ¿sale?

—¿Con quién tengo el disgusto? —se adelanta la voz metálica y chillona, sin el mínimo rastro de jovialidad.

—Inspector Rigoberto Rovira, de homici…

—Habla Ortigoza Walter. ¿Sabes quién soy, hijo de la chingada, o quieres que te mande mi currículum?

Tarda Rigo en hacer la conexión entre los apellidos que acaba de escuchar y el tenebroso jefe de Seguridad que llegó a ser ministro y gobernador, mientras la voz retumba en sus oídos al modo del relámpago demasiado cercano que anuncia un trueno de aires apocalípticos.

¿No era Ortigoza Walter, se pregunta al momento de ponerse a sus órdenes en el teléfono, *el que mandó castrar a tres secuestradores y los dejó morirse desangrados*? ¿Cuántas historias sórdidas ha escuchado con ese nombre por delante? ¿Qué detenido no cagaba magma cuando se sabía en manos de Ortigoza Walter?

¿Cómo fue que un chacal de esa calaña se convirtió en político exitoso?

—No, señor licenciado. No-no-no, cómo cree. De ninguna manera, señor licenciado. Claro, como usted diga, señor licenciado —se atropella Rovira, presa del griterío de su interlocutor, cuyas preguntas, órdenes y regaños se hacen acompañar por una gruesa gama de insultos y amenazas destempladas. —Mil disculpas, señor. Nunca fue mi intención. Ahorita mismo se repara el error. Sí, sí, lo que me diga la señora. Yo sé que es una dama, no faltaría más. ¡A la orden, señor, para eso estamos!

A la llamada sigue un alud de disculpas. Fue un error, por supuesto, un gran malentendido. La señora jamás fue propiamente sospechosa, digamos que en lenguaje procesal, pero es que así progresa la investigación. En un principio, pues, hasta la mamá de uno es sospechosa.

—¡No me diga…! —salmodia la ofendida, levantando las cejas y juntando las manos en ademán de falsa perplejidad. —¿Y a poco va a contarme que a su costruda madre también le gargajea el parabrisas?

—Le pido mil perdones, mi señora —baja la vista al suelo el inspector, resignado a trapearlo con la lengua. —Permítame que me ponga a sus órdenes, tal como le ofrecí al señor licenciado, para poner remedio a este error tan penoso que nunca…

—¡Claro que te permito, cabrón *comecuandohay!* —interrumpe Casilda, entre burla y desdén. Enseguida se asoma a una ventana, une las palmas a manera de megáfono y alza la voz en tono matriarcal: —¡Mariluz! Trae por favor un trapo y una cubeta, que aquí el señor Revira va a lavar la Cayenne antes de irse. Le das también jabón, para que nos la deje como espejo.

—Escúcheme, señora, yo había pensado…

—¡Dije que como espejo! Ahí avisas cuando hayas terminado, para que puedas irte a tu jacal de mierda —apremia la anfitriona al inspector, en un tuteo súbito y soberbio que da por consumados sus deseos. —O si quieres le hablamos de una vez al señor licenciado Ortigoza Walter, para que te recuerde que, si me da la gana, te dejo aquí trapeando hasta fin de año.

Por si la humillación no fuera suficiente, el oficial Mireles se fue sin su permiso, tras deslizar las llaves de su Ford debajo de la puerta. Vencido, deshonrado, desobedecido y todavía perplejo, al inspector Rovira le toca decidir entre dos vejaciones: presentar su renuncia mañana en la mañana (y esperar represalias de cualquier manera) o lavar ahora mismo la Cayenne.

32. La pipa de la paz

Noviembre 18. Viernes. 2:22 a.m.

—Perdóname. No podía dormir, tengo que hablar contigo.

Envuelta en unos *pants* verde pastel, un abrigo de fieltro gris oscuro y una gorra de estambre anaranjado, con los pelos hirsutos, los ojos papujados y el semblante de un zombi de caricatura, cabría poner en duda si Ludmila Zamora es víctima de insomnio, sonambulismo o bronconeumonía.

—Pásale, pues —gruñe Dunia entre dientes, no menos descompuesta que la recién llegada y todavía algo lejos de aquilatar el acontecimiento. Se ha echado encima de la ropa de cama una bata de toalla color verde pistache, raída de los hombros y las mangas, que le da un cierto aire de damnificada.

El edificio tiene apenas tres pisos, con tres departamentos en cada uno. En el 202, tres grandes ventanales esclarecen a medias las sombras de la sala, entre aralias, helechos y araucarias que las multiplican.

—Encendería las luces, pero están las cortinas en la lavandería y no queremos dar el espectáculo.

—¿Puedo fumar?

—Sin bronca. ¿Qué te ofrezco?

—Gracias —murmura, retraída, la recién llegada y se acomoda en un sillón individual, entre dos grandes plantas que en alguna medida la camuflan. —Un cenicero, o algo así.

—¿Me regalarías uno…? —suelta una risa boba la anfitriona y se deja caer sobre un sillón con pinta de sofá cama. —No fumo, pero a veces se me antoja.

—Yo llevaba seis meses sin fumar.

—¿Hasta cuándo?

—Hasta hace unas tres horas… cuatro ya.

—¿Qué te pasó?

—Nada especial. Un cambio de remedio. No funciona una cosa, tratas con otra. Aspirinas, curitas, yodo, tabaco, mertiolate.

El interés de Dunia oscila entre la incómoda conversación que todavía no logra comenzar a entablar y una sombra imprecisa en la acera contraria de la calle. Trae puestos guantes, boina y gabardina, camina cabizbajo o se cubre la cara con las manos cuando mira hacia arriba. ¿Y adónde va a mirar, sino hacia el ventanal del 202, que es donde acaba de entrar la visita (el único asimismo iluminado)?

—Perdóname, Ludmila, no te estoy entendiendo —sacude la cabeza la inquilina, como espantando sus figuraciones.

—Perdóname tú a mí —deja caer la otra la cabeza en las manos. —Estoy muy hecha bolas. Tenme paciencia, ¿sí? No estoy borracha, ni ninguna otra cosa, pero es que no me es fácil hablar así contigo.

—¿Así cómo?

—En confianza, no sé, en tu casa, a estas horas. "De buenas a primeras", decía mi abuelita. No es que seamos amigas, ni que haya yo hecho méritos para caerte bien.

—La hora es lo de menos —tuerce la boca Dunia, como diciendo "bienvenida al infierno". —Estoy de vacaciones permanentes por cortesía del diabólico señor Dupont. Mi problema es con él, ya no contigo. Tampoco necesitas caerme bien. Somos dos cobradoras reclamando en la misma ventanilla. ¿Para qué nos peleamos, si de todas maneras nadie nos va a pagar?

—Yo no vine a pelearme. Necesito contarte un par de cosas, a ver si eso funciona porque yo no sé a ti, pero a mí sí me están ahogando los fantasmas. No duermo, no tengo hambre, no sé ni para dónde voy a salir corriendo si vuelve a aparecérseme la policía. Ese tipo, Rovira, me da náuseas. Me trató como puta, el infeliz.

—Ni me hables de ese puerco. Otro día me cuentas, ¿va?

—Y luego cuando duermo sueño con Juanito, aunque como tú dices, la verdad, que Satanás lo tenga en sus dominios.

—No fue eso lo que dije, pero tampoco estoy en desacuerdo. Yo también necesito sacármelo del coco. ¿Sabes cómo lo veo, cuando sueño con él? Como la última vez: con la i griega cosida sobre el pecho y las tripas adentro de una bolsa de plástico. "No traía corazón", me dice la asistente del médico forense, y despierto llorando como niña.

—Creo poco en el diablo, la verdad, pero igual me dan miedo los que se le encomiendan. El problema con Juan es que tenía amigos en los dos bandos.

—¿Satanistas y exorcistas?

—¡No mames! —ríe al tiro Ludmila, niega con la cabeza. —¿Te acuerdas que te hablé del profesor Ciriaco?

—¿Nivardo, el traficante?

—¿Has vuelto a verlo?

—Hasta crees. Nomás eso faltaba. ¿Por qué me lo preguntas?

—Me llamó antier —mira al piso Ludmila, atribulada. —Quería saber de ti.

—¿De mí? ¿Y qué le dijiste?

—Se supone que hace años no sé nada de nadie. Es más, ya no me acuerdo de tu cara, así que si te vi ni me enteré. Eso le dije, el tipo me da miedo. Lo que no te conté la vez pasada es que estaba peleado con Juanito.

—¿Nivardo con Iván? ¿Y eso cuándo? ¿Por qué?

—¿Por qué iba a ser? Por Tamara y Casilda. Haz de cuenta tres diablos sueltos en un palenque. Supe que fue un broncón, pero no me tocó. Juan siempre me negó que tuviera sus cosas con Tamara.

—¿Tamara la vidente?

—La *bruja Tamaruja*, le decíamos él y yo. Ya ves que era traidor, cuando estaba en aprietos. Y él juraba que nada que ver con ella, pero igual nos negaba a ti y a mí. Aunque lo interesante está en el primo hermano.

—O sea Nivardo, antes de ser Ciriaco…

—Se veían de niños, en casa de la abuela, y él desde entonces se enamoró de ella. Según esto se cogieron cariño poquito antes de que ella cumpliera los quince años, ya me entiendes.

—¿Y cuántos tenía él?

—Veintiséis, veintisiete.

—"Según esto", dijiste. ¿Según quién?

—Yo oí al profe Ciriaco soltárselo a Juanito. Llegué un día a la casa y vi su coche afuera. Entré muy despacito, porque ya desde entonces traían broncas. El profesor le estaba platicando a Juan la historia del romance con su prima. Que el amor, que la sangre, que el respeto… En resumen, Tamara tenía dueño. "Ay de ti si me entero de que sigues buscándola", le dijo. Yo no sé si la cosa pasó así exactamente, pero en el Shakti Kali a todos nos constaba que esos eran amantes y parientes. ¡Bueno, si había hasta chistes sobre el tema!

—¿Y todo eso conmigo qué tiene que ver?

—Eso lo sabrá el primo, ¿no se te hace? ¿Sabes qué decía Juan? Que lo único peor que aparecer en la lista negra del profesor Ciriaco… era estar en la lista negra de los que están en la lista negra del profesor Ciriaco.

—Espérame tantito… ¿Pero no Iván también acabó en esa lista?

—Pues sí, mucho después, cuando ya era yo historia. Por eso me preocupa que te busque el primito de la bruja. ¿Cómo sabes que no te andan siguiendo?

—¿Y quién me iba a seguir?

—No sé, los de Homicidios. La gente del Nivardo. Tus colegas.

—Por eso estoy *caliente*, como dicen…

—¿Qué dijiste?

—No me hagas caso, es jerga criminal. ¿Con quién más se peleó Juan de la Luna?

—Con Casilda, sólo que eso tampoco me tocó. Vivió con ella no sé cuánto tiempo.

—Sin dejar, por supuesto, de comerse a la Bruja Tamaruja.

—Eso pensaría yo, pero igual no me consta.

—¿Sabes qué me ca-ga-ba de Nivardo? Los ojitos de fórceps que me echaba. Descarado, además. Con el cuento de la mirada escrutadora, te comía delante de quien fuera.

—Eso sí me tocó. Al principio creí que era una cosa mística, pero después de un tiempo, no te creas que mucho, entendí que mis ojos le interesaban menos que otras partes. Ya después se tentaba la bragueta, por si había lugar a confusión.

—¿Y tú seguías tratándolo de profesor?

—De lejitos, pero ya no creía.

—¿Eras como los niños, que no saben por qué van a la iglesia?

—Iba por Juan, nomás. Se las había arreglado para que hiciera míos sus problemas.

—Trámites de adopción, se llaman. Los hice yo también, con el mismo bebé.

—¿Verdad que no se puede?

—Se podía un poquito, cuando empezamos —endulza la expresión la ex esposa del muerto. —Lo que pasa es que yo lo recogí en un orfanatorio y tú fuiste a sacarlo de la correccional.

Las carcajadas rompen al unísono y se prolongan por un par de minutos, al final de los cuales se respira ya un aire tan ligero que Ludmila se anima a dar un paso al frente.

—¿Te molesta si fumo?

—Ya te dije que no, pero vas a tener que invitarme el segundo.

—No sería tabaco… —esconde la cabeza tras las palmas la segunda Ivanette. —Por eso te pregunto si te molestaría.

A los oídos de una subordinada de Ronald Lamm, semejante propuesta habría supuesto corrupción y conchabanza. "No se encubren conductas criminales sin ser uno también un criminal", le gustaba decir, ¿pero no es cierto que San Ronald Lamm es la gran tapadera de sus jefes? ¿Y no le toca a la dueña de casa corresponder con otra información, como mandan las leyes del chismorreo? ¿Será que es hora de soltarse el pelo?

—No hay problema, si abrimos una ventana —concede la anfitriona y titubea enseguida, tras mirar de reojo hacia la calle y ubicar al espectro recargado en un poste. —¿Sabes qué? No. Mejor las dejo así. ¿Es pipa o cigarrito?

—*Rocket.* O sea pipa. ¿Por qué?

—¿Y no te daría asco si la compartimos?

—Claro que no.

—También tengo mis cosas que contar —baja Dunia la voz, sin ocultar del todo cierta anticipación de niña boquifloja. —Para que te sorprendas, no es la primera vez que fumo mariguana.

—¿A poco eres pacheca? —se sacude Ludmila, entre alegre y atónita.

—Sería apenas la segunda fumada. Es que si me tocaba un *antidoping* iba a dar a la calle. Pero ya me corrieron, así que qué más da.

—¿Cómo que te corrieron? ¿Cuándo fue eso?

—Hace rato, en la tarde. Otro día te cuento, ahorita sigo muy encabronada. Me había yo enterado desde la mañana, gracias a una amiguita de la corporación. Llevo como veinte horas maldiciendo mi vida. Por eso de una vez me entrego a delinquir. Así no será tanta la injusticia.

—¿De plano te corrieron? ¿Estás segura de que quieres fumar?

—No intercambies papeles, por favor. La cándida era yo —se ríe de sí misma la analista rebelde. —Prende esa pipa, ándale. Sirve que así acabamos de firmar la paz.

Las obsesiones son para compartirse, como la comezón para rascarse. Cuando dejamos una primicia en suspenso, lo hacemos a pesar del ansia cosquilleante por soltar la lengua y dejar de una pieza a quien escucha. ¿No es verdad que gozamos de su incredulidad y por ella nos vemos aplaudidos? Dunia chupa la pipa con fruición aparente, cual si esperase mucho de la bocanada, pero aspira el menor humo posible. Pues no será a sí misma, sino a la mariguana que acabará culpando de su premeditada incontinencia.

—¿Cuándo fue la primera vez que fumaste motita? —tantea Ludmila, como entrando en confianza. —Si no es indiscreción, ¿verdad?

—Pues sí es indiscreción —arruga las facciones la ex esposa del muerto, como quien se resigna a bombardear un pueblo. —Pero como tú dices, muerto el perro…

—¿De qué me hablas? —mascula de un pujido la visitante, conteniendo el aliento para encerrar el humo en sus adentros.

—Espérame tantito —alza las palmas Dunia, teatralmente, con los ojos cerrados y la respiración entrecortada. —Déjame que aterrice. ¿Segura que me diste mariguana?

Una y otra se observan en silencio, como si rebuscaran los vestigios remotos de un lenguaje común. *¿El ivañol, quizás, aunque sea lengua muerta?*, se pregunta en silencio Dunia Montoro, y de súbito estalla en una carcajada no sólo incontrolable sino contagiosa. ¿De qué se ríe Ludmila, por su parte? Esa es la gran ventaja que ofrecen las actuales circunstancias. Olvidar o ignorar las causas de tu risa es un motivo más para reírte, y de paso una prueba gratuita de empatía.

—La vez pasada no me reí tanto —jadea, tose, bufa, se seca las lágrimas, exagera la ahora reincidente. —Al contrario: lloré.

—¿Y eso? ¿Te dio la pálida?

—Fue cruda, más que pálida, pero no por la yerba sino por ingenuota. Corrijo, por pendeja —corta cartucho Dunia y enseguida dispara a quemarropa: —Ya te imaginarás quién me la dio a fumar.

—No me digas que Juan. Él me decía que tú nunca quisiste. Que para ti era cosa de presidiarios.

—Pues sí, decía yo eso. También dije una vez que ni muerta iba a volver a estar con mi ex marido.

—¿Cómo estar? ¿Qué es *estar*?

—Pues eso mismo, estar. Juntos, horizontales, sin calzones. Le acepté unas fumadas y ya no pude echarme para atrás.

—¿Ya se habían divorciado…? —pela los ojos, contiene el aliento, palidece Ludmila.

—Pasó hace como un año, poco más —asiente Dunia, con la vista en el techo. —Era mi gran secreto, hasta hace unos instantes. O por lo menos eso creía yo. Quiero pensar que Iván se lo llevó a la tumba.

Se hace un silencio largo que podría ser incómodo si no invocara la presencia del difunto.

—¿Pero cómo pasó? ¿Te buscó, lo buscaste?

—Ni una ni otra —menea la cabeza la divorciada, a mitad de camino entre ignominia y acto de contrición. —Estaba por entrar a trabajar. Recién me habían hecho los exámenes. Polígrafo, *antidoping*, psicométrico. Y entonces me llegó una invitación para una comida de ex alumnos de la universidad. Fui con la idea de que si acaso me tomaría dos tragos y *bye*. Estaba muy segura de que Iván no iba a ir. Como tú me explicaste, éramos gente de *antes*. No iba el güey a llegar de blanco y con turbante.

—¿A poco no tenías alguna esperancita? Porque yo en tu lugar…

—Puede ser que en momentos fantaseara con eso, pero de ahí a esperarlo…

—¿Y sí llegó de blanco?

—Se vistió de golfista, el fanfarrón. Haz de cuenta el Iván que conocí. Ocurrente, sarcástico, relajado, divertido, adorable. Era como si lo recuperáramos. Bueno, como si *yo* lo recuperara. De esas fantasías bobas que desechaste porque sabes que no van a pasar. Pero igual te entretienen, a falta de otra cosa. Hasta que se aparece el susodicho y todas tus defensas vuelan en pedacitos.

—Te le echaste en los brazos…

—¿Cómo crees? Al contrario. Yo estaba toda *cool*, tanto que cuando Iván sacó la mariguana me dije: "¿Y por qué no?". No lo pensaba entonces, pero ahora sé que lo hice porque me interesaba sacarle la verdad. Quién era, cómo era, qué quería en la vida mi pinche ex. Y sí, también: por qué me había dejado.

—¿Qué no habías sido tú la que se fue?

—Él me dejó de hablar, y hasta de ver. Era obvio que esperaba que me fuera. Nunca supe por qué, y mínimo eso sí quería oírlo. O no sé, a lo mejor necesitaba que él me lo desmintiera.

—Yo sentía lo mismo, cuando se fue a vivir con la Casilda. No acababa de creer que ella pudiera darle lo que yo le había dado. Y mira, terminó volviendo contigo.

—Eso no fue volver. Para el caso volví a decepcionarme. A veces se me ocurre que lo hice nada más con esa idea. Total, ya había fumado de su mota. Si me hacían otro examen, segurito me echaban a la calle. Como si de repente me hubieran dado ganas de ponerme a prueba. ¿De veras quería yo ser analista? ¿Ya había superado mi divorcio? ¿Me iba a hacer drogadicta por una fumadita?

Estaba harta de querer ser La Buena. La Razonable. La Incorruptible. Si hasta los compañeros más ñoños del salón ya la estaban fumando ahí delante de mí, ni modo de ponerme de mamona.

—¿Pero no les dijiste adónde ibas a entrar a trabajar?

—No hubo tiempo para eso, por fortuna. Iván tampoco habló de sus asuntos, porque claro: tampoco le convenía. Además, las comidas de ex alumnos son un tributo idiota a la prehistoria. A nadie le interesa cuántos hijitos tienes. Cuando menos a mí nada más me importaba lo que dijera Iván, y cuando nos propuso que fumáramos todos (tampoco éramos muchos, según yo seis o siete) me lo tomé como algo personal. ¿Qué creía? ¿Que no me iba a atrever? Bueno, también me dije lo que ya te imaginas.

—"¿Será que si la pruebo regresamos?".

—Tanto así no, pero se me ocurrió que podría servir para entendernos. Si él estaba cambiando y había logrado ser otra vez el de antes, ¿qué me costaba alivianarme un poco?

—¿Y sí te relajaste?

—¿Tú qué crees? Nos salimos juntos de la comida. Ya en el coche empezamos a besarnos y en fin, pasó lo que pasó. El carácter, el cuerpo, la moral, el instinto de supervivencia: todo se relajó, pa' que me entiendas.

—Entonces tú pensaste que iban a regresar…

—No pensé una chingada, y ahí estuvo el problema. Se deja una querer y le relajan hasta la billetera.

—¿O sea… quería dinero? —planta un gesto de horror la segunda Ivanette.

—Siempre quería dinero, pero tenía sus buenas coartadas. Esa vez me inventó que estaba yendo a una nueva terapia para recuperar su personalidad. Ya sé que suena a engaño de tercera, pero era lo que yo quería oír.

—¿Cuánto le diste?

—No sé. Se me olvidó, quién sabe si a propósito. No era así que dijeras una fortuna, pero él se llevó más de lo que yo le di. Le presté la mitad de lo que traía, lo demás lo sacó de mi billetera, nomás me vio dormida. Y después se largó sin despedirse.

—¡No puede ser!

—Eso pensaba yo, cómo iba a ser. Llegué hasta a sospechar que era una broma suya. Le escribí tres mensajes: no contestó ninguno, ni volvió a aparecerse.

—¿Y no volvió a llamarte?

—Nunca. Hasta la última vez.

—Por eso no quisiste hablar con él.

—Me dio mucho coraje oír su voz, y que encima llamara para pedirme algo.

—En vez de una disculpa…

—¡Para empezar, chingados! ¿Cómo iba a imaginarme las broncas en que andaba el angelito? Sé que tienes la idea de que lo abandoné en el último momento, y lo entiendo porque yo estoy igual. No logro perdonarme, es la verdad.

—¿Crees tú que yo vendría hasta tu casa, para colmo a estas horas, si pensara que eres culpable de algo? Vengo porque te escucho y me veo en el espejo. Yo pasé por lo mismo, de una u otra manera. Me alborotó, me enamoró, me usó, me aventó al basurero. Y lo mismito fue a hacerle a Casilda, nada más que con otro presupuesto.

—Él nunca fue gorrón, ni estafador. Al contrario, era bueno para despilfarrar. Pero como bien dices, con un buen presupuesto. Era muy presumido, le gustaba invitarle los *drinks* a medio mundo, y más si el otro medio mundo se enteraba. ¿Tú sabes por qué desapareció el Concorde, el avión supersónico?

—Ya sé que era un avión. Dejaron de volar porque hubo un accidente, ¿no?

—El accidente fue el puro pretexto. Tener volando aviones supersónicos salía mucho más caro que jubilarlos. Y era el caso de Iván, que en todas partes podía ser bienvenido pero su operación no era costeable. Le quitabas el flujo de efectivo y se volvía un Concorde sin combustible.

—Yo creía lo mismo —certifica Ludmila, meneando la cabeza. —*Sin mí no vale nada, el pobrecito.* Pero sobrevivió, con o sin combustible. Con la Casilda vivía como mago.

—¿En la casa del Pedregal?

—En la del Pedregal y en la de Avándaro.

—Cuéntame cómo es ella.

—¿Casilda? No me digas que no la conociste.

—Sólo una vez la he visto, y no de cerca. Fui a curiosear un rato al Shakti Kali, hace unos pocos días.

—¿Te pareció muy guapa?

—No dudo que en sus tiempos haya estado guapísima. Le quedaron los modos y la seguridad, además del dinero, que es una gran ayuda. Supongo que todo eso la hace muy atractiva, pero si he de decirte la verdad, esas nalgas de vaca no se las envidio. Me pregunto, más bien, cómo le habrá ido a Iván con semejante sobredosis de tocino.

—El papá, según dicen, está o estuvo muy metido en política. Casilda es hija de una de sus amantes, parece que el señor no le dio su apellido. Pero igual la mamá era zorra mayor y le heredó a la hija el colmillito. Las presas de Casilda y, con perdón, las de su puta madre, eran gobernadores, secretarios de Estado, industriales, jefes de policía. Hay como un clubecito de golfas de altos vuelos que se saben perfectamente su papel, y ahí es donde la vieja hizo carrera. Están acostumbradas a que un cabrón las trate como caca y el resto de la gente se les cuadre. ¿Qué iba yo a hacer con la hija prepotente que me traía entre ojos y amenazaba a mis papás por teléfono? Por eso ni chisté cuando se llevó a Iván.

—Pero Iván no tenía ni para el camión.

—¿Pa' qué quería camión? Le quedaban los modos de heredero. Si lo piensas con calma, verás que Juan era el gurú perfecto para una señorona drogadicta que se las da de amiga de los ángeles.

—Oye, y ya que hablas de eso, ¿tú conociste, o viste, o supiste de un tal Jorge Feller?

—No me suena. ¿Cómo es?

—Alto, flaco, pelo güero tipo afro. Trae un Mercedes rojo, convertible, viejito. Le dicen Gino Feelgood, me parece.

—¿El Tlacuache? ¡Ay, no, qué pesadilla! Claro que sé quién es. Otro siniestro, claro. Le surte coca a medio Ladera Sur. Era muy amiguito del profesor Nivardo, hasta que se pelearon.

—¿Por Casilda?

—No sé si exactamente por Casilda, por su nivel de vida o por sus amistades. Ni el Tlacuache ni el profesor Ciriaco podían aspirar a hablarse de tú a tú con la gente que trataba Casilda. ¿Sabes cuánto cobraba tu ex marido por hacer una limpia?

—Nunca quiso contarme. Me imagino que le daba vergüenza.

—Trescientos pesos.

—Ay, qué triste. Ni me lo hubieras dicho.

—A menos que Casilda lo recomendara. Entonces cada limpia la cobraba en dos, tres, cinco mil.

—¿Y quién era el idiota que le pagaba eso?

—Perdóname: no sabes de lo que hablas. Juan se fue con Casilda también porque el noviazgo le salió un negociazo. ¿Sabes cuál es la gran diferencia entre limpias baratas y limpias caras? Las relaciones públicas. Nunca es igual que un pinche brujo equis te ponga tus yerbazos a que lo haga un gurú que viaja por el mundo esparciendo su inmensa sabiduría.

—¿A poco ese era Iván?

—Claro que sí. Palabra de Casilda.

—¿Y Casilda quién era, *Madam Mim*?

—Por lo pronto, la dueña del Shakti Kali. Y Juan el director. ¿Quién les decía que no?

—¿Nivardo, a lo mejor?

—Yo supongo que sí, por eso lo incluyeron en el combo.

—¿Y qué pitos tocaba allí el Tlacuache? —inquiere la analista, con los ojos clavados en la calle. La mera idea fugaz de que sea un enviado del dueño del Mercedes quien vigila allá afuera le produce un espasmo de terror que se traga como una flema inoportuna.

—Juan y Ciriaco proveían el peyote, los hongos, el sapo, la ayahuasca y ya sabes, el rollo sanador. El Tlacuache ponía los demás caramelos, ya te imaginarás que eran los que más caros se vendían. Y así todos tenían su ganancia.

—Eso ya es narcotráfico.

—Pues sí y no, porque estaba el asunto de la sanación. Tenían un permisito del más allá.

—¿Un fuero espiritual o una pinche coartada?

—Una coartada, claro. Pero para ellos era algo especial. Como los precios que les cobraba Juan. Entre más caro fuera, mejor se sacudían el agobio de atenderse con un médico brujo. Te digo, no es lo mismo ir a hacerte una limpia al Mercado de Sonora que en la mansión de Casilda Pérez de las Heras. Si allá entre guajolotes y murciélagos el remedio se vende en unos pesos, con etiqueta sale en varios miles. Y ahí mismo te venden todos los caramelos que en el pinche mercado no vas a encontrar, en un ambiente libre, relajado y además muy seguro.

—Suenas a vendedora.

—Ya sé, y me odio por eso, pero te digo que era un exitazo.

—¿Y por qué se acabó?

—Por eso mismo, pues. A tu querido Iván le salieron no sé cuántas admiradoras entre las amistades de Casilda. Y él, ¿adivina qué? Se dejaba querer. Casilda, para colmo, te lo vendía como *bodhisattva*.

—*Body what?*

—*Santón*, iluminado —junta las palmas Ludmila, remedando a una beata. —Súmale a eso la coca que los dos se metían (porque eran exitosos y así lo celebraban), ¿cómo no iban a terminar peleados? Se insultaban muy feo, en la oficina de ella. Parece que una vez le gritó "vividor", "garañón", "padrote", "chilefrito" y no sé cuántas cosas. Ahí, a medio pasillo, con todo un público delante de ellos. También les dijo "putas de tercera" a dos de sus alumnas consentidas. ¿Te imaginas, la que habla con los ángeles haciendo semejante numerazo?

—Me la imagino más mentándole la madre a san Miguel Arcángel.

—Yo por suerte ya no vi nada de eso. Y qué bueno, porque estoy aquí hablando con una policía.

—Ex policía, si eres tan amable. ¿"Garañón", le gritó? Qué curioso, eso mismo le dije yo una vez. "Garañón de segunda, marido de tercera, brujo de cuarta, limosnero de quinta".

—¡Ay, cabrón! Duro y a la cabeza. ¿Y no se te hace que era demasiado insultar?

—Pobrecito, pero se lo ganó. A lo mejor sí era un amante de primera, lo más triste es que a mí ni eso me consta.

—A mí tampoco, para tu descanso. Iván no era mi amante, era mi hijo. Tenía yo la manía de protegerlo, como si fuera la gran obra de mi vida.

—¿Y ya se te quitó? Porque a mí, como ves, hasta muerto me trae de su pilmama.

—¿Sabes qué preguntaban mis papás? "¿Qué tal amaneció tu criatura?". Y yo les explicaba, o sea les inventaba que Juanito había trabajado hasta muy tarde y no podía bajar a desayunar. Nunca era *la* criatura, sino *mi* criatura. O sea mi engendrito, ¿no?

—Eso sí cuando menos hay que reconocérselo. El zángano de Iván se dejaba engendrar y alimentar mejor que un *tamagotchi*.

—Sólo que el *tamagotchi* no cambia de nodriza.

—Ni te saca el dinero de la billetera.

—Y yo diría que está mejor iluminado.

—Pues estará muy muerto, nuestro querido ex, pero ve la hora que es y tú y yo no paramos de hablar de él.

—Apenas empezamos, la verdad. Sólo que ya me voy. Seguimos otro día, ¿no? De día, te prometo.

A las 5:40 de la mañana, la sonrisa de Dunia delata un hondo estado de placidez que igual podría tomarse por pasmo o beatitud. "Sí a todo", parecería decir. Por lo que a ella respecta, podría seguir hablando con Ludmila de aquí hasta el mediodía, pero igual es verdad que ya se le ha metido el gusanillo de la introspección. Hará una media hora que el merodeador no aparece ya al otro lado de la calle.

—¡Dunia! ¿Te sientes bien? —agita las dos palmas la visitante.

—¡Ay, perdón! —pega un brinco la anfitriona. —No sé qué me pasó.

—Yo sí sé, así que duérmete. ¿Quieres que te acompañe hasta tu cama?

—No, no. Gracias, amiga. Deja que te acompañe yo a la puerta, sirve que entra aire fresco, aunque sea del pasillo. ¿No prefieres quedarte aquí a dormir?

—No, cómo crees. Tengo un nuevo cachorro que alimentar. Es un dálmata de dos meses y medio, me lo dieron ayer y le puse Juanito, por supuesto.

—¿Traes coche? —gruñe Dunia, demasiado aturdida para distinguir un dálmata de un poodle.

—Traigo coche.

—¿Y vas a manejar en este estado?

—En el tuyo, ni loca. En el mío sin bronca. ¿O qué? ¿No se me nota lo pacheca pro?

"Gracias por recibirme en tu casa, y perdón por caerte de madrugada" es lo último que alcanza a escuchar Dunia de labios de Ludmila, entre incontables ecos encimados que le roban sentido a las palabras. Fumó mucho, al final. ¿Será que este es el precio o la recompensa? Cierra la puerta, va tanteando paredes, se asoma a la cocina con la sensación nítida de que su cabeza flota varias pulgadas por encima de los hombros. ¿Cuánto es una pulgada?, se pregunta y lo olvida porque de pronto siente una sed tan antigua como su última traza de lucidez. Llena un vaso con agua de la llave y todavía no ha dado el primer trago cuando escucha sonar el timbre de la puerta. Tiene que ser Ludmila. Lo ha pensado dos veces y no quiere arriesgarse a manejar.

—Ah, ¿verdad? ¿No que *pacheca pro*? —se pitorrea Dunia mientras abre la puerta y acto seguido topa con el semblante adusto de quien menos habría querido imaginar.

El visitante trae una boina a cuadros en la mano derecha, una bufanda alrededor del cuello, una pistola oculta en el costado y una credencial de la policía que le acredita como el oficial Marcos Mireles Oliveros. Debe de ser por el tufo imperante que el oficial arruga la nariz, alza las cejas y respira hondo, al tiempo que consulta su reloj para saber de cierto si le toca decir "buenos días" o "buenas noches".

33. Amantes en la sombra

Noviembre 18. Viernes. 7:45 a.m.

—Entra un tipo en una zapatería y le dice al empleado: "Oiga, ¿tiene zapatos Canada Dry?" —sale al paso el Mochomo Perdomo del gesto atribulado de su subordinada. —"Pero, señor", le explica muy atento el vendedor, "Canada Dry son refrescos". Y entonces el cliente le contesta, con una gran sonrisa: "¡Pues por eso los quiero!".

—Te pasas, *boss* —se atraganta el café la Hata Mari, presa de un repentino corto circuito de hilaridad y angustia en contrasentido.

—¿Entonces qué, Marichu, me traes noticias frescas?

—Deja lo frescas, jefe, lo explosivas —controla risa y nervios la aludida. —¿Sabes manejar nitroglicerina? Sóplate esta, nomás para abrir boca: en las últimas dos semanas, solamente tres hombres se han registrado como visitantes del inquilino de Arimatea número 76, o séase Nivardo Ciriaco Gabriel. Ni una sola mujer.

—¿Y ya? —se burla el jefe. —¿Traes dinamita o pólvora mojada?

—¡Quietos, perros! —se refocila María Auxiliadora. —Yo no dije que el hombre no hubiera recibido visitas femeninas. Al contrario, recibió cuando menos cuatro veces a la misma señora, que nadie tiene registrada porque…

—¿Vive en Ladera Sur? —infiere ya Perdomo. —¿Son vecinitos?

—Afirmativo, *boss*. Vecinos cariñosos.

—¿Cómo supimos eso?

—Me permití hacer un pequeño desembolso, para recompensar a nuestra espía, que ahora le tocó hacerla de fotógrafa.

—¿Y los cinco mil pesos que le dimos?

—Me pidió quince más por el trabajo extra y no pude negarme.

—No pudiste negarte… —rumia Perdomo, incrédulo.

—¿Veinte mil pesos por una pinche foto? ¿Y quieres que los pague de mi bolsa?

—No es una, sino cuatro fotografías, y la más pinche está para primera plana —extiende el brazo izquierdo María Auxiliadora, con el teléfono resplandeciendo sobre la mano abierta. —Es más, si no te gustan no me debes nada.

—¿Y yo qué? ¿Me ves cara de periodista? —recela el superior, al tiempo que escudriña la intimidad de los fotografiados. —¿Quién es esta señora tan fogosa?

—Se llama Orquídea Gutiérrez Hurtado, pero se pone Orquídea Quiroz. Sus amigas le dicen la *Quiqui.*

—Quiroz… como Manrique.

—Se casaron el 20 de septiembre de 2011 en San Miguel de Allende. Parece que el bodorrio a todo lujo y la luna de miel en las islas Seychelles salieron del bolsillo de Iván Dupont.

—¿De dónde sacaste eso?

—Mi informante me dice que la cocinera del señor Quiroz tiene como diez años trabajando para él. Ya sabes cómo es esto: conectas cinco criadas argüenderas, reclutas a dos mozos intrigantes, sumas un jardinero boquiflojo y tienes una agencia de noticias.

—¿Y a mí de qué me sirve saber que la señora Quiroz trae su movida con el brujo mayor?

—A ti no sé, pero al señor Quiroz lo va a sacar de quicio. Más todavía si se arma un escándalo.

—¿Qué buscas? ¿Chantajear a los adúlteros?

—Ni lo mande Dios, *boss.* Al contrario, viva la transparencia. Lo que necesitamos es que se peleen.

—¿Veinte mil pesos para que se peleen?

—¿Ya leíste las copias que dejé ayer encima de tu escritorio? La casa de Quiroz está más chueca que la Torre de Pisa.

—¿Y qué?

—¿Cómo que "y qué", jefazo? —cuchichea María Auxiliadora, entre evidentes muecas conspirativas: —Que si queremos quedarnos con ella, nos conviene que no lo ayuden sus amigos. Y mejor todavía, que ya ni amigos tenga.

—¿Y quién nos garantiza que se van a pelear?

—Yo nos lo garantizo, no tiene vuelta atrás —niega la Hata Mari con la cabeza, esgrime su mejor sonrisa conejil y se arma de valor para seguir: —Ya les mandé las fotos a los cuatro. Manrique, Waldo, Samuel y Nivardo.

Ramón se queda mudo y turulato, con el pan en la boca y la taza en la mano, cual si algún desperfecto neuronal bloqueara cualquier forma de respuesta.

—Te iba a esperar, jefazo, antes de decidirme, pero pensé: *No mames, es mejor que yo asuma completa la responsabilidad.* Fue todo cosa mía, a ti nadie te puede reclamar. No es que sea lambiscona, *boss*. Si yo me caigo sé que tú me levantas, pero si te caes tú nos trasjodemos todos.

—¿Y si se unen los tres contra Nivardo?

—Negativo, *my boss*. Según tengo entendido, no solamente con el chamancito ha tenido sus entres la dulce Quiqui. Por lo menos uno de los amigos, se me hace que Samuel, es miembro distinguido de ese club. Y por cierto, o sea por si estabas con el pendiente, los correos que mandé no los puede rastrear ni el FBI.

—No acabo de entender, me sigo encabronando —gruñe el Mochomo, rechinando las muelas.

—Hablé con Díaz Ortega, que por cierto te manda saludar.

—¿Eduardo Díaz Ortega? —corrobora Ramón, innecesariamente. —¿Fuiste tú sola a ver al notario?

—Afirmativo, jefe. Le caí a su oficina anoche mismo. Andaba un poco inquieta por nuestro enjuague de Ladera Sur.

—¿Qué pasó, Marichula? —rectifica el forense, conteniendo la risa. —Los *enjuagues* son cosa de bandidos. Lo nuestro son *asuntos inmobiliarios.*

—Eso, las propiedades que nos interesan —entra la otra en materia, con aire ejecutivo. —Me dice Díaz Ortega que la casa de Manrique está como tirada a media calle. Quien la recoja se la va a quedar. Sobre todo si tiene un par de firmas: una sería de la esposa de Manrique, la otra de nuestra amiga, la ex del muerto.

—¿Se lo dijiste a Dunia?

—Negativo, *my boss*. Esa sopa se cocina después.

—¿Y tú crees que Manrique se va a quedar con los brazos cruzados?

—Más bien la idea es que se los esposen. Si creyó que esos cuernos de alce blanco eran lo peor que le podía pasar, espérate a que caiga la auditoría. La casa, por lo pronto, es fruto de un despojo documentado. Ya con eso tendría para dormir caliente.

—Manrique es el gordito, ¿o me equivoco?

—Exacto, el cachetón. Según me cuenta Dunia, Samuel y Waldo le caían mal, pero el de los cachetes le daba asco. Un fantoche total, de esos que hablan a gritos para que todo el mundo se entere de sus triunfos. Antes de que pasara lo de Iván, organizó una fiesta de disfraces en su casa. Adivina de qué se disfrazó…

—¿De piraña? ¿De buitre?

—De Donald Trump. Tal cual. Y su mujer se vistió de Melania, con todo y la *melenia*. No dudo que tardaran dos semanas en quitarse el disfraz.

Ariel Ramón Perdomo descerraja una larga carcajada. Ha hecho cuanto ha podido por conservar la rabia en su lugar, pero puede más su naturaleza. Nunca supo ocultar su admiración por los atrabancados, ni eludir la mirada de una mujer que espera comprensión.

—Peluca rubia, corbata roja hasta la bragueta, gorra de *Make America Great Again*. Se pintó hasta la cara de naranja para que lo llamaran *Mister President*.

—¡Y *Melania* poniéndole con *Deepak Chopra*! —festeja ya Ramón, totalmente absorbido por la gracia del chisme.

—A estas horas —alza el dedo María Auxiliadora y apunta hacia el reloj en la pared, —ya estarán insultándose los tres, en un mexicanísimo español. Con suerte se entrematan y nos la ponen fácil.

—¿No se te hace que esperas demasiado? —frunce el ceño de vuelta el amigo de todos los cadáveres. —Reconoce siquiera que eres una demente por hacer estas cosas, además de una ingrata por no haberme avisado.

—¿Me habrías apoyado, si te aviso? ¿Verdad que no, jefazo? Ahí está la cuestión. ¿No dicen que la unión hace la fuerza? Que se peleen ellos, tú y yo por qué.

—¿Cómo vas a saber si se pelearon?

—Por el mismo conducto. Y por el mismo precio, no te asustes. Nuestra *Tlalpanahuac Connection* me va a buscar entre hoy y mañana. Le di un celularcito, nada más para eso, y me va a llamar a otro que es también imposible de rastrear. Si para entonces no se han hecho enemigos, les mando otro cachito de información, aunque dudo que sea necesario.

—Estoy leyendo un libro. ¿Sabes cuál es el título? —sonríe Ramón, de nuevo divertido. —*Harán de mí un criminal*. Yo que quería hacerte gente de bien, me estoy volviendo parte de tu gavilla.

—¿Prefieres ser amigo del gordito Quiroz? Porque esa gavillita ya no va a durar mucho.

—¿Piensas contarle a Dunia de tu plan desquiciado?

—No por ahora, y quién sabe después. Puede que sea mejor que se imagine que todo sucedió sin nuestra amable participación.

—¿Nuestra, perdón? ¿No dices que tú te haces responsable?

—Si sale bien, es nuestra. Si no, pues ya ni modo. Que me pasen la cuenta.

—¿Ya no confías en Dunia?

—Al revés, *boss*. Es ella quien me está ocultando la *info*. Y como la confianza es una calle de doble sentido, pues yo tampoco puedo desprotegerme. Anda muy rara, se me ha estado escondiendo. No sé si porque no le gusta mi trabajo o porque sabe cosas que no quiere contarme.

—¿Ya le dijiste que van a correrla?

—Se lo dije ayer mismo, a mediodía. Para la tarde ya la habían despedido. Me mandó un mensajito, luego se me escondió.

—Le habrá dado coraje. O vergüenza, o pesar.

—O la agarró contra la mensajera —se detiene a pensar la Hata Mari, acicateada por la incertidumbre. —El caso es que me tiene congelada. Muy mal, porque traemos otro asunto pendiente.

—¿Puedo saber de qué asunto se trata?

—Hace unos días agarramos prestado un aparato de GPS, lleno de información interesante.

—¿No lo habrás agarrado con todo y coche?

—Pues sí, *boss*, fue preciso tomar la decisión sobre la marcha —alza la frente María Auxiliadora, para dejar en claro que no se arrepiente.

—Valió la pena, entonces —concede el otro, por no entrar en detalles. —¿Dónde lo tienes?

—Todo legal, jefazo. En manos de la ley. Y va a valer la pena, *nimosquinó*.

—Ya no me cuentes más —alza una palma el médico legista. —Ahí tú sabes lo que haces y en qué broncas te metes.

—Nada muy serio, *boss*. Puro terror quirúrgico, pa' que se arme la acción y acabemos más pronto.

—*Acabemos*, o sea nosotros y ellos —se lleva las dos manos a la boca Perdomo, a modo de remedo de megáfono: —*El Club de los Sociópatas: descarrilamos vidas, destrozamos prestigios y rompemos hogares…*

—… a domicilio, *boss*.

A juzgar por la risa burlona de una y otro, no sería difícil tomarlos por villanos de caricatura que así celebran sus malas acciones y, como debe ser, el pesar de sus víctimas.

—¿Sabes quién me preocupa? —tuerce la boca María Auxiliadora. —El tal Nivardo. No sé qué vaya a hacer, ni de qué sea capaz si le reclaman.

—¿Quién de esas cuatro fichas te imaginas que tenga algún arma guardada en su casa? Escopeta, pistola, incluso algo más grande…

—Me la pones difícil, pero a ver: son todos malhechores, así que de ninguno me extrañaría. Pero son cobardones, cuando menos los que eran amiguitos de Iván. ¿Tú te los imaginas en un *western*? Por eso me preocupa el chamancito. No que tenga pistola, o rifle, o resortera, pero tiene clientes poderosos. Pacientes, según él. Hasta donde me han dicho, está conectadísimo. Y eso lo sabe nuestro amigo el gordito, así que en todo caso le mentará la madre o le pateará el coche, pero más allá de eso no le puede hacer mucho.

—*El Cachetes* va a desquitarse con Orquídea, si no es que para ahorita ya se desquitó.

—Sólo que sea a gritos, porque trae una pata enyesada. Se cayó del caballo, me dijo mi informante.

—Sin casa, sin mujer, cojeando y en el bote. Yo sé lo que te digo, muchos por menos que eso van a dar a mis manos.

—No van, vienen —corrige con dulzura la Hata Mari y se ayuda con un guiño indiscreto. —¿Verdad, *boss*?

—Venga pues, Marichula. Como tú digas, no faltaba más —despiertan los sentidos del forense, cuya mano derecha bucea torpemente bajo la mesa, hasta encallar en el muslo izquierdo de la Hata Mari, bajo la falda corta cuya presencia, se figura él, es cualquier cosa menos accidental.

—Ya sabes que de todas tus mujeres, soy la única que sigue maquillándose.

—Deja eso, la más cálida.

—Cálidos, los políticos y los diplomáticos —ronronea María, derramando malicia. —Yo soy ardiente, chulo. ¿Notas la diferencia o te la explico?

34. Parte de guerra

Noviembre 19. Sábado. 9:10 a.m.

—Me recago en tu madre, ventarrón de mierda… —blasfema el Triple A, nada más su pelota se aleja del *fairway* para abrirse camino entre la maleza y aterrizar al pie de un pino inoportuno.

En términos concretos, su desgracia es perder el par de campo que ya creía en la bolsa. Una ocasión insólita, una hazaña notoria para un *amateur*, una medalla al equilibrio emocional. A su edad. Todo se fue a la mierda con el ventarrón. En ningún lado, fuera del campo de golf, acepta el poderoso paladín lecciones de humildad, y hasta la más pequeña le echa a perder el día. Saben, quienes lo tratan a menudo, que en un día de mal golf más vale no acercársele. Y si es inevitable, seguirle la corriente a cualquier precio.

—De verdad que es injusto —hace eco del berrinche Juan Miguel Aparicio, su primo e invitado, perfectamente al tanto de la fragilidad de la paz aún reinante.

Diez minutos más tarde, Álvaro Albarrán deja por fin atrás el hoyo 17, marcando nada menos que cuádruple *bogey*. El bochorno, el horror. Con un porte dos veces arrogante —diríase furioso por la cruda insolencia del destino— ha fijado la vista en el horizonte, del cual eventualmente ve venir hacia él un carrito de golf, en lo que más parece un espejismo. ¿Qué tendría que hacer su sobrino Samuel con semejante pinta de indigente? La camisa rasgada, sin un par de botones y embarrada de lodo, el pantalón roto de una rodilla, los pómulos hinchados, la cabeza terrosa y desgreñada, los ojos inyectados, el semblante de muerto.

—¿Qué pasó, Sammy? ¿Estás en un problema? —inquiere, descompuesto, el Triple A, como si la visión le confirmara que el de hoy es un pésimo día para el golf.

—Tengo que hablar contigo, tío —traga saliva el otro, sin bajar del carrito. —Una cosa terrible, no te imaginas.

—¿Te importa si ahí le paro, *Johnny Mike*? —se vuelve hacia su primo el del cuádruple *bogey*. —Ya vino a rescatarme este muchacho.

En un hombre como Álvaro Albarrán, las frustraciones son acumulativas. No es un buen perdedor, ni lo pretende. Una derrota extra, en este caso, es que Samuel se le presente así, nada menos que en la mañana de un sábado. ¿Cómo él tan presumido, tan serio, tan correcto, anda con esa facha de zarrapastroso?

—¿Sí puedes manejar, estás seguro? —titubea el Triple A, ya a bordo del carrito.

—No estoy borracho, tío. Ni crudo, ni nada. Vengo apenas de darle sus cocos a Manrique. Se puso necio y hubo que amansarlo, pero ve nomás cómo me dejó.

—¿Él sí estaba borracho…?

—¿Te importa si me paro dos minutos? No quiero que nos oigan, ni nos vean —se aparta del camino Samuel Baños, sin esperar respuesta, y acelera despacio hacia una zona tupida de arbustos. —Ve checando estas fotos, en lo que me estaciono.

Lejos de distraerlo de su humillación, el relato de Sammy termina de secar la boca de su tío. ¿Cómo es posible que sean tan imbéciles para mover las aguas en estos momentos? ¿Cree que no estaba al tanto de las andanzas suyas y del ahijado? ¿Qué iría a decir Manrique si se enterara de que sus dos mejores amigos son también sus jodidos hermanos de leche?

—Ya lo sabe, te digo. Por eso nos peleamos —sigue Samuel poniendo al tanto al tío. —Orquídea se lo dijo, cuando le reclamó por las fotografías. Un minuto más tarde llegamos nosotros.

—No me digas que ustedes lo aceptaron.

—No hubo ni tiempo. Se nos fue a los golpes. Al Gummi le pegó con la muleta, y a mí se me echó encima. Fuimos a dar al lodo, mira cómo quedé.

—¿Y la mujer qué hacía?

—Se escapó, mientras tanto. A casa de Nivardo, según parece.

—Alguien ahí tenía que usar la cabeza. ¿Le cayeron después al tal Nivardo?

—¿Y para qué? —se asquea el zaparrastroso. —Mi señora no era, tampoco la de Waldo. Nada más que la bronca no se terminó ahí. El Gummi estaba rete encabronado, el muletazo le pegó en la frente y le sacó un chipote espectacular.

—¿Y qué le hizo a Manrique? ¿Lo mandó al hospital?

—Otro poco y se va él, tío. Quiero decir el Gummi, pero no por los golpes. Tendría que haberle dado un infarto. Resulta que Manrique le soltó la verdad de su señora, que igual yo ya sabía pero él no. ¿Te han contado algo de eso?

—¿Su esposa, la alemana? Tengo entendido que es como aristócrata. ¿Angelika, se llama?

—¿Aristócrata? Yo diría lo contrario —alza las cejas Sammy, contiene ya una risa inoportuna. —Ese cuento se lo inventó Manrique. La mujer es austriaca, su verdadero nombre es Veronika Schneider y apenas fue a la escuela, pero a Iván le dijimos que era representante del Deutsche Bank, y por supuesto experta en bienes raíces. La contrató Manrique para una asesoría de seis meses, según recuerdo por ciento veinte mil dólares. Pero de eso jamás se enteró Waldo.

—¿Por qué se lo ocultaron?

—Perdón. Quise decir que no alcanzó a enterarse, porque él había viajado junto a Iván y no había espacio para hablar en confianza.

—¿Pero entonces de dónde sacaron a la austriaca?

—Fue idea de Manrique, te digo. Fuimos los dos a Ámsterdam, antes de ver a Iván y Waldo en París. Salimos a pasear al Red-Light District y Manrique hizo migas con esta mujer.

—¿*Hizo migas* o era una prostituta?

—Las dos cosas. Iba todos los días, tarde y noche. Se gastó un dineral, luego se le ocurrió llevársela a París.

—Pa' salir con los gastos y no dormir solito…

—Así habría sido, claro, si Waldo no se hubiera metido entre los dos. Qué te voy a decir, ni Iván se comió el cuento mejor que Waldo. Cuando nos dimos cuenta, el bruto ya se había enamorado. Le decía *Ratoncita*, el muy ridículo.

—¡Yo lo oí, *liebe Mausi*! —ratifica y se burla el Triple A, poco menos irónico que repelido. —¿Qué dijo cuando supo la verdad? ¿Se la soltó Manrique, así sin anestesia?

—Tal como te la estoy soltando yo, nada más que con gritos y muletazos. Total que lo agarramos entre los dos y le torcimos la pata enyesada.

—¿Me estás hablando en serio?

—Fue la única forma de ablandarlo. Chilló como marrano, pero se quedó quieto en el pastito. El Gummi todavía le dio un par de patadas en la cara, yo diría que con mucha razón.

—¿Pero qué va a hacer Waldo? ¿Divorciarse de la princesa austriaca?

—Yo lo dudo, porque la defendió. "Otra de esas calumnias y te mueres", le dijo. Estaba indignadísimo, lloraba de coraje. Un melodrama, tío, y de los más corrientes.

—Fue todo en casa de Manrique, entonces.

—En el jardín, o sea, delante de las rejas que dan a la calle. Pleito de vecindad, quien quiso se enteró.

—¿Y por qué no aprovechas y te das un bañito, ya que andas por aquí?

—Híjole, tío, perdón, pero es que necesito que me eches una mano.

—Claro que sí, muchacho, te saco un jaboncito de mi casillero —bromea el Triple A, que ya empieza a encontrarle la gracia al entuerto.

—¿Sabes lo que es Manrique como enemigo? —pasa por alto Sammy la humorada. —Yo lo he visto ensañarse con perfectos extraños como si los odiara de toda la vida. Ha dejado familias en la calle sin perder la sonrisa. Tengo hasta la teoría de que lo disfruta.

—Nunca me ha caído bien, acá entre nos —reconoce el golfista recién desencantado. —Engreído, ruidoso, con pocas luces, cuenta chistes muy malos y no tiene tres gramos de clase. La gente se ríe de él y él cree que es por simpático. Además, su risita es repugnante. Falsa, vulgar, forzada. Ese cabrón de Manrique Quiroz salió como el papá. Pesado, majadero, tramposo, payo…

—¿Y qué hacemos con él? No va a quedarse quieto, yo creo que le volvimos a fracturar el pie. Es cosa seria, tío, no te rías.

—Perdóname, Samuel, pero es que me da risa verte hecho un limosnero. Mi padre ya me habría soltado un bofetón, así viniera yo de rescatar a Cristo.

—Pensé que si levanto una demanda, ya con la pura facha pruebo lo que digo.

—Ándale, pues. ¿Y qué vas a decir? "¿Miren nada más cómo me dejó el discapacitado al que torturé con mi amiguito Waldo?". ¿Ya sabe tu mujer que te metiste con la vieja de Manrique? ¿No tendrías que estar curándote en salud?

—¿Y quién dice que yo me metí con Orquídea?

—Pues ella, según dices.

—Exactamente, tío. La mujer de las fotos. Su palabra de adúltera contra la mía. ¿Sabes quién va a creerle a esa ranfla de quinta? Voy a darte una pista: los mismos maestrines desubicados que se creen los embustes de Nivardo. ¡Un pinche *caddy*, tío, hazme el favor!

—El *caddy* de Jack Nicklaus era taxista y se volvió una estrella desde su primer día de trabajo. Angelo, se llamaba. Era griego, canoso, con la melena grifa. Yo lo traté una vez, un tipo muy simpático. Muy ocurrente, aparte.

—¿Cómo ves que el Nivardo le sigue haciendo limpias a Manrique?

—*Not anymore*, ¿o sí? —hace un gesto de burla el Triple A.
—¿No será que le echó mal de ojo su señora?

—Esto es la guerra, tío.

—No seas exagerado, Samuelito. El *Cachetes de Yoyo* no va a mover un dedo, mucho menos del pie que tiene lastimado —trivializa el asunto el ingeniero, maestro y doctor, al estilo de un pícaro avezado, y procede enseguida a desenmarañarla:
—Vas a decirle a Waldo que me llame lo más pronto que pueda, no sea que se le suba lo Habsburgo a la cabeza y vaya a cometer alguna pendejada. Déjame ver qué invento, mientras tanto. Afortunadamente el eslabón más débil de los tres no eres tú, ni

mi ahijado, sino el cabrón ingrato de Manrique Quiroz. ¿Y a ti qué te costaba prevenir al tarugo de Waldo allá en París, por más enamorado que estuviera? ¿No que eran tan amigos?

—Manrique me rogó que no se lo contara y acabó convenciéndome. Y Angelika al final no es mala gente, sólo que tiene cola que le pisen.

—¿También tú te formaste detrás de esa colita?

—Te digo, es su palabra contra la mía.

—¿Ves lo que te decía? Salte de ese problema, no es cosa tuya.

—Pero es que lo golpeamos. ¿Tú crees que nos demande?

—Lo dudo mucho, tú ya sabes por qué. Trae toda una madeja de problemas legales y de impuestos, y encima está caliente lo de Iván Dupont. Puede ser que haya muchos sospechosos, pero él no deja de ser uno de ellos. Hay que portarse bien, no llamar la atención, irse por la sombrita. Si Manrique se para en un juzgado, ¿quién le dice que van a dejarlo ir?

—¿No hacemos nada, entonces?

—Ustedes, Waldo y tú, van a quedarse quietos hasta que yo les diga por dónde vamos a irnos —habla lento Albarrán, como si fuera horneando las palabras.

—Ok —concede Sammy. —Digamos que nuestro problema no es lo que Manrique haga hoy o mañana. Está en la lona, por donde lo veas. Ahora, si Waldo truena con Angelika no va a tener piedad con ese imbécil, y peor lo va a torcer si se convence de que son infundios. ¿Tú sabes la quemada que le vamos a dar en todo el Club, con esas fotos tan interesantes? Ni los *caddies* lo van a saludar.

—Te equivocas, Samuel —corrige el tío, con frialdad categórica. —Ya quedamos que ustedes van a estarse bien quietos, hasta que yo les dé la instrucción de moverse. Esas fotografías pueden ser muy valiosas, si las usas a tiempo y en el lugar correcto. La semana pasada me llamaste para pedir consejo sobre tu propiedad, ahora que lo de Iván está haciendo olas. ¿Qué te dije? ¿Te acuerdas?

—Que lo dejara todo en tus manos, tío.

—Exactamente, *todo*. ¿Tú crees que este mugroso pleito de vecindad está adentro o afuera de ese todo?

—Yo supongo que adentro, ahora que me lo dices.

—Mira, Samuel. Esta clase de pleitos no pueden resolverse a nivel cancha. Tampoco a nivel *ring*, no somos neandertales. Dime, en primer lugar, a quién se le ocurrió ir a ver a Manrique, si sabían que él también tenía las fotos. Era uno de los peores momentos de su vida, ¿esperaban encontrarlo contento?

—El Gummi me llamó en cuanto llegó el *mail*. Yo ni lo había visto, imagínate el chasco. Luego pensé que era problema de Manrique, hasta que el Gumersindo me preguntó si creía que Orquídea se iba a quedar callada. O sea, sobre lo nuestro. Ya con la paranoia, nos fuimos derechito a visitar al *Señor de los Cuernos*. ¿Qué tal que no había visto el maldito correo?

—En lugar de buscarse un abogado, fueron a incriminarse por propia iniciativa…

—Nunca se me ocurrió que Manrique fuera a ponerse así. Pensé que estaba a tiempo para taparle la boca a la esposa.

—Claro, *en boca cerrada no entran moscas* —se recrea especulando Albarrán Aparicio. —Sabía usarla muy bien, por lo que entiendo.

—Yo no la culpo, tío. Cinco años de dormir con ese gordo infecto, en su cama rodeada de agua dulce, tienen que ser un muy buen atenuante.

—Hablando de atenuantes, me dices que Manrique le dio duro a mi ahijado con la muleta. ¿Fue él quien empezó el pleito?

—¿No te digo que se nos echó encima?

—¿No piensan perdonarlo, están seguros?

—¿Tú recuperarías la amistad de un fulano al que le pedaleaste la bicicleta?

—De un amigo no sé, me suena muy riesgoso. De uno como Manrique, ni después de muerto, pero ustedes no sé cómo lo vean. Una amistad muy vieja, recuerdos compartidos, son vecinos…

—Hay una cuestión, tío —interrumpe Samuel, atribulado. —Se lo he dicho a Manrique pero nunca ha querido hacerme caso. Sus negocios están colgando de alfileres. Se cree más listo que todos nosotros, incluyéndote a ti. Está muy convencido de que las leyes le hacen los mandados, cualquier día de estos va a ir a dar al *resort* de los barrotes. ¿Y te digo una cosa? No quiero estar ahí cuando eso pase. Lo mismo dice el Gummi, que como te imaginas quiere despellejarlo con un pelapapas.

—Fue él quien tenía el contacto en Antropología, si no recuerdo mal.

—¿Sabes cuál fue el contacto? La lana por delante. Como quien dice, el dinero de Iván, pero Manrique vino y se paró el cuello con que era muy amigo de no sé cuánta gente, dizque de muy arriba. Ya lo conoces, el *name dropper* más rápido de Ladera Sur.

—Algún mérito tendría, ¿no? Quiero pensar que de algo les sirvió, aunque fuera un idiota y un pelafustán.

—¿Te puedo pedir algo? —encarece el sobrino. —Pregúntame otra vez de aquí a, no sé, dos años. Déjame que asimile la problemática. Ya lo dijiste, estoy a nivel cancha. Tú que estás en las nubes y puedes darte el lujo de mover tus piezas, dime cómo le hacemos para quitarnos a este mandril de encima.

—Voy a hacerte una oferta. Habla tú con mi ahijado, dile que confíe en mí. Y es más, se lo suplico. Ya entre tú y él rompieron demasiados platos, así que se me paran de la mesa y dejan que me arregle con la cuenta. Se van con las señoras a pasar unos buenos días en Careyes. Yo los invito, hijo. Está la casa sola, nunca vamos. Por lo menos que ustedes la aprovechen, ¿no?

—Hombre, tío, muchas gracias, pero es que estoy metido con un par de auditores...

—Déjame que te cuente: compré un par de *wave runners* que haz de cuenta que vuelan sobre el agua. Está también la lancha, por si quieren esquiar. Hay comida, bebida, juegos para los niños, si deciden llevarlos. ¿Cómo van a tomar una decisión justa, inteligente, con la cabeza llena de telarañas? ¿Tú de verdad esperas que me crea que les entiendes a los auditores?

—Mira, tío, por mí no habría problema... —tira pronto la toalla el del pantalón roto, inerme frente al temple del tío

Álvaro. —Pero yo no sé el Gummi qué va a hacer con Angelika. O bueno, con Veronika.

—Lo que tú vas a hacer es convencerlo de que Manrique es un mentiroso. Oye lo que te digo: esa historia de Ámsterdam sólo puede ser una perversidad, y a ti en primer lugar te consta que no es cierta. ¿O no viajaste tú con el cachetón?

—Pues sí, viajamos juntos.

—¿Ves? Ya estuvo, muchacho. Vas a hacer un equipo con mi ahijado y conmigo. Hoy mismo se me van para Careyes, yo me encargo de todo.

—¿Y si viene a buscarnos la policía, por la bronca de Iván? Van a decir que estamos escondiéndonos, ya ves que el otro día le cayeron a Waldo.

—Le cayeron, y yo estuve presente —sonríe, no sin sorna, el Triple A. —Te aseguro que no va a volver a pasar. Ahorita que me acuerdo, supe que al inspector le quitaron la chamba, por pasarse de vivo con la gente. Un chantajista neto, le quedó grande el caso. Ya lo había yo puesto en su lugar, parece que no tuvo suficiente. Así que por ahora nadie va a molestarlos.

—¿Y Dunia, la de Iván? Te conté que también es policía.

—Fungió como analista de inteligencia hasta ayer o anteayer, tengo entendido. ¿No te dije que yo me iba a encargar? ¿Cuándo me vas a dar tantito crédito?

—Perdón, tío, y muchas gracias —hace el intento Sammy de abrazar a don Álvaro, pero este se resiste y retrocede.

—Váyase a bañar, m'hijo —arruga la nariz el agredido y saca la primera pierna del carrito. —Te pediría que me dieras un *ride*, pero así como vienes nos van a confundir con teporochos.

—De veras, tío, gracias —tartamudea Samuel, en proceso de alivio.

—Ve con Dios, hijo. Saluda a tu mujer, y que de una vez vaya haciendo las maletas. Dale un beso a los niños y un abrazo muy fuerte a mi querido ahijado. Dile que digo yo que no le preste oídos a ese gordo hocicón.

—¿Aunque igual no sepamos de qué sería capaz? —titubea Samuel, acobardado aún.

—¿Quieres que yo, tu tío consentido, te diga exactamente cuál es el gran error de Manrique Quiroz? —baja la voz el tío, teatralmente. —Cree que existe, el pendejo, y se equivoca.

35. Con tufo de revancha

Noviembre 18. Viernes. 4:15 p.m.

Si fuera como tú y creyera en la vida ultraterrena, estaría haciendo esto por venganza. Pero como en el fondo, y no sólo en el fondo, dudo que de verdad puedas oírme, o que estés por ahí, o en cualquier otra parte, entenderás que lo haga por terapia. ¿Entenderás? Paparruchas, Iván. La que lo tiene que entender soy yo. ¿Y qué, pues, si lo hiciera por venganza? ¿Te vuelves a morir, como el de la canción? Te decía que si me diera por creer que de verdad existes y me estás escuchando, sería como traer una pistola y vaciártela encima, por cabrón.

Yo soy esa pistola, Ivancito. Yo soy esa cochina malviviente que llevo media vida tratando de domar. No es el diablo, ni es Dios. Soy yo la que me espanta. ¿Cómo la ves que ya me despidieron? Eso sí, con un ramo de billetes por delante. Como quien dice me quedé en la calle, pero no en la miseria. ¿Dónde voy a acabar, si se me mete el diablo como hoy en la mañana?

Empezó todo ayer que me corrieron. Doce meses de sueldo en efectivo. Ni modo de quejarme, aunque fuera tu culpa. No sé si lo pensaba así realmente, o si estaba tratando de convencerme, pero un año de sueldo es un año de hacer lo que me dé la gana. No tengo que cuidar mi buena imagen, ni obedecer las órdenes de nadie, ni dar cuentas de cómo uso mi tiempo o qué me compro con mi pinche dinero. Me fui a la cama así, fabricando argumentos para celebrar la patada que acababan de darme en el culo.

Ya había yo logrado quedarme dormida cuando me tocó el timbre tu querida Ludmila. No quise hablarle mucho del despido, para no recordarme que estaba desempleada. Me raspaba el orgullo, me estorbaba la lástima de tu novia. Al contrario, quería demostrarle que yo no soy la sosa reprimida que ella piensa, o pensaba hasta ayer. Porque, digo, si ya me habían corrido y no tenía nada más que temer, ¿qué me impedía aceptarle a Ludmila dos o tres fumaditas de su mota?

Ríete, cabroncito. Vas ganando, ¿no es cierto? Me tienes aquí hablando con un muerto y confesando que me puse como tú. Y de hecho peor que tú, porque era apenas mi segundo debut y con muchos trabajos sabía lo que hacía. Mejor dicho, lo sabía perfectamente, tanto que hice lo que hice y dije lo que dije sin el menor problema, como si fuera lo más natural. ¿Es ese el chiste de la mariguana, te da permiso siempre para todo?

Algo así nos decían los del FBI, cuando estaba en el curso de inducción, pero a ver, seamos francos. ¿Qué iba yo a hacer a media madrugada? Cuando se fue Ludmila pasaban de las cinco. Dos minutos después ya me había caído la policía. Nada menos que Marcos Mireles, el segundo de Rigoberto Rovira. Y yo con esa pinta y ese tufo. Sólo que en vez de miedo me dio una cosa rara. Nunca pensé que el tipo fuera a llevarme presa, por eso ya ni puse mi carita de cándida. Tanto trabajo para convencerlos de que yo no tenía tus mañas ni tus vicios y en un segundo ya me había quemado.

¿Sabes qué hice? Adivina. En efecto, reírme como loca, tanto que él acabó riéndose igual. Sólo que ahora no fue cosa de nervios, en serio me dio risa. Bueno, ok, no te miento. Estaría muy drogada y muy descontrolada, pero el susto me devolvió a la tierra y me reí totalmente a propósito. Maquiavélicamente, si tú quieres. Cosas que se te ocurren cuando sabes que le gustas a un hombre.

Mi papá me lo dijo, y no nada más él. Obvio, yo lo negué, ni modo de aceptar que ya estaba yo al tanto de que el tal Mireles me echaba ojos de hombre. Al principio pensé: *Bueno, si todo falla tengo ahí una palanca para salir del hoyo* (con tu perdón). Pero igual me gustaba, no creas que era pura conveniencia. Le veía yo cara de todo, menos de policía. Y hoy en la mañanita, cuando lo tuve enfrente, alguien dentro de mi drogada humanidad supo en ese momento que no iba yo a salvarme sin su cooperación. El que se ríe se lleva, ya ves que dicen, pero tampoco es una garantía. Su jefe, Rigoberto, es muy capaz de llevarte a la cárcel después de haberse reído media hora contigo. Así que lo besé, para estar más segura. Corrijo: nos besamos. Ya no era nomás una, sino dos los que estaban faltando al reglamento (porque igual me faltaba, y todavía me falta firmar mi *renuncia*).

Perdón, no sé si tengas algo que ver en esto, pero me hacía una falta espantosa. Hay quienes creen que el luto es un afrodisiaco, seguramente porque ya les pasó. Yo estaba hecha una facha, de pijama, pantuflas y una bata antiquísima, aunque tampoco es que haya durado mucho con la ropa encima. Nunca en mi vida estuve tan desesperada. Así, como ninfómana, y entre más lo pensaba más sentía la urgencia de que sucediera. Perdóname, te juro que no me estoy vengando, pero es que a nadie puedo contarle esto.

Suena sucio, corrupto, sospechoso, y te juro que fue todo espontáneo. Está bien, con un poco de malicia, pero sin eso habría hecho lo mismo. Creo que nos gustábamos más de lo que creíamos, pero es que eso no es todo. Con tamaña evidencia, pensé que había venido con la única intención de seducirme, que si lo piensas bien habría sido un chantaje muy sutil. ¿O sea que la mía fue una forma sutil de sobornarlo? Pues no, Iván, te equivocas. El motivo fue el miedo, suyo y mío. El luto querendón del que te estaba hablando. Le pasa a mucha gente. Ya vieron a la muerte, pálida y desdentada. Necesitan probarse que están vivos, darse permiso de seguir viviendo. Fue eso lo que me dieron la mariguana y Marcos Mireles Oliveros. Mírale el lado bueno, por una vez no vengo a hacértela cansada.

No sé si todavía esté, como dicen los gringos, *under the influence*, pero tampoco me arrepiento de nada. Mi conciencia se fue de vacaciones y organicé una fiesta para celebrarlo. Total, si me arrepiento me queda todavía un poquito de mota. Échenme el *antidoping* y el polígrafo, para que de una vez sepan quién soy. ¿Quién soy? Me importa un pito, con tu perdón. Hoy me levanté zorra, viciosa y descarada. Ya mañana habrá tiempo para jurar que eso nunca pasó.

Ahora, si no te importa, vamos a hablar de ti. No quiero que te quedes con la idea de que soy una perra egocéntrica, ni que te enojes, con toda razón, porque ahora estoy haciendo todo lo que te dije que jamás iba a hacer. Trata de comprenderme, vivía obsesionada por demostrarle al mundo que era yo lo contrario de mi papá. Me asustaban las drogas no porque fueran drogas, sino porque ya había elegido mi papel. Era oficial: odiaba las cosas ilegales. Pero no fui sincera, y te pido perdón por haberte hecho víctima de tanta faramalla. Me la creía, claro, aunque igual me engañaba y lo sabía. A veces tengo sueños en los que estoy desnuda a media calle y pretendo que no me he dado cuenta.

Ya te oigo desde aquí. ¿Qué me costaba aceptarte un gallito, comerme un plato de hongos, prepararme un licuado de peyote, en lugar de volverme tu mamá? No me costaba nada, a lo mejor, pero no estaba lista. Todavía pensaba que era posible borrar el pasado y empezar otra vez, como quien dice dando la cara al sol. Nunca fui gente bien, aunque lo pareciera, porque era la hija de un delincuente famoso, pero tenía muchas amigas bien, iba a un colegio bien y hablaba y me vestía como niña bien. Ya sé que suena raro, pero nunca acabé de resignarme a ya no ser lo que de todos modos nunca fui. Tenía razón el imbécil del Gummi: era yo una arribista y perdóname por lo que te toca.

En realidad era una resentida. Muchas veces oí que a mi papá se le había aplicado la justicia, y entonces yo decía: "¿Y a mí qué me aplicaron? ¿Qué van a darme a cambio del quemón? ¿Y ahora quién va a quitarme el tufo a pobre? ¿Dónde está mi futuro?". Necesitaba que alguien me compensara, y tú fuiste a meterte de chamán. ¿Cómo no iba a enojarme, con una chingada? Mírame ahora, en cambio. Hace veinticuatro horas que no tengo trabajo y me siento más libre que un falsificador con nueva identidad.

¿Ves lo que te decía? La gente resentida busca justicia, la gente feliz quiere libertad. Eso mismo pensabas, ¿no?, cuando creías en ti. Sólo que *libertad*, para mí, significaba no estar en la cárcel, vivir tan lejos de ella como fuera posible. Dejé de visitar a mi papá con tal de no volver a ver un reclusorio. La familia del preso está presa con él, igual que los custodios y los carceleros. Sale una de la cárcel, pero la cárcel no se le despega, como la mierda en la suela del tenis. Para mí, lo que tú llamabas libertad era el camino corto para perderla. Nomás de imaginarme haciéndote visita conyugal, igual que mi mamá con mi papá, me entraba un puto pánico que no tardaba en hacerse jaqueca.

Una de las razones por las que decidí ser analista fue para asegurarme de no volver a verte. Con esos amiguitos que habías hecho, y con las señoronas que andabas reclutando, ibas a acabar muerto o en la cárcel. Más me valía estar en el lado seguro del lodazal. Pero ya ves, igual me salpicaste. Tú y mi papá son esa clase de hombre que ni muerto te lo quitas de encima. ¿Alguna vez te dije que tú eres mi karma? Si un día voy a dar al purgatorio, tendré que agradecérselo a Iván Dupont.

¿Sabes qué me da mucho repelús? Que te digan Juanito. Perdóname, mi amor, pero eso ni drogada me lo trago. A mí ese nombre cursi de Juan de la Luna me suena así como a *Johnny Bananas*, y yo no me casé con un bufón. Pobrecita Ludmila, se ve que te lo dice con mucho cariño, no dudo que en su cuarto tenga un póster tuyo. Somos como dos *fans* del mismo *rockstar*, pero nos gustan diferentes canciones. Como decía mi ex jefe, cada quien su *beatle*.

¿Qué pienso hacer con Marcos? Ay, no sé. Todo menos pelearme, por lo pronto. Claro que él no es el único que sabe demasiado, ni yo la única que andaba con las defensas bajas. No te voy a contar las cosas que me dijo, en primer lugar porque son siniestras, en segundo lugar porque me pondría más nerviosa de lo que ya estoy, y en tercer lugar porque me da la gana pensar que estás celoso. Finalmente yo no he hecho nada malo, mi único delito es querer sacudirme la herencia pestilente de mi papá. Más la culpa que tú me echaste encima. Putos hombres, carajo, puras pérdidas traen.

No logro imaginarme qué tal habrías tomado la información que acabo de darte, pero puedes contar con que hoy te entiendo mucho mejor que ayer. Una vez me dijiste que tenía yo los límites muy cortos, te acordarás del berrinchazo que hice. Me sentí calumniada, por supuesto, pero hoy a mediodía volví a pensarlo y dije: "Iván tenía razón". No sé si fui egoísta por querer aferrarme a mi versión original de ti, o si fui una miedosa por culpa del fantasma de mi papá, pero tampoco tú me la pones fácil. Tuviste que morirte para convencerme de ser un poco menos aburrida.

Ay, Iván, si supieras. He hecho de todo menos aburrirme. Esto de ir tras tus huellas y meterme en el mundo de esos facinerosos que eran tus amiguitos me está cobrando muy caro el boleto. Hoy por primera vez me pregunté si de casualidad estoy en un problema, y si ese problema puede llegar a ser del tamaño del tuyo. Según me dijo Marcos, y no nada más él, estoy jugando en ligas más grandes que la mía. No me puedo explicar cómo no te dio miedo ir a meterte con esa Casilda, que no sólo es más falsa que las obras selectas de mi papá sino además perversa, putona y para colmo vieja. Y deja ella, el padre. Puede que no me anime a hablarte de las cosas que me platicó Marcos Mireles, porque me digo que si tú sabías eso, entonces te habías vuelto igual a esa señora que te mantenía. Puedo aceptar que por tu situación te hicieras un gurú de pacotilla, pero no te imagino en plan de criminal. Podría tener las pruebas en la mano y seguiría negándolo, mientras viviera.

Yo sé que este es el peor momento y el último lugar para venir a declararte mi amor, pero cómodamente me imagino que allá donde tú estés, si es que algo de ti queda, importa poco o nada todo lo que haya yo hecho la mañana de hoy. Por eso no te pido permiso, ni perdón, pero tampoco logro mandarte a la chingada de una vez. Te me quedaste dentro, maldito seas. Si no me hubieras hecho esa puta llamada, yo seguiría gozando del derecho a vivir una vida aburrida.

Claro que tú dirás que si te hubiera contestado el teléfono todavía vivirías, ¿no? Que yo soy la traidora despreciable que te dejó caer justo cuando más me necesitabas. Que escogí ser ingrata en vez de bruta. Y pues sí, está muy mal pero no me arrepiento. ¿Quién creías que era yo? ¿Wonder Woman, estúpido? La Mujer Maravilla no tiene que tirarse a un policía para zafarse de ir a dar a la cárcel.

¿Y qué si me gustó? ¿Qué si lo vuelvo a hacer? ¿Sabes? No lo parece, pero me siento bien. Claro, aquí vengo a verte y me

quito unas cuantas piedras del costal. Sigue sonando horrenda-
mente católico, aunque diga *costal* en vez de cruz. Nomás que
yo no vengo aquí a rezarte, sólo eso nos faltaba. Tampoco traje
flores, ni has de verme chillando como viuda indefensa. Al revés,
papacito. Me toca aligerarme, si quiero terminar con nuestro
asunto. No soy buena, Ivancito. Me educó un sinvergüenza, me
hice adulta entre reos. ¿Qué te crees, que me asustas?

Llevo desde los quince viviendo con fantasmas, tú no eres
más que el último y tienes la ventaja de estar muerto. Pasas por
mi conciencia cuando y como yo quiero, y cada día te acomodas
mejor. Das un poquito menos de lata. Al inspector Rovira le en-
cantaría verme visitándote. "No la deja la culpa", pensaría. Pero
ya te lo dije, estoy hasta la madre de saldar tus cuentas y las del
pirado ese de Juan de la Luna. No me siento culpable por no ser
Wonder Woman, ni pienso ir a la iglesia a comulgar por ti. Al
contrario, Ivancito, por mucho que yo te ame y que te extrañe y
que te habría querido hoy en mi cama, me toca echarte piedras.
No sé si me entendiste. Vengo a arrancarle hojas al catecismo.

36. *Underdog*

Noviembre 19. Sábado. 5:19 p.m.

Cuentan que era muy guapa, aunque no sólo eso. Mientras vivió, la *Pupis* Pérez de las Heras supo cómo hechizar y fascinar literalmente a quien se le antojó. Quienes la conocieron la recuerdan chispeante, desenfadada, alegre, juerguista, seductora, y asimismo tacaña, deslenguada, caradura y especialmente afecta a codiciar los maridos del prójimo. Le gustaban los hombres recios y mandones, sabía cómo plegarse a sus deseos sin por ello renunciar a los propios y era rica en ardides para evitarse, al precio que fuera necesario, la afrenta de tener que trabajar. Ya había sido pobre, cuando niña, y nunca más se lo permitiría. No por casualidad se atrevió a hojalatear sus apellidos para hacerlos brillar en una sociedad que de cualquier manera seguiría mirándola por encima del hombro. De ahí que algunas cuantas malquerientes se refirieran a ella como *Lupita Pérez*.

Casilda, su única hija, acostumbra evocarla con un pudor rayano en la mitomanía, aunque de pronto se le pasan los tragos y echa pestes en contra de los hombres —padrastros interinos y huidizos— que sucesivamente se la arrebataron. Señores con chofer y guardaespaldas que llegaban de noche, se iban de madrugada, y si había ocasión se la llevaban a algún viaje romántico, del cual volvía cargada de regalos. "Crecí sola…", se queja y se envanece hasta la fecha, esperando que a nadie le dé por suponer que aprendió de su madre a tratar con los hombres de poder. ¿No era acaso evidente que Casilda lo había hecho mejor? ¿Cuál de esos cacagrandes que se la turnaban tuvo la gentileza de sacar a la Pupis del departamentito que tantas veces les sirvió de motel? ¿Quién de ellos puso un peso para ingresarla en un buen hospital, cuando ya la cirrosis se la estaba llevando?

Fue al final del velorio de la madre que se le presentó José Ortigoza Walter. Lo recordaba poco, y quién sabe si nada porque probablemente lo confundía con algún otro amante de su mamá. Eran hoscos, esquivos, desdeñosos, vergonzantes, porque invariablemente eran también casados, así que rara vez los distinguía porque además no le daba la gana. Sintió, pues, el impulso primitivo de mandar al carajo a aquel súbito intruso que se decía su padre, pero he aquí que su traje de seda fulgurante, sus maneras de gente acomodada y los dos guardaespaldas que le acompañaban bastaron para hacerla recapacitar.

Huérfana y divorciada: mala combinación. ¿Podía ella, con treinta años cumplidos, un matrimonio roto y un divorcio jugoso-mas-no-cuantioso darse el lujo de desairar a ese benefactor que, por cierto, tenía sus mismos ojos de predador? ¿Pensaba echarse en brazos de la insolvencia? ¿A poco iba a salir a buscarse un trabajo?

"Tuve un aprecio muy especial por tu madre, le prometí que cuando ella faltara iba yo a ver por ti. Y aquí estoy a tus órdenes…" declamó el hombre, quizá de memoria, y ella se preguntó, no sin recelo, cuánto podían valer tan sentidas palabras en pesos y centavos. El tipo era distante, formalista, estirado, impertérrito, pero algo había en el tono de su perorata que revelaba cierta conciencia descompuesta. "No te voy a pedir que me llames papá", pintó luego su raya, poniendo por delante un cheque suficiente para pasar por alto su frialdad despectiva o defensiva, "y de hecho te lo voy a tener que prohibir; ya luego se verá qué es lo que se hace para alcanzar un buen entendimiento". Dicho lo cual le obsequió una sonrisa, dio un paso hacia adelante y le estampó un circunspecto beso a media frente.

No era el padre postizo un hombre manirroto, pero de él emanaba un aura de poder que la hija iría encontrando equivalente a una varita mágica. Su bendición social era un salvoconducto entre la gente que ella —soltera una vez más, guapa como la madre y esnob como ninguna— buscaba a toda costa frecuentar, siempre y cuando cumpliera con el imperativo de discreción que se espera de la hija accidental de una figura pública temida y respetada. No sería exagerado sugerir que a partir de ese pacto más o menos filial la vida de Casilda no volvió a ser la misma. Lejos, no obstante, de cambiar de carácter, la hija secreta de Ortigoza Walter abrió sus nuevas alas hasta alcanzar los vuelos del personaje frívolo, afectado y a su modo magnético que venía ensayando desde los quince años. La mitad de su vida, para entonces.

Fue en medio de esa orgía de amor propio que le vino la idea de meterse en política, donde el papá tenía varias leguas andadas. Ya habría cumplido los treinta y un años cuando llegara la hora de inscribirse en la carrera de Administración Pública. Se vería un poco vieja junto a sus compañeros universitarios, si bien les llevaría la ventaja astronómica de ser hija encubierta de un líder con arrestos de caudillo —ex policía, ex tirano, especialista en técnicas de tortura— cuya fama de duro y sanguinario le acompañaba desde su juventud y era de por sí fuente de humor negro. Entre tantas influencias y amistades, Casilda imaginó que no sería difícil llegar a diputada antes de los cuarenta.

Es posible que la Universidad Anáhuac, administrada por una orden religiosa al modo de un colegio para adolescentes, no fuera el sitio ideal para estudiar después de los treinta años, pero ya el brazo largo del *Señor Licenciado* había conseguido minimizar los trámites de admisión. ¿Qué le vio de especial a aquella señorona vestida justamente como tal —a quien sus compañeros tuteaban con trabajos— el estudiante Marcos Mireles Oliveros, con su cara de niño, su escaso pedigrí y una orfandad demasiado notoria para albergar el mínimo optimismo respecto a cualquier cosa?

Probablemente nunca se fijaría en él, y ese era un buen motivo para fijarse en ella. La encontraba cachonda, refinada, desafiante, frondosa, presumida, amén de varios otros atributos poco o nada frecuentes entre las aspirantes a veinteañeras que eran el resto de sus nuevas condiscípulas. Por eso decidió seguirla a la salida de la última clase.

Había heredado el coche del papá y algunas de sus mañas de sabueso, de modo que al volver de la pesquisa ya tenía los datos suficientes —nombre, dirección, placas automotrices— para rastrear a la desconocida hasta que no lo fuera en absoluto. "Ten cuidado, muchacho, la lagartona esa que te gusta es de muy altos vuelos", le aconsejó Solís, el capitán amigo de su padre que al cabo de unos días consiguió procesar la información, precisar el origen de la susodicha y explicarle a Marquitos por qué debía huirle como al chancro blando. "Perdóname que sea tan claridoso: no pensarás seguir los pasos de tu padre…".

¿Y para qué, si no, se había decidido a ser político? ¿No acaso la orfandad le había hecho entender que el poder de verdad estaba en otra parte? ¿Quién que lo disfrutara a manos llenas, como el oscuro padre de su condiscípula, no inspiraría un pavor equiparable? ¿Cuántas de sus leyendas tremebundas serían fruto del puro chismorreo? ¿Qué otra oportunidad encontraría para codearse, a tan temprana edad, con el mismísimo Ortigoza Walter? ¿Quién le decía que no, en un parpadeo, terminaba en la cama de aquella mamazota que era la hija?

Al tanto de su rol de joven cortesano, apenas tardó Marcos en serle servicial, luego beneficioso y al cabo de unos meses indispensable a la treintona de sus sueños húmedos, cuya casta escondida fingió desconocer hasta el día en que ella misma se la reveló, en uno de los tantos arrebatos de rabia que la empujaban al parricidio verbal, siempre más peligroso para los testigos. "¿Cómo ves que este viejo matón y cuentachiles no me quiere pagar la tarjeta de crédito?", lloriqueaba de pronto, enfurruñada. "A ver si no me da por contarle a cualquiera de los cadáveres que he visto en su rancho". ¿O sea que ese *cualquiera* bien podía ser él, Marcos Mireles?

En un principio Marcos celebró la confianza de Casilda como su primer triunfo en la alta política. No cualquiera podía presumir de tener una relación en tal modo cercana con la hijita de semejante tlatoani, si bien le convenía más cerrar la boca. Escudero oficioso, gestor infatigable, confidente discreto y arlequín personal de la heredera oscura, el joven estudiante aguardaba el momento de estrecharle una mano al Señor Licenciado, pero en vez de eso le tocaba escuchar toda suerte de anécdotas siniestras.

Cosas que años después habría preferido no saber, pero en aquellos tiempos despedían el fino aroma del privilegio. Una de ellas, salpicada de miembros cercenados y cabezas sin ojos, le provocó una angustia visceral —la certeza de entrar en conchabanza con psicópatas, el miedo a no volver a ser quien era— que sólo pudo sofocar más tarde, masturbándose frente a la licencia de manejo que cuidadosamente sustrajo de su bolso, a modo de botín compensatorio.

No solemos cumplir un pacto de silencio con quien sentimos que nos es desleal, o nos mira de arriba para abajo, o tiene con nosotros una deuda pendiente. Contar de esa persona lo que no debemos, y sabemos que nunca nos perdonaría, es también una forma de resarcirnos, amén de una ocasión propicia de jactancia ante quien nos escucha con los ojos de plato. ¿Y quién no iba a quedarse de una pieza a la hora de enterarse de las atrocidades soterradas de esa bestia del mal, José Ortigoza Walter?

Rajarse es liberarse, dibujar una línea sobre el piso y deslindarse de eso que está uno denunciando. "¡Mírame, no soy cómplice!", parecería gritar el delator, guarecido detrás de la alarma moral que la ocasión exige. En cada una de las cuatro ocasiones que Marcos propició para hacer trizas las promesas de sigilo que repetidamente Casilda le arrancara, sus interlocutores —una mujer, tres hombres, todos alumnos de Administración Pública— lo vieron agitarse como un mojigato de paso por Gomorra, y al cabo respirar con el alivio de un proscrito indultado.

Como suele ocurrir con los chismosos, tanto Marcos como sus deslenguados confidentes salpicaron la historia de fantasía. Al paso de unos pocos días de clases, corría ya el rumor de que Casilda era una hija fuera de matrimonio del político más temido de México, así como los actos de insólita barbarie que ya lo acreditaban como tal. Pasaron, sin embargo, varios meses antes de que la historia llegara a los oídos de Casilda, sólo que no por boca de sus compañeros sino del principal interesado. Lo único sorprendente, en realidad, fue que Ortigoza Walter y su equipo de *orejas* oficiosos tardaran tanto tiempo en olisquear el rastro del chivato primigenio.

"¿Qué crees, Oli? ¡Mi papi te quiere conocer!", le hizo saber Casilda una mañana, saliendo de la clase de Economía 2, como si le anunciara un premio millonario, y Marcos le sonrió conteniendo el aliento igual que un pordiosero llegando a Shangri-La, muy lejos todavía de imaginar que su amistad había caducado, y que aquella entrevista con el Licenciado marcaría el principio de su desgracia.

—¿Por qué le decía *Oli*? —frunce la Hata Mari el entrecejo, indecisa entre asombro y repelús.

—Por Oliveros —baja Dunia la voz, innecesariamente. —Su apellido materno.

—¿Cuánto tiempo lleva en la policía?

—Poco, por lo que supe.

—¿Te contó de quién es recomendado?

—Habló muy poco de él —miente Dunia, meneando la cabeza.

—¿No se lo preguntaste?

—¿Cómo crees? Ni eso ni el color de sus calzones.

—¿El nombre del papá tampoco te lo dijo?

—¿Osiel? ¿Gael? ¿Daniel? Algo así, no me acuerdo. Yo supongo que es fácil averiguarlo.

—¿Y entonces qué le dijo Ortigoza Walter?

—Parece que al principio le habló bien, muy atento, y hasta se hizo el simpático, pero luego le puso un fólder en las manos con no sé cuántas fotos y papeles. Estaban ahí transcritas dos llamadas donde soltaba la sopa completa, con toda la verdad, más exageraciones y mentirijillas.

—¿Cuáles mentijirillas?

—Se le ocurrió decir que todo eso Casilda se lo contó en la cama. Él me jura que lo hizo para que le creyeran, pero se me hace más que fue por presumir. O en fin, por rescatar su dignidad. Rollos de güey, ya sabes. Si no te cogen, algo hicieron mal.

—¿Y todo eso Casilda lo sabía?

—Pero claro, se lo contó el papá. ¡Qué buena cagotiza le habrá puesto, por andar de hocicona!

—Y ella se hizo pendeja, pa' tenderle la trampa al otro boquiflojo.

—De seguro echó espuma por la boca y el viejo la obligó a disimular.

—¿Y qué le dijo el viejo al zopenco de Marcos, luego de darle el fólder?

—Nada. Nomás sacó un chicote y zas, le dio con él. En la cara, en los brazos, en la espalda, hasta que se cansó. Después se aparecieron sus guaruras, lo llevaron a rastras a otro cuarto y le pusieron la madriza de su vida. Cuatro costillas rotas, seis dedos fracturados, treinta y tantas puntadas entre todos los navajazos que le dieron. ¿No le has visto la cicatriz en la frente? Pues ese es nada menos que el autógrafo de Ortigoza Walter. Se pasó tres semanas en el hospital y saliendo se fue a Estados Unidos.

—También lo amenazaron, por supuesto.

—Le advirtieron que a ver cómo le hacía para nunca cruzarse por la calle con la familia del Señor Licenciado. Ni por casualidad. Mejor que de una vez se fuera a la chingada. Y obviamente eso incluía no volver a pararse en la universidad. Él que tanto quería ser político…

—¡Y empezó por pelearse con Ortigoza Walter! —suelta una risotada María Auxiliadora. —Todo un hombre de Estado, tu amiguito.

—No tuvo otra salida, según dice. Y tampoco es mi amigo, no me jodas.

—Déjame ver si entiendo —se restriega los párpados, exhala con vehemencia, sacude la cabeza la de las indirectas. —¿Vino Marcos Mireles, *a media madrugada*, urgido de informarte qué clase de basura son la dizque Casilda de los Ángeles y su papacito, y de paso a quejarse del daño que le hicieron por andar de soplón?

—Es que no he terminado —pela los ojos, alza las cejas Dunia, urgida de verosimilitud. —Me dijo que lo ideal es que me vaya a vivir a otro lado, antes de que Rovira encuentre la manera de enredarme en el caso de Iván.

El único motivo por el que Dunia ha accedido a citarse con la Hata Mari se llama Gino Feelgood. Necesita una dosis de asistencia técnica para comunicarse con él hoy en la noche, le fastidia tener que improvisar mentiras sobre el asunto incómodo de Marcos Mireles, cuando podrían estar ultimando detalles en torno a la extorsión del de la greña grifa.

—¿De qué más pendejadas quieres que me acuerde, si se fue y me dejó con los pelos de punta? —termina de estallar la ex analista, desesperada por cambiar de tema.

—Perdón que te atosigue, parejita, pero es que no termino de entender por qué no me buscaste en ese mismo instante.

—No sabía qué hacer. No quería hablar con nadie. Llegué a considerar (así, muy seriamente) la idea de mudarme y desaparecer.

—¿Quién te creías? ¿Fantomas? ¿David Copperfield? —se pitorrea la auxiliar del forense. —Ninguno de esos dos se le habría ido vivo a Ortigoza Walter. Ya no digamos tú, ¿verdad? Yo sola te habría hallado en un par de horas. ¿Qué más te dijo, pues?

—Vio salir a Ludmila, cinco minutos antes de tocarme el timbre. Me preguntó quién era, como si no hubiera ido a verla con su jefe.

—¿Quién le dijiste que era?

—Una amiga, nomás. Que es la verdad, aparte. O bueno, una parte.

—¿Y a mí me estás contando la verdad completa, o también una parte?

—¡Otra vez me interrumpes! Déjame que termine, te falta lo mejor. O sea lo peor. ¿Cómo la ves que Marcos y su jefe fueron también a casa de Casilda? Visita de cortesía, con todo y amenazas.

—¿No había vuelto a verla, desde la última vez?

—No, y reputas las ganas que tenía de ir, pero ni modo de contarle al inspector que traía broncas viejas con Casilda y el padre. No quería ventilar ese incidente, tenía miedo de quedarse sin chamba, y todavía más miedo de los matones de Ortigoza Walter. Le quedarían algunos, o ya tendría nuevos…

—¿Hace ya cuántos años que madrearon a Marcos?

—Catorce, según él, pero nadie le dijo que la amenaza tuviera alguna fecha de vencimiento. Para colmo, llegaba en plan de policía. ¿Cómo iba a darle trato de sospechosa, después de tantos años de escondérsele?

—¿Dónde se había escondido? ¿Por cuánto tiempo?

—Te digo que se fue a Estados Unidos. Louisiana, me parece. Trabajó en compañías de seguridad, y antes de eso tomó un montón de cursos, gracias a que un amigo del papá consiguió que le dieran una beca tras otra. Regresó no sé cuántos años después, confiando en que el vejete no se enteraría, ni a lo mejor sería tan poderoso. ¿Qué tal que ni siquiera se acordaba?

—¿Quién era ese amigazo del papá?

—El mismo que lo puso en la policía. Te digo que no sé cómo se llama. El caso es que llegaron a casa de la hija y a Rovira, que andaba medio pedo y es rete acomplejado, le dio por gargajear la Cayenne de Casilda, y todavía se sonó los mocotes encima del cofre. Marcos pensaba hacerla de policía bueno, ponerse muy del lado de la ñora y pretender que no la conocía, pero apenas pasaron a la sala se les apareció un retrato al óleo de Ortigoza Walter. Como en una película de espantos.

—*¡Abradacabra!* —se da un golpe en el muslo la Hata Mari, suelta una risa corta, alza los brazos. —Y esa fue la señal para echarse a correr…

—No sé si haya corrido o si se habrá arrastrado, pero igual se esfumó sin más ni más. No iba a darle la cara a esa mujer, menos sabiendo todo lo que ella ya sabía que él sabía, ¿me entiendes?

—¿Y a ti por qué te cuenta ese güey sus secretos?

—Quién sabe cómo le hizo, pero ya se enteró de que tú y yo fuimos a merodear la casa de Casilda. ¿Y sabes qué me dijo? "Si te metes con ella, te estás buscando un pleito con el padre".

—¿Pero qué va a hacer él, dejar la policía?

—Me dijo que iba a desaparecerse, mientras bajan las aguas de nivel. Es un recomendado, puede darse ese lujo.

—¿Y por qué se dio el lujo de chismeártelo? No me dirás que vino a tu rescate como Supercán…

—No sé. ¿Qué le costaba prevenirme?

—¿Y desde cuándo son así de corteses los policías con los sospechosos?

—De eso tampoco sé —alza los hombros Dunia, a medias convincente. —Lo vi muy asustado y más me espanté yo.

—¿De mí qué le dijiste?

—¿Crees tú que soy estúpida? Te negué, por supuesto. Dije que eras hermana de la portera de mi edificio y que me acompañaste sin saber para qué.

—O sea, me ves cara de hermana de la portera.

—¿Y de lo que eres sí tienes la cara?

—De pendeja, será. ¿En qué estábamos, pues?

—No sé, en mi situación. Ya me sacaron de la policía y en el primer descuido me van a consignar, porque hasta donde veo la otra opción sería irse sobre la hija de Ortigoza Walter. Y eso no va a pasar, ¿estás de acuerdo?

—Hay cantidad de opciones, no te claves. Lo que yo me pregunto es qué tanto sabrá Rigoberto Rovira sobre los amiguitos de tu ex. Los que lo desfalcaron. Si quieres que te diga, esos cabrones son mis sospechosos. Ellos y el tal Nivardo, ya ves que son vecinos. Y por cierto, les caes a todos en un huevo. ¿O me equivoco?

—Me parece que ya los visitaron.

—¿Quiénes, Marcos y Rigo? ¡También te contó de eso!

—¡No! ¿Cómo se te ocurre? —sacude la cabeza, mete reversa al tiro la de las mentiras. —Digo que me parece porque se me hace obvio, fueron socios de Iván. Acabaron peleados, con demandas civiles y penales. Además, ya salieron en el periódico. Tendrán buenas coartadas, en todo caso.

—Yo diría que cuentan con que piensas echarlos de cabeza. Y tú ya deberías contar con eso mismo. Esos ojetes sí son tus enemigos, mucho más que Casilda y su papá ochentón, que ni siquiera sabe de tu existencia.

—No tarda en enterarse, a como van las cosas.

—¿Y luego, pues? ¿Qué sí te platicó Mireles el Galante?

—Eso fue todo. ¿Te parece poquito?

—¿Todo-todo, segura, o nomás una parte?

—La parte que me acuerdo, ya te expliqué. ¿Qué querías, que grabara la conversación?

—No habría estado mal. ¿Y cómo sabes que el buen Supercán no te dejó en cinta? —acicatea la Hata, juguetona. —Cinta magnetofónica, no te pongas tensita.

—¿Chistes malos de este siglo no tienes? —sonríe apenas la otra, tensando la mandíbula. —Total, ni que mi vida estuviera en peligro, ¿verdad?

—No estoy segura de que sean chistes, a menos que me digas que tú sí estás segura de que no pasó más de lo que dices.

—¿¡No pasó más de qué, me lleva la chingada!? —rezonga, explota Dunia, planta cara de incrédula y hace rodar las córneas en dirección al techo. Luego cierra los párpados y comienza a temblar, como al principio de un ataque de tos. Seis parpadeos después ya es presa de un acceso de carcajadas. Y es capaz de reírse hasta la madrugada, con tal de no tener que seguir capoteando el refinado olfato de la Hata Mari. Vale más, para el caso, que se huela un romance, o puede que un intento de soborno por la vía carnal, si eso ayuda a ocultar lo que no le ha contado sobre Marcos Mireles Oliveros. A quien, por otra parte, tiene escondido en su departamento desde la madrugada de ayer.

37. Lágrimas de tlacuache

Noviembre 19. Sábado. 8:29 p.m.

Le llaman el Tlacuache por su talento para hacerse el muerto, tal como en otro tiempo le apodaron *la Anguila* por escurridizo. Se sabe, en todo caso, algunos cuantos trucos para perderse de los campos visuales. Ha estado un par de veces en la cárcel: la primera por robo a mano armada en un laboratorio, del cual resultó absuelto por escasez de pruebas; la segunda por delitos contra la salud en su modalidad de narcotráfico, que al cabo le valió por cinco años y dos meses de encierro. Una suerte, según el abogado que todavía hoy lo representa y en cuya casa duerme por ahora, poco y con pesadillas.

Tras el robo del coche y los balazos a las puertas de su edificio, Jorge Feller se dijo que era hora de echarle tierra encima a Gino Feelgood, como siempre que un alias se le quema por exceso de uso. Vendería sus cosas, pagaría sus deudas y buscaría otras tierras para conquistar. Cuando pasó el efecto de los últimos polvos y comenzó a escocerle la falta de los próximos, el todavía llamado Gino Feelgood sopesó que tal vez bastaría con nadar de muertito por unos pocos días.

—Eso es ser avestruz, no zarigüeya —agita la cabeza el penalista Teófilo Dibildox, un cuarentón rechoncho, mofletudo, calvo y aprensivo, especialmente ahora que se mira unos pasos más allá de la frontera entre defensor y secuaz. —Van a acabar viniendo aquí por ti y me vas a llevar entre las patas.

—Tranquilito, mi *Teofis*, ya no tarda esta gente en devolverme el *Meche* —se defiende el Tlacuache, con la convicción propia de un tahúr en apuros.

—Vas para una semana con esa promesa.

—Cuatro días, no mames. ¿Y qué, no te he cumplido? —señala con las cejas Gino Feelgood hacia el cajón repleto de polvos y jeringas. —¿A poco andas erizo?

—¿Y qué les digo a Rosy y a los niños? "¿No pueden regresar a vivir a su casa porque tengo un cliente con un pie en el panteón y otro en el bote?". Si me dejas que negocie por ti verás que te regreso a tu vida normal. ¿No quieres dar la cara? No hay fijón, yo la pongo por ti y nos comprometemos hasta donde haga falta.

—Ya te dije que sigo contestando los mensajes de la gente del coche. ¿Ahora vas a decirme que eso no es dar la cara?

—¿Sabes, a estas alturas, ya cuántos enemigos traes detrás?

—Nada que no se arregle recuperando mi coche y mis cosas. Estamos negociando estos tipos y yo, y si te metes tú van a asustarse, y si se asustan ellos más que yo no vuelvo a ver mis cosas y me voy a la ruina. ¿No quieres que te pague todo lo que te debo?

—Yo te respeto mucho, Jorge Mario. No dudo que en lo tuyo nadie te supera, pero este es mi negocio: negociar, y de eso tú no sabes más que yo. Nunca es lo mismo encandilar viciosos que torcerle la mano a un chantajista.

—¿Y si el de la manita torcida soy yo? —lloriquea el Tlacuache, mendigando empatía. —¿Quieres que te repita cuánto vale todo eso que me quitaron?

—Si lo hubieras traído en efectivo, no lo habrías dejado en la guantera, ¿o sí?

—¿Cuántas veces voy a tener que repetirte que en mi coche las cosas corren menos peligro que en mi casa? Tengo a la policía oliéndome el fundillo, ya saben dónde vivo y a qué me dedico. Hasta me chamuscaron las cortinas. Los rateros, en cambio, no están pidiendo más que información.

—¿Y si es la policía? ¿Vas a cantarles todo en el teléfono?

—Te digo que los tiras no trabajan así. Ya me habrían apañado, para el caso. Y ganas no les faltan, yo sé lo que te digo.

—¿Tampoco quieres que hable yo con ellos?

—*Take it easy*, hermanito. Te prometo que en cuanto recupere mi coche me siento a hablar contigo de ese asunto y a ver qué nos sacamos de la manga. Estoy muy concentrado apalabrándome con estos bandidos. Haz de cuenta que me secuestraron dos hijos. No uno, ¿sí? Dos hijos, imagínate. Y yo soy el papá, chingada madre, y tengo que mamarme sus putas amenazas, y dejarme humillar como un pendejo, y no quiero que nadie hable por mí —brama Gino, resopla, manotea, se engalla. —¿Cómo la ves, mi Teofis? ¿Tengo derecho o no a defender mis cosas a mi modo? ¿Qué quieres? ¿Que me vaya de tu casa? ¿O qué? ¿No está potente la tecatita?

Mal podría un proveedor de sustancias ilícitas (cuya ausencia acostumbra ser motivo de incontables penurias y trastornos) ignorar el valor de sus servicios. Es seguro que Teófilo Dibildox quiere lo mejor para su familia, sólo que no a costillas de su vicio. Tener en casa a Jorge Mario Feller es como irse a vivir a una farmacia —esto es, a otra galaxia— y no querer volver ni por tu ropa. Es seguro que existen mejores penalistas, pero este acepta el pago en especie, y no sólo lo acepta sino que reptaría dichoso por el lodo con tal de recibirlo en ese instante.

Gracias a estos y otros detalles similares, florece entre los dos una franqueza pseudofraternal, sostenida hasta ahora en los restos del crédito de Gino. Hay un par de marchantes que todavía le surten caramelos para él y su abogado; nada que aguante dos semanas más. Por eso le urge tanto recuperar lo suyo de manos de esa gente desconocida que podría ser cualquiera entre sus conocidos, pero ya se cansó de elucubrar. Va a responder a lo que le pregunten como un niño chillón en el confesionario.

"Ser el *dealer* de tu abogado yonqui es una garantía procesal", le ha dicho Gino Feelgood a su amiga Casilda, quien por su parte opina que "nadie menos que él quiere verte privado de tu libertad, y la prueba es que te tiene en su casa". Es verdad, sin embargo, que Casilda lo dijo pensando en sacudirse una probable petición de asilo. Porque marchantes a ella no le faltan, por más que a este le tenga cierta predilección, y hasta se sienta mal de recordar la noche del Mercedes. "De aquí a mañana yo te lo recupero", le prometió a las puertas de su casa, "déjame que les llame a mis amigazos y ya verás que hasta el tanque te llenan". Han corrido los días, sin embargo, y del Mercedes rojo no hay más rastro que unos cuantos mensajes anónimos, más o menos confusos y burlones, en el teléfono de Gino Feelgood. Es todo lo que tiene, todo lo que le falta y a todo lo que aspira. Es decir que está listo para hacerse soplón y echar al agua a quien sea necesario.

Le ha prometido a Teófilo no mencionar su nombre ni su dirección, a cambio de un par de horas a solas en su casa. No lo pueden rastrear, le ha explicado también, desde la laptop que usa para comunicarse. Va a hablar con el puro audio, cero videollamadas porque tampoco ellos quieren balconearse. Y no, ellos no son, nunca podrían ser la policía. La policía trabaja de otro modo, él por supuesto sabe lo que le dice. Está bien: le promete que grabará completo su monólogo, de manera que sepa y recuerde en detalle todo lo que haya dicho delante del micrófono de la computadora.

¿Desde cuándo, no obstante, los soplones se graban acusando a los suyos? Nomás eso faltaba, tener documentada su peor debilidad y encima compartirla con un abogadito que a la primera eriza lo va a echar de cabeza a cambio de un piquete. ¿Qué dijo? ¿Qué no dijo? Tendrá que contentarse Dibildox con lo que a él se le antoje platicarle, que bien podría ser nada en absoluto. Y si de aquí a dos horas no lo buscan, empezará a pensar en desaparecerse de verdad. Inventarse otra vez, en otra parte. Cambiar de continente, de hemisferio, de idioma, y más pronto que tarde terminar en lo mismo porque de mañas no piensa cambiar.

"Tenemos tu carcacha. No estamos muy seguros de devolvértela", decía el primer mensaje. Lo recibió unas horas después del robo, venía de un número raro que el algoritmo ubicó en Perth, Australia. Un par de días después volvieron a escribirle: "¿Qué te gusta que hagamos con todo lo que traes en la guantera?". Y una hora más tarde: "¿Qué nos darías a cambio, narcogalán?". A falta de noticias sobre el coche robado y sin más liquidez que unas cuantas bolsitas de coca y heroína para consumo interno, cada nuevo mensaje lo fue encontrando algo más amansado. "¿Sabes que andas de suerte?", le escribieron apenas anteayer. "Te vamos a buscar y nos vas a explicar unas cuantas cositas sobre algunos amigos tuyos y nuestros", leyó ya por la noche y experimentó algo parecido al alivio que siente un presidiario en el camino del calabozo a la celda.

De más está decir que Gino Feelgood ha respondido a cada provocación con decenas de súplicas rastreras, sin consecuencia alguna porque, además, cada mensaje viene de un número distinto, casi siempre ubicado en un lugar lejano e inverosímil. Fue hasta ayer por la noche que recibió instrucciones específicas y una atenta amenaza: "Una sola mentira, cortamos la llamada y no vuelves a ver tu coche y tus cositas. Queremos la verdad. ¿Si no de qué nos sirves?".

Cuando llega el mensaje con las instrucciones, lo pesca a la mitad de un padrenuestro. El mecanismo es simple: responderá a la próxima llamada y dirá lo que tenga que decir, según se le pregunte por escrito. A casi ya cien horas del hurto del Mercedes y los desmanes que lo acompañaron, Feelgood experimenta un ansia palpitante al centro del abdomen, tal vez más ominosa que esperanzadora, y no obstante acaricia las llaves del Mercedes al modo de quien frota un amuleto. Si algo le sale bien, después de todo, podría ya no tener que hacerse más el muerto. Buscar a su clientela, sacudirse las deudas, volver a su *penthouse*, ser otra vez persona. ¿A poco es pedir mucho?

"Háblanos de ti, Gino. ¿Quién eres y qué haces? Al grano y sin mentiras", reza el primer mensaje, que aparece poco antes de que vibre el teléfono. "Buenas tardes", saluda el chantajeado en el momento de tomar la llamada y se queda alelado, como esperando alguna clase de respuesta. Luego recapacita y declara en voz alta que leyó la pregunta, está pensando por dónde empezar.

—Como ustedes ya saben —reconoce en principio el dueño del Mercedes, tras dar un par de tragos de saliva, —me dedico a la compra, distribución y venta de diversas sustancias recreativas. Con mucha discreción, es mi puro negocio, no me meto con nadie ni trato con matones. Quizá conozca a algunos y los respeto mucho, igual que a todo el mundo. No siempre he sido bueno para hacer mi trabajo, ya pasé por la cárcel y no tengo planeado regresar. Estoy en el negocio desde los catorce años, la verdad es que no sé hacer otra cosa. Tengo buenos clientes que en los últimos días han andado buscándome, un poquito nerviosos. Muy amables, tranquilos, a pesar del problema, porque yo en su lugar estaría colgado de la lámpara. ¿Qué más tengo que hacer para que me devuelvan lo que se llevaron?

"¿Qué sabes de Nivardo Ciriaco Gabriel?".

—¡Ufff! —vacía los pulmones el interrogado y se yergue al volverlos a llenar. —No valen las mentiras, ¿verdad? Pues yo diría que el señor es un hombre muy sabio, pero también que es un hijo de puta, no sé si sea buena combinación. Porque yo, por ejemplo, soy lo que soy, un *dealer*, y lo hago por dinero. El profesor Ciriaco, en cambio, es un cabrón torcido, ratero y depravado que pasa por asceta y santurrón. Mucho peyote, sapo y ayahuasca, pero al final revende a más del doble la coca que me compra. Y es que es un santo, claro. Basta con que sus manos toquen la mercancía para que esté bendita. Si le preguntan a él por Gino Feelgood, va a decirles que es el diablo en persona. Porque ese es mi papel, aunque yo viva en un departamento y él en una mansión de poca madre. Yo soy ese demonio que te trae el veneno y se lleva tu lana. Ojalá ustedes sepan a qué me arriesgo por decirle estas cosas a quién sabe quién. Seguramente hasta me están grabando. Si el profesor Ciriaco llega a enterarse, ya puedo ir confesando mis pecados. Ese cabrón conoce a mucha gente con la que pagaría por no cruzarme. Como lo veo yo, así de lejecitos, es el güey más siniestro de este mundo y del otro, si es que hay otro.

"¿Qué pasa con su prima, la vidente?".

—Yo no sé si Tamara sea vidente, y eso que la conozco mucho mejor que al primo. Tiene algo, capta cosas en el aire, no sé cómo decirlo. Da mucha paz oírla, es como una mamá caída de los cielos, pero de ahí a tener poderes sobrenaturales yo no sé. No me consta. Fuimos pareja un tiempo, a espaldas de Ciriaco. Traía muchos rollos en la cabeza, por culpa de ese güey que la viene explotando desde que la sacó de la secundaria. Fue él quien le descubrió los poderes ocultos, que según esto explican sus ataques epilépticos. Y ella no iba a quejarse de que la confundieran con clarividente, aunque para eso dependiera del primo. Yo creía que Tamara lo adoraba, porque en todo le daba la razón, lo escuchaba con cara de trastornada y hablaba de él torciendo los ojitos, pero ahora pienso que era el puro miedo. Le echaba miraditas de puñal, como si le supiera algo espantoso y amenazara con subirlo a Facebook. Y así seguirán, claro. Como ustedes conmigo, ¿no? Estoy soltando todo lo que no debo con tal de recobrar lo que me… confiscaron. Pero igual de Tamara no esperen que hable mal, ella es víctima de ese hijo de puta, y si fuera por mí viviríamos juntos. Pobre de Tamarita, mi *Gipsy Queen*.

"¿Ella no era la novia de Juan de la Luna?".

—¡Pero claro que no! —ruge, alza los brazos, se endereza de golpe el presunto agraviado. —Puede que algo pasara, alguna vez, sólo que él tenía esposa, y luego tuvo dueña, así que novias nada. Según yo era un enfermo sexual vestido de chamán. Uno entre muchos miles, ¿no?, porque no tenía nada de especial. No sé qué le encontraban las mujeres, que nunca le faltaban. Cuentan que era muy rico y se quedó en la calle; a lo mejor pensaban que tenía por ahí su guardadito. Dirán que estoy celoso y puede que sea cierto. Tanto él como Ciriaco tuvieron algo o mucho que ver con la Tamara, y apuesto a que el primito sigue sabroseándosela. No me sorprendería que fuera él quien aventó por la ventana a Juan. La verdad, la verdad… yo habría hecho lo mismo con cualquiera de los dos.

"¿Qué problemas tuviste con Juan de la Luna?".

—Éramos muy amigos, al principio. De negocios, nomás, pero buenos amigos. Fue Ciriaco quien me lo presentó. Traía un Porsche increíble y un chingo de dinero en la cartera. Me compró varias cosas, sin regatear, y me invitó a su próxima sesión de hongos. No me gustan los hongos, son como una montaña rusa sin los rieles, pero fui convencido por Ciriaco. "Este es un clientazo", me había dicho, "su vieja caga lana y está loca por él". Sólo que a Juan no se le calentaba el dinero en la bolsa. Me invitaba a cenar, se aventaba pidiendo unos vinos carísimos, le llegaba un cuentón impresionante, dejaba una propina memorable y terminaba pidiéndome crédito por casi todo lo que había comprado. Luego se me escondía, era como el Houdini de los deudores, y entonces me dejaba colgado de la brocha. Prefería vivir en la miseria que perder su famita de *playboy*. Lo peor fue que después se peleó con Casilda, que a lo mejor no lo quería tanto, y se quedó nada más con las deudas. Según ella, no lo corrió por sus ligues. Ese fue su pretexto, porque de todos modos Casilda se tiraba a quien se le antojaba. Yo entre ellos, por ejemplo. Lo que ya no quería era seguir pagándole sus deudas al gorrón. No le salían las cuentas sentimentales, parece que ya estaba hasta la madre de comer gato y eructar jaguar. Y después lo quemó delante de quien pudo porque le interesaba que se supiera que Juan había dejado de ser su mantenido.

"¿Y él cómo le hizo luego para mantenerse?".

—Pues por arte de magia. Como quien dice, a crédito. Ya se imaginarán la mierda de amistad que hubo entre Juan y yo desde ese día. Además el cabrón se metió con Tamara. Puedes ser muy paciente con quien te debe lana, pero no con un hijo de la chingada que se coge a tu chica a escondidas de ti. A Tamara la entiendo porque está enferma y es maniaco-depresiva y se pone caliente con las crisis, pero a aquel abusivo comemierda lo declaré objetivo militar. Para colmo, lo amenacé de muerte delante de Casilda. La conocen, supongo: estaba yo en su casa cuando ustedes se robaron mi coche. O sea se lo llevaron, perdón. Había yo ido a verla para dejarle claro que la amenaza nunca fue de verdad. Para pedirle ayuda, sobre todo. Porque ella me conoce y sabe que yo soy como mi nombre, ¿no? *You feel good, I feel good.* Nunca he matado a nadie, y si a alguien amenazo es en defensa propia, no porque vaya a hacerlo o sepa cómo. Ya de por sí traigo a La Ley encima. ¿Y ahora van a buscarme dizque por asesino? Cuando digo *objetivo militar* es como si dijera que el día que lo vea agonizando voy a desconectarle el tubo del oxígeno, pero eso no es un plan para matar a nadie. Y celebré su muerte, cómo chingaos no, aunque ya nunca me fuera a pagar. Ciriaco sigue vivo, desgraciadamente, pero yo no soy bueno para hacer justicia. Como él dice, en su karma lo hallarán.

"¿Qué pasa con Casilda? ¿Es tu cliente?".

—A Casilda la ayudo con sus sesiones. Se supone que ella se comunica con ángeles y arcángeles, entonces mi papel es conseguir que bajen de los cielos a apapachar a sus invitados. Que les canten, si pueden. Y según mi experiencia los ángeles son todos drogadictos, así que uno se encarga de ponerlos contentos. Para eso, claro, están el peyote, los hongos y todas esas madres, sólo que en ese caso te hace falta el chamán. Ni modo de traértelo con todo y las sustancias. Y aquí es donde entra Feelgood. Casilda los provee de lo que yo le surto, sin tener que mezclarse con delincuentes, ¿sí? Somos la red de muchos trapecistas. En una de estas ella no es tanto mi cliente como mi centro de distribución. Me conecta, además, con cantidad de gente. Yo digo que ese es el *Efecto Juanito*, que acabó por unirnos a todos en su contra. Bueno, si hasta Nivardo, el mismísimo profesor Ciriaco, brujo de brujos, terminó reclutado por Casilda. Ahí lo tiene en su escuela, dando clases, aparte de sesiones en su casa. Y no por eso voy y lo asesino, ¿o sí?

"¿Con qué personas te ha conectado Casilda?".

—De eso no hablo, perdón —se escama el de la voz y hace suyo el coraje de los acorralados: —Métanme la cabeza a un cagadero, reviéntenme a patadas el hocico y tampoco les voy a decir nada. Aunque ustedes se rían, tiene uno sus secretos profesionales. Si yo abriera la boca sobre mi clientela, dejaría de ser un proveedor confiable. Y eso es muy importante para algunas personas también muy importantes que apostaron su nombre, *o sea su buen nombre*, por mi discreción. Gente a la que le doy la mercancía al costo, porque ya sé que un día voy a necesitarlos, y ni muerto los dejaría yo abajo. Díganme si se van a quedar con el coche y las cosas, para de una vez desaparecerme, nada más no me pidan que me mame más pito del que tengo.

"¿Qué otras amantes tuvo Juan de la Luna?".

—Si de algo les sirviera mi opinión, diría que dudo mucho que se lo hayan echado por despecho. Se había buscado muchos enemigos, hasta entre sus amigos. Casilda me contó que tenía unos compas de la infancia que luego le birlaron la herencia del papá y encima le inventaron un montón de delitos pa' meterlo a la cárcel. No se les hizo, pues, pero igual lo dejaron en la chilla. Como si para eso le hiciera falta ayuda a un pendejazo como el *Johnny Moonlight*. Que en paz descanse, claro. A Ciriaco le regaló un terreno y le consiguió un préstamo para construir su casa, que luego el mismo Juan terminó pagando. Y él ni casa tenía, para que me entiendan. Al final se quedaba a dormir en donde lo invitaban a cenar. Había algunas chicas que se peleaban por tenerlo contento, entre ellas Tamarita. Tenía uno que ir de casa en casa para poder cobrarle, o tratar de cobrarle lo que seguía debiendo. Otro cabrón le habría roto las piernas, pero no Gino Feelgood. No digo que sea yo buena persona, pero odio la violencia y por favor les ruego, les suplico que me ya me devuelvan mi coche.

"¿Qué drogas consumía Juan de la Luna?".

—Pues, de lo mío, aceites, tachas, mois, periquito, anfeta de repente. Más los hongos, el sapo, la ayahuasca, todo lo que él traía de quién sabe qué pueblos y te encajaba a precio de Moët&Chandon. Según dice Casilda, Juan vivía drogado. Lo aterraba la idea de quedarse en sus cinco, ya no digamos salir a la calle sin mínimo meterse un *nevadito*. Era un tipo muy raro, yo diría *indefinido*. Hagan de cuenta como los *nevaditos*, que no acaban de ser mota ni coca y te dejan prendido-apendejado. Tendría que haber sido su droga favorita, ¿no? Lo que sí le gustaba eran los infiernitos. Siempre que hacía sesiones le daba por prender toda clase de fuegos y humaredas. Encendía una cazuela con alcohol y le iba echando polvos que sacaban humitos de colores, entre incienso, copal, mirra y no sé qué madres que te hacían toser mucho. Cuando éramos amigos yo le decía *Merlín*, o *Mago de los Fuegos*, y él me lo celebraba como todo, de dientes para afuera. Ese cabrón vivía de dientes para afuera. Era como volátil, no sé, nebuloso, irreal. Nunca sabía uno a qué atenerse con un bicho tan raro como Juan, y no lo digo yo, lo dicen las que fueron sus mujeres. Ninguna de las tres que llegué a conocer lo recuerda con mucho cariño.

"¿Jurarías que son la únicas que viste?".

—Hay otras que también cayeron en sus garras, de ahí del Shakti Kali. De seguro Casilda se acuerda de sus nombres. Yo la verdad no creo mucho en gurús, y menos cuando se andan tirando a sus discípulas. He conocido muchos, por la chamba, así que entonces, digo, si estos cabrones fueran gente seria, no estarían haciendo negocios conmigo. La cosa es que tampoco son serios con el pago, y ahí sí me andan pasando a pisotear los huevos.

"¿Cuánto quedó a deberte Juan de la Luna?".

—¡Puta madre! Como cinco mil dólares, pero no era razón para matarlo. Una vez me buscó para ofrecerme liquidar la deuda con limpias y sesiones de quinientos pesos. Y encima quería coca, el vividor de mierda. Unos días después fue a meterse a robar a casa de Casilda, de milagro yo andaba por ahí y le saqué un cuetito, el que ustedes ya vieron dentro de la guantera de mi coche. Nomás para asustarlo, si no qué. Y como le advertí que iba a meterle un plomo, me tocaba cumplir o hacerme el loco. ¿Qué iba yo a imaginarme que otro iba a ir a cumplirle en mi lugar? Eso sí, sudó frío cuando le puse el cañón en la boca. Hasta ganas me dieron de quebrarle sus dientes de galán, sólo que Gino Feelgood detesta la violencia y prefiere sufrir que hacer sufrir. Como Sócrates, ¿no? *I feel good, you feel good.* Juan me quedó debiendo, pero yo sigo vivo. Con eso me conformo, ¿para qué quiero más?

"¿Qué era lo que quería robarse Iván de casa de Casilda? Di la verdad o atente a las consecuencias".

—¿Qué más quieren que diga? Ya desde ahorita me estoy ateniendo a las consecuencias de abrir la boca más de lo que debo. Pero total, con lo que les he dicho ya me gané el boleto al otro mundo, nomás que sin chamán. No voy a decir nombres porque no soy soplón, aunque sí lo parezca. Lo encontré en el jardín, con un diablo en las manos, de esos que tienen un par de rueditas y se usan pa' llevar y traer mercancía. Según yo, Juan traía un negocio con Casilda. De allá, de sus terrenos en Tlalpanáhuac, había desenterrado no sé cuántas figuras. Aztecas o toltecas o algo así. Y una de ellas Casilda la tenía adornando el jardín de su casa. No sé si ella se la había comprado, o él se la regaló, o estaba ahí por mientras, pero igual saqué el fierro y se lo di a chupar. Pensé que así, de paso, iba a ser más sencillo que me pagara lo que me debía. Según dicen ahora (la policía, claro) lo amenacé de muerte. ¡*Fuck*, carajo! Los pinches asesinos no amenazan de muerte, sólo van y lo hacen. Mierda, soy mexicano, cómo me van a creer. "La próxima te mueres", les dice uno, nomás para espantarlos, o sea para hacerse respetar. Yo eso aprendí a decirlo desde la secundaria. Y todavía, ¿no? Este pinche país saldría de pobre si exportáramos amenazas de muerte. "¿Qué más dijo Casilda de las figuras?".

—Nada, cero, ni madre. Le hice un par de preguntas, pensando sobre todo en su seguridad, pero me cambió el tema, así que no insistí. Después salió con que faltaban varias cosas en sus cajones. Yo sabía que Iván no había puesto un pie dentro de la casa, pero al cliente se le da lo que pida, así que fuimos juntos a levantar el acta, sin mencionar la figura de piedra. Entonces por favor, les ruego que no me echen de cabeza con ella. Yo no sé nada de ídolos prehispánicos, soy un hombre de paz y lo único que busco es hacer sentir bien a mis amigos.

Hará unas veinte, veinticinco palabras que la otra parte cortó la llamada. Como en las ocasiones precedentes, Gino intenta llamar, manda mensajes, grita, implora, berrea para nadie. O para casi nadie porque acaba de entrar Teófilo Dibildox y ya sube corriendo endemoniadamente la escalera, como si fuera a disuadir a un suicida.

—No aguanto más, me voy a la chingada —solloza desde el suelo Gino Feelgood, presa del desengaño de quien súbitamente da por hecho que jamás pasará de pobre diablo. —Ya les solté la sopa a estos cabrones y ahora van a venir con todo contra mí. Tienen mi confesión, además del Mercedes cargado de un montón de chingaderas. Ya nada más con eso me encierran cincuenta años, y me van a cobrar lo de Juan de la Luna.

—Cálmate, todavía no pasa nada —sacude la cabeza Dibildox, cual si también quisiera convencerse a sí mismo. —¿Qué les dijiste, Jorge? ¿Tienes la grabación?

—Se me borró, perdón. Quiero irme del país, adonde sea. ¿Tú me vas a ayudar?

—Si no grabaste nada, estamos en sus manos. Soy abogado, Jorge. Yo no dispongo de la infraestructura para que te le escondas a la Interpol, o a quien sea que te ande persiguiendo. Ya te ofrecí mi casa, mientras pude, y tú mejor que yo sabes a qué me arriesgo.

—¿Cómo? ¿Me estás corriendo?

—No, ¿cómo crees? ¡Es tu casa, mi hermano! Pero si a mí me encierran junto a ti, dime cómo te voy a defender. Puedo darte un dinero, que ni siquiera es mío sino de mi mujer, para que te hagas humo como puedas. Y voy a seguir siendo tu abogado, nada más no me pidas que vaya a acompañarte al reclusorio.

—Te recuerdo, amiguito, que el reclusorio es la opción más barata, y en la Interpol me cago todos los putos días de la semana. Tú podrás protegerme de la ley, yo tengo que torear a gente tan cabrona que ya ni gente es. ¿Sabes cuándo una bronca es más grande que tú? Cuando ya no hay billete que la arregle. De vicioso a vicioso te lo digo, mi Teofis: lo que a mí no me cobren, vas a pagarlo tú. O sea que si me pierdes, te quedaste solito, como la Caperuza. Y la verga está tensa, tú dirás.

—Esas no son mis broncas, Jorge Mario. Si cometí el error de ayudar a esconderte fue porque no quería que mi familia se involucrara en una situación que yo jamás…

—¡Cállate ya, carajo! —alza la diestra Gino, nada más advertir que hay un nuevo mensaje en la pantalla.

"Tu pinche carcachita farolona está frente a la entrada del Shakti Kali. El fierro lo tuvimos que expropiar, pero las medicinas siguen en la guantera. Un consejo: ya córtate esas greñas, que pareces babuino".

—*I feel good, you feel good* —murmura el de las greñas de babuino, se santigua y procede a besuquear la medalla del Sagrado Corazón de Jesús que le cuelga del cuello. Tras lo cual se levanta, al modo de un tlacuache recién desentumido, abraza al penalista Teófilo Dibildox y le propina un beso bastante aparatoso a media calva. —*Gino Feelgood is back, bro!*

—¿En qué puedo ayudarte? —esboza Dibildox la sonrisa obsecuente de un niño regañado a medio perdonar.

—Llévame por mi nave, papacito —recobra ya el cliente salero y gallardía, como una zarigüeya fuera de peligro, y ondea por lo alto las llaves del Mercedes, que desde el día del robo ha traído consigo como otra medallita milagrosa. —Yo nada más te aviso que esta noche nos vamos a poner hasta el recontraculo.

38. *Jail birds*

Noviembre 20. Domingo. 3:42 p.m.

> *I ain't superstitious,*
> *but a black cat crossed my trail.*
> Willie Dixon, *I Ain't Superstitious*

Vine porque no aguanto la vergüenza. Me siento una pendeja. Peor que eso, una mitómana. Ya no nada más hablo con un muerto, sino que encima le cuento mentiras. Todo eso que te dije que me pasó con Marcos, o bueno, casi todo, lo inventé nada más por darte celos. Estoy para amarrarme, ya lo sé, pero no fue la única razón. Es verdad que la mota me puso muy cachonda, y que Marcos Mireles no me es indiferente, pero soy tan idiota que en lugar de seguir besándome con él, y de plano cogérmelo allí mismo, me dio por acordarme de nosotros. Me puse muy caliente, sólo que no por él. Además imagínate qué iba a pensar de mí si yo lo corrompía así, sin más ni más. Y él también titubeó, aunque dejó bien claro que le gusto. Lleva dos noches durmiendo en mi sala, pensando que lo van a ir a matar. Imagínate el *mood*, por si estabas celoso.

Me gustaría saber qué tanto conociste al papá de Casilda. Un monstruo, el pinche viejo, según me lo describe mi inquilino. Llevo dos días rastreándolo con el *software* que nos dieron en Quantico. Tiene cara de ojete y fama de asesino. ¿Te acuerdas de la burla que te hice cuando saliste con que tu amigo Nivardo había mandado gente a tiempos de Jesucristo? Pues tal parece que el papá de Casilda desaparece gente como mago. Tú que andas por allá sabrás mejor que yo a dónde los manda. Está muy conectado con políticos viejos que todavía tienen mucho poder. Senadores, caciques, gobernadores, gente de sindicatos, policías de todas las corporaciones, secretarios de Estado, opositores, narcotraficantes, *you name it, darling.*

Lástima que no tengo a quién contárselo. Me suda frío la espalda nada más de pensar que pudiera enterarse José Ortigoza Walter de que tengo a Mireles en mi departamento. ¿Tú sabías que Casilda estudiaba con Marcos en la universidad? ¿Estabas enterado de que el papá es lo que es, o andabas en la luna como siempre? Claro, esa es tu coartada de toda la vida. Pobrecito de Iván, no se entera de nada, ¿verdad? ¿Qué? ¿Tampoco sabías de las figuras esas que tanto me escondían tú y Nivardo? ¿Cuántas veces te pregunté por esos monos feos que según tú eran puras artesanías? ¿No decías que el dinero te daba lo mismo? ¿Y si resulta que por eso te mataron? ¿De qué crees que estoy hecha, para que no me duela tanto engaño? Qué fácil es morirse, dejando atrás todo este cagadero.

¿Y sabes que no es todo? No es que quiera yo hacerte la competencia, pero me estoy temiendo que todavía falta lo más feo. Es como si pudiera una escuchar el corito de voces gimoteando por todo lo que va a pasar, como en tragedia griega. No se me olvida cuánto te pitorreaste cuando te dije que tus nuevos amigos me daban mala espina. ¿Dunia, la descreída, le hacía caso a sus pálpitos? Por eso nunca más volví a decírtelo. Luego hice mis estudios de inteligencia y un profesor me puso en mi lugar. ¿Sabes lo que me dijo? Un analista que no cree en sus pálpitos es igual a un sabueso sin nariz.

Aprendí la lección, traté de hacer las paces con mi instinto. Y no me fue tan mal, hasta que tú llamaste después de mi cumpleaños y me negué a aceptar lo que estaba sintiendo. Mala espina, carajo. La vi venir y me hice la pendeja, con tal de no pasarme a tus terrenos. *Tus terrenos*, qué espanto. No quise ser mordaz, me salió sin pensarlo. Fue por esos terrenos y por esos fetiches que se nos pudrió el mundo. Alguien tendría que escribir un gran tratado sobre herencias malditas.

No estás para creerlo, ni yo estoy tan segura de seguirlo pensando, pero me habría gustado que fueras un pinche hijo de vecino, en vez del cacagrande que no supiste ser. Y ese era tu atractivo, por supuesto. *The Nonchalant Tycoon*. ¿Quién no quisiera disfrutar la riqueza sin perder la ilusión del pobretón? ¿Quién pudiera estrenar su tercer deportivo convertible con la misma emoción del primer cochecito de pedales? ¿Ves por qué nunca pude soportar al Gummi y a tus otros amiguitos mamones? Si yo decía estas cosas delante de ellos, no me iban a bajar de *gold digger* barata. "¿Y de dónde sacaste a esa taquígrafa?", te habría dicho Manrique, y tú te habrías reído nada más por seguirle la corriente. O por no quedar fuera de su club VIP. Como si no supiéramos que ese club eras tú, y ellos los encargados de saquearlo.

Perdón, me están brincando los complejos. Ya ves que estoy bastante acostumbrada a que la gente piense que lo de mi papá es hereditario. Últimamente mi mayor ilusión es nunca más salir en los periódicos. Porque claro, si hiciera yo dinero y me comprara un Porsche como el que tú traías, la gente juraría que algo chueco hay detrás. Tú vivías de tu crédito, yo tapando las huellas del descrédito. Si un día escribo un libro, así voy a empezar, sólo que en vez de *tú* diría *él*. ¿Cómo iba a adivinar que a ti el dinero te preocupaba mucho más que a mí? A lo mejor lo que nos consolaba, a mí y a tus amigos y al resto de tu corte, es que el dinero y tú eran incompatibles. Ay, Ivancito, eras el desahogo de los envidiosos.

¿Y qué? ¿No tienes nada que decir? Te dije que me daba vergüenza haber venido a contarte mentiras, pero si fuera tú no sé qué me daría. Siempre tuviste la cara bien dura, y cada día más, según me cuentan, sólo que en nuestro caso te pasaste de lacra. ¿Sabes de lo que te hablo o te escupo en la lápida para que te hagas un poquito la idea? Sigo sin digerirlo, por más que lo mastico. Entiendo que a Casilda le pagaras la hospitalidad robándote sus figuritas de marfil. Me parece normal que quisieras venderlas o malbaratarlas. ¿Pero por qué vendérselas a mi papá? ¿No te fue suficiente con verlo en la cárcel? ¿No me viste llorar infinidad de veces?

Yo no sé si en tu escala de valores, suponiendo que tengas o tuvieras alguna, es normal que la gente se amafie con su suegro, a espaldas de su cónyuge, para violar la ley por donde se deje, pero a mí me parece, como decía el psiquiatra del CNA, un agravio mayor. O sea una Señora Chingadera, una traición con todas las agravantes. Qué te voy a decir, nunca tuviste madre. ¿Por qué a la gente ruin le gusta hablar a gritos de su bondad? Pues por eso, ¿no es cierto? ¿Quién iba a sospechar que un santón que se dice curador de almas tenga la suya tan llena de mierda?

La ventaja es que a ti puedo decirte todo lo que pienso sin tener que soplarme las respuestas. Con mi papá no hay modo, si le reclamas va a decir "sí, ¿y qué?". Siempre ha sido tramposo, mentiroso, embaucador, pero en la cárcel se hizo un malviviente. Perdió todo el pudor, y en realidad lo tiró a la basura. ¿Lo buscaste tú a él, o él a ti? ¿Y a quién de los dos crápulas le creo, si tanto uno como otro son capaces de hacer y decir lo que sea? No sabes el desprecio que me producen todos esos mugrosos que llegan a buscarlo para venderle cháchas de origen tan dudoso como las que también tú le llevabas. ¿Por qué la gente dice que las cosas obviamente robadas son *de origen dudoso*? Ya sé que es ironía, como cuando hablan de los *amigos de lo ajeno*, pero me suena a exceso de buen gusto. Lo que tú le vendiste a mi papá era fruto del robo y el engaño, y él tuvo que tenerlo igual de claro. ¿No pensaron en mí, de pasadita? ¿No había en el ancho mundo un comprador de chueco que no fuera Renato Montoro?

Ahora, si me preguntas, te prefiero enterrado que en la cárcel. Porque si tú jamás pensaste en mí a la hora de medir las consecuencias, y mi papá tampoco, *but of course!*, yo estoy hasta la madre de que mi nombre sea su mingitorio. "Tú vas a devolverme mi prestigio", me dijo el descarado cuando se resignó a que yo trabajara para la policía. Y aquí estoy, sin trabajo, al principio de nada, por cortesía de un par de sinvergüenzas a los que todavía no logro sacudirme. ¿Tú qué me recomiendas? ¿Voy y se lo reclamo a mi papá o lo dejo que siga creyéndome una estúpida? Estúpida sería si pensara que un día va a cambiar. ¿Sabes cómo le dicen los gringos a la gente que es carne de prisión? *Jail birds*. No es fácil aceptar que hay un *jail bird* en tu árbol genealógico, como quien dice un animal siniestro, pero tampoco hay forma de sacarlo de ahí.

¿Sigues ahí, por cierto? Si no recuerdo mal, en estas situaciones te desaparecías. "Voy al baño", "tengo un dolor de muelas", "se me está haciendo tarde", y a correr. Ahora será más fácil, ya que eres un espíritu, pero yo no me entero si vas o vienes y de cualquier manera te echo en cara todo lo que te toca. Así nomás, sin hongos, ni copal, ni fogatitas de quince colores. No estoy interesada en que te me aparezcas, es mejor que sea yo la que viene a acosarte. ¿Estoy loca, tú crees? ¿Acabaré en la secta del Shakti Kali? No te rías, Iván. Soy un alma perdida, por si no te enteraste cuando vivías conmigo. Me he vuelto muy chillona, para colmo. Ayer que me enteré de tus movidas con el señor Montoro, gracias a tu amiguito Gino Feelgood, lloré como niñita hasta la madrugada. Estaba yo en mi cuarto, con la puerta cerrada, y no volví a salir hasta hoy en la mañana. O sea nada de nada con Mireles, por si sigues celoso.

¿Te digo algo, Ivancito? Tengo miedo. No sé a qué, ni por qué, pero desde antenoche no logro estar tranquila. Mírame las ojeras, parezco Nosferatu a mediodía. No sé si sea Marcos, o María Auxiliadora, o el viejo ese Ortigoza, pero como te dije, me da muy mala espina. Tú ganas, mi adorado Iván Mauricio. Considérame otra de tus discípulas y mándame un mensaje por la vía que puedas. ¿Qué voy a hacer, señor curandero de espíritus? Tú me metiste en esto. No me dejes caer, te lo suplico.

39. *Altissimo vibrato*

Desde niño temió ser un gallina. De todos los destinos al alcance de su imaginación, ninguno le sonaba peor que el de su padre: policía. Ser el hijo de un héroe —la eterna cantaleta de la madre y los tíos— le parecía antes una desgracia que motivo de estúpida satisfacción. ¿Quién de sus compañeros habría querido tener un papá muerto, así fuera el mismísimo Hombre Araña? ¿Qué otro superpoder le habían conocido en el colegio, más allá del olfato indispensable para escapar a tiempo del peligro? Prefería, sin embargo, arrastrar la famita de collón a alimentar la expectativa de los suyos, que desde muy pequeño le decían *Capitán*, un apodo infundado que logró sacudirse argumentando que era nombre de perro.

Algo debió de haber salido pésimo para que el huidizo Marcos Mireles haya ido a dar a la cajuela del Cadillac CTS donde viaja desde hace una hora y media, mareado y aterrado. ¿Fue un acto valeroso salir a caminar, pese a las ominosas súplicas de Dunia, u otra de las carreras del gallina de siempre? Le han puesto una capucha en la cabeza, como si no bastara la cajuela cerrada, amén de las esposas a la espalda. ¿Será entonces que piensan perdonarle la vida? *No piensan, ejecutan*, se responde Mireles, con la respiración entrecortada y un frío que entra y sale por los huesos. El único que piensa es el que los mandó, y por más que se esfuerza no logra imaginarle una jeta distinta a la del tenebroso José Ortigoza Walter. ¿Quién, que no fuera él, dispondría de un coche como ese y tres profesionales como los que le cayeron encima? ¿Quién otro le pondría tanta atención? ¿"Estabas advertido", le diría?

El arrepentimiento es quizás el recurso más socorrido por los cobardes, a menos que sea tarde para meter reversa, en cuyo caso escuece más de lo que ayuda. "Yo no sirvo para héroe", repitió año tras año, poco menos que a modo de plegaria, y el momento presente lo confirma. ¿Qué es lo opuesto de un héroe? Un sobreviviente. Alguien resuelto a todo, incluso la abyección, con tal de conservar las vísceras calientes. La clase de sujeto que prefiere ocupar un lugar en el censo que en los libros de Historia. ¿Y no hay un par de calles que ya llevan el nombre de Ortigoza Walter? Puesto a sobrevivir, el ahora encajuelado y traqueteado se dice que estaría dispuesto a barrerlas con gusto, día tras día, aun después de la muerte del homenajeado.

Hace un rato que el coche se detuvo, sabrá el diablo si para bien o mal. Bajaron de inmediato los tripulantes, dos de los cuales azotaron la puerta intencionadamente, tras lo cual uno de ellos le propinó un manazo en la cajuela. "¡Abusado, cabrón, no se mueva de aquí!", amenazó enseguida, para hilaridad de sus compañeros, y Mireles halló en su humor ligero un indicio fugaz de buenas intenciones, o al menos no tan malas como sugiere su lado gallina. El golpe en la cajuela lo había hecho saltar y darse en la cabeza contra la lámina, pero el silencio que ahora lo acompaña deja el suplicio en manos de sus miedos. Ya lo dice Rovira: "No hay veneno más fuerte que la incertidumbre".

—Buenas noches, señor —resuena en los oídos del oficial el tono comedido del hombre en cuya diestra se halla el control remoto del Cadillac, y que recién ha hecho funcionar para abrir la cajuela y advertir que la capucha ya no está en su lugar. —Disculpe las molestias, pero hay un protocolo que seguir.

Marcos no abre la boca. Parte de la etiqueta del sobreviviente consiste en ocultar que se muere de miedo, de modo que se deja acomodar de vuelta la capucha y desatar los pies sin un respingo. El de la voz le ayuda a descender y caminar como a un nonagenario, con las rodillas todavía entumidas y el temblor persistente de quien se pregunta si llegará con vida hasta el puerto distante del amanecer.

—Más adelante hay unas escaleras —informa el lazarillo, que lo lleva tomado del brazo izquierdo y el hombro derecho por un piso que adivina de piedra. —Suba con cuidadito, no vaya a lastimarse.

Dos plantas más arriba, cautivo y lazarillo ingresan a una suerte de buhardilla, cuyas paredes de piedra volcánica serían delatoras de una casa en el sur de la ciudad, probablemente el Pedregal de San Ángel, si Marcos no trajera puesta la capucha. Respirar, sin embargo, el aire sin viciar que circula entre las dos ventanas abiertas le ha devuelto la suficiente humanidad para tomar asiento con el torso erguido y la cabeza quieta sobre el banco indicado por el guía. Buscaban ablandarlo, tal parece, y esa es otra señal que le invita a seguir haciéndose el valiente. Es posible que tenga los nervios destrozados, pero el espíritu sigue en su sitio. De esa apariencia, piensa, podría depender su salvación.

—¿Se le ofrece algo más? —añade el de la voz, con la solemnidad apenas suficiente para que la pregunta no suene a broma.

—Estoy bien, muchas gracias —miente con dignidad el aún encapuchado, que podrá ser gallina pero jamás chillón.

Le gustaría pensar que el numerito es cosa de Rovira, sólo que todo aquí huele a dinero que Rigoberto nunca ha visto junto. Inhalando de nuevo, lo alcanza cierto aroma artificial que no termina de desagradarle. Algo que no es perfume, bálsamo ni aromatizante para el hogar, pero que ciertamente no sería común en un lugar empleado como matadero. Incienso, podría ser. No sabe si está solo, aunque da por sentado que lo miran y se mantiene firme y circunspecto como el representante de la ley que se supone que es.

—¡Qué milagrote, Oli! ¿Dónde te habías metido? —flota súbitamente en el aire una voz de mujer, no por más impostada menos obsequiosa.

No ha terminado Marcos de dar cuerpo al saludo que acaba de escuchar cuando dos manos de hombre le aflojan y le zafan la capucha. No es una luz intensa la que alumbra el lugar —dos lámparas raquíticas en sendos muros— pero la sola estampa de la recién llegada parece poco menos que una aparición mística. ¿De manera que esta deidad hindú que lo saluda con las

cenit extrasensorial donde un par de muñecas magulladas son indignas de consideración.

Si antes le molestaba ser interrumpida, hoy debe de sonarle a sacrilegio, y Marcos se ha propuesto cualquier cosa menos desafiar a una cohorte de ángeles encabronados. Puesto a elegir, prefiere el esposado fingir el interés que la bravura, porque en el fondo sabe que tras el canto de los serafines tendrá que aparecerse la espada flamígera de José Ortigoza Walter. ¿Será que le conviene cortarle la homilía a la angelóloga para al menos pedirle una disculpa por haber traicionado su amistad en el otoño del 2002? De ninguna manera, a juzgar por el gesto embelesado que él mismo, si se viera en un espejo, tacharía de cara de idiota, y del que no se sale sin despertar sospechas.

De rato en rato se oyen pasos apresurados ir y venir entre pasillos y escaleras. ¿En domingo?, cabría preguntarse, si bien la perorata de Casilda no da oportunidad a reflexiones y de alguna manera reduce la aflicción del esposado. La mera idea de preguntar ahora para qué lo trajeron le quiebra el ritmo de la respiración, de modo que la ahuyenta como a un mal espíritu. Vale más pretenderse iluminable que traslucir el ansia acumulada desde que le endilgaron las esposas. Si estuviera de humor, jugaría comparando a la angelóloga con el cura que asiste a un condenado a muerte, o se preguntaría, hablando de emisarios celestiales, qué opina de todo esto su ángel de la guarda, pero el runrún de pasos allá afuera le ha crispado los nervios hasta hacerle perder el hilo de la prédica. *¿Quién viene o quién se va?*, alcanza el oficial a divagar, antes de que una voz a sus espaldas le congele la sangre.

—Buenas noches —retumba intempestivo el saludo glacial de quien no puede ser sino Ortigoza Walter.

—¡Ay, Papachi! —salta de su burbuja, se interrumpe, prodiga una sonrisa la angelóloga para el recién llegado. —Con permiso, los dejo para que platiquen. Voy a estar en la sala, por si me necesitan.

—Buenas noches, señor —tartamudea Mireles, rotando la cabeza hacia su izquierda, sin atreverse a mirar para atrás.

—¿Le quito las esposas, don José? —da un paso hacia adelante el empleado que hizo de lazarillo, a lo cual el patrón niega con la cabeza, adelanta una mano, le arrebata la llave.

Silencio relativo. El que manda no habla, pero respira fuerte, mientras el esposado se pregunta si su rodilla izquierda emite algún ruidillo al trepidar. En otra situación, parecería no más que un tic nervioso, pero en este momento tiene pinta de ofrenda. Hasta donde recuerda, José Ortigoza Walter es de los que se solazan con el pavor ajeno. Mejor causarle lástima, prevé el lado gallina del oficial Mireles, que picarle la cresta. *Soy un cobarde*, piensa, acepta, maldice, *tiemblo y no abro la boca.*

—El problema de Casilda es que la pobre tiene corazón de pollo —rompe a medias el hielo don José, como si retomara una conversación interrumpida, y da tres, cuatro pasos hasta quedar delante de Mireles. Se le ve envejecido, incluso algo encorvado, aunque no menos fuerte que el hombretón que un día lo curtió a chicotazos. —No conoce el rencor, olvida las afrentas. Pero eso es tanto como borrar las deudas sin haberlas cobrado. Mal negocio, yo digo. ¿Dónde va el mundo a dar, si quebramos a todos los acreedores? La verdad sea dicha, veo mejor la usura. ¿Cachas lo que te digo? Yo no creo en las deudas, ni abrigo expectativas de gratitud. De repente me gusta hacer favores, siempre que haya una pronta reciprocidad, porque si se acumulan los intereses vamos a acabar mal. ¿Querías eso, Marquitos? Pues ya ves, lo lograste. ¿Sabes que no me gusta que se burlen de mí? Tiene uno sus complejos, no te creas. Lo que tú nos hiciste, a Casilda y a mí, nos dio en el mero músculo cardiaco, que es el que activa o bloquea la confianza que tiene uno en la gente.

—Perdone, licenciado, pero es que usted ya… —gime sin convicción la voz entrecortada de Mireles.

—Yo te hice una valona —alza la mano el otro, y enseguida el volumen, —y tú no la apreciaste en todo su valor. Te dije claramente que no quería verte por aquí, y te lo repitieron mis colaboradores, pero tú decidiste desafiarme presentándote en casa de Casilda, nada menos que para interrogarla.

—Yo no sabía, señor —da un trago de saliva el regañado.

—"Yo no sabía", dice el muy pendejo —mira al techo Ortigoza, meneando la cabeza en son de burla. —¿Cómo la ves si usamos esa frase para tu epitafio? Tú tan inteligente y vas a terminar por seguirle los pasos a Iván Dupont. ¿Sí sabes que él también nos traicionó, o de una vez te cuento cómo estuvo?

—Nunca fue mi intención…

—¿Yo qué soy, sacerdote? —interrumpe otra vez el de la reprimenda, con la mirada fría y cierto eco metálico en la voz. —Tus intenciones me las paso por los huevos, como la lengua de tu puta madre. No vine a discutir, señorito Mireles. Ese cabrón de Iván pateó el pesebre. Como tú sabes, Casildita es mi hija, y yo no soy amable con quien le juega chueco. Cuando ella me contó que tenía un noviecito, y que quería traérselo a vivir aquí, le dije "yo respeto tu decisión". Después conocí al tipo y no me cayó mal. De familia decente, por lo visto, pero igual lo pesqué y le leí la cartilla: "Mira, tú, braguetero, me tiene sin cuidado que le aplastes a mi hija la tarantulita, porque yo no la crie, pero conmigo vas a andar derecho o ves pa' qué naciste". Pero él siguió creyendo que se mandaba solo, ya ves qué tal de caro le salió.

—¿Usted, señor…?

—¿Yo lo maté? ¡No, hombre, bueno fuera! —festeja la ocurrencia don José. —La prueba es que lo hicieron con las patas, y tú lo sabes hasta mejor que yo. Mi gente no comete semejantes errores. Ese inspector con el que trabajabas no rebuzna porque no alcanza el tono.

—¿Cómo que *trabajaba*? —se amilana Mireles al instante.

—Tranquilo, no te escames. Digo que *trabajabas* porque tu superior se portó mal y hubo que echarlo fuera de la corporación. ¿Cómo? ¿No lo sabías? ¿Ves cómo eres pendejo, Marcos Mireles? Ya te dije que a mi hija no me la toca nadie, y tu pareja en jefe vino aquí a amenazarla. Tú, como buen cobarde, te escapaste sin darle la cara a Casilda. No te imaginas cuánta risa nos dio ver tu cara de bembo en el video. Yo hasta pensé: *¡Ah, chingao! No le bastó el castigo a este muchacho y ahora viene por más.*

—¡No, señor…!

—¡Shhh! No sea irrespetuoso, don Mireles. A ver, dime una cosa, ¿qué gano con pegarte? Nada, ¿verdad? Al contrario, me cuesta. No sólo hago corajes, también mi gente se desgasta, se agota. Golpear es muy cansado, sobre todo para el alma, como atinadamente dice Casilda. Claro que te pegué, porque te lo ganaste, pero el daño sigue sin repararse. ¿Ya me entendiste, hijo? Quiero mi merecido, yo también. Nuestra compensación. ¿Cómo piensas pagarla? ¿Huyendo a lo tarugo? ¿Tengo que recordarte que hasta donde yo sé eres un lengualarga, un metiche, un traidor?

—Sí lo fui, licenciado, todo lo que usted dice —se arma por fin de agallas Mireles Oliveros. —Fui un escuincle pendejo, está usted en lo cierto. Y también un cobarde, un valemadre. Fue una lección muy dura, pero aprendí. La noche que vinimos, yo pensaba ponerme del lado de Casilda, pero es que el inspector es un poco impulsivo.

—¿Tenías miedo, Marcos? La verdad.

—En efecto, señor. Me moría de miedo, actué sin pensar.

—¿Le dijiste a Rovira lo que sabes de Casilda o de mí?

—Nunca, señor. Ni muerto. No he vuelto a saber de él desde esa noche.

—¿No te llamó? ¿Y tú no lo buscaste? ¿Quieres que crea yo eso?

—Apagué mi teléfono y no he vuelto a prenderlo. Yo sé que eso está mal, pero es que todavía no sé muy bien qué hacer.

—¿Quién otro sabe de nuestros asuntos?

—Nadie absolutamente, licenciado. Me le escapé por eso al inspector. Iba a hacerme preguntas, y yo qué iba a decirle.

—Los que me saben cosas juegan en dos equipos. Mudos y muertos. ¿Tú en cuál quieres jugar?

—Licenciado, mi boca es una tumba —baja la voz al mínimo Mireles, para ejemplificar su discreción. —Ya se lo demostré, ¿no?

—Quiero que me demuestres que eres policía. Dime quién, según tú, asesinó a Dupont. Al chile, sin pensarlo.

—Esa persona ya estaría en la cárcel, si lo supiera yo —se encoge de hombros Marcos, oficioso.

—¿Desde cuándo trabajas, o trabajabas, con el barbaján ese de Rigoberto?

—Me asignaron con él para este caso, no sé muy bien por qué.

—Fue un poco cosa mía, pa' que salgas de dudas —deja escapar la risa el hombre, jactancioso. —Te he seguido la pista, no te creas que te olvidé tan fácil. Me preocupaba mucho cómo le ibas a hacer para pagar la deuda que nos une, ¿verdad? Así que decidí echarte una manita. Cuando supe de la muerte de Iván, moví todos mis hilos en la policía para que tú estuvieras en el caso.

—¿Pero entonces…?

—¿Por qué te pregunté? Para que estés consciente de que a veces pregunto lo que sé de antemano. De repente lo sé mejor que tú, pero me da por ponerte trampillas. Para entrar en confianza, más que nada.

—Muchas gracias, señor —musita el oficial, con la cabeza gacha. —Puede que no sea digno de su gentileza, pero se lo agradezco de verdad.

—Entonces tú me dices, y juras que me cuentas la verdad, que no tienes idea de quiénes estarían detrás del homicidio de tu compadre Iván.

—Señor, yo a Dupont nunca lo conocí. Supe de su existencia cuando ya estaba muerto.

—Nunca lo conociste, pero bien que te chingas a su mujer. Dime una cosa: ¿miento?

—No, señor —miente a su vez Mireles, por no contradecir las evidencias.

—¿Cuántas noches dormiste en su cuchitril?

—Poco menos de tres, porque el viernes llegué de madrugada.

—¿Qué pensarías tú de un policía que soslaya el deber para ir a refugiarse bajo las faldas de una sospechosa?

—Con todo respeto, licenciado, no he logrado ubicar todavía al culpable, porque igual no son pocas las opciones, pero ya he conseguido descartar unas cuantas, y ese sería el caso de Dunia Montoro.

—Qué chasco te llevaste, me imagino. Seguro te caíste de la cama —hace mofa Ortigoza del mustio casanova. —En fin, no me hagas caso. Por mí, jíncale un hijo a la zorra esa. Volviendo a tu trabajo, ¿sabes quién yo sí creo que algo tuvo que ver en lo de Dupont?

—Dígame usted, señor.

—La verdad, la verdad, no sé y me vale chichi de gallina viuda. Si tú sabes quién fue y no quieres decírmelo, mi vida va a seguir tal como estaba porque el tema no tiene la menor importancia. Por eso te pregunto: ¿quieres ponerte a mano conmigo?

—Sí, señor, a sus órdenes —se levanta del banco el oficial, endereza la testa y choca los tacones.

—Siéntate, siéntate —hace el otro una mueca de fastidio y retoma el monólogo: —Mira, yo no soy nadie en el organigrama, pero me deben cantidad de favores. Así como aceptaron ponerte bajo el mando de Rovira, estuvieron de acuerdo, ayer mismo en la tarde, en dejar en tus manos el asunto Dupont. Vas a ser inspector, por ahora *de facto* y en un mes formalmente. ¡Shhh! No me des las gracias, que no lo hago por ti. Voy a facilitarte las herramientas para que puedas liquidar tu deuda, nomás no se te olvide que tu culito es de mi propiedad. ¿No estás de acuerdo? Dímelo de una vez, para que aquí mi gente eche a andar el plan B. Con b de bala, pa' que no te confundas.

—Cuente conmigo, Señor Licenciado —vuelve a tragar saliva el ex oficial.

—No te creas, cabrón —ríe estentóreamente Ortigoza Walter. —Tampoco gano nada con mandarte bajar. ¿Sí o no nos conviene ser amigos? Quieto ahí, no me respondas. ¿Sabes cuál fue la ruina de Dupont? Porque eso sí lo sé, y estoy seguro de que tú lo sospechas. Di la verdad, Marquitos, sin rodeos.

—Hace unos días que salió en el periódico una nota de Julio César Alamilla donde habla de figuras precolombinas que eran de Iván Dupont y desaparecieron poco antes de su muerte. Las andaba vendiendo, por lo visto, en el mercado negro.

—¿Dónde es ese mercado, Mireles? —interrumpe Ortigoza, juguetón. —Para ir, ¿no?

—No sé con quién habló, ni cuántos colocó, ni a qué precio.

—Para tu información, Iván habló conmigo. Le pagué un buen dinero por los primeros dos monigotes, y él se comprometió a venderme los demás. Casilda lo traía como pashá. Coche, ropa, cruceros, hasta a la pinche India lo llevó. Había ido trayendo los monigotes, mejor dicho *mis* monigotes. Yo me sentía confiado porque al menos ya estaban aquí en casa de mi hija, como quien dice dentro de mis dominios. Hasta que un viernes Casilda se fue a un retiro espiritual en Valle de Bravo, Iván se quedó aquí y le vació la casa. De monigotes, pues, y otras cosas que también se llevó.

—¿Denunciaron el robo?

—Con que yo me enterara era bastante, pero Casilda se tardó tres semanas en avisarme de lo que había pasado. Me moví como pude, aunque ya fue muy tarde. Parece que Dupont encontró asilo con una vidente, prima del que ahora ocupa su lugar, allá en el Shakti Kali.

—¿No es Tamara Guedea?

—Esa mera. "Tamara G", le llaman. Una de sus amantes, por lo que sé. Lo cobijó, con todo y monigotes. Cuando yo lo busqué, ya se le había escapado el palomito. Y dos días después lo echaron a volar de una oficina que tenía rentada, por donde igual pasaron mis monigotes. Y por eso te digo que me importa un carajo quién le hizo lo que le hizo. Yo quiero esas figuras y tú vas a traérmelas.

—¿Yo cómo las traería? —ya se le va el aliento al flamante inspector.

—Con mi apoyo, muchacho. No tienes que cargarlas, yo sé que son pesadas. Lo que tienes que hacer es nada más echarme una llamada, decirme dónde están y quién las tiene. También te va a tocar acompañarnos, en nombre de la autoridad que representas.

—Señor, con mucha pena, yo en estos momentos no dispongo de esa información. Le estaría mintiendo si dijera otra cosa.

—No te preocupes, Marcos. Tienes veinticuatro horas para satisfacer mi curiosidad. Y otra cosa: ni una palabra a nadie. Los monigotes esos nadie los ha visto, y en lo que a ti respecta nunca existieron.

—Lo que pasa es que fueron mencionados en la columna de Alamilla, señor.

—¿Tú sabes dónde le gusta comer a ese tal Julio César?

—No estoy al tanto de eso, señor.

—Aquí, mira —estira don José la mano abierta. —Como los pajaritos. Le pedí que tocara el tema de los ídolos para enviar un mensaje a los ladrones. "Abusados, pendejos, mercancía caliente". Había que comprar tiempo, mientras echaba a andar la maquinita. Que es lo que estoy haciendo en este instante.

—No sé si esté a la altura de la situación, señor.

—Tienes que estar, muchacho, por tu bien. Como te digo, te he seguido los pasos. Has andado olisqueando como perro el rastro del culito de esa Dunia Montoro, y por si fuera poco ya te la estás comiendo. Sabes cosas, no te me hagas pendejo. Y las que no, sabes dónde buscarlas. Yo, a cambio de eso, voy a hacerte un paro. Óyeme bien: hoy mismo te resuelvo el caso de Dupont. Mañana al mediodía tú te luces delante de los medios y en la noche me apoyas con mi asunto. ¿Qué más quieres, Marquitos?

—Perdón, señor, no entiendo.

—Levántate, carajo —dispone el mandamás, intempestivamente, y se saca la llave del bolsillo. —Hazte pa' atrás, acércate. Ahora date la vuelta. Nos están esperando mi hija y sus invitados, ni modo que te vean con esposas. Órale, entras al baño, te lavas bien la cara, te pones presentable y me acompañas.

Sentirse marioneta es también una forma de verse protegido. Obedeces, entonces sobrevives. Por el momento es un plan estupendo. La pura perspectiva de volver a poner un pie en la calle trae consigo una suerte de brisa emocional que inunda sus adentros de sosiego, consuelo, alborozo y otros satisfactores muy cotizados entre los cautivos. Si es verdad lo que escucha —y no parece haber lugar a dudas— el valiente inspector Marcos Mireles no será más que un incondicional del odiado y temido José Ortigoza Walter.

Un pelele, un esbirro, un monigote, un peón, no sólo secundario sino desechable. ¿O es que alguien pierde el sueño si le comen un peón? Afortunadamente nadie se lo ha comido, todavía.

¿Qué más puedo querer?, se felicita Marcos, de camino hacia abajo por las escalinatas que desembocan en el piano de cola. Quisiera sonreír, pero le pesa el hecho de estar en casa ajena y recordar que no se manda solo. Como esos segundones que no se manifiestan ni para estornudar, Mireles se aconseja esperar a que Ortigoza Walter ría o sonría para emularlo, muy discretamente. Demasiado ocupado en el asunto de la supervivencia, tardará algunas horas en reflexionar que el escalón más bajo entre los gallinas es donde están parados los lamehuevos. Unos oportunistas, otros miedosos, da igual la diferencia.

A la vuelta del piano, ya en la sala, reaparece la amiga de los ángeles, flanqueada por dos hombres de turbante, pantalones bombachos y *sherwanis* hasta la rodilla, y otro cuya melena ensortijada le da pinta de chulo con aureola.

—Los maestros Pradeep y Satyadev —se levanta Casilda del sillón y señala, con cierta afectación, a sus dos invitados de honor. —Vienen directamente de Varanasi a presentarse en nuestro Shakti Kali. Y acá el señor es mi querido amigo Gino, me parece que ya se conocen. ¿Verdad, Marcos?

—Ya tuve el gusto, sí —confirma el aludido y escenifica un gesto de pesar. —Por desgracia, no en las mejores condiciones. Sólo espero que no me guarde rencor.

—*I feel good, you feel good* —alza la mano el de los pelos afro, haciendo la señal de paz-y-amor. —*No hard feelings*, mi *bro*. Yo sé lo que es cumplir con el deber.

—El inspector Mireles está a cargo de la investigación del caso Iván Dupont, parece que nos tiene buenas noticias —informa y discursea don José, sin reparar gran cosa en los dos convidados de piedra. —¿Qué te sirvo, inspector? ¿Vodka, *whisky*, tequila para el susto?

—Tequila, por favor —ríe por compromiso Mireles Oliveros, como dando a entender que no fue nada. No para un tipo duro como él. De algún modo, el tequila lo respalda.

—¡Dos tequilas derechos! —ordena a la distancia Ortigoza Walter y se acomoda a un lado de Mireles, súbitamente afable, puede que hasta afectuoso. —Mira, hijo, todas estas personas, Casilda y los maestros que vienen de visita, han estudiado mucho. Saben cosas que tú y yo no entendemos. Verdades ancestrales, esenciales, que sin embargo vemos como misterios. Yo no voy a decirte que estoy en su frecuencia, porque en mi tiempo tuve que pelear por la papa y no podía ocuparme del plano espiritual, como quien dice. Pero Casilda sí, y lo ha hecho muy bien. Tiene un centro esotérico a su cargo, el más grande de México. Viene gente de Europa, de Asia, de las Antípodas, buscando una respuesta que muchos de ellos encuentran aquí. ¿Crees que digo mentiras?

—Claro que no, señor. Hace un rato Casilda me habló de sus estudios y me dejó bastante impresionado. Tiene uno muchas cosas por aprender.

—Me complace escucharte —propina don José unas palmadas sobre el hombro derecho de Mireles. —¿Sabes tú que Casilda le tuvo un gran cariño a Iván Dupont?

—No te imaginas, Oli, lo que le he llorado —dramatiza la amiga de los ángeles, con un tono magnánimo que permite inferir los alcances de su benevolencia. —Nadie en este país creyó en Iván Dupont más que tu servidora. Ha venido tres veces su alma en pena a pedirme perdón, y yo de mil amores le devolví su crédito. Como dice aquí Gino, cero *hard feelings*.

—Casilda estaba muy conectada con él —se hace escuchar el padre de la angelóloga, con parsimonia de predicador. —Conocía sus secretos, sus dudas, sus motivos. Nadie mejor que ella sabe lo que ocurría en la cabeza del señor Dupont. Y si a eso le sumamos los conocimientos que ha ido acumulando en sus años de estudio, estaremos de acuerdo en que ella es la persona mejor capacitada para echarnos la mano con esta situación. ¿Tú cómo ves, Mireles? ¿Estoy alucinando?

—No, señor, al contrario. Sería de gran ayuda su participación. Una visión más fresca de las cosas.

—Eso, inspector —subraya con el índice Ortigoza. —Otro punto de vista. Alguien que vea el asunto desde un ángulo oblicuo, sin viciar. Explícanos, Casilda, qué vinieron a hacer tus invitados.

—El maestro Pradeep y el maestro Satyadev, muy gentilmente, aceptaron echarnos una mano con el tema del tránsito de Iván Dupont a la otra dimensión. Saben perfectamente de nuestra conexión, van a ofrecernos su energía y su experiencia para entender qué fue lo que pasó con el maestro Juan de la Luna.

—*Cool!* —se entusiasma Gino y se vuelve hacia los visitantes, con las palmas unidas y la cabeza gacha. —*We feel very much honored to have you guys around.*

Súbitamente tieso, Mireles se pregunta qué diría un valiente o un profesional de verse en su pellejo. ¿Se reiría, tal vez, de lo que está escuchando? ¿Haría su trabajo, independientemente de las consecuencias? ¿A qué se compromete dando por buena esta barbaridad? ¿Qué le diría Dunia, si lo viera esmerarse en quedar bien con Casilda, José, Gino y los dos santones? ¿No fue eso justamente lo que la separó de Iván Dupont?

—A ver, Casilda, infórmale a tu amigo el inspector cuál va a ser la mecánica que vas a seguir, para que se le quite la cara de estreñido.

—Antes que nada tengo que hablar con mis ángeles —señala al tiro la dueña de casa, antes de que Mireles consiga abrir la boca. —Después me tocaría escuchar el consejo de nuestros invitados, y hasta entonces podría proceder a averiguar las verdades ocultas. Hay que vibrar muy alto para conseguir eso. Son varias horas, claro. Mucha concentración, mucha energía, mucha ciencia, para que los espíritus se sientan en confianza. Así que con la pena, voy a quedarme a solas con los señores para entrar en contacto con las instancias sobrenaturales.

—Nos vamos, por supuesto, ¿no es cierto, licenciado? —responde a la indirecta el de la greña grifa y hace sonar las llaves de su Mercedes rojo.

—¿Ya te dieron tu carro, mi querido Gino?

—Ya estuvo, don Pepito, y otra vez muchas gracias por su intervención. No sé qué habría hecho si no me echa la mano.

—Qué va, hombre —chasquea los labios el ex gobernador.
—Cuestión de apretar tuercas. ¿No te han vuelto a buscar esos
bandidos?

—¡Para nada! —miente sin vacilar el del coche apenas re-
cuperado. —Como dice Casilda, levanta usted la mano y hasta
los asaltantes se le cuadran.

—Ahí te encargo que me hagas una lista de todo lo que
falta, para que te reembolsen como Dios manda. Casilda va a
indicarte con quién tienes que hablar. Y si no te hacen caso, dé-
jamelo saber.

—¡Ay, no! —chilla Casilda, en señal de empatía. —Todavía
no acabo de creerme que aquí afuerita te hayan robado el coche.
Ya no está una segura ni en su propia guarida.

—Oye, Marcos, por cierto —truena los dedos Ortigoza Walter. —Voy a encargarte mucho a nuestro amigo Gino. Es una
gran persona, lo quiero como a un hijo, así que por favor no lo
molesten más con el caso de Iván. Ha estado siendo objeto de
acosos, amenazas y groserías por parte de ustedes. Otro poco y le
queman el departamento. Ya sé, ya sé, tú no encendiste el fuego,
pero igual fuiste parte del atropello.

—Y estoy muy apenado —se frota el aludido las manos su-
dorosas, —pero es que al inspector no se le puede contradecir.
La cadena de mando, usted ya sabe.

—Se acabó ese inspector, pasó a retiro. Tú eres el responsable, a partir de hoy.

—No volverá a ocurrir, Señor Licenciado.

—Dense la mano, entonces, antes de irse —sentencia don
José, mientras deja el sillón y se endereza. —Que se vea que estamos entre gente de bien.

De camino a la calle, tras las formalidades de rigor, José Ortigoza Walter toma del brazo a Marcos Mireles y hace una breve
escala en el jardín para dejarle claro lo que se espera de él. Debe
de haber al menos cincuenta monigotes, parecidos al que hace
pocos días Marcos fotografió a la carrera y ahora tienen delante. "¿Sabes pa' qué los quiero?", le dirá, ya en la puerta, al hombre que llegó dentro de la cajuela de su Cadillac. "Es un gesto

patriótico. Un hombre como yo no puede permitir que vaya a dar a manos de unos mercachifles el patrimonio de nuestra nación".

A medida que Marcos Mireles se aleja caminando por la calle de Fuego, dobla a la izquierda en Farallón y trota hacia Paseo del Pedregal, resuena en sus oídos, como una campanada impertinente, la palabra *nación*. Entre tantos enigmas y sobresaltos, había olvidado por completo que su interlocutor es un político. En el imperio de las apariencias, da lo mismo si es un matón de bien, una clarividente fraudulenta o un detective con escasa experiencia quien se hace cargo de una investigación.

El *gangster*, la impostora y el gallina. Con un equipo así, no hay modo de perder.

40. "Las dudosas amistades"

La Picota, por Julio César Alamilla
Lunes 21 de noviembre de 2016

"Basta de especular, queremos resultados", es el clamor de nuestra sociedad, y quien no lo oiga tiene los días contados en su puesto. Tal fue el penoso caso del inspector en jefe Rigoberto Rovira, cuyos 35 años de servicio ejemplar no fueron suficientes para sostenerlo a la cabeza de las investigaciones tocantes a la trágica muerte del último heredero del imperio Dupont en nuestro país. En su lugar ha sido designado el inspector Marcos Mireles Oliveros, hijo del fallecido comandante Joel Mireles, entrenado por el FBI e involucrado desde el primer día en el caso Dupont. Se espera que muy pronto, quizás en tiempo récord, Mireles sea capaz de entregar resultados y barrer con las especulaciones que hasta hoy han sido pan de cada día.

Decían los antiguos que las malas noticias nunca llegan solas, y esto ha sido especialmente notorio por los rumbos del sur de la ciudad, donde el infortunado Iván Dupont fundó el fraccionamiento Ladera Sur. Entre la podredumbre que inevitablemente brotó a partir de su infausto final, han salido a la luz las triquiñuelas de uno de los socios, quien con trampas, engaños y argucias legaloides se apoderó de al menos cinco mil metros cuadrados de terreno, por los que no pagó ni los impuestos. Se trata de Manrique Quiroz Bahena, quien ya había sido huésped de _La Picota_ y hoy vuelve por sus fueros, repudiado además por sus socios y amigos.

La denuncia, que para el mediodía de hoy será ya asunto del Ministerio Público y la Secretaría de Hacienda, proviene justamente de los señores Waldo Gumersindo Farías Tinajero y

Samuel Baños Legarreta, antaño compañeros, colegas y amigos entrañables tanto de Dupont como de Quiroz. Personas muy cercanas a los afectados han dado a *La Picota* su versión de los hechos, y aunque al momento no es posible saber si un juez obsequiará la orden de aprehensión contra Quiroz Bahena, es de creerse que en los próximos días se verificará un embargo de varias de sus propiedades, con el objeto de salvaguardar los intereses de los afectados.

No sabemos aún si fueron los problemas financieros, la negligencia en la administración o la voracidad inescrupulosa lo que llevó a Quiroz a vender los terrenos que ya estaban vendidos, afectando no sólo a Baños y Farías, sino al mismo Dupont, que según nos han dicho tampoco era una blanca palomita. Por si estas turbiedades no fueran suficientes, Quiroz debe enfrentar la acusación penal hecha recientemente por su esposa, Orquídea Gutiérrez Hurtado, quien lo señala como responsable de abuso sexual, maltrato sostenido y lesiones diversas, bajo la influencia de una lista exhaustiva de psicotrópicos. Amenazada cuatro veces de muerte por Quiroz Bahena, Orquídea huyó del lecho conyugal y halló refugio en casa de una familia vecina. Unas horas más tarde, se presentó a declarar ante la Fiscalía.

"Le perdí el miedo, es todo. Fueron años de golpes y amenazas, pero hasta aquí llegó mi tolerancia", nos dijo la aún señora de Quiroz cuando la entrevistamos por teléfono. El actuario Farías, por su parte, se dice francamente desconsolado pero afirma que están dispuestos a llegar hasta las últimas consecuencias. "No se vale abusar de la confianza, ni jugarle las contras a quien te dio la mano. Es cuestión de principios, no revancha ni interés monetario. El dinero va y viene, yo esperaba lealtad", nos confió, devastado, Farías Tinajero.

Allegados al *Dupont affaire* nos aseguran que este dará un vuelco inminente bajo el mando del inspector Mireles, cuyas indagaciones se habían visto bloqueadas por la testarudez del inspector Rovira, quien, presionado por la opinión pública, decidido a cerrar el caso a cualquier precio, incurrió en numerosas tropelías a costa de personas inocentes. De más está decir que, por ahora, Mireles Oliveros lleva sobre sus hombros el prestigio de todo el cuerpo policiaco.

¿Irá a dar a la cárcel el influyente Manrique Quiroz?

¿Fue el difunto Dupont víctima de amistades peligrosas?

¿Podrá acabar Mireles Oliveros con entelequias prontas y falsas conjeturas?

En 72 horas volverá *La Picota* con más información privilegiada.

41. Premeditación

Noviembre 21. Lunes. 1:46 a.m.

Marcos Mireles no sabe qué hacer. Han sido días de horror. Días gloriosos, también. No encuentra, por lo pronto, mejor respuesta que la perplejidad. Volver a medianoche al departamento y encontrarse con la cara de Dunia empapada de lágrimas por él —eso quiere pensar, aunque ella no lo dice— fue como regresar de entre los muertos y subir al edén del que hablaba Casilda hace unas horas, con ojos entornados dignos de alguna santa de calendario.

La abrazó, lo abrazó, como al fin de una historia de terror que en realidad no es más que el intermedio. "Ya te daba por muerto", repite, entre sollozos y jadeos, y una vez más Mireles da por hecho que Dunia llora por su causa. Es posible, no obstante, que su seguridad provenga del temor a confesarle todo lo imperdonable que tiene por decir.

¿Y cómo empezaría? ¿"Ahora soy un esbirro de Ortigoza Walter"? ¿"En el fondo el señor es muy buena persona"? ¿"No te preocupes, está todo en mis manos"? ¿"Vámonos a Louisiana, nunca van a encontrarnos"? Se decide, en principio, por la segunda opción. Resulta que el señor es un caballero, lo invitó a platicar a casa de la hija y le ofreció quedarse con el caso, ya sin la inconveniencia de Rovira. Lo cual no solamente suena verosímil, sino que hasta parecen las mejores noticias. Y tal vez lo serían, de no asomarse por las mangas del suéter sendas magulladuras en sus muñecas.

—¿No crees que para ser un caballero tu protector se pasa de medieval? —ironiza la ex analista de inteligencia, con las cejas alzadas y la boca torcida. —¿Cómo ves si empezamos por decir la verdad?

Le tomó un par de horas llegar del Pedregal a Guadalupe Inn, emprendiendo la misma caminata de dos días atrás. Tiempo más que bastante para dar rienda suelta a sus presentimientos menos fotogénicos. ¿Estaba condenado a vivir como títere de Ortigoza Walter? ¿Iría el mandamás a eliminarlo cuando ya no fuera útil? ¿A qué estaba dispuesto, con tal de no caer de la gracia del viejo? ¿Y quién dijo que goza de su gracia? Ser de su propiedad no le quitaría el rango de desechable, y puede que esa fuera su utilidad mayor. Tras darle tantas vueltas al asunto como se le antojó a su paranoia, el abrazo de Dunia le cayó como un bálsamo celestial.

—Me resistí al arresto, por eso me esposaron —miente otra vez Mireles, en defensa de su equilibrio emocional. —Perdóname, vengo un poco aturdido.

—¿Me lo cuentas mañana? —atrapa al vuelo Dunia la indirecta. —También yo estoy un poco atarantada. ¿Pero qué va a pasar? ¿No te siguieron, por casualidad?

—Me han andado siguiendo mínimo desde el jueves. Saben que estoy aquí, y cuándo llegué, y de dónde venía.

—¿Y tú no lo negaste?

—El viejo me dio todos los detalles. Los trayectos, las horas, los lugares… Ni modo de decirle "no era yo", si hasta tu dirección tiene anotada.

—¿Me estás diciendo que sabe quién soy? ¿Sabe de mi papá?

—Sabe todo de todos, o por lo menos de eso se las da.

Dicho esto, resplandece en la mirada de Marcos Mireles una de esas ideas borboteantes que no saben pasar inadvertidas y en el primer descuido son capaces de lograr que los vientos cambien de dirección.

—Claro que a mí me consta que también es ingenuo.

—¿Ingenuo, semejante troglodita?

—¿Sabes qué más me dijo?

—¿Tiene que ver conmigo?

—José Ortigoza Walter está convencidísimo de que somos amantes —sonríe al fin Mireles, con picardía infantil.

—¿Te lo soltó tal cual? —habla Dunia tosiendo, tras reprimir un amago de risa.

—Pues sí, palabras más, palabras menos.

—Y eso sí lo negaste, pero no te creyó.

—Pero es que eso tampoco me atreví a negarlo…

—¿Por no contradecirlo, aunque fuera mentira?

—¿Y si se hacía verdad? —hace foco Mireles en los ojos de Dunia, como pidiendo asilo en sus pupilas. —Digo, cada quien tiene sus supersticiones.

—¿No te parece que eres un descarado? —cede a la risa Dunia, inesperadamente divertida.

—Querías la verdad, ya te la dije.

—¿"Quiero que seas mi amante", esa era la verdad?

—Esa sería, digamos, una caricatura de la verdad. Un poquito mal hecha, con tu perdón —se defiende galantemente Marcos. —Es una historia larga, con unas cuantas falsas casualidades. ¿Me creerías que no la sabe ni Ortigoza Walter?

—¿Eso quiso ser chiste?

—Parece, a lo mejor, pero yo te aseguro que es algo muy serio —se prepara ya Marcos para irse de la lengua. —¿Te importa si me invitas a compartir tu pipa de la verdad?

Inaugurar su estatus de inspector fumando mariguana con una sospechosa es también una forma de conservarse escéptico frente a una situación que de cualquier manera lo rebasa. *No puede ser, no es cierto*, se remacha en silencio, como si batallara para arrancarse un lastre de la conciencia. Si fuera un policía de verdad, se teme, él estaría haciendo las preguntas. Ahora bien, si se trata de decir la verdad, tendría que empezar por recordarse que nunca vino en plan de policía, y que si algo le consta como tal es la inocencia de la sospechosa. A veces la confianza nace y crece a partir de una confidencia inoportuna, y eso también lo saben los policías. Si Mireles pretende hacerse ver lo bastante confiable para nombrar las cosas innombrables, necesita empezar por exponer el *modus operandi* que lo trajo hasta aquí.

Dos fumadas más tarde —arrellanado en el extremo izquierdo del sillón de la sala, con Dunia recostada en el derecho— Marcos cierra los ojos, inhala, exhala, suelta una risa boba y enseguida un silbido juguetón, cual si de esa manera pudiese convencer al polígrafo interno de la ex analista de la autenticidad indiscutible del relato que viene.

—Al principio pensé que tenía buena suerte. Nunca habría querido trabajar con un jefe como Rigo Rovira, pero apenas llegué vi una lista de gente donde estaba tu nombre. Yo no te conocía, por supuesto, pero sabía quién eras. *Dunia*, pensé, *la hija de Montoro*. Cuando pasó todo eso de tu papá, uno de los periódicos te mencionó. Yo tenía diecisiete años, vi tu foto y me dio por, no sé, fantasear con tu vida, preguntarme qué tanto habría cambiado con tu papá en la cárcel. Pensé en ir un domingo y acercárteme, pero era… sigo siendo bastante reservado. Y todo eso pasó por mi cabeza cuando Rovira me dio el expediente y vi que habías estado casada con el muerto. Después me dijo que trabajabas en el CNA y había que empezar por interrogarte. Según la información que le pasaron, esa semana salías de trabajar en punto de las seis de la mañana. Así que me ofrecí de voluntario.

—¿Y eso por qué? —se agita la susodicha. —¿Por lástima? ¿Por morbo? ¿Por chismoso?

—No sabría decirte. Interés. Atracción. Empatía. Sexto sentido. Falta de quehacer. Una cosa muy tonta, a lo mejor, pero me levanté desde las cuatro y ya a las cinco y media te estaba esperando. No te dejé que fueras en tu coche para poder hablar en el camino, pero tampoco supe qué decir. Ni modo de contarte lo que había pasado con Dupont. Ya demasiadas veces te había imaginado llore y llore, para qué iba a querer hacerlo realidad.

—Oye, tengo una duda —tantea Dunia, con ojos maliciosos. —¿Tú me seguiste al baño de mujeres, después de que Rovira me dio la noticia?

—Me parece que sí, un poquito nomás —carraspea Mireles, sonrojado. —Yo quería ayudar, pero no supe cómo y me salí.

—¿Y me oíste llorar?

—Oí que te reías, no sé, ruidosamente. Supuse que era cosa patológica, una histeroepilepsia, yo qué sabía. Pensé: *Estoy en el baño de mujeres, cualquiera que me vea va a pensar otra cosa.* ¿A poco tú me viste?

—No estaba muy segura. ¿Le contaste a tu jefe lo que oíste en el baño?

—Claro que no. Nunca he sido soplón, y ese era el peor momento para comenzar. Tampoco me sentía policía, soy un recomendado con pedigrí. Hijo de un comandante muerto en el cumplimiento del deber y toda la función. Por una vez, la primera en mi vida, me interesaba hacer trabajo policiaco, solamente que a espaldas de Rovira. Ríete, pues, pero mientras el jefe te estaba interrogando vi los mismos ojitos de la niña que un día había salido en el periódico.

—Tenía quince años —objeta Dunia, no sin aspereza. —Ya no era niña, Marcos.

—Tenías ojos de niña. Ojos de desamparo, de incredulidad, de sáquenme de aquí, y yo quería saber qué había detrás. Afortunadamente, Rovira se pasaba el día en la cantina, así que me quedaba tiempo suficiente para hacer mi pesquisa personal.

—Pero Rovira nunca me habló de mi papá.

—Se acordaba del caso, no del nombre, y yo tuve el cuidado de no tocar el tema, en lo que él se enteraba. Por lo pronto fui muy discretamente a hacerle una visita a la numismática. Dirás que qué ridículo, pero era una obsesión de muchos años que de repente yo podía resolver, o afrontar, o alimentar, no sé cómo explicarlo y no voy a decirte que lo justifico. Tendría que haberme costado la chamba, por eso en su momento se lo informé a Rovira. Insisto, Dunia, yo no soy un soplón. Digamos que encontraba una afinidad rara entre tú y yo. O sea mi padre muerto y el tuyo preso, ¿sí? No sé por qué me gustaba creer que teníamos mucho de qué hablar. Entonces imagínate todo lo que pasó por mi cabeza cuando vi que el destino me estaba concediendo una licencia para fisgar tu vida desde dentro.

—¿No te decepcioné, cuando me conociste? ¿Aunque fuera un poquito?

—Al contrario. Me moviste el tapete. Perdón. Vas a decir que soy un pobre idiota. Yo pensaría eso, en tu lugar.

—Tú pensarías eso porque eres muy tímido —alza Dunia la pipa, da una fumada larga y retiene todo el humo que puede, de modo que su voz suena un poco a pujido. —Pero a mí me levantas la moral. Con la falta que me hace, últimamente.

—Me despertaste al caballero andante. El inspector estaba muy seguro de que el caso se iba a cerrar contigo, traía mucha prisa por darle carpetazo. Así que yo me dije: "No puedo permitirlo".

—¿Querías ser mi héroe? Qué bonito —celebra Dunia el curso del relato, presa de una creciente ligereza que la pipa no hace sino intensificar.

—Quería conocerte, y entre más lo lograba más me urgía saber. En mi imaginación seguías llorando, aunque nunca te hubiera visto llorar. Mejor dicho, yo había encontrado lágrimas y berridos en tus carcajadas. Obviamente no era una risa sana.

—¿Y qué tanto te dijo mi papá?

—Demasiado, para su conveniencia. Era obvio que me estaba ocultando algo, tanto como que yo no le creía mucho. Se esforzaba por sonar muy normal y muy despreocupado, y en ese esfuerzo fue metiendo la pata, porque me dio unos datos que yo no le pedí, y que salieron falsos cuando los cotejé con el sistema. Perdón que te pregunte, no es por ponerte un cuatro, pero tengo una hipótesis y quiero que me ayudes a probarla.

—¿Qué quieres que te diga? —resopla Dunia, cansada de antemano.

—Dos cosas, nada más —suplica el de la hipótesis. —La primera: ¿qué sabes de Gildardo Ríos Badillo? La otra: ¿te suena un tal Matías Choperena?

—¿Quiénes son esos? Yo no los conozco. ¿Choperena es apodo o apellido?

—¿Ves? No me equivoqué —corrobora Mireles, en tono de lamento. —Esos dos nombres me los dio tu papá, y me los repitió cuando Rovira me llevó a su casa. Debe de haber pensado que nos bastaba con su puro aplomo para que le creyéramos. El inspector se la tragó completa, pero yo estaba más interesado. Fui dos veces al Reclusorio Norte, hablé con varios presos que conocieron bien a tu papá, revisé los archivos y la base de datos, me di una vuelta por la hemeroteca y acabé comprobando que don Renato decía la verdad, sólo que los señores que te mencioné tenían otros nombres. Ya sé que es del peor gusto recordártelos, pero seguramente sabes quiénes eran Martín Pérez Zárate y Rogelio Rascón López.

—¡Espérate! —alza Dunia una mano y se planta la otra encima del estómago, como por obra de un retortijón. —No me hables de esos nombres justo en este momento. Me da horror recordarlo, además de vergüenza. Ya quedamos en darnos una tregua, cuando menos hasta que salga el sol.

—Tienes razón, discúlpame —echa mano Mireles de la pipa y procede a calmar su efervescencia.

—Estábamos en que querías ser mi héroe —sonríe Dunia, coqueta, mientras dibuja círculos en el aire con los dedos descalzos del pie derecho, que al igual que el izquierdo descansa en el sillón, a un palmo de distancia de Mireles. —¿Qué pensaste cuando te abrí la puerta y te llegó el hornazo a mariguana?

—No sé bien qué pensé, si es que pensé algo, pero igual fue un alivio.

—¿Venías a interrogarme?

—Ya te dije que no, pero creo que no me expliqué bien. Me había ido de casa de Casilda con la certeza de que nadie me vio, pero luego pensé que de seguro tenía veinte cámaras en el puro jardín. Anduve dando vueltas, sintiéndome perdido. Luego me decidí a venir a verte, pero venía llegando tu amiga esa del nombre como ruso…

—Ludmila. No sé si sea mi amiga, pero ya la conoces porque la interrogaste.

—No fui yo, fue Rovira quien se pasó de vivo. El caso es que esperé a que por fin se fuera, y cuando eso pasó corrí a tocarte el timbre.

—¿Cómo? —se mofa Dunia teatralmente. —¿Vino mi héroe a pedirme socorro?

—Tu héroe estaba seguro de que iban a matarlo. Por eso vino a declararte su amor. No quería morirme sintiéndome un cobarde.

—Amor… —se congela en su sitio la ex analista. —¿Cómo que amor? ¿Por qué? ¿De dónde? ¿Cómo?

—Yo igual me lo pregunto, pero tampoco sé. Nadie lo sabe, ¿o sí? —se defiende Mireles, intimidado por tanta extrañeza.

—¿Y fue por eso que te callaste la boca cuando el viejo cagón salió con que tú y yo éramos concubinos?

—Pues sí. Se sintió bien que lo dijera.

—También te daba miedo llevarle la contraria…

—También, no te lo niego.

—Yo tampoco quisiera.

—¿Qué tampoco quisieras?

—Llevarle la contraria al señor licenciado Ortigoza Walter. Si él dice que tú y yo somos amantes, nos toca dar valor a sus palabras. ¿Qué tal que un día se entera de lo contrario y descubre que eres un mentiroso?

Entre la confidencia y la confianza no hay un trecho mayor que el que separa al deseo del beso, ni a éste de las caricias desatadas, especialmente si el horror acecha y uno hace cualquier cosa con tal de conjurarlo. Puede que sea esa la coartada de Dunia para entregarse entera a este momento y encontrar en la piel de su prospecto de héroe el último refugio contra el miedo.

42. Alevosía

Noviembre 21. Lunes. 12:20 p.m.

Entre menos ya suenan los teléfonos fijos, más espanta su *ring* intempestivo. Insomne recurrente, habituada además a dormir a deshoras, Dunia Montoro neutraliza las ventanas de su recámara mediante una cortina negra, gruesa y doble, de modo que el timbrazo retumba a la manera de un claxon destemplado en lo profundo del claustro materno. "¿Quién me llama a estas horas?", refunfuña, ebria aún de sueño, hasta que un carraspeo demasiado cercano la regresa unas horas en el tiempo y la pone al corriente de su situación. Es decir, la despierta irremediablemente. Por si quedara duda, el segundo timbrazo pone en claro que es el fin de la tregua con el miedo. Justo antes de que estalle el tercer *ring*, encuentra a ciegas el auricular, lo levanta y escucha una voz de mujer. Número equivocado, va a decir, mas la desconocida se adelanta y pregunta por *el señor inspector.*

Iba a encender la luz, hasta que cayó en cuenta de que está desnuda y el-señor-inspector sigue siendo un extraño, pese a las recentísimas evidencias. Un imperfecto extraño, pensándolo mejor. "Creo que es para ti…", dice con voz temblona y encrespada, como si al propio tiempo preguntara cómo supo su número esa señora y a quién más se lo dio indebidamente. Mireles, por su parte, ya reconoció el timbre de voz de la angelóloga y no atina a sacar la mano de las sábanas. "A mí nada ni nadie se me escapa", le aseguró Ortigoza catorce años atrás y por lo visto es fiel a su palabra. "¿Quién te dio este teléfono?", le gustaría gruñir, pero en vez de eso toma el auricular y trina un "muy buenos días, Casilda" que lo acredita como su pelele.

—¡Oli adorado, qué placer saludarte! —canturrea la dueña del Shakti Kali, como si hablara en un programa de concurso, y enseguida va al grano: —Fíjate que me dice el Señor Licenciado que no vaya a olvidársete que hoy en la noche va a cerrarse el caso. Ya está la información, la investigación y el dictamen forense revisado, más pruebas, peritajes y todos esos temas, ya tú sabes. Andas de suerte, amigo, te va a tocar lucirte delante de las cámaras.

—Perdóname, Casilda. ¿Qué me toca a mí hacer, exactamente?

—Ay, mira, Oli, yo de eso sí no sé. El señor licenciado está muy ocupado con unos senadores que llegaron a verlo y me pidió que te pase el recado. También te encarga lo de sus monigotes. Que es lo más importante, y está *todo* en tus manos, mi querido. Así que no te duermas en tus laureles, dejemos el romance para más tarde y enfoquémonos en las cosas urgentes. Ya tienes mi tarjeta, ¿verdad, Oli?

—La tengo, me la diste —asiente varias veces Marcos ante el teléfono.

—Muy bien. Mándame un mensajito desde tu celular para que el licenciado pueda localizarte. Va a llamarte su gente, eso seguro, así que no te pierdas, por favor. Y que los querubines te acompañen. *Ciao, ciao*, besito, *namasté*.

No han prendido ninguna de las dos lámparas, tal vez porque no saben con quién van a toparse después de esa llamada prepotente. ¿Qué de raro tendría que Casilda le hablara poco menos que con megáfono, de manera que Dunia —la ex de su ex— no perdiera detalle de la conversación? En todos estos años, lo probable es que la hija secreta de Ortigoza Walter tomara más lecciones del papá que de los mismos ángeles, se figura Mireles, inmerso en un silencio tan incómodo como fuera la cháchara de Casilda.

—¿Tú le diste mi número a esa zorra insidiosa? —rompe el témpano Dunia, tratando de evitar el tono de reproche que correspondería a la pregunta.

—Nunca he tenido el número de tu casa —replica el otro, con la cara arrugada y la respiración intermitente.

Dos instantes más tarde, Dunia enciende su lámpara, mira el semblante lívido de Marcos e imagina un coyote en un callejón.

Le basta una sonrisa, sin embargo, para hacerlo volver a lo que todavía es un edén.

Entra por las ventanas la voz de Karen Souza y Marcos se pregunta qué clase de pelmazo se creería que ángeles y arcángeles pierden su tiempo hablando con Casilda Pérez. No vayamos más lejos, a él hubo que esposarlo para que se soplara todo su sermón.

—¿De qué te ríes? —se recompone Dunia, ya abrazada de Marcos.

—De la *zorra insidiosa*. Que dizque es terapeuta. ¿Te imaginas?

—¿Y a ella quién la trata? ¿Un exorcista?

—Yo pensaría que varios, uno no se da abasto —sigue la broma el héroe de ocasión, intentando a su vez sacarse los demonios que se le aparecieron en cuanto abrió los ojos.

—¿Qué le habrá visto Iván a esa señora?

—Pues lo mismo que yo, hace muchos años. Es una nueva rica, a esos se les ve todo, y lo que no lo enseñan.

—¿Y nunca te gustó?

—Me quedaba muy grande, pero eso tiene su onda. No sé si en realidad se me antojaba ella o su glamurcito. ¿Sabes qué es lo que tiene? Una habilidad rara para sacarle a uno el cochino arribista que lleva dentro. Te hace sentir que eres parte de un club donde se te respeta y se te admira, sobre todo si no has dado motivos, como si fueras un ejemplar salvaje y se maravillaran de verte dar la mano y comer con cubiertos. Una amabilidad… condescendiente —titubea Mireles, con asqueado desdén —que apenas se distingue de la lástima, pero igual tú te empeñas en confundirla con aclamación.

—*The Standing Ovation Society!* —exprime limón Dunia en sus heridas. —Soy hija de un famoso falsificador. ¿Dónde puedo llenar mi solicitud?

—¿Ya vamos a empezar con la flagelación? Espérame tantito, voy por las esposas.

—¿Vas a contarme por qué te esposó el viejo?

—Fueron sus guarros, no él. Ya sé que para el caso es lo mismo, pero quería asustarme, por eso me armó el *show*.

—¿Y te asustó?

—Digamos que a los pocos minutos de estar en la cajuela de su coche me daba por difunto. Ya en la casa de la *zorra insidiosa* empecé a barajar la posibilidad de salir por mi propio pie de ahí. Después me las quitaron, me hicieron inspector y me llevaron a sentar en la sala. Como perro faldero, pero vivo. Y así estoy, hasta ahorita. Tengo unas pocas horas para mover la cola y obedecer al pie de la letra todo lo que me ordene Ortigoza Walter. Miedo sigo teniendo, porque al final no sé qué voy a hacer. Más que al viejo me tengo miedo a mí. No sé si sea tan bestia para ponerme al brinco o tan miedoso para doblar las manos. Y no veo otra salida, más allá de esas dos. Puedo igual escaparme, pero nunca escondérmeles.

—*You can run, but you can't hide*. Nos lo decían en los cursos de Quantico. Sigo pensando que es bravuconería. A quien se esconde bien nadie le cae.

—Ahora que se me ocurre, tal vez tu casa no era el mejor escondite.

—¿Ah, no? —sonríe Dunia, con malicia en los ojos.

—Bueno, sí es el mejor, pero puede que no el más eficaz.

—¿Sabes qué? Ya me armé de valor —alza la testa Dunia, creciéndose al castigo de su mala conciencia. —¿Te contó mi papá que yo había sido novia de dos presos?

—Con los nombres cambiados, ya quedamos anoche, pero sí —se deja caer Marcos en la realidad.

—¿Qué más te dijo de ellos?

—Es lo de menos, era todo mentira. ¿Sabes qué impresión me dejó tu papá, con todo respeto?

—Sin respeto está bien, ya sabemos quién es.

—Como si todo el tiempo quisiera demostrarte que es más listo que tú.

—Que tú y que todo el mundo. No le cabe en el coco la posibilidad de que exista un mortal más ducho que él. Yo claramente soy una pendeja, por eso me metí a la policía. También era una estúpida cuando anduve con Martín y con *Roger*, y cuando me casé con Iván, y ahorita aquí contigo. Mi papá necesita que una siga su ejemplo, aunque sea un fracasado y un maleante. ¿Cómo crees que me siento de saber que te vino con esas historias? ¿Sabes a cuántos más se las habrá contado?

—No eres tú quien tendría que preocuparse. ¿Tienes alguna idea de por qué tomó la precaución de cambiarles los nombres a esas dos personas?

—Dudo que lo que tengo llegue a idea. Digo, no es ni sospecha. Podría ser un infundio, no sé, una canallada, pero todo eso me da qué pensar. ¿Sabes qué les pasó a Martín y a Rogelio?

—Según sus expedientes, a uno lo acuchillaron en su celda y el otro apareció colgado en el gimnasio del dormitorio.

—A Roger lo mataron en la calle. Lo dejaban salir los fines de semana, porque tenía influencias y poder allá adentro. Y como se supone que estaba preso, llevaron el cadáver al reclusorio y hasta entonces lo declararon muerto.

—¿Tú cómo sabes eso?

—Me llamó en la mañana de casa de su hermano, y en la tarde el hermano me dio la noticia. Era su novia, iba a verlo esa noche.

—Y eso no le gustaba a tu papá.

—¿Tú qué crees? Nos decía que él era la única persona decente en todo el reclusorio. Todavía me acuerdo de su primer berrinche, cuando supo que andaba con Martín. "Prefiero que me saquen con los pies por delante a emparentar con uno de estos piojosos".

—¿Lo dijo así, seguro?

—Exactamente así. *Con los pies por delante.*

—¿Por qué iban a sacarlo muerto de la cárcel? Sólo que fuera por echarse a tu novio.

—Según yo la amenaza era clarísima. Y me la soltó a gritos, temblando del coraje.

—¿Oíste hablar de un tal Armando Silva?

—No sé, yo creo que no.

—Lo sentenciaron a veinte años de cárcel, por la muerte de Martín Pérez Zárate. Pero él no era asesino, sino *pagador*. Cobraba un dinerito por echarse la culpa de este y aquel cadáver. Del asesino nadie supo nada, y si se supo nadie abrió la boca. Tal parece que le pagaron bien, según me contó un preso ya muy viejo, no ahí en el reclusorio sino en Santa Martha.

—¿Hablaste con el tal Armando Silva?

—Lo mataron, pocos meses después. Los pagadores tienen vida corta, saben mucho para su propio bien.

—¿Y al que puso el dinero también lo habrán matado? —imposta Dunia un rictus de candor.

—Tú ya sabes que no —traga saliva Marcos, palmariamente incómodo. —Lo sabías desde entonces, pero no lo podías aceptar.

—Si hablas de mi papá, ahora tampoco puedo. Tengo otra idea de él, aunque no se sostenga.

—Pero igual lo has pensado, y lo sigues pensando. ¿No será que negarlo te hace más mal que bien?

—¿Cuánto cuesta mandar matar a un preso? —inquiere Dunia, con la voz quebrada y el corazón latiendo a toda marcha contra el pecho del hasta ayer oficial.

—La cárcel es un centro de negocios. Tu papá era un artista, según cuentan los presos que lo conocieron. Ganaba buen dinero falsificando toda clase de documentos. Tenía amigos, entre los más pesados. O sea los padrinos, que les llaman allá.

—Nunca quise creerlo —suspira Dunia y exhala tristeza. —Oficialmente mi papá era inocente de todo. La familia tenía su versión, o sea nuestra propia versión de los hechos. Éramos todos víctimas, empezando por él. Ya supondrás que el resto de la gente pensaba lo contrario por su lado. Tíos, primos, amistades, vecinos, pero nuestro papel era negarlo. A eso me acostumbré, menos por defenderlo a él que a mi mamá y a mí. Después, cuando pasó lo de Martín, y luego lo de Roger, me asusté tanto que terminé por irme lo más lejos posible de ese mundo asqueroso, donde según me dices a mi papá le iba de maravilla. Pero de ahí a creer, sensatamente, que él tuviera que ver en un asesinato, peor todavía, en dos, no sé ya qué decirte, sigo pensando que no puede ser.

—Sentí que me trataba con desprecio, cuando lo conocí. Le pregunté primero por Iván y muy amablemente se ofreció a cooperar, pero apenas le mencioné tu nombre le cambió la expresión. Primero preguntó si ya te conocía, luego si tú me parecías bonita.

—¿Le dijiste que sí a esa estupidez?

—¿Cómo crees? Le expliqué que eras víctima de las circunstancias, y él se me quedó viendo como si le quisiera robar algo. ¿Es un poco celoso o son mis nervios?

—Ya lo sabes, no te hagas. ¿Tú crees que lo procesen por el doble homicidio?

—Es una pura hipótesis, nadie tiene las pruebas. Todo eso ya pasó hace mucho tiempo, tal vez ya haya prescrito la acción penal. Sería un antecedente, en todo caso.

—¿Antecedente de qué?

—La semana pasada, estuvimos el inspector y yo de visita en la casa de don Renato. ¿Estabas enterada?

—Ni de lejos. A veces voy a verlo, pero el resto del tiempo lo evito como puedo. No sabe ni mi nuevo número de celular.

—El inspector Rovira se pasó de rudo.

—¿Le pegó a mi papá?

—A él no, a su mujer. Antes de que él llegara.

—Punto a favor del Rigo —bromea en serio Dunia. —Y yo que lo tenía en mal concepto…

—Los asustó a los dos, a ver qué les sacaba, pero nos fuimos tal como llegamos. Mejor dicho se fue, porque yo sí encontré lo que buscaba.

—¿Y qué buscabas, si se puede saber?

—No lo tenía muy claro. Me daba mala espina, como a ti, que fueran tan sumisos. Algo escondían, claro, pero Rovira es rústico y nunca se dio cuenta. Yo, como siempre, me hice el principiante para que me quitaran la atención de encima. Pregunté por el baño, antes de irnos, y tuve unos minutos para asomarme a los cuartos traseros. Uno era la recámara donde dormían y el otro les servía de bodega. Leticia y tu papá estaban aterrados con Rovira, así que tuve tiempo de revisar algunas de las cajas que encontré amontonadas. Eran un montonal. Dos estaban abiertas, cada una con un ídolo adentro.

—¿Un ídolo de piedra?

—Pues sí, los monigotes de Ortigoza Walter.

—¡Pero es que eran de Iván, no de Ortigoza Walter!

—Eran, ya lo dijiste. Hoy, por lo pronto, tengo la orden estricta de regresárselos. El ultimátum, debería decir.

—¿Y mi papá de dónde los sacó?

—¿De dónde más, si era socio de Iván?

—¿Cómo iban a ser socios, si mi papá decía que era un patarata? —se hace la loca Dunia, defendiendo una causa que ella mejor que nadie sabe perdida.

—*Only business*, tal vez. Antipatías aparte.

—¿Tú qué estás insinuando? No sé si quiero oír —se amuralla de súbito la primogénita de Montoro Reifsteck, como quien se refugia tras la indignación.

—¿Ya intentaste ponerte en su lugar? ¿Qué dirías si un día te enteraras de que quien fue marido de tu hija va y alquila un despacho a dos cuadras de su departamento? Sabes que es un malandro y te hueles que todavía la quiere…

—¿De dónde sacas eso? —tiembla Dunia de furia, lista para sacarle los ojos a Mireles.

—En mi pueblo les llaman evidencias —lanza el sarcasmo el otro, con las manos en alto para hacer más patente su inocencia. —Lo que no te he contado es que tengo algo así como diez horas para poner las cajas con sus monigotes en las manos del viejo Ortigoza Walter. Están todas en casa de tu papá. ¿Qué me sugieres que haga? ¿Darme un tiro en la boca o en la sien?

—Ese maldito viejo se los quiere robar. ¿Y tú vas a ayudarlo?

—Los considera suyos, desde que Iván se decidió a guardarlos en la casa de su hija. Y como lo tuvieron tanto tiempo ahí de gorra, le están tomando a cuenta los monigotes por los gastos de estancia, coche, ropa, viajes, banquetes y a saber qué otros lujos exóticos. Cuando Iván se mudó y se llevó los monos, ninguno de los dos lo bajó de ladrón. Ni siquiera se los habían pagado, según dice la prima de Nivardo, pero ya te expliqué sus matemáticas. De todos modos ellos se veían a sí mismos como dueños de Iván. Y míos ahora.

—Ya lo sé. Traía un Porsche, el vividor.

Ha vuelto a repicar el teléfono fijo. A juzgar por los ojos de los dos, no parece haber duda de quién llama. Sin pensárselo mucho, Marcos se estira sobre el torso de Dunia y se apodera del auricular. Una vez más es la voz de Casilda, sólo que ahora a volumen de susurro.

—¿Voy a decir yo eso? ¿Pero con qué sustento? —se horroriza Mireles, estupefacto. —¿Qué le voy a explicar a la Fiscalía? Van a hacernos pedazos en los medios…

No acaba de entender el flamante inspector que nada de lo que oye califica para materia de controversia. Son instrucciones claras y tajantes, como las que recibe el mecanismo de un electrodoméstico.

—¿Creerás que me colgó? —se sorprende Mireles y enseguida se duele de mirarse humillado y ridiculizado. —¿Cómo ves que los ángeles vinieron a decirle que Iván se suicidó?

—¿Pero eso a quién le importa? —se extraña la inquilina del departamento.

—Eso es lo que yo tengo que decir para cerrar el caso. Hoy en la noche, enfrente de las cámaras.

—¿Y la evidencia qué? —se escandaliza Dunia, patidifusa. —¿La van a dar los ángeles?

—Tienen un nuevo informe del forense. Desecharon el dato de los pies amarrados, como si nunca hubiera estado ahí. ¿Y qué tiene de raro, si lo que necesitan es enfriar el asunto de los monigotes? No hay homicidio, ¿sí? Tampoco hay monigotes, por lo tanto.

—¿Y entonces la justicia? ¿Y mi papá?

—Tu papá y la justicia están en paz. Su problema es con Ortigoza Walter. Dudo mucho que él sepa que tiene las figuras en su casa, pero sabe que yo sé dónde están. ¿Cómo? Ni idea, Dunia. Ese viejo nos tiene perfectamente fritos. ¿Qué va a pasar? No sé. Se va a acabar el mundo, me imagino.

—¿Qué podemos hacer? —pregunta la espantada, sólo por preguntar, con las manos cubriéndole la cara en señal de derrota anticipada.

—¿El amor, puede ser? —sugiere el inspector Mireles Oliveros, con la clase de aplomo de quien sabe que es tarde para el miedo, pero aún muy temprano para el funeral.

—Creo que es la mejor idea que has tenido desde que te conozco —declara la ex esposa de Iván Dupont, al tiempo que sus ojos emulan la fijeza de los de una pantera súbitamente hambrienta. —Bésame, pues, mi héroe. No me dejes pensar, sácame del infierno.

A veces un mensaje de la muerte enciende los sentidos tanto como el deseo acicateado. El mismo fin del mundo puede ser seductor si te pesca sin ropa y en la cama con otro ser viviente espeluznado. "Anda, seamos eternos", musita su entrepierna, y es como si escucharas el llamado de una deidad secreta cuyos designios has de obedecer a despecho del resto de los dioses.

En el caso concreto de Marcos Mireles (quien, como bien ha dicho el inspector Rovira, es un romántico), ascender, con arrestos de serpiente, por los tobillos, pantorrillas y muslos de Dunia Montoro equivaldría a asistir en primera fila a la resurrección de la carne y acceder a la vida perdurable, para envidia de toda la humanidad. Va besándola lento, barnizándola, arándola, como una marabunta subrepticia en camino a la tierra prometida, embriagado por el aroma a secreción que alebresta su entraña de animal y le empuja a crujir y resollar sin el menor vestigio de pudor. "El mundo va a acabarse", es el mensaje, y no hay otra manera de evitarlo.

Los índices de Dunia, empapados de su propia saliva, giran sobre las puntas de sus pezones con una parsimonia que acompaña el ritmo de la lengua de su amante, tal como si una y otro forcejearan por detener la marcha de las manecillas e instalarse en su propia eternidad. Entre la parsimonia y la impaciencia, Marcos cuenta hasta cien y de regreso para no terminar antes de tiempo, mientras Dunia menea la cadera cual si no fuera Marcos, sino ella, quien se devora al otro como una viuda negra.

No quiere ser la buena, ni la víctima, sino la ejecutora. A la mierda la higiene y el decoro, el buen juicio, el buen gusto, el mérito, el respeto. Hoy quiso ser la puta del policía y ponerlo a rezar delante de su pucha, como el subordinado que sabe ser. No es que lo ame, ni que lo necesite, ni que vaya a añorarlo en un futuro. Es la pura premura por sentirlo ya dentro, como a una bestia ansiosa de saltarse las trancas en pos de sus arroyos escondidos.

Han tirado las sábanas al suelo, se miran a los ojos intermitentemente, al tiempo que contemplan el encuentro viscoso de la vulva y el glande sobándose entre sí como dos tlaconetes en ácido lisérgico.

—Métemela, mi héroe. Rómpeme las verijas —muge la ex analista con los ímpetus de una chica Bond resuelta a prender fuego al Palacio de Buckingham.

—Dunia, Dunia, mi Dunia —se limita a invocar el inspector Mireles, desaforadamente fuera de su papel, con la cuenta perdida en la cabeza y la verga punzándole como una taquicardia terminal.

Sentada encima de él, la antigua centinela del CNA se retuerce y empapa a su compinche en una oleada de aguas turbulentas que a su vez precipita la llegada de la última embestida y la muerte chiquita que le acompaña.

Es quizás en el tránsito entre la obscenidad y la eternidad que Mireles se mira como el héroe que hasta ahora juega a ser. No va a doblarse, piensa y se decide, con la resolución de un kamikaze que recién vio la luz de su destino y ya no está dispuesto a dar un paso atrás. Que se joda Casilda. Que se joda Ortigoza.

¿Qué creyeron que es él? ¿Un monigote más para su uso y abuso? ¿Un puto detective de guiñol? ¿Qué exigirían mañana, si hoy se les empinara? ¿Qué tamaño de ascenso justificaría vivir, en adelante, pescado de los huevos? Le toca, mientras tanto, tapizar esta carne de besos candorosos, todos fruto de un acto de contrición que no por fuerza va a purificarlo. ¿O es que ya tiene un plan de contingencia para afrontar la ira de Ortigoza Walter?

—Tengo que hablar con él —piensa Dunia en voz alta, repentinamente.

—¿Con Ortigoza Walter? —se espanta el policía, volviendo de su ensueño.

—¡Hasta crees! —ríe la ex analista. —Con mi papá. Como que ya nos toca comernos un pollito, después de todas las cosas que sé.

—¿Te digo algo, Dunia? —se faja Mireles los pantalones que no trae. —Yo no pienso agachármele al papá de Casilda, pero de ahí a quitarle las figuras hay un suicidio en masa de por medio. Tu papá no saldría vivo de esa. Ni su mujer, ni tú, ni yo, nadie que pueda estar al tanto de ese enjuague. Lo que al viejo le importa son esos monigotes. Si yo se los devuelvo, él ya me lo advirtió, quedaríamos a mano.

—¿Y qué? ¿Tú le creíste?

—Para él sus monigotes valen más que nosotros. Eso es lo que creí y sigo creyendo. Habla con tu papá, pero ya mismo. Llámale, que se salga de su casa y se esconda bien lejos, mientras vemos qué hacemos.

—¿Pero qué vas a hacer? ¿Decir "no fue suicidio" y escaparte?

—Quizá sería mejor escaparme en silencio. Me enfermé. Me ausenté. Me morí.

—¿Y luego qué? ¿Te escondes con mi papá y conmigo? Bonito trío haríamos. ¿Y qué tal que él te hace algo? Ya sabemos cómo es con los yernitos, ¿no?

—No sé, no lo he pensado. Por lo pronto sería suficiente con no deberle nada al viejo mierda.

—Claro, suena muy bien, pero en la solución está el problema. Si el señor es un mierda va a seguir convencido de que le debes algo. Como los chantajistas, que ni muertos terminan de cobrarte. Lo decía mi ex jefe, una vez marioneta siempre marioneta.

—¿Eso piensas que soy, un muñeco con hilos?

—Eso piensa Ortigoza. Yo no me acuesto con marionetas.

—Podría ir y decir lo que él espera, decirle dónde encuentra los muñecos y ya, darme de baja sin haber ni cobrado el sueldo de inspector.

—¿Sabes qué es lo que más me decepciona? —cambia de tema Dunia, inopinadamente. —Yo ya me había acostumbrado a pensar que mi papá hizo eso, y esto, y aquello, como si cada vez fuera accidente. Hoy ya no pienso en qué hizo, sino en cómo es. Lo suyo no es por suerte, ni por casualidad. Es su naturaleza. Mi mamá lo sabía, esa era su amargura, pero nunca lo dijo. Claro, estaba en sus ojos, sólo que una interpreta esas señales como menos le estorban, y a mí me acomodaba pensar que se tiraba al drama sin razón. Sin mucha razón.

—Pero vas a llamarle.

—Voy a ir a verlo, toca vernos las caras.

—¿Quieres que yo te lleve?

—Por supuesto que no. ¿Nunca oíste decir que la ropa sucia se lava en casa? Ya tengo suficiente, además, con que te anden siguiendo los matones del viejo para que encima me sigan a mí. Entretenlos, más bien, mientras hago lo mío.

—¿Y entonces? —titubea el aspirante a desertor.

—¿Y entonces qué? —se encoge de hombros ella, dueña de una frialdad repentina y descorazonadora. —Pues sálvese quien pueda. ¿Qué esperabas? ¿Que te invitara al cine?

—¿Qué te pasa? ¿Por qué me hablas así?

—¿Qué quieres que me pase? Estoy haciendo esfuerzos por que me quepa todo en la cabeza. Lo que hizo mi papá, lo que le van a hacer, lo que voy a hacer yo cuando eso pase. ¿Crees tú que sea bastante o me espero a que venga un perro a mearme?

—No quise decir eso. Lo contrario, más bien. ¿En qué puedo ayudar?

—Haz tú lo que te toca, ya veré yo cómo me las arreglo para lidiar con el *Chacal de Tacuba*.

—¡Uf! —exclama Mireles, sin ganas de reírse. —¿No te salen muy caros esos chistes?

—¿Y quién dice que es chiste? Chiste fue haber creído en su palabra. ¿Sabes que eso decía mi mamá? "Tú y yo somos la burla de toda la colonia". Un día me enteré de que mis amiguitos del colegio me decían la *Money Maker*. En fin, si no te importa voy a bañarme, ya ves que tengo más prisa que tú.

La anfitriona levanta la sábana del piso y al momento se envuelve con ella. Luego da cinco pasos presurosos y se encierra en el baño, prácticamente huyendo de la escena. No es vidente, se dice, pero ya sabe lo que va a pasar. Hay un miasma de adiós flotando entre ella y él, habría que estar muerta para no percibirlo. Por eso, cuando sale de bañarse, vestida con la misma bata verde que traía puesta cuando el primer beso, no le extraña la ausencia de Mireles. Va a hacer lo que va a hacer, o sea lo que le ordenen, Renato va a salirse con la suya porque nadie lo va a acusar de nada y el vejete Ortigoza va a quedarse contento con su botín. ¿Qué es lo que le preocupa? ¿Qué debería dolerle, por qué puta y jodida razón? Ciertamente no es Marcos, ni su escapada súbita, ni la certeza vaga de su escasez de agallas. Batichica tampoco tenía planes con Batman, ¿verdad? ¿Por qué es tan importante la verdad, con lo prácticas que eran las mentiras? Tal vez lo que le duele sea eso: no poder rescatar con vida su candor.

"Me llamó al celular el Señor Licenciado, quiere que vaya a verlo a las tres de la tarde", dejó escrito Mireles en un *post-it* sobre la puerta del departamento. *El Señor Licenciado…*, fanfarronea Dunia para sí, con la afectación propia de un mayordomo del siglo XIX. ¿Le haría acaso falta ser analista para encontrar detrás de ese mensaje su escandalosa ausencia de compromiso? "Al que nace para títere, del cielo le caen los hilos", parafrasea la ex esposa de Iván cierto refrán materno que apenas si recuerda.

—Lo dicho —se espabila, con una risa amarga y algo masoquista. —Llegó la hora del sálvese-quien-pueda.

43. Ventaja

Noviembre 21. Lunes. 6:23 p.m.

Hace ya cinco días que Renato Montoro se siente como un preso. Va y viene por las calles, incluso por su casa, con la sensación vívida de que alguien lo vigila y toma nota de sus movimientos. Hoy que es día feriado y la Alameda está repleta de paseantes, el hombre la recorre, y en realidad la peina, realizando infinitos zigzagueos y vueltas en redondo, con el objeto de perder o cansar a quienquiera que venga detrás de él. Tenía que haberse quedado a descansar en casa, como Leticia bien se lo sugirió, pero la cercanía de todas esas cajas le arrebata la calma de por sí. ¿Tendría razón Iván cuando le hablaba, con sus aires de profeta emplumado, de la energía que guardan adentro? Comoquiera que sea, se conforta el otrora Zaragoza, quien ya se fumó ocho años en la cárcel no va a tenerle miedo a un pedazo de piedra sacado del panteón. Tras las rejas también menudean los monstruos y todos son hechura del ocio creador. Lo cierto es que allí dentro no hay secretos y Renato no siente que los tenga acá afuera. No al menos para el hombre de la chamarra negra que todavía pulula en torno suyo, pretendiendo que mira hacia otra parte.

Apareció primero frente al edificio en cuya planta baja está la Numismática Montoro, con la vista perdida entre las ventanas de los pisos más altos. Volvió a verlo en la esquina de Isabel la Católica y Tacuba, otra vez pajareando con la boca abierta. ¿Qué diablos hace ahora en la banqueta de Avenida Hidalgo? ¿Será que espera un taxi o que lo espera a él? ¿Y si acelera el paso hacia la casa? Apenas lo ha intentado cuando ve de reojo al chamarrudo hacer un par de señas con la mano izquierda, mismas que otro fulano, de camiseta verde y pantalón vaquero, replica por su parte desde el camellón. Sin pensárselo mucho, cruza Renato a trote Paseo de la Reforma y salta entre los puestos callejeros, relucientes de focos y adornos navideños. *Si vienen persiguiéndome*, se dice, *entenderán que me eche yo a correr, y si no nunca van a caer en la cuenta del pobre viejo correlón que soy.*

Conforme la avenida va cambiando de nombre —Hidalgo, Puente de Alvarado, Ribera de San Cosme, Calzada México-Tacuba— los temores del hombre de la numismática van ganando estatura y solidez. Ciertamente lo siguen, lo vigilan, lo acechan, y a juzgar por la facha son gente violenta. ¿Irán por las figuras o por él? La pura sensación de sentirse desnudo y en la mira de esos pelafustanes le recuerda que el bote no es opción. *Antes muerto*, se dice, se propone, se promete Renato, *que ir a dar a una cárcel otra vez.* Si existe la otra vida, mejor que se lo cobren todo allá.

Un par de cuadras antes de dar vuelta a la izquierda hacia su casa, Renato mira atrás y no logra ubicar a sus perseguidores. Como si ya supieran adónde se dirige y dieran por cumplida su misión. O como si aguardaran por ahí a que entrara en su casa para seguir con el operativo. ¿Y si fuera por algo diferente de los monos de Iván? ¿O por Iván, tal vez? Tras abrir y cerrar la puerta de la casa, con los correspondientes rechinidos, se recarga Montoro en la pared y respira tan hondo como puede, hasta que escucha otra respiración.

—¡No te me asustes, *Nena*! Soy yo —habla el hombre jadeando, aún con el susto a cuestas.

—Nena era mi mamá —se alebresta una voz familiar, desde una de las sillas del comedor. —Yo soy Dunia, tu hija.

—¿Cómo entraste? —se horroriza Renato, como si una granada de fragmentación le estallara dentro de la cabeza y cada esquirla fuera un temor diferente.

—Me dejaron pasar —minimiza la hija a la que en el papel sería su madrastra. —Yo pensé que tenías una casa más grande. ¿Y a todas tus mujeres les dices también Nena?

—¿A qué viniste, Dunia? —se enfurece sin más el hoy marido de Leticia Olivas. —¿A armarme bronca, como hacía tu mamá?

—Pobre de mi mamita —suspira Dunia, conteniendo la rabia. —Nunca pudo aceptar que había ido a casarse con un criminal.

—¡Óyeme, estúpida, te me largas de aquí! —estalla el padre, al tiempo que señala hacia la puerta con el brazo y el índice estirados.

—¿Y si no me voy, qué? ¿Vas a pegarme? ¿Quieres que le llamemos a la policía? No sé por qué se me hace que no te convendría, con todos esos ídolos robados que tienes en el cuarto de allá atrás.

En un último intento por recobrar el mando de la situación, Renato da unos pasos hacia la sala, se derrumba sobre uno de los sillones y se lleva la mano al corazón. "Ayuda, por favor", tartamudea mirando hacia el techo.

—Perdóname, papito —farfulla la hija del falsificador, —pero yo no compré boleto pa' tu teatro. ¿Qué te parece si, aunque sea una vez, das la carota por tus chingaderas? Si va a darte un infarto, que de una vez te dé, pero no me hagas dengues cuando te estoy diciendo lo que hiciste. ¿Tú te robaste todas esas figuras? Se las quitaste a Iván, ¿o me equivoco? Dime, papá, ándale, ¿te estoy calumniando, o me vas a dejar que te platique el resto de la historia?

—Tú no puedes hablarme de ese modo —murmura el acusado, sin aliento, oteando hacia ambos lados para no sostener la vista de la hija. —Aunque yo sea lo peor, sigo siendo tu padre.

—No me digas que te falté al respeto… —alza las cejas Dunia, sardónica y furiosa. —¿Cuáles son las palabras que tendría que usar para hacerte saber que estoy al tanto de que eres un tramposo y un traidor, además de ratero y asesino? Explícame, papá. ¿Cómo preferirías que te lo dijera? Si tú quieres, me callo. Sirve que así me explicas cómo llegaron las figuras de Iván a este chiribitil que tan pomposamente llamas casa. ¿Sabes lo que diría mi mamá si te oyera decirle Nena a esa señora? ¿Te importa lo que pueda pensar yo?

Renato no responde, ni pretende ya hacerse el infartado. Tiene la vista puesta en cualquier parte, la quijada caída, los brazos derrumbados y el pie izquierdo temblando por su cuenta. No es la facha de un hombre que ha escuchado un infundio, sino la de un bandido con las manos alzadas y un fusil apuntándole a la frente. Ojos de no-hay-mañana, cara de así-soy-yo, lágrimas de no-era-esa-mi-intención.

—¿No vas a defenderte, ni siquiera un poquito? —llena el silencio Dunia, por no seguir cargando con su peso. —¿Te da miedo que te escuche tu vieja? No me digas que no sabe de tus enjuagues, si vienen de la misma universidad.

—Deja afuera a Leticia —suplica el derrotado, con humildad de niño. —Esto es entre tú y yo. Soy responsable y estoy dando la cara.

Mira Dunia la puerta del comedor, por donde hace media hora vio desaparecer a Leticia Olivas, menea la cabeza con alguna impaciencia y al cabo sólo asiente por no dar de comer a su ofuscación. Pensándolo de nuevo, sacar de la jugada a esa mujer es una oferta digna de considerarse. Seguramente no se asomará, si escuchó lo que acaba de decir su esposo.

—Nunca fui un angelito, ni servía yo para eso —arranca ya Renato con su admisión de culpa. —Pero tenía mis límites, mis frenos. Primero porque era hijo de familia, después porque tenía muchos planes, hasta que sólo quedaron ustedes.

—O sea poca cosa… —vuelve Dunia al sarcasmo.

—Al contrario, muñeca. Cuando estaba yo joven me metía a las casas a robar, tenía una pandilla de sinvergüenzas iguales a mí. Y cuando me casé dejé esa vida. Corté con todos ellos y me apliqué a chambear por la familia, honestamente, con buena intención, pero me salió mal. Entonces yo me dije: "Para lo que eres bueno es para hacer chanchullos", y además era yo hábil dibujando. Lo demás ya lo sabes.

—No, papá, no lo sé —vuelve al ataque Dunia, con nuevos proyectiles. —Nunca me has dicho cuántos hijos tienes. Tampoco cuántas casas, ni cuántas mujeres. Las sigues manteniendo, ni me cuentes que no.

—Está bien, no lo niego —encaja el golpe el falsificador. —Viajaba mucho, nunca supe estar solo. Como te digo, me hacen falta los límites. No es que me justifique, así funciono. Siempre he sido una bala perdida. Sé que tú ves con malos ojos a Leticia, aunque no la conozcas, pero es gracias a ella que me he controlado todos estos años.

—¡Te has controlado! —suelta una risa amarga la hija furibunda. —¿Y por eso mandaste matar a mi marido?

—Ni era ya tu marido, ni lo mandé matar —se yergue el numismático, ligeramente airado. —No quise que supieras que me traía cosas a vender, y él tampoco te dijo que me prestó dinero algunas veces. No te niego que respiré tranquilo cuando se divorciaron. Eras mucha mujer para esa garrapata, por más que fuera de apellido ilustre. Pero como te digo, teníamos negocios. Nunca fuimos amigos, ni creo que le fuera yo simpático, pero hacíamos dinero, ahí de cuando en cuando. Después le dio por traer mercancía más fina. Es mi herencia, decía, pero yo sospechaba que sacaba esas cosas de la mansión donde estaba viviendo. Se hacía el tonto, porque bien que sabía que yo sabía que eran cosas robadas. Jarrones, platos, porcelana carísima, figuras de marfil, platería, cristal de Sèvres, joyas antiguas, y él me lo daba todo en unos cuantos pesos. Tenía mucha más prisa que apego, así no se comporta un heredero.

—¿Las figuras de piedra no te las ofreció?

—Fue así que supe de ellas, si no cómo. Al principio le ofrecí cualquier cosa, pero ahí sí repeló. Se las había dado no sé a quién a cinco o seis mil dólares la pieza, quería que le diera de menos la mitad. Yo le fui dando largas, mientras verificaba entre mis conocencias cuánto podía sacársele a esa mercancía. Claro que no pensaba darle lo que pedía, ya hubiera yo querido tener ese dinero. Pero es que así son todos los buscavidas, primero piden una millonada y acaban contentándose con cualquier morrallita. En estas cosas gana el más paciente, desesperarte es enseñar el hambre.

—Esos detalles te los puedes ahorrar. No vine a que me enseñes el arte de la estafa.

—Ocho años en la cárcel te enseñan muchas cosas. No busca uno estafar, busca sobrevivir. En la calle las leyes te protegen, o eso es lo que tú crees, pero en el bote operan en tu contra. Todo hay que hacerlo chueco, te descuidas tantito y te madrugan, cuentas lo que no debes y te la cobran, te dejas y te pierden el respeto. No cabe la amistad, ni la piedad, todos son enemigos y si ven que algo tienes lo quieren para ellos. Por eso uno se amarga, se endurece. ¿Tú sabes cuántas veces me pegaron, me castigaron, me torturaron? Me pasé muchas noches metido en calabozos atascados de ratas, y nunca me quejé con tu mamá y contigo, para no preocuparlas más de la cuenta.

—¿Y eso que tú sufrías era por culpa nuestra o te lo habías ganado? ¿A quién crees que tenía que agradecerle sus penas mi mamá? Yo la vi marchitarse en menos de tres años, sin haber hecho nada para ganárselo. Yo la llevé en mi coche al hospital en donde nos dijeron que tenía cáncer. Yo me encargué de las quimioterapias y no por eso fui de chillona contigo. Y por cierto, su ganglio tenía nombre. Le puso *Renatito*, por si te interesaba.

—Eres injusta, Dunia. Te ensañas con tu padre. La cárcel le quita a uno su humanidad —filosofa Renato, aturullado. —Hay que pedir permiso para todo, agachar la cabeza día y noche, renunciar a tu propia dignidad. ¿En qué se convierte uno, con ese tratamiento? Ya ves, no queda nada de lo que era yo. ¿Tú crees que amo la vida, o que tengo esperanzas, o planes, o ilusiones? Todo eso se lo llevan los años que se pasa uno encerrado. Pura miseria humana es lo que ves. Y en lo que te conviertes, por más que te resistas. ¿Y sabes qué es lo peor? Saber que tu familia está allá afuera, expuesta a toda clase de peligros, y tú no puedes ni meter las manos. Ahora figúrate, hija, si la gente de afuera es peligrosa, cómo serán los que están encerrados. ¿Crees que alguien como yo podía permitir que esa escoria tocara a su familia? Yo sabía muy bien de qué tanto podía ser capaz ese tal Pérez Zárate, y me constaba que Rogelio era peor, mucho peor. ¿Qué hice? ¿Pues qué más podía hacer? Juntar un dinerito y dárselo a los malos para que se encargaran de ese sujeto. Lo mismo con el otro, aunque eso fue en la calle y ahí sí ni modo de echarme la culpa. Ya sé que es una vida y la vida es sagrada y Dios todo lo ve, pero en el bote todo eso es un chiste. Un mugroso teléfono celular se cotiza más alto que tu vida. La muerte no es noticia entre esa gente, muchos no tienen nada que perder y yo en cambio tenía a mi familia. Por mucho daño que les hubiera hecho, me seguía sintiendo responsable por su bien, por sus vidas, por su seguridad, y todo eso yo lo veía en peligro. Tú no podías verlo, porque eras jovencita y te engatusaron, aprovechándose de nuestro problema. No lo decía yo, eran los otros presos. "¿Cómo permites eso?", me decían. "Aguas con ese lacra, no dejes que se acerque a tu familia". ¿Qué querías que yo hiciera? ¿Taparme los oídos y darte por perdida?

—Lo que yo haya querido nunca te importó mucho. Hasta la fecha, ¿sí? Fuiste a contarle a Marcos Mireles que yo anduve con dos presidiarios, y luego me venías con el cuento de que nunca te fuiste de la lengua. A ver, ponte un segundo en mi lugar. ¿Qué harías si supieras que no puedes confiar en tu propio papá? Dices que allá en la cárcel la vida valía poco, y no lo dudo, pero igual me pregunto cuánto puede valer para ti la lealtad. ¿La conoces siquiera, papacito? ¿Hay alguien a quien no hayas traicionado?

—Cuando a uno la justicia le da la espalda, quedan las puras leyes de la supervivencia. Hayas o no cumplido tu condena. Regresas a las calles y te das cuenta de que no eres el mismo, ni volverás a serlo. Traes la marca indeleble de la cárcel, dejaste de encajar en la sociedad. Todo el mundo te ve con desconfianza, o por lo menos tú lo sientes así. Y uno ya no confía en los demás, después de haber pasado por lo que pasó. ¿La lealtad? ¿Cuál lealtad? Una vez que se muere la confianza en el prójimo, ser *leal* es ofrecerle ventaja al enemigo. Todos son enemigos para quien viene de podrirse en el bote. Así dicen, ¿verdad? "Ojalá que te pudras en la cárcel", y eso es exactamente lo que pasa. Todo lo que era sano, bueno, útil, positivo, se echa a perder y apesta a podredumbre. Cuando sales del tambo descubres que esas son tus herramientas, y con ellas te las vas a arreglar.

—¿Por eso te casaste con otra presidiaria?

—Uno está con la gente que lo puede entender. Leticia y yo pasamos por los mismos horrores, hablamos el idioma del sufrimiento, somos víctimas de la misma incomprensión. La semana pasada vinieron el tal Marcos Mireles y otro detective que le pegó a Leticia en el estómago, nada más por sus barbas. También la amenazó con meterla a la cárcel, y después a mí. ¿Por qué? Por nada, pues. Porque estuvimos presos y somos sospechosos de por vida. Todo lo que haga uno, malo o bueno, se le vuelve en su contra si tiene antecedentes. Así me hubiera convertido en ángel, para ellos sigo siendo Zaragoza.

—Todo esto me parece muy conmovedor, pero no se me quita una curiosidad —sonríe forzadamente la ex esposa de Iván. —¿Les enseñaste a Rovira y Mireles todos los monigotes que tienes allá atrás? ¿Les platicaste cómo llegaron ahí?

—Nadie me preguntó por ningún monigote. Querían intimidarme, nada más.

—Claro, te preguntaron por la muerte de Iván. Por mí, por mi trabajo, me imagino. Y tú cantaste todo lo que pudiste, con tal de no contarles de los monos que ya te habías robado. ¿Qué ibas hacer con ellos, si no es indiscreción?

—Son parte de tu herencia, ya sea que los venda o los conserve.

—Muchas gracias, papito, guárdate tu botín. Soy tu hija, no tu cómplice. ¿No estaría mejor que me contaras cómo le hiciste para saquear a Iván? Si hay algo que me debes es la verdad, no una estúpida herencia malhabida. ¿Me la vas a decir o quieres que me entere por otro lado?

—¿Qué? ¿Me vas a acusar con tus superiores? —mira al suelo Renato, listo para dejar su último parapeto.

—Ya no trabajo para la policía. Me despidieron el jueves pasado. Con tu valiosa ayuda, ya te imaginarás. Me da lo mismo si te escapas o te encierran. Nada más pienso que merezco saber en qué terminó el hombre con el que me casé. Estoy segura de que tú lo sabes.

—Aunque no me lo creas, para mí las figuras eran lo de menos. Una compensación, en todo caso. Iván te deslumbró con su forma de vida, que era la que yo habría querido darte. Llegué a creer que la suerte te había hecho justicia, por todas las tristezas que te ocasioné yo, sin nunca proponérmelo. Y resultó que el tipo era un fantoche, un perdedor. Qué te voy a decir, me sentí defraudado. Yo sentía que Iván estaba muy en deuda con nosotros.

—¿Y por qué con nosotros? ¿También fue tu pareja mi marido?

—Entiéndeme, muñeca. Uno como papá tiene grandes expectativas para su hija. Tú tan bonita y tan bien preparada, ¿cómo ibas a acabar con un desharrapado en bancarrota? Tenía que compensarnos, cómo de que no. Y yo asumí esa responsabilidad.

—¿Por eso hacías negocitos con él?

—Pues sí, hija, por eso. Me convenía no perderlo de vista, si quería compensarte por el fiasco. Un día me llegó con uno de los ídolos que había sacado de sus terrenitos. Cuando me confirmaron que era auténtico, le dije que tenía un cliente muy rico que estaba interesado en comprárselos todos. No era cierto, ¿me entiendes? Quería yo comprar tiempo, mientras veía el modo de quedármelos sin pagarle un centavo. Mira, Dunia, en la cárcel, que es el peor de los lugares, hay códigos de honor que no puedes romper. No sé si sepas lo que es un borrega.

—¿No es algo así como un traidor a su clase, o no sé, a su pandilla?

—Algo por el estilo, ya me entiendes. La vida del borrega no vale diez centavos, y para tu papá ese Iván Dupont no era ni más ni menos que un borrega. Un tipo sin principios, sin dignidad, sin nada parecido a una convicción. Así que fui a buscar a dos amigos, ex alumnos también, ya tú sabes de dónde, para que me ayudaran a cobrarnos la cuenta.

—A cobrarte, papá. No me incluyas, si fueras tan gentil.

—A cada uno le ofrecí dos figuras y los hice pasar por cargadores. Iván tenía prisa por sacarlos de casa de una de sus novias, para llevárselos a una oficina que había alquilado en Guadalupe Inn. Le ayudé a conseguir una buena *pick-up*, que le sirvió muy bien para juntarlas todas en la oficina que él pretendía usar como bodega. Y ahí ya no había novias, ni testigos. La idea era asustarlo, encerrarlo en un cuarto y llevarnos los ídolos en tres o cuatro viajes. Total que lo encontramos bien drogado, así que fue muy fácil amarrarlo y refundirlo en uno de los cuartos. Yo estaba muy quitado de la pena, pero alcancé a escucharlo hablando por teléfono contigo. Ratita, te decía, ¿verdad que sí? Dos minutos después subieron los muchachos, entramos al cuartito y le quitamos a la fuerza el teléfono. Uno de ellos me dijo "mire, don", y me enseñó la hilera de mensajes que ya te había mandado.

—¿Y a él qué le dijiste?

—¿A Iván? Ni una palabra. Estaba asustadísimo, yo suponía que por efecto de la droga. Por ahí de las seis de la mañana le dio por gritar, como si lo estuviéramos matando. En vez de amordazarlo, como querían ellos, pedí que lo treparan al dintel de una ventana grande y lo empujaran hacia el terraplén, para que viera el mundo siete pisos abajo, se espantara de veras y se estuviera quieto. Lloró, berreó, rezó, pero se quedó allí, con la ventana abierta y una pistola en la nuca, que de todas maneras no traía balas.

—¿Tú eras el de la pistola?

—Ya no estaba amarrado, según pensaba yo —rehúye la pregunta el relator, —y no quedaba arriba ni un solo monigote. Era hora de irnos, hacía un buen rato había amanecido. Sólo que yo seguía haciendo bilis con el asunto de los mensajitos, hasta que en una de esas se me ocurrió añadir mi colaboración. Perdón, estuvo mal, pero te escribí algunos insultos en su nombre, ya no me acuerdo cuáles.

—"Vete a la mierda, Dunia, tú nunca me importaste" —cita ella de memoria. —Ya decía yo que Iván no podía haberlo escrito. Para eso hacía falta una mente enferma.

—Quería que acabaras de decepcionarte —pasa por alto el padre el comentario, —y entonces me acordé de que el fulano era todo un artífice de la lengua. ¿Cómo podía saber que no iba a ir a chismearte que le habíamos quitado sus figuras? Ya estaba yo subiéndome al elevador cuando di media vuelta, entré otra vez en el departamento y le metí el teléfono en una de las bolsas del pantalón. Estaba hablando solo, no se daba ni cuenta de lo que yo le hacía. Había un banquito cerca del ventanal. Con ese lo empujé, así, como jeringa, hacia la calle. Soltó un grito nomás, en cosa de un instante se escucharon el golpe y los gritos. Y pegué la carrera para abajo. ¿Ya me entendiste? No lo mandé matar, lo hice yo con mis manos.

Dunia no abre la boca, ni se mueve. Tenía pensado explicarle a Renato quién es y qué pretende José Ortigoza Walter, propietario inminente de las figuras que tiene escondidas, y eventualmente ayudarlo a escaparse de esa ratonera, antes de que lleguen a arrebatárselas de la peor manera, pero ha podido más su estupefacción. Tantos años de pelear con la idea de ser hija de un falsificador no parecen servirle para aceptar que desciende asimismo de un matón. ¿Le toca a ella ayudarlo a salir del problema, suponiendo que fuera todavía posible? ¿No tendría mejor que salvarse a sí misma y dejar que el destino haga lo suyo?

—No me tardo, hija —susurra el hombre y abandona la sala, arrastrando los pies. —Voy al baño nomás. No me olvides, muñeca. No me guardes rencor.

Dunia sigue callada, diríase catatónica, mientras el padre cruza la puerta del fondo y la cierra de un azotón violento. "¿Cómo se cree que pueda yo olvidarlo?", se dice por lo bajo la ex analista, sin más propósito que enriquecer su azoro. "¿Qué me quiso decir?", se sobresalta entonces y acto seguido escucha un estallido sordo en la recámara, seguido de otro más, tres segundos más tarde. Dos explosiones harto familiares para quien ha pasado por un campo de tiro. Los tronidos sin eco, recuerda, son balazos. Quiere correr, pero apenas camina, como en aquellos sueños delirantes donde sus piernas obedecen mal y le exigen la fuerza que no tiene.

"¿Hola, papá?", pronuncia con dificultad tras rotar la manija de la puerta, y al no escuchar respuesta da un paso hacia adelante, estira el cuello, para de respirar. Encima de la cama, delante de una televisión todavía encendida y sin sonido, yace bocabajo el cuerpo de una mujer en camisón, con la cabeza chapoteando en sangre que asimismo ha manchado paredes, cómoda y buró. Más allá de la cama, sobre un tapete luido y arrugado, sobresalen los pies del que hasta hace un minuto fue marido de una y el padre de la otra. Tras un momento eterno de hacer grandes esfuerzos por respirar y forzar a las piernas a sostenerla, la hija de Montoro se lleva las dos manos a la cara, toma una larga bocanada de aire y suelta una descarga de carcajadas en tal modo macabra que acaba vomitando de la risa. Nunca, que ella recuerde, hizo tantos esfuerzos por llorar, ni se miró tan lejos de lograrlo.

"¿Qué estoy haciendo aquí?", chilla con voz tipluda la de las risotadas patológicas, se levanta del piso y da unos pasos hacia la puerta del baño, que en realidad no lleva a baño alguno sino al cuarto que sirve de bodega. Ver todas esas cajas apiladas, y encima cuatro ídolos de piedra de la altura de un perro San Bernardo, con los dientes pelados y los ojos saltones, le hacen soltar el grito que enseguida reprime, retorcida de un miedo que está a punto de hacerle ver visiones. ¿Se ríen acaso de ella, les divierte la escena, pueden hablar? "Mierda, se están moviendo. ¡Papá, me están mirando!".

No hay "papá", se recuerda. No busca más el baño, ni le importa dejar el piso vomitado. Que encuentren su ADN, que la culpen, que la encierren si quieren, pero no va a volver a esa recámara, ni a mirar a los monos, ni al cadáver del padre ensangrentado, ni a respirar ese aire enrarecido por el maldito horror que la atenaza. Pasa por la cocina y se enjuaga la cara con afán desmedido. "¿Qué estoy haciendo aquí?", le pregunta de pronto a la pintura del payaso compungido y de golpe se precipita hacia la calle. Deja la puerta abierta y las luces prendidas, corre por la banqueta como una endemoniada y acaba por chocar contra un hombre de camiseta verde, quien la empuja hacia un lado con un desdén rayano en repulsión. La hija de Montoro trastabilla, tropieza y aterriza en la orilla de la banqueta. Se levanta con un labio sangrando y emprende la carrera hacia la calzada, seguramente al tanto de que el tipo de verde no puede ser ajeno a los esbirros de Ortigoza Walter.

Una vez en la México-Tacuba, la fugitiva corre en dirección al Centro, sin pensárselo mucho ni en realidad saber adónde va. No ha disparado un arma, no podrían inculparla, pero tampoco están en Quantico ni en Langley, aquí todo se puede. Ha atravesado el puente del Circuito Interior cuando se aleja por una calle aledaña. ¿Tendría que ampararse, esconderse, cambiarse de país? ¿Debería seguir andando por las calles como si cualquier cosa, con el desmadre que está por armarse? Seis cuadras adelante, ve una fonda con varias mesas vacías y una televisión encendida cuyo ruido irritante llega hasta la calle.

—Buenas noches —intenta saludar la recién huérfana a la mujer añosa de la caja y al momento comprueba que se ha quedado afónica. —¿Puedo sentarme aquí?

Transcurre en la pantalla una telenovela que la recién llegada encuentra insoportable, no tanto por el tema ni la trama sino porque le urge ver un noticiero. Afortunadamente, recuerda con alivio, dejó el Peugeot en un estacionamiento de autoservicio, a no más de tres cuadras de la que fuera casa de su padre. ¿Cómo es que piensa en eso, con todo lo que acaba de pasar? En otra situación se lo reprocharía, pero hace rato que está más allá de la opinión de su propia conciencia.

—Un consomé de pollo, por favor, y una coca de dieta —pide Dunia al mesero, por pedir lo que sea y conservar la mesa. —Y otra cosa, ¿cree usted que sea posible cambiarle de canal a un noticiero?

—¡Cómo no! —sonríe el otro, diligente. —¿Qué canal?

—El que sea, donde haya un noticiero —tose, tartamudea, pelea la cliente contra la carraspera para darse a entender.

A medida que el dedo del mesero hace saltar imágenes en la pantalla, Dunia se reconviene por dejar el teléfono en el coche, aunque lo cierto es que preferiría no enterarse de nada. "*No news is good news*", dicen. ¿Y si Marcos le llama? No lo cree, ni lo espera. Debe de estar con Ortigoza Walter, puede que ya hasta tengan los monigotes en su poder. En esas conjeturas se halla entretenida cuando se le aparece la cara de Iván, ocupando el total de la pantalla. A la altura del pecho, de lado a lado, en una franja roja con letras amarillas, resplandece la frase "Fue suicidio". Enseguida desfilan las imágenes de la conferencia de prensa, donde el que el noticiero identifica como "Inspector en

Jefe Marcos Mireles Oliveros" ofrece precisiones y pormenores que en teoría dejan poca o ninguna duda sobre el *suicidio* de Iván Dupont Luna. Basta con verlo ahí, ufano y satisfecho entre dos comandantes de uniforme y galones, para augurarle un porvenir brillante en la corporación, y tal vez más allá.

"Parece más político que detective", murmura Dunia sin entonación, al modo de una autómata con la batería baja. "Cada quien tiene lo que se merece".

Inesperadamente, el consomé de pollo está exquisito.

44. Popocatzin

Noviembre 22. Martes. 5:37 p.m.

María Auxiliadora no está cómoda. Lidiar con la sonrisa generosa de quien tendría que estar abofeteándola le da una sensación de irrealidad y absurdo que le empuja a activar alarmas y defensas. ¿Cómo llegó hasta aquí esta pinche loca? ¿Qué es lo que exactamente se propone? ¿Por qué no trae las manos ocupadas con una antorcha y un bidón de gasolina? ¿Qué clase de emboscada oculta esa sonrisa de testigo de Jehová?

—Hola. ¿Te acuerdas de mí? —pregunta tersamente la recién llegada, como haría una amistad antigua y entrañable.

—Me parece que sí —gruñe la Beata Ingrata en la persona de la Hata Mari, todavía impactada por la sorpresa. —¿Cómo supiste dónde vivo?

—Pues ya ves, soy vidente —se encoge de hombros Tamara Guedea, sin perder la sonrisa ni el tono amigable. —¿Me invitas a pasar o prefieres que hablemos aquí afuera?

—Acá afuera, mejor —da un paso hacia adelante la no-anfitriona y se cruza de brazos, un pelito impaciente y otro desafiante. —¿Me presento o ya sabes cómo me llamo?

—No quiero ser grosera, ni faltarte al respeto, ni vengo a reclamarte por lo que hiciste.

—¿Ah, sí? —se escuda en la insolencia la Hata Mari. —¿Y yo qué hice?

—Mmmmh… —imposta el titubeo Tamara. —¿Electrocutarme y quemarme la casa, puede ser?

—¿Tienes pruebas de lo que estás diciendo?

—Las tendría, si quisiera, pero no me hacen falta. No pienso denunciarte. Tú no me debes nada, esas cortinas ya estaban muy viejas. Sólo dime por qué, o para qué, o para quién te tomaste tanta molestia. Hacer cita conmigo, meterte en mi casa, agredirme, correr tantos riesgos. ¿Yo qué te hice? ¿De dónde me conoces? Dímelo, me retiro y en la vida te vuelvo a molestar. ¿Te costaría mucho devolverme la paz que te llevaste?

La esquina de Clemátides y Tragacantos está a treinta kilómetros de la orilla noroeste de la Ciudad de México, y sin embargo forma parte de ella, como tantos suburbios de suburbios de suburbios donde la mayoría de los citadinos jamás ha puesto un pie, ni lo pondrá. Para Tamara G., haber llegado sola en su Jeep Renegade modelo 2013 hasta el ignoto barrio de Villa de las Flores, en Coacalco, sin más ayuda que un mapa de papel del siglo anterior, es un pequeño triunfo sobre el destino adverso que insiste en perseguirla.

Nadie, hasta el día de hoy, se había aventurado a hacerle una visita sorpresa a María Auxiliadora Suárez Gavilán (la idea era que nadie lo intentara). La casa es muy sencilla, en apariencia —un *garage*, dos ventanas cuadradas en el segundo piso, la fachada de un amarillo pálido que la hace todavía más insignificante—, si bien la puerta abierta deja ver ciertos lujos impensados, como serían el piso de mármol blanco y un candelabro de cristal cortado pensado para un techo dos metros más alto.

—¿Yo me robé tu paz? —suaviza la expresión la Hata Mari.
—Perdón, no era la idea. Y tampoco fue cosa personal. Buscaba información, pero me descubriste. Tuve que armar, digamos, un pequeño alboroto.

—¿Qué información buscabas en mi casa?

—Quería saber algo de otras personas, como Juan de la Luna y el profesor Ciriaco.

—¿Cómo? ¿Eres policía?

—Algo hay de eso, pero en realidad no. Esto lo hago por propia iniciativa.

—¿Sí sabes que soy prima de Ciriaco?

—¿Y por qué crees que hice cita contigo? También sé que eras novia de Iván, Juan o como se llamara.

—No sé si fui su novia —se le afloja la voz a la vidente. —Algo también hay de eso, a lo mejor. Prefiero no pensarlo, me hace daño. ¿Y es verdad que trabajas para Dunia Montoro?

—Trabajo en el Servicio Médico Forense, ahí no hay ninguna Dunia Montoro —se atora, trastabilla la Hata Mari. Cualquiera que sea el juego, va perdiendo y lo sabe.

—No tengo nada contra ninguna de las dos. Lo que te digo me lo contó mi primo, tendrías que preguntarle cómo se enteró de que tu amiga Dunia andaba detrás de él. Creo que las vio juntas el día del entierro de Juanito. Y unos días después supo que anduvo husmeando por el Shakti Kali.

—¿Husmeando cómo?

—Me parece que estuvo preguntando por él entre los alumnos, no sé con qué intención. Seguro tú lo sabes mejor que yo.

—Ok —inhala, exhala, hace crujir las muelas María Auxiliadora. Una bruja la tiene pescada del cogote, le puede más la rabia que la sorpresa. —Me da lo mismo lo que piense tu primo de mí o de quien sea. No lo conozco. Nunca he hablado con él. ¿A qué viniste? ¿Traes un mensaje suyo… o un grito de ultratumba?

—¿Te interesa un poquito lo que vengo a decirte o te tragaste el cuento del suicidio de Juan?

Totalmente a merced de la sagacidad de la visita, María Auxiliadora se pregunta si ha venido a informarse o a informar. Más inclinada a creer en esto último, esboza una sonrisa de capitulación.

—Pásale, por favor —convida la de casa y se hace a un lado, con una sensación no muy distinta a la de una ladrona atrapada en flagrancia.

¿Tan estúpida soy?, parece regañarse mientras cruza el vestíbulo detrás de la invitada y acepta su derrota con el debido espíritu deportivo. Hasta ayer se reía de los videntes. Hoy le falta sentido del humor, pero ya experimenta cierta simpatía por *La Brujita*, como suelen llamarla ella y Ramón. Podrían ser amigas, si se lo propusieran. No se ve peligrosa, en realidad. Esta última consideración la invita a recular: nadie hay más peligroso, en su experiencia, que quien tiene la facha de inofensivo.

—¿Qué sabes de Ciriaco? —inquiere la vidente, nada más se apodera de una silla.

—Que le dicen Nivardo, los que lo conocen. Que es chamán y da clases en el Shakti Kali. Que trae negocios turbios con Casilda, la dueña. Que ha hecho mucho dinero, sobre todo a costillas de Iván Dupont. Que trafica sustancias psicotrópicas entre la gente adinerada. Que es raro, misterioso. Que nunca hay que comprarle un coche usado.

—Mi primo es fuerte, y en momentos se pasa, pero sabe lo que hace y por qué lo hace. Puede ser protector o destructivo, según el animal que traiga dentro. Nos conocemos bien, desde que yo era niña y él ya andaba de brujo. Me enseñó a echar las cartas, a jugar a la ouija, a leer el tarot… Ganaba buen dinero como *caddy*. Me regalaba libros, discos, amuletos, inciensos. Me decía que yo tenía poderes y por eso la gente me trataba de loca. No había otro mortal que pudiera explicar por qué era yo como era, las cosas que veía o escuchaba, los trances en que entraba y que asustaban mucho a mis papás. A veces nos peleamos, pero yo le estoy muy agradecida porque sólo por él no terminé en un hospital psiquiátrico. Trato de serle útil, cuando puedo. Según decía Juanito me convirtió en una atracción de circo, un monstruito amaestrado, sólo que no me quejo. De pronto me gustaba ser esa niña mágica que adivinaba el destino.

—¿Y sí lo adivinabas?

—Lo inventaba, y a veces le atinaba. Él me decía "mira, la gente es lo que cree". Yo ya entonces sufría de ataques epilépticos, así como el que tú me provocaste con la descarga eléctrica. Además de migrañas, que me dejan como flotando en el limbo. Así que me era fácil poner cara de mártir perturbada, mientras él les hablaba de la magia y los chakras y los ponía a volar con la medicina.

—¿Ácidos, ayahuasca, derrumbes…?

—Pues sí, esas y otras cosas, que era lo que la gente en realidad buscaba, pero como él decía, mi presencia le daba el toque místico, algo que nadie más iba a ofrecer. Así que hicimos nuestro buen dinero. Él mucho más que yo, pero no me fue mal. Hasta que me enfermé y no quise seguir. Cada vez que de veras estaba en un trance, llegaban los demonios a cobrarme mi karma. Agarré mis ahorros, abrí mi consultorio y el primo siguió solo con la misión.

—¿Cuál misión? ¿Estafar gente incauta?

—El medio es una cosa, el fin es otra. Ciriaco tenía planes ambiciosos, necesitaba que lo financiaran. Un día vino y me habló de un cliente del golf al que llevaba tiempo conchabándose. Necesitaba un gancho, y ese era un trabajito para mí, nada más que esa vez quería otra cosa.

—¿Una cosa sexual, a lo mejor?

—¿Qué te pasa? Yo nunca he sido puta. Aunque así me sentí, cuando me lo propuso —retoba, reflexiona, evoca la vidente. —Quería que me esforzara por gustarle, mientras él le explicaba el rollo de mis dones y mis poderes. A mí me daba pena, pero el cliente estaba fascinado. Era nuevo en las ondas esotéricas, se lo estaba tomando como *boy scout*. Y agarró a mi primito de gurú.

—¿Y él lo agarró de patrocinador?

—Cómo se ve que nunca conociste a Juanito. En esos años todavía era Iván y le gustaba mucho tirar el dinero. Yo le decía a Nivardo, digo, a Ciriaco, que su amiguito Iván era el sobrino lacra de Rico MacPato.

—Te recuerdo que Nivardo y Ciriaco son la misma persona.

—A él no le gusta que le digan Nivardo.

—Pero no te está oyendo, ni se va a enterar.

—Ciriaco tiene antenas donde menos te esperas. Por eso sabía más de la vida de Iván que el mismo Iván. "Va a quedarse en la calle", me decía, "pero nosotros vamos a rescatarlo".

—¿Quitándole el dinero que le quedaba?

—Sólo lo necesario para la misión. No pensábamos en un rescate monetario, sino espiritual. Iván Mauricio era un alma perdida, iba a quedarse pobre con o sin ayuda. ¿Sabes tú para qué lo procuró Ciriaco por tanto tiempo?

—Para quedarse con un buen terreno y construirse una casa con su dinero.

—Esa fue idea de Juan, no de mi primo. Lo que Ciriaco hizo fue darle a su vidita de niño bien un sentido profundo, una meta, algo en lo que valiera la pena creer.

—Creo que estoy confundida. ¿Tu primo es un gurú o un merolico?

—Hay cosas que la gente nunca va a comprender, porque no tiene tiempo, ni interés, ni fe. Si quieres explicárselas, necesitas un poquito de *show*. Lo que ganas lo inviertes en lo que de verdad importa, que es lo que hizo Ciriaco. No sólo con Juanito, sino con todos sus demás clientes. Trabaja de chamán, pero lo suyo-suyo es otra cosa. Desde niño le gustaba meterse a los terrenos del papá de Iván, que estaban totalmente abandonados. No existía Ladera Sur, todo era Tlalpanáhuac.

—¿Y qué es lo suyo-suyo?

—Había un cementerio en esos terrenos. Hundido, abandonado, muy antiguo. Fue ahí donde mi primo se hizo místico. Tenía yo nueve años cuando me llevó a ver a los centinelas. Eran unas estatuas de piedra que yo veía inmensas, por mi tamañito. Ciriaco les hablaba y él mismo respondía, haciendo voz de niño. Hasta que un día plantaron una barda de cuatro metros alrededor de toda la propiedad, pero mi primo no se dejó vencer. Se saltaba la barda, trepándose a los árboles. Después supo que el dueño, o sea el heredero, era golfista, y en unos pocos meses se hizo *caddy*. ¿Ya me entiendes cuál era la misión?

—¿Rescatar del panteón a los centinelas?

—Pues sí, recuperarlos. Darles otro destino. Muchos de ellos estaban enterrados, había que reunirlos y sacarlos de ahí. Eso nomás Iván podía hacerlo, pero le iba a hacer falta mucha fe.

—El *mani padme*, ¿no?, que le llaman ustedes.

—¿Eso dónde lo viste?

—En el reverso de una de tus fotos. ¿Qué significa, si no es indiscreción?

—Es la joya escondida en la flor de loto, simboliza la luz de la compasión, el amor y la sabiduría.

—¿Pero ustedes creían de verdad en todo eso?

—Los honguitos te ayudan a creer en cosas que nunca antes pudiste imaginarte. Iván era perfecto para eso, Ciriaco supo verlo y yo estuve de acuerdo cuando lo conocí. Era como un fantasma, un alma desvalida tirada a media calle.

—Un devoto automático. ¿Ves lo que te decía? Un pobre incauto.

—El misionero ideal, según mi primo.

—Sigo sin entender cuál era la misión.

—¿La misión? Devolverle el poder a sus propietarios.

—¿Pero quiénes serían los propietarios? —suelta la Hata Mari una risa burlona. —¿Los ídolos de piedra?

—No sabes de lo que hablas —deplora, resignada, la rabdomante. —Tuve en mi casa una de esas figuras, tú la viste en la sala cuando fuiste, ¿no? Son presencias que irradian un poder, una influencia, un magnetismo que nadie se explica, pero si me preguntas pienso que fueron ellas las que atrajeron la desgracia de Juan.

—¿Por tratar de venderlas?

—Por meterse donde no lo llamaban, y también por querer ponerles precio.

—¿Y qué no era tu primo quien lo llamaba? ¿A él no tendrían también que desgraciarlo?

—Lo que quería Ciriaco era colocarlas en un lugar lo más alto posible, y eso ya lo logró.

—¿Lo más alto posible… de la pirámide? —chacotea de vuelta María Auxiliadora.

—Sí, pero en la pirámide social —se anota un punto más la visitante. —Mi primo tiene muchas amistades entre la gente rica y poderosa. Ahí había que meter a Popocatzin.

—¿Popocatzin?

—Todos los centinelas de aquel panteón reproducen la imagen de Popocatzin, el genuino y el único Señor de Tlapanáhuac.

—Perdón, ya me perdí —se revuelve, se extraña, sacude la cabeza María Auxiliadora. —¿De qué me estás hablando?

—Como dice mi primo, Dunia será muy buena para husmear, pero no va a llegar a ningún lado porque no sabe escuchar a los muertos. Para que no te pierdas ni te confundas, todo eso del suicidio es puro cuento. A Juanito lo mató Popocatzin.

—¡Órale con *Topocapzin*! —asiente, socarrona, María Auxiliadora. —¿Y fue el mismo Juanito quien te contó ese chisme? ¿Viajaste al otro barrio o vino él de visita?

—Vienen cambios muy fuertes, en todos los niveles, en varias dimensiones —alza la voz Tamara, indiferente a las preguntas cáusticas de su interlocutora porque en sus ojos flota ya un aire ausente que la impregna del gesto a la postura. Es, decididamente, otra persona. —Y cuando eso suceda, los centros de poder estarán infiltrados por el dios Popocatzin, que los va a demoler desde sus cimientos. La Catedral se va a venir abajo. No va a quedar en pie un solo edificio. Los que hoy son poderosos van a ser humillados y arrodillados —sigue elevando el tono la vidente, y con él la vehemencia del augurio. —Regresarán los muertos, se irán los invasores y el dios usurpador arderá en la montaña con sus santos espurios y sus vírgenes sucias y sus rezos profanos. ¿No los oyes, Ciriaco? Ya viene Popocatzin por nosotros, pero no estamos solos en la noche —ahora ya chilla, brama, se desgañita. —Esta guerra la vamos a ganar, soberano, señor, maestro, conductor, soy tuya, toda tuya, tómame, Popocatzin, hazme volar, Ciriaco, no me sueltes…

La Hata Mari intenta interrumpir la tirada profética de su visitante, pero ella no la escucha, ni la mira, ni parece en contacto con su entorno inmediato. Guarda silencio, al fin. Suda profusamente, respira con violencia y tiembla de los pies a la cabeza. María Auxiliadora se le acerca, la toma de los hombros, la sacude y la llama por su nombre, pero Tamara tiene la vista detenida en el gran candelabro a media sala. ¿Es esto un trance, un ataque epiléptico, o con suerte la pura pantomima? ¿Tendría que llamar a un sacerdote, a un chamán, a un doctor?

Un par de horas más tarde, cuando haya vuelto en sí —tendida en el sillón, cubierta con un par de frazadas de lana, bajo la vigilancia de la Hata Mari— Tamara se habrá vuelto de nuevo otra persona. Tímida, avergonzada, huidiza, le pedirá perdón a su anfitriona dos, cuatro, siete veces, le rogará que olvide todo lo que dijo y se escurrirá pronto hacia la calle. "No sé qué me pasó, por favor no lo cuentes", suplicará antes de encerrarse en el Jeep, encenderlo y largarse a toda prisa.

Al paso de los días, las semanas, los meses, María Auxiliadora Suárez Gavilán recordará esta tarde como un sueño y algún día creerá, con la fe bienhechora que da la desmemoria, que fue todo producto de una alucinación. Por ahora, no obstante, le toca responder a los timbrazos del teléfono fijo y decidir si quiere hablar del tema con quien ya sabe que le está llamando.

—Jefazo, ¿qué me *tuencas*? —finge la Hata Mari desparpajo para sacar del juego a los fantasmas.

—¿Qué marca y qué cosecha de champaña te gusta más, Marichu? —inquiere, juguetón, el siempre campechano Ramón Perdomo, impostando un ridículo acento francés. *Maguichu*, la ha llamado.

—Lo dejo a tu criterio, *superboss*. Que no sea muy fina, porque me saca ronchas. ¿Y cuál es la ocasión para tanta elegancia?

—Agárrate, Marichu… —se deleita el forense estirando el suspenso. —¿Cómo la ves que Orquídea ya nos firmó la cesión de la casa?

—No me digas, Ramón… —se pasma teatralmente la otra, como siguiendo el hilo de una broma. —¿Torturaste a la Quiqui?

—Es en serio, Marichu. Vengo de ver a Eduardo Díaz Ortega. Me dice que la esposa del gordito está con mucho miedo de que la metan presa, así que se hizo a un lado y renunció a su parte de la casa, antes de que la cosa pase a mayores.

—Me dice mi informante que se salió de casa del gurú. Un asunto de celos, por lo visto. No sé por qué se me hace que algo tuvo que ver en eso la primita. *Nimosquinó*, ¿verdad?

—Pues dile a tu informante que la felicito. Excelente trabajo. Va a haber que darle una lanita extra.

—¿Y yo qué, estoy pintada?

—Para mí estás pintada, Marichula, pero en el techo de la Capilla Sixtina. Todo esto fue tu idea, eres una amenaza y te admiro de lejos, ya lo viste que soy un pobre pusilánime. Por eso te pregunto, ¿qué champaña te gusta?

—Gracias por el halago, pero dudo que estemos para celebrar. Todavía nos falta la firma de Dunia.

—¿Le has hablado del tema?

—Ni en mis sueños, jefazo, ya quedamos. Ni puta idea tiene de lo que le viene.

—¿Ya ves lo que te digo? —se regodea el Mochomo, sobrado de certeza. —Va a besarte los pies, cuando se entere. El notario tiene una ruta crítica para cumplir con todos los pasos necesarios, y uno de ellos consiste en explicarle a tu querida Dunia cómo funciona esto de la restitución. Nuestra ganancia es parte de ese trámite, pero eso no lo sabe más que Díaz Ortega, porque él hizo posible la movida.

—¿Ya te dijo como de cuánto hablamos?

—Alrededor del cuarenta por ciento del valor bruto de la propiedad, más otro porcentaje equivalente de los cargos por daños y perjuicios que le van a cobrar al gordito Quiroz, nada más que lo agarren y lo encierren. Más lo que consigamos sacarle a sus amigos, si sus casas están igual de chuecas. "Es cuestión de escarbarle", dijo el enterrador.

—¿Como quien dice, *boss*, voy a mudarme de clase social? —endulza al fin la voz la mujer de los dientes de conejito, como quien ya se mira muy lejos de Coacalco.

—En mis tiempos decían "fueron felices y comieron perdices". Yo sigo prefiriendo la champaña.

—Pobrecitas perdices, ¿no, Monchito? —ronronea, coqueta, María Auxiliadora, cautiva de una súbita epifanía que celebra el milagro del dios Popocatzin. —¿Qué culpa tienen de nuestra buena estrella?

45. "¡Hasta siempre, Shakti Kali!"

De: Dirección General
Para: Personal y alumnado del Centro de Sanación y Desarrollo
Shakti Kali, A. C.
Miércoles 23 de noviembre de 2016

Nuestra comunidad ha sido lastimada por una serie de eventos ingratos, a partir del sensible deceso del añorado maestro Juan de la Luna. Se nos ha difamado, acosado, amenazado, perseguido, estigmatizado, e incluso fuimos físicamente agredidos. La verdad, sin embargo, ha salido a la luz, gracias al buen sentido de nuestras autoridades policiacas, señaladamente el Señor Inspector Marcos Mireles Oliveros.

Hoy que nuestro buen nombre ha sido propiamente reivindicado, quiero decirles que la que aquí escribe no es la misma Casilda que ustedes conocieron. He estado en permanente comunicación con ángeles y arcángeles, y ello me motivó a llevar a cabo profundas reflexiones en torno a la misión que se me ha encomendado y cada día lucho por cumplir. A lo largo de los últimos años, me entregué en cuerpo y alma a la tarea de alcanzar la consolidación de este Centro de Sanación y Desarrollo, con los frutos que están a la vista de todos. Aun a pesar de infundios y malos entendidos, nuestra comunidad no ha hecho sino ganar prestigio en México y el mundo.

Por todo lo anterior, les comunico que he encontrado un camino nuevo y promisorio, el cual recorreré con el mismo entusiasmo que, como ustedes saben, me caracteriza personal y profesionalmente. A partir de esta fecha, presento mi renuncia al cargo de Directora General de esta institución, el cual será ocupado, desde el primero de diciembre próximo, por mi admirado

Profesor Ciriaco, cuya luz interior, estoy segura, será una verdadera bendición para nuestro querido Shakti Kali.

Mientras me sea posible, continuaré impartiendo mis cursos de Angelología 1 y 2. Daré también apoyo al Profesor Ciriaco en temas de Logística y Administración, y seguiré en contacto con mis ángeles para que estén conmigo y con ustedes en todo este proceso transformador. En cuanto a mis alumnos, amigos y pacientes, a quienes debo toda mi gratitud, sepan que no me voy; me multiplico. Una vez más, estamos al inicio de una nueva y hermosa travesía.

Gracias de nuevo por estar y por ser. Que La Luz, por favor, les acompañe.

Atentamente,
Casilda de los Ángeles Pérez de las Heras.
Directora General.

46. "El huracán Iván"

La Picota, por Julio César Alamilla
Jueves 24 de noviembre de 2016

"La auténtica tragedia de la vida no es el niño que teme a la oscuridad, sino cuando los hombres le temen a la luz". Sabias palabras del poeta Virgilio, a propósito del engañoso caso de la muerte de Iván Dupont, una investigación viciada y manoseada desde su origen mismo. Hoy, cuando ya es sabido y comprobado que el infausto heredero pasó a mejor vida por propia mano, han salido a la luz los métodos empleados por el inspector Rigoberto Rovira para torcer el curso de la investigación.

Se sabe que Rovira —recientemente denunciado ante la Comisión Nacional de Derechos Humanos por varias de sus víctimas— abusó vergonzosamente de sus atribuciones, al extremo de torturar a un hombre inocente, amén de extorsionar y amenazar a otras personas cuya probidad está fuera de toda cuestión. Es el caso de la doctora Casilda de los Ángeles Pérez de las Heras, acosada en su propio domicilio por el citado servidor público, empeñado en responsabilizarla por un asesinato en tal medida falso que, ya lo vemos, resultó ser suicidio.

"Me rompió el equilibrio emocional", ha dicho a *La Picota* Casilda de los Ángeles, aunque asimismo acepta que la mala experiencia le ha resultado útil para abrirle los ojos a la indefensión en que viven los mexicanos ante una autoridad ciega, sorda y omisa "que cualquier día de estos nos persigue, nos encierra o nos mata sin que pueda escucharse nuestra voz".

A la cabeza de los denunciantes, la también propietaria del Centro Shakti Kali para la Sanación y el Desarrollo añadió, en exclusiva para *La Picota*, su intención de incursionar próximamente en la arena política nacional. "Es la hora de encontrar opciones diferentes", nos dice la asimismo politóloga, graduada con honores en la licenciatura de Ciencias Políticas y Administración Pública, experta en numerosas ciencias esotéricas y amiga de incontables causas progresistas.

Por lo visto, la hora de la verdad llegó cuando Rovira fue reemplazado por el joven inspector Marcos Mireles Oliveros, que en un lapso de 24 horas consiguió enderezar las investigaciones y descartar, por burda y tendenciosa, la "teoría" de los pies amarrados, según la cual Dupont habría sido torturado y muerto en busca de un "botín" que sólo encontró cupo en unas cuantas mentes calenturientas. Como la del conserje Albino Flores Cimarrón, que en su momento habló con *La Picota* de esa presunta cuerda en los tobillos que nunca fue del todo acreditada por los peritos del Servicio Médico Forense. Buscamos al señor Flores Cimarrón para que nos dijera qué lo orilló a mentir a este respecto, pero ni la familia parece estar al tanto de su paradero. Lo dicho, pues: hay hombres que le temen a la luz.

Quien también se ha esfumado del radar es Manrique Quiroz, otrora amigo y socio de Iván Dupont, contra quien se ha girado una orden de aprehensión por diversos delitos entre los que se incluyen abuso de confianza, despojo, fraude maquinado y evasión fiscal. Los afectados son, por el momento, el actuario Waldo Gumersindo Farías, el licenciado Samuel Baños Legarreta y el ingeniero Álvaro Albarrán Aparicio, así como la viuda del occiso, Dunia Montoro Bertrán, hasta hace pocos días analista de datos de una corporación policiaca de élite. Personas muy cercanas a este caso nos han asegurado, tal como consignamos en la anterior entrega de *La Picota*, que Quiroz revendió terrenos que ya había escriturado, a espaldas de sus socios y en perjuicio de todos. En unos pocos días, se nos dice, la Fiscalía procederá a congelar sus cuentas bancarias e incautar cada una de sus propiedades, en lo que la Interpol da con su paradero.

Otro damnificado del caso Dupont es el profesor Ciriaco Gabriel Sarabia, recién nombrado director general del centro Shakti Kali, torturado en su propio salón de clases a manos del siniestro Rigoberto Rovira, cuyo oscuro interés en hallar asesinos donde nunca los hubo subraya la importancia de rastrear entre sus intereses y motivaciones, así como en las cifras de su cuenta bancaria (a saber qué tan gordas de un tiempo para acá).

El Huracán Iván ha dejado a su paso varias reputaciones lastimadas y una certeza clara para *La Picota*: antes luz cegadora que sombras putrefactas.

47. Las cenizas intrusas

Noviembre 25. Viernes. 5:03 p.m.

Ay, Iván, qué te cuento. Es la última vez que vengo a visitarte. Pensé que te debía una disculpa, pero ya me cansé de andar pagando cuentas que no son mías. Si por mí hubiera sido, tú no habrías ni tocado esos monos dientones. Pero yo soy la boba de la historia, ¿no? La que pasó de noche por las movidas del marido y el padre. La que está aquí cargando sus cenizas para que sea él quien te pida perdón por el crimen perfecto que te vino a asestar. Un crimen defectuoso, la verdad. Mal armado. Mal hecho. Mal cubierto. Pero ya ves que en un lugar podrido hasta el crimen más chafa sale perfecto.

Ayer mismo me dieron las cenizas. Dos tipos raros, de muy pocas palabras. Me tocaron el timbre cerca de medianoche. Traían un mensaje de mi papá, según dijo uno de ellos. No me explicaron nada, ni quisieron decirme quién los había mandado. Me dieron una bolsa de supermercado donde venía una urna con las cenizas y un papel con su nombre. "¿Yo para qué las quiero?", les dije, pero se fueron sin hacerme caso. Venían en un coche elegantísimo, nada me extrañaría que fuera el del papá de tu amada Casilda, o que viniera Marcos agachado ahí dentro. Pensé en vaciar la urna en la basura, pero no me atreví. ¿Cómo sabía que eran sus cenizas y no las de la vieja con la que se casó? Y si eran sus cenizas, ¿a mí qué? Por lo menos a ti te echaron enterito al agujero, puede uno platicarte con confianza. ¿Pero yo qué les digo a unos pinches residuos de carne chamuscada?

Creo que nunca hablamos de ese asunto, de seguro tenías tus opiniones. Pero incluso si el alma de mi papá cupiera en esta caja horripilante que parece alcancía de iglesia pueblerina, no te lo traje para hacerte compañía. Tómalo como ofrenda. Dale sus cachetadas, revuélcalo en la tierra, échalo desde lo alto de la Gloria, yo de todas maneras no pienso defenderlo.

¿Sabes qué siento? Nada. Pero nada de nada. Ni dolor, ni tristeza, ni remordimiento. Me da tranquilidad saber que tus malditos monigotes fueron a dar muy lejos de mi alcance, aunque la paz de espíritu nomás no se me da. ¿Qué droga, según tú, tendría que meterme para entrar en armonía total conmigo misma? Tengo algunas guardadas, sólo me falta hallar con quién probarlas. No sé si me convenga seguir alebrestándome los monstruos, después de todo lo que nos pasó. A mí y a ustedes dos, malditos miserables.

Perdón por maldecir, no es el lugar ideal. Pero tampoco hay otro, por ahora. Ni va a haberlo después. Asómbrate, Ivancito, yo que era la cuadrada, la materialista, la mamona, la escéptica, estoy aquí vaciando sobre ti la urna con las cenizas de mi padre, para que te hagas responsable por ellas. Como decía él, "tú te lo guisas, tú te lo comes". En lo que a mí respecta, sigo pensando que se entremataron, igual que dos rufianes en la calle. Y sí, me duele mucho, pero ya no recuerdo si alguna vez me sentí tan liviana. De niña, a lo mejor. Hoy que me levanté me dije "¿sabes qué? Se acabó". No vuelvo a dar la cara por uno ni por otro. Y eso me reconforta no se imaginan ustedes dos cuánto. Debí de haber pensado que cualquier día iban a terminar haciendo equipo. No sé qué tengo yo que atraigo a los granujas. Y me da igual si agravio a los presentes.

¿Qué pensabas, papá? ¿Que ibas a acalambrarme con esa muerte tan aparatosa? ¿Querías que berreara yo ahí hasta desmayarme? ¿Que cubriera tu cadáver de besos? ¿Que ya de menos me tomara una *selfie*? ¿Y la pistola qué, era tuya? Nunca supe quién eras, ni ya voy a saberlo. ¿Creerás que ni siquiera me agaché a mirarte? Como si de repente hubiera yo entendido que el único camino bueno y sano es el que lleva a alejarse de ti. Haz de cuenta que tú y la señora esa eran como un volcán en erupción y yo corría con todas mis fuerzas para librar la lava. No me dio ni la gana preguntarme cómo se habían deshecho de tu cuerpo, o adónde se llevaron las figuras que le robaste a Iván. En otro tiempo, y eso les consta a ustedes como a nadie, sola me habría echado la culpa de todo, pero ya no me quedan cruces por cargar. No sé cómo explicarlo, digamos que lamento no haber traído una botella de Cascahuín blanco. Porque una cosa es que me duela su ausencia y otra muy diferente que no me reconforte. Como un buen tequilita, ¿verdad? Par de cabrones, digo, hasta que se dignaron dejarme de joder.

Tengo algunas preguntas para ustedes, y como ya están muertos no me queda más que responderlas yo sola. Eso sí, de la peor manera posible, para no cometer el error de extrañarlos. ¿Será que echaste a Iván por la ventana sólo para robarle las estatuas o por celos de padre desquiciado? ¿Te volviste matón allá en la cárcel o ya traías ese defectito de fábrica? ¿Qué se siente que nadie pueda confiar en ti? Y tú, Iván, ¿alquilaste un despacho tan cerca de mi casa para espiarme, para volver conmigo o para que guardara yo tus monigotes? ¿Hubo alguna vez algo que en serio te importara? ¿Estabas de verdad lleno de paja, o era puro desprecio por el resto del mundo? ¿Te creías más listo que el tal José Ortigoza Walter? Porque ese es el problema con ustedes, son un par de pelmazos que se sienten más listos que quien sea. Eran, pues, se sentían. Ay, Dios, tiempo pasado.

Perdónenme que llore. No estaba en el programa. Me había hecho a la idea de venir nada más a echarles tierra, porque siempre es mejor la rabia que la ausencia. ¿Qué me pasa? No sé. Me gustaría abrazarlos, aunque tenga más ganas de acuchillarlos. Una cosa me cura de la otra, ¿no? Pero igual el veneno sigue ahí. O sea en mi corazón, que es donde están ustedes, malditos sean los dos. Yo, que tanto me río de los fantasmas, me he pasado la vida alimentándolos. Y hoy que por fin consigo arrancarles la máscara, acabo declarándoles mi amor. Mierda, soy una estúpida sentimental. No sé qué andaba haciendo en la policía. Me lo decían ustedes, pero ni modo de seguir el consejo de la gente de la que estás huyendo.

Nunca voy a olvidar la noche en que tú, Iván, te saliste un instante del capullo y me soltaste la verdad de tu alma. De hecho, me la embarraste en media cara: "¿Qué más da lo que diga, si al fin todo es mentira?". No supe qué decir, me quedé muda. Luego acabé creyendo lo que quise, aunque tú lo habías puesto bien clarito. Nada de ti era cierto, tenías que ser el tipo más solo de este mundo. ¿Cómo es que yo, en lugar de espantarme y pegar la carrera, me impuse el compromiso de ser tu mamá?

Supongo que me dio por rescatarte porque existías más dentro de mi cabeza que por tu propia cuenta. *Qué haría sin mí este pobre*, me decía, y era yo la que estaba quedándose vacía. Ay, carajo, otra vez la lloradera. Menos mal que estoy en un pinche cementerio, nadie podrá decir que soy teatrera.

¿Qué más voy a decirles? Bienvenidos al circo de las expectativas traicionadas. Crecí pensando, para eso fui educada, que dos más dos tenían que dar cuatro, y ustedes me enseñaron que eso era relativo. Dos más dos pueden dar mil setecientos, si se le antoja al que lleva la cuenta. Oficialmente, mi ex es un *suicida* y mi papá está *desaparecido*. Todo es mentira, Iván, tú lo tenías más claro que yo. Y la verdad, si existe, es mucho peor. Me pesaba ser hija de un falsificador, y hoy sé que mi papá fue un cuádruple asesino. Me casé con un *playboy* para ir a divorciarme de un gurú. Me topé a un héroe ansioso por salvarme y resultó ser un triste agachón. Sale caro aprender, pero aquí sigo. Aprendiendo a llorar como toda la gente. Hablando con fantasmas, aunque no crea en ellos, o mínimo eso diga para salvar mi orgullo. ¿Pero qué es el orgullo, sino un puto complejo de inferioridad?

Necesito cerrar la ventanilla de reclamaciones. ¿Me quisiste, Ivancito, tanto como yo a ti? ¿Fui el amor de tu vida, por casualidad? ¿Pensaste un poco en mí antes de morirte? Por una vez voy a pensar que sí, aunque me haya propuesto lo contrario, y me voy a ir creyéndolo igual que si tú mismo lo hubieras confesado. ¿Qué gano con negar que te quise y te quiero desde el fondo de mi alma? ¿Voy a olvidarte un poquito más pronto si te maldigo con todas mis fuerzas, o va a salirme el tiro por la culata? ¿Voy a evitar hablarte cada vez que esté triste y venga tu fantasma a consolarme, o a hacerme a alguna broma, o a llamarme Ratita, o sólo a recordarme que sigues por ahí, que no me olvidas? Ya ves, tus ex amigos te quitaron las tierras, tu maestro los monigotes y tu ex suegro la vida, pero yo nunca pude arrebatarte todo este sentimiento retorcido que me tiene chillando encima de una tumba. Te pertenece, guapo, donde sea que estés.

¿Es toda tu respuesta, devolverme el poder de llorar como niña? La doy por buena, Morris. Es el mejor regalo de cumpleaños. Buen viaje, corazón. No te me pierdas.

Tlalpan, Ciudad de México.
Verano de 2025.

Esta obra se terminó de imprimir
en el mes de noviembre de 2025,
en los talleres de Impresora Tauro, S.A. de C.V.
Ciudad de México.